十朝

貳部曲 奇道

卷六 亢龍有悔

高容 GAO RONG 作品

去年今日奉皇華
只爲朝廷不爲家

後梁勢力圖 公元 907-922 年

五代十國(後唐)勢力圖
公元 921-924 年

本書目錄以公元年為序號，章回名稱取自《李白詩選》

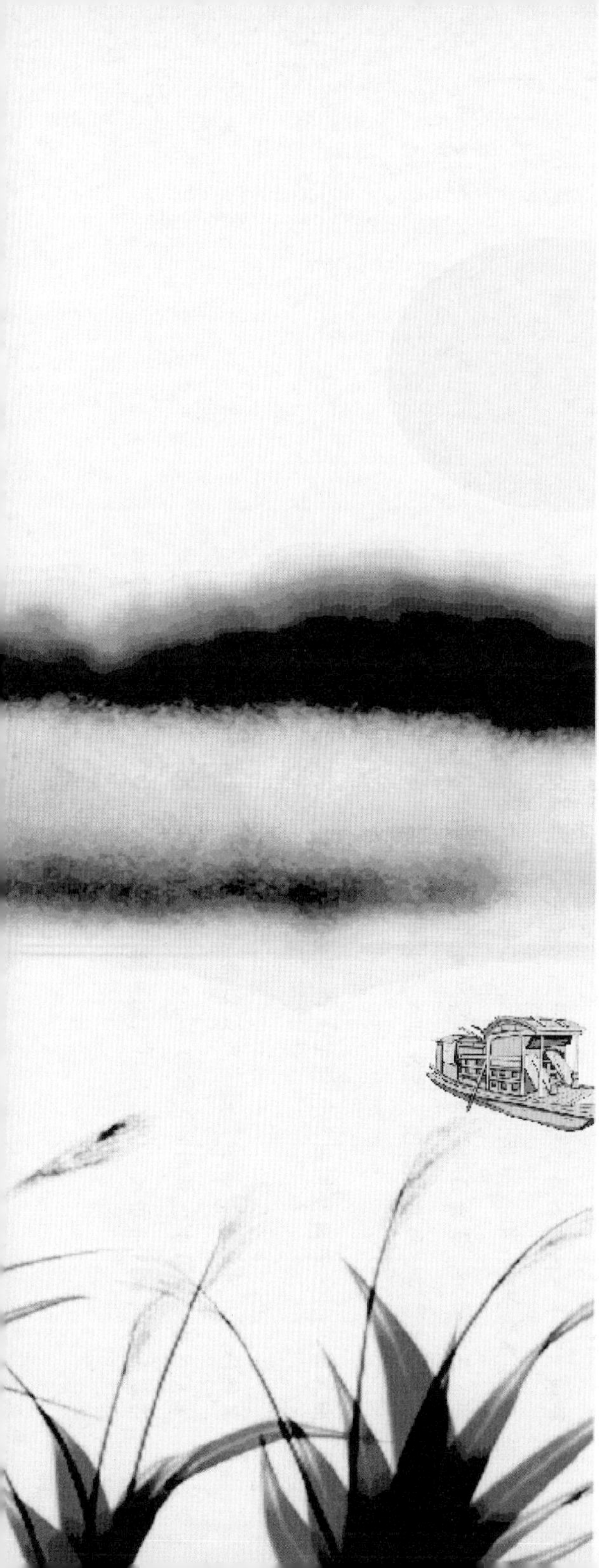

一九一九・二

推轂出猛將・連旗登戰場

晉兵無復部伍。梁兵四集，勢甚盛。晉王據高丘收散兵，至日中，軍復振。陂中有土山，賀瓌引兵據之。晉王謂將士曰：「今日得此山者勝，吾與汝曹奪之。」即引騎兵先登，李從珂與銀槍大將王建及以步卒繼之，梁兵紛紛而下，遂奪其山。

日向晡，賀瓌陳於山西，晉兵望之有懼色。諸將以為諸軍未盡集，不若斂兵還營，詰朝復戰。

嗣昭、建及以騎兵大呼陷陳，諸軍繼之，梁兵大敗。元城令吳瓊、貴鄉令胡裝，各帥白丁萬人，於山下曳柴揚塵，鼓噪以助其勢。梁兵自相騰藉，棄甲山積，死亡者幾三萬人。裝，證之曾孫也。是日，兩軍所喪士卒各三之二，皆不能振。

晉王還營，聞周德威父子死，哭之慟，曰：「喪吾良將，是吾罪也！」以其子幽州中軍兵馬使光輔為嵐州刺史。李嗣源與李從珂相失，見晉軍撓敗，不知王所之，或曰：「王已北渡河矣。」嗣源遂乘冰北渡，將之相州。是日，從珂從王奪山，晚戰皆有功。甲子，晉王進攻濮陽，拔之。李嗣源知晉軍之捷，復來見王於濮陽，王不悅，曰：「公以吾為死邪？渡河安之！」嗣源頓首謝罪。王以從珂有功，但賜大鍾酒以罰之，然自是待嗣源稍薄。

晉李存審於德勝南北夾河築兩城而守之。晉王以存審代周德威為內外番漢馬步總管。晉王還魏州，遣李嗣昭權知幽州軍府事。

賀瓌攻德勝南城，百道俱進，以竹笮聯艨艟十餘艘，蒙以牛革，設睥睨、戰格如城狀，橫於河流，以斷晉之救兵，使不得渡。晉王自引兵馳往救之，陳於北岸，不能進；遣善游者馬破龍入南城，見守將氏延賞，延賞言矢石將盡，陷在頃刻。晉王積金帛於軍門，募能破艨艟者；眾莫知為計，親將李建及曰：「賀瓌悉眾而來，冀此一舉；若我軍不渡，則彼為得計。今日之事，建及請以死決之。」乃選效節敢死士得三百人，被鎧操斧，帥之乘舟而進。將至艨艟，流矢雨集，建及使操斧者入艨艟間，斧其竹笮，又以木罌載薪，沃油然火，於上流縱之，隨以巨艦實甲士，鼓噪攻之。艨艟既斷，隨流而下，梁兵焚溺者殆半，晉兵乃得渡。瓌解圍走，晉兵追之，至濮州而還。瓌退屯行台村。《資治通鑑・卷二七〇》

胡柳陂戰場上，輕雪飛揚，泥地濕濘，梁晉雙方正展開有史以來最激烈的肉搏交鋒！

當河東文官、輜重兵被王彥章的騎兵嚇得從山坡後方奔出，衝向周德威左翼軍，衝撞得一團混亂時，李存勖正專注在破開賀瓌的步兵陣，壓根不知發生何事，眼看己軍忽然大亂，兩翼盡失，僅存的中軍也嚇得驚慌失措，敵人的步兵重陣卻形成一個嚴嚴整整的四邊形，由四面八方步步推進，不斷輾壓到處逃竄的晉騎，再過不了半日時間，所有晉騎都會被擠到中間，射殺至死，再無逃脫的可能！

任何將領面臨如此緊急突發的狀況，身邊卻沒有半點外援，絕對只有敗戰身死一途！

可李存勖是天生的戰神，對戰場形勢的分析有著超乎常人的敏銳，也有超乎一切的勇氣和毅力：「我手中明明還有數萬兵馬，只是散落在戰場上，未能聚集起來，怎能輕易認輸？」這麼一想，立刻激起鬥志：「只要找到轉敗為勝的關鍵，便有機會贏了！」見賀瓌厲箭射來，手中長槍一個迴旋，將箭矢反撥回去，同時翻身躍起，站立到馬背上，居高臨下地眺望，觀察四周形勢：「我戰陣雖亂，可傷亡不重，且都是騎兵，這幫梁狗卻是步兵，看來王彥章的騎兵隊並沒有加入，或許是被大哥纏住了……我只要設法突破一道防線衝出去，梁狗便追不上！只要再找到一個地方讓軍隊暫時休息，重整旗鼓，我就能捲土重來，即使以少擊多，我也能打敗這幫梁狗！」

他分析得不錯，倘若此刻王彥章的騎兵隊也在戰場上，那河東中軍連同他自己是必死無疑了，偏偏王彥章和騎兵隊不滿賀瓌的作為，一心想建立自己的軍功，搶了糧草後便轉往濮陽，想趁機將這座剛失去的城池奪回來。

李存勖放眼眺望，很快發現整個胡柳陂平原最高處乃是東邊那座山丘，心中盤算：「我先帶人搶佔那個制高點，樹立軍旗，把潰散的兵馬召集回來！等本王手中有數萬兵馬，再發一股狠勁往下衝，還怕衝不垮賀老頭的步兵陣？」

佔據高處，不但可俯瞰下方全局，梁軍也很難攀登上來，可讓己方人馬休息重整，李存勖微微思索，已判斷出那座土丘正是今日決勝的關鍵點，遂提功大喊：「隨本王搶佔東邊那座土丘！」

偏偏李存勖與賀瓌總是英雄所見略同，上一回李存勖無意中佔了賀瓌挑中的營地，以致於賀瓌疑心謝彥章而下手除叛，這一趟卻換成賀瓌回敬李存勖一局！

他見李存勖帶著一小隊親衛突破重圍，朝著高丘的方向奔去，立刻知道李存勖的用意：「一旦讓李小兒佔據了高坡，他的騎兵原本凶狠，又從高處往下衝，定是猛烈如洪水，勢不能擋⋯⋯」又想自己的軍隊距離較近，何不搶先一步佔據山頭，教對方不能得逞？遂呼喝陣勢轉動，把自己的中軍和朱珪的右翼結合成七萬大軍，憑著人數優勢擋住晉騎，硬是搶先一步佔據了土丘。

晉軍見數萬梁軍盤據整座土丘，嚴整堅固，旌旗獵獵，簡直形成一座不可撼動的大山，而己方軍陣大亂，散落在平原各處，很容易被敵兵衝撞撲殺，左右兩翼又不見蹤影，都心生害怕。

李存勖原本還寄望周德威、李嗣源能夠回援，可勉強支撐許久，遲遲不見他們歸來，如今左右兩翼皆失去蹤影，中軍又凌亂分散，對方卻保有七、八萬嚴肅整齊的步軍，還佔據了制高處，他從未遇過如此艱難的情況，心中頓時起了猶豫：「我究竟該戰該退？」

卻說李從珂被留在戰場上，仗著勇武過人，深得李嗣源精髓的高超槍法，率了一支橫沖都在千萬亂軍中東突西馳，一邊救援受困的河東兵，把他們聚集起來加入自己的隊伍，一邊返回左翼的陣地上，尋找周德威父子的屍身，忽然間，他目光一亮，發現一道清瘦身影在戰地裡亂走亂轉，似乎也在尋找什麼東西，便策馬趕了過去，長槍一揮，直接將對方挑在半空中，這才發現竟是馮道，歡呼道：「馮巡官！你還活著！真是太好了！」

馮道一邊專心找人，一邊小心閃躲亂軍，冷不防被李從珂從後方挑起，舉在半空中，著實嚇了一跳，手腳亂揮驚呼道：「唉喲！」待看清是李從珂，也歡喜道：「三郎！原來是你！太好了！」又咕噥道：「可你打招呼的方式也太嚇人了！」

「對不住！對不住！我怕是敵兵，就搶先下手！」李從珂說話間，長槍一甩，便將馮道拋向自己後座，馮道嚇了一跳，幸好李從珂身手確實不錯，他還沒驚呼出聲，已穩穩坐在馬背上。

李從珂載著他東奔西竄，一邊抵擋梁軍攻擊，一邊問道：「你怎麼會在這裡？你在找什麼？」

馮道將文官和糧草兵的遭遇大致說了，又道：「我想找周總管……」其實他想說的是「我想把周總管的屍身帶回去，大王、河東兵將，還有他的家人一定很想見他最後一面」，但面對李從珂，他實在說不出口，也不知該如何解釋，便把話嚥了回去。

李從珂道：「阿爺也讓我找周總管，我已經在這附近打轉好一會兒了，並沒有瞧見總管，或許他已經退走了……」

馮道正想說些什麼，忽然發現前方山丘底下一支黑色旗幟緩緩立起，上面寫著大大的「晉」字，歡呼道：「三郎！你瞧！」

「是王旗！大王在召集散軍，咱們快過去！」李從珂連忙高聲一呼，召集眾部屬隨自己前去。

李從珂載著馮道，率領一支橫沖軍，東突西馳，終於與王軍會合，一見到李存勖，心情十分激動，立刻跳下馬來，奔到李存勖面前行禮，一邊抹去臉上血水，一邊哽咽道：「大王……」一句話還未說完，李存勖卻比他更激動，一把抓住他的肩膊，急問道：「你阿爺呢？橫沖都加上邢魏騎兵也有兩萬人，怎麼只剩下這一丁點人？他們全戰死了？」

李從珂當時離得較遠，並不知道李嗣源因為聽見大王撤退的消息才著急離開，只遠遠聽見李嗣源拋來一句：「阿三留下救人，找周總管父子。」他對李嗣源的決定從不懷疑，於是就帶著一支橫沖都在戰場上東闖西轉地解救受困的晉兵，尋找周德威，直到看見王旗，才把人全帶過來。

聽大王這麼質問，李從珂也不知道怎麼回事，只好老實答道：「沒有戰死，但他們去了哪裡？我也不知道。」

李存勖知道李從珂向來把李嗣源看得比自己性命還重要，急道：「你不是一直貼身護衛他嚒？怎會不知道？難道他……」想到大哥可能戰死在亂軍中，不禁倒抽一口涼氣，不敢再說下去，免得動搖軍心。

李從珂再老實，也看出事情不對勁，想起李嗣源帶軍渡河的背影，心想：「大王還在這裡，阿爺卻跑回北岸去，萬一大王打了敗仗，回去之後，第一個要怪罪的就是阿爺！臨陣脫逃是死罪，阿爺恐怕會腦袋不保……」一時不知所措，只支支吾吾地答不出話。

此時馮道也過來了，連忙接口道：「啟稟大王，大太保沒有戰死……」一句話未說完，李存勖忽然認出眼前這個滿身風沙鮮血、滿頭散髮的狼狽人兒竟是馮道，又一把抓住他激動道：「你還活著？太好了！太好了！」又取笑道：「你這傢伙沒什麼厲害本事，就是逃命功夫一流，本王根本不必為你擔心！」他說「不必擔心」，其實就是曾經十分擔心。

馮道見他關心情切，深感其誠，忍不住紅了眼眶，深深行了一禮，道：「托大王鴻福，卑職完好無恙，只不過逃難時沾惹了一點別人的血，並無大礙。」見李從珂答不出話，便接著回答：「當時王彥章假意與大太保對衝，卻忽然施出詭計，攀過山坡來偷襲我們糧草隊，大夥兒實在不敵，只能匆匆逃命。」他不敢說是李存審不顧軍命，才害大家遭難，也不敢說周德威父子已戰死，更不敢說李嗣源已渡河回北岸了，只輕描淡寫將所有災難指向王彥章的偷襲，免得李存審、李嗣源受到懲處，還連帶影響軍心。

李從珂聽見馮道這麼回答，連忙跟著說道：「大王放心，阿爺沒有戰死！當時我們與王彥章對衝後，王彥章就跑得不見人影，阿爺原本還想帶我們回援主戰場，只不過忽然有一波亂軍衝來，我和阿爺因此被沖散了，他還遠遠地大喊教我留在戰場上救人。」

李存勖聽見自己中了王彥章的詭計，氣得咬牙切齒：「待本王訓練好夏魯奇，定會連本帶利地討回來！」

馮道接口道：「另有一幫文官和糧草兵藏身在前方樹林裡，卑職冒險出來尋找大王，就是特意來報告這個好消息。」

「你做得很好！」李存勖聽出是馮道帶他們藏起來，又見他回到身邊，頓時有如吃了一顆定心丸，立刻振奮起精神。

但其他將領聽李從珂與李嗣源竟被沖散了，可見當時戰況實在激烈，忍不住勸道：「大王，如今兩翼大將都不在，咱們還是謹慎為好。」「留得青山在，不怕沒柴燒，此刻咱們雖有些小挫折，可實力仍然雄厚，不如暫時撤回魏州，重整兵馬，再來與梁狗決一死戰！」

李存勖等了十年，終於等到黃河結冰，眾藩歸附，集結了十萬大軍前來，要就此退去，如何甘心？「萬一明年黃河不結冰，就沒機會了！」又想：「我這一路行來，皆是以少勝多，甚至僅憑數百兵馬就能勝過二十萬大軍，今日如何不能戰？」遂指著前方那座山頭，大聲道：「今日這一戰，雙方誰先搶下那座山頭，便能勝出！雖然梁賊已捷足先登，但他們剛剛上去，還未站穩，本王決定徵召一名勇士和我各率一隊騎兵前去突襲！你們有誰願意和我一起去立下頭功？」

眾人都知道這是大功，一旦創立王朝，必有大封賞，但這事又實在太危險了，只有二太保李嗣昭挺身而出，道：「梁軍盤據在高丘上，想正面突破實在困難，不如採取迂迴方式，從東邊繞向後方偷襲。」

李存勖同意李嗣昭的看法，遂命令他率一隊騎兵潛行至山丘後方，伺機向梁軍發動突襲，自己則領頭在前，帶著李建及的銀槍效節都、李從珂的橫沖都這兩支最悍勇的軍隊正面強攻，一方面是仗著自身勇猛，在前方開路，另方面也是掩護李嗣昭的突襲行動。

梁軍見晉王強勢攻山，拼命抵擋，雙方苦戰半天，李存勖果然把土丘搶了下來。

梁軍被趕下山，撤退至土山西側的平地上，但平原無險可守，賀瓌為防晉軍來攻，命令眾軍結成方陣，綿延數里以固守。

李存勖成功搶佔土丘後，立刻樹立帥旗，山下如無頭蒼蠅般亂衝亂闖的晉軍，一看見帥旗，果然像蒼蠅發現蜜糖般，立刻飛奔過來，不到半個時辰，原本散亂的中軍竟有一大半都歸了隊，而這幫騎兵有的是鴉軍，有的是銀槍效節都，都是精銳中的精銳！有了這幫悍兵，李存勖心中有了底氣，便想與梁軍再一決死戰。

偏偏雙方已經從午時打到深夜，士兵們都疲累交加、飢渴難當，實在無力再衝陣，李存勖忽然發覺自己費盡力氣佔據的制高點，並沒有半點糧餉！待在這片光禿禿的坡頂上，如何餵飽士兵？就算想下山去找食物，山下有數萬梁軍黑壓壓一大片地嚴陣固守，李存勖和眾將領這才驚覺：「賀老頭讓出山丘，原來是想把我們困在山頂上！這下咱們可是自投羅網了……」

山下梁軍副帥朱珪前來請示賀瓌是否要開灶，賀瓌望望自己的士兵，又抬首望向山丘上那一幫強悍的晉軍，想了想，道：「不但要開，還要大大地開，最好讓山上賊人都聞得到香氣！」

晉軍看著山下七萬梁軍大肆開灶的情形，更加飢餓難耐，忍不住一次次吞嚥著口水，肚腹卻不斷傳出咕嚕嚕的聲響，想到糧草都沒了，要被困在這光禿禿的山頂活活餓死，心中都惶惶不安。

眾將領見到士兵的神色，知道他們快撐不下去了，軍兵一旦餓得狠了，很可能會兵變倒戈，甚至是互相殘殺，便紛紛向李存勖勸說：「如今我們被困在山頭上，沒有半點糧食，梁軍卻可以在下方吃飽喝足，只要圍個數日，坐等咱們活活餓死，這一場仗不必打就贏了！」「此刻還有力氣突圍出去，若再拖延下去，情況只會更加不妙，臣等請大王先退兵，待來日整好兵馬，再重新南下。」

李存勖見眾人士氣頹靡，內心實在糾結：「此仗耗盡我河東所有，一旦敗了，定會兵敗如山倒！不只魏博會反，幽州也會生出亂子……」這一剎那，他忽然想起馮道曾勸說要善待幽州兵將，他卻遲遲未行動，以至埋下今日這一戰的禍根！

如果這個反省的意念可以停留在他心裡久一點，或許他的命運就會改寫了，可他很快把這念頭拋諸腦後，心思只專注在如何解決眼前的困難，越大的挑戰越能激發他的鬥志：「我們等了十年，好不容易集結十萬大軍渡過黃河，就要攻入開封，難道你們真想撤兵？」

他極需有人來附和己意，眾將領才會跟隨，從前總是李嗣源挺身而出，橫沖都的勇猛也總能激勵眾軍，可偏偏最關鍵的時刻，這位一向倚賴的大哥卻不見蹤影，而李從珂顯然不懂這種細微之事，只呆呆地望著自己，教李存勖心中好不著急。

「卑職有個小小的看法……」馮道只是一名小巡官，平時眾將領商議軍情，也輪不到他發言，此刻情況非比尋常，便說道：「卑職以為梁軍在平原上大開鍋灶，不僅僅是想誘惑我軍，而是他們真的餓了！」

李存勖英眉一挑，來了興趣，道：「哦？你有什麼看法？」

馮道說道：「梁兵並不像咱們的士兵只是餓了，而是又餓又累，累到沒力氣打仗，賀瓌不得不放飯，但又怕咱們在梁兵吃飯休息時發起攻擊，才故意弄出一個『舖灶傳香』的詭計，讓咱們誤以為他是用飯香在引誘我們，而不敢輕舉妄動。」

李存勖聽得雙目放光，問道：「何以見得？」

馮道說道：「大王請想，我軍是提前一天就埋伏在胡柳陂，吃飽喝足，好整以暇地等他們到來，且留在這裡的大多是騎兵，這一整天打下來，騎馬飛馳，體力消耗不大；而梁軍是步兵，不只身穿盔甲重裝，靠著兩條腿一路追趕，好不容易抵達戰場，就馬上開戰，又整整打了一天，任誰都累癱了！倘若他們還有力氣，首先應該紮好營寨，有了營壘圍護，士兵們便可安心吃飯休息，將我軍緊緊圍在山上，又何必冒著風險露天放飯？」

「不錯！」李存勖歡喜道：「梁軍盤聚山下，看似壯盛，卻沒有搭建營壘，單從這一點來判斷，就知道他們餓壞了，再加上梁京就在附近，他們一定歸心似箭！」

大梁降將閻寶上回跟隨李嗣源、李存審救援幽州，立下大功，升任天平節度使、東南面招討使，如今也成為李存勖心腹猛將之一，聽馮道這麼提醒，心知李存勖就想決戰，立刻附和道：「依臣瞭解，王彥章性情剛烈不阿，見賀瓌冤殺謝彥章，心懷不滿，這才自行其事。從他與大太保衝撞後消失的路線判斷，他應是搶掠咱們的糧草後，就轉去搶奪濮陽城，不會再回胡柳陂了。

山下只剩步兵，梁軍向來不能吃苦，一旦開灶吃飯，便會鬆懈下來，只要咱們憑藉高地一舉衝下，必能大破敵軍。如今咱們已深入敵境，兩翼又失利，如果再引退，只會弄得人心惶惶，賀老戰陣經驗豐富，定會立刻起兵追擊，到那時我們軍心渙散，就不戰而潰了。戰場上，必須把握情勢，果斷不疑，倘若不能拼命奪取勝利，縱使退回北岸，好不容易取下的河北也會反覆，還望大王下令，讓臣隨您前去和梁軍一決勝負！」

李存勖但覺閻寶句句切合心意，大喜道：「說得太好了！」

二太保李嗣昭道：「我先率騎兵去襲擾，讓梁賊也吃不了飯，大家都是餓肚子，咱們的士兵肯定比他們更勇猛，等梁賊挨不住想撤退時，大王便可大肆追擊，倘若現在收兵回去，剛好給朱小兒時間重新整頓大軍前來，到那時，勝負便未可知了！」

銀槍效節都統帥李建及也贊同道：「既然王彥章帶著騎兵隊跑了，留下來的步兵就只顧著吃飯，如果我們趁機衝下，肯定能拉枯摧朽般一下子摧毀這幫軟腳兵！大王只管安心待在山上，觀看臣如何為你破敵！」毅然拿起長槍，等著李存勖一聲令下，就要出發。

李存勖原以為大家都想撤退，此刻方知身邊幾位心腹猛將都有拼戰的決心，驚喜道：「幸好你們齊心勸進，否則本王差點做下錯誤決定！」

馮道心想：「大家這麼齊心，我也來湊個熱鬧！」便道：「大王，卑職先回山林裡找那幫文官，免得大夥兒擔心，他們一定也想為大王出點力。」

李存勖雖覺得納悶：「文官能出什麼力？」但想讓馮道去找回那幫文官確實重要，免得眾人流落在外，又遭遇不測，便道：「你好好把他們帶回來就是，打仗的事交給本王，你們就別摻和了！」

「是，卑職這就下山。」馮道行禮告辭後，轉過身向李從珂霎眼，用口型悄悄吐了「先鋒」兩字，才獨自溜下山去。

李從珂被這麼一提醒，恍然大悟：「平常都是阿爺當先鋒，我跟在旁邊，此刻他不在，當然要由我扛起這先鋒重任，只要我助大王打了勝仗，他一高興，就不會怪罪阿爺了！」連忙道：「大王，末將願為你做先鋒！」

「好！」李存勖知道李從珂向來勇武，有如小「李嗣源」，歡喜道：「這次你就子承父業，代替大太保充做先鋒！」但心中擔憂他並不能真正扛起先鋒重任，決定再加一名猛將，吩咐道：「從珂、閻寶聽令！你二人各率一隊兵馬，左右並行、互相配合，在前方開路，二太保、建及各率一隊隨本王大破敵軍！」

「是！」眾將領齊聲稱是。

李存勖對著眾士兵高聲激勵道：「賀老頭自己的兵餓了，就以為我們也餓了，還想用『舖灶傳香』的伎倆摧毀我軍士氣，卻不知我們生於草原、長於戰場，最吃苦耐勞，可不是他們那幫好吃懶做的軟腳兵。現在趁梁賊放鬆吃飯，咱們大隊騎兵忽然衝下，定會嚇得他們落荒而逃，到那時，咱們先搶他們的糧餉，待吃飽喝足後，再一舉攻入開封，搶佔大梁的財寶！」

晉軍原本餓得兩眼發昏，聽到衝下山搶梁軍伙食，立刻振奮起精神，都拿起武器跳上馬背，大聲歡呼：「我們隨大王衝陣！」

李存勖也跳上馬背，一揮長槍，大喝道：「兄弟們！衝啊！搶梁軍的糧吃！」「殺！殺！搶糧吃！」晉軍騎兵借著高坡下衝之勢，加快速度和力道，宛如一道道重雷轟隆隆而下。

此時就如馮道的研判，賀瓌知道己軍十分疲累，連紮營的力氣都沒有，誤以為晉軍也一樣，心想有自己有七萬大軍駐守山下，只一頓飯的功夫，應不會出什麼問題，待士兵吃飽有力氣後，再憑人數優勢一舉攻破飢餓的晉軍，為打擊對方的士氣，他還故意在平原上大肆舖張鍋灶，好加重晉軍的飢餓感。

未料這計策就好像在一頭飢餓瀕死的老虎面前懸掛一塊肥肉，他以為老虎已餓得四肢發軟，無力起身，萬萬想不到會激起餓虎拼命反撲！

梁兵好不容易能吃點東西，個個坐在地上狼吞虎嚥，什麼都顧不上了，卻忽然瞧見晉騎如洪水猛獸般轟隆隆地衝下，所過之處，鮮血噴灑四野，梁軍只嚇得魂飛魄散，拔腿就跑，連武器都來不及拿，有的甚至食物還哽在喉間，就被掃殺了。

賀瓌這個經驗豐富的老將，幾乎要把李存勖滅了，卻僅僅因為一頓飯的失誤，就讓梁軍再一次大潰敗，他雖竭力呼喝，想力挽狂瀾，無奈獨木難支，只能痛心疾首地看著自己七萬子弟兵到處奔逃，被僅僅兩萬晉騎無情屠殺，整片胡柳陂平原到處散落著梁軍丟棄的兵甲、輜重，橫屍近三萬，賀瓌自己也只能率領殘兵狼狽逃離危地。

馮道小心翼翼地躲開梁兵，獨自回去尋找那幫文官和糧草兵，告訴他們已經找到大王。那糧草兵乃是徵召的民夫，雖不擅長作戰，卻也是壯丁，馮道便召集大家一起在山林裡撿了許多樹枝，又去通知元城令吳瓊、貴鄉令胡裝兩人，教他們各自率領一萬多名老百姓到兩軍交戰外圍，用樹枝在地上來回拖動，揚起滾滾煙塵，四面擊鼓吶喊，以助晉軍威勢，讓奔逃的梁軍誤以為還有大軍埋伏，更嚇得不敢回去集結，只爭相逃命，一路潰散千里。

雖然梁軍大敗潰逃，但晉軍兩翼失蹤，文官死傷無數，士兵疲累不堪，糧草也全數損失，只從敗退的梁軍手中搶奪一些糧草暫時支應。

李存勖衡量實際形勢後，心知不可能再深入敵境直下開封，便帶著兵馬回到梁軍原本的營地「行台村」，讓士兵們暫事休息，並設法召回流散在外的士兵，又派人快馬趕回北岸，通知魏博軍府快快送糧草過來，以圖後續。

千里大雪飄飛，遍地銀妝素裹，如此美麗純淨的景致，卻掩不盡一望無際的屍身，洗不淨滿地的殺戮鮮血。

胡柳陂大戰結束已經一天了，李存勖站在主帥營帳前，時而抬首望天，時而張望著遠方的歸人。

許多流散在外的晉軍對這一戰仍心有餘悸，可是身上受了傷，又能去哪裡？雖然回歸之後，就得面對下一場大戰，或許會輪到自己喪命，但若是不回營，沒有傷藥和糧食，在這深雪茫茫、冰天凍地裡，就只有死路一條，於是當他們聽見大王在召集流兵，便互相走告，在大雪中一個個攙傷結伴，相互攙扶地回來了。

李存勖站在營帳外許久，卻始終沒有等到最掛念的人，內心不由得七上八下，雖然沒有人敢告訴他實情，但從回歸的幽州兵口中，他已經隱約猜到結果了，心中也有了最壞的打算，可是生要見人、死要見屍，他不能讓一個對河東居功厥偉的英雄流落在外，任敵兵踐踏，任鷹鳥啄食。

他抬首仰望雲空，只見茫茫深處，不斷潑灑下雪粉，彷彿永遠沒有盡頭，根本無法看清上面是否真有天神，但他仍是懷抱著微弱的希望，誠心地祈求上蒼，期盼會有奇蹟出現。

終於，在朦朧雪霧中，有幾個傷兵結伴回來了，領頭的一人黝黑高壯，滿身鮮血，正是周德威的長子周光輔，他低著頭、彎著腰，背上馱著一名垂軟的灰髮老將軍，小心翼翼地踩過厚茸茸的積雪奮力往前走，身側還有另一名將士馱著一名年輕兒郎，亦步亦趨地跟隨著。

周圍則有幾名滿臉悲憤，滿身傷血的鐵林軍，手執兵器圍護在他們左右，始終保持著就算拼上一條命，也絕不讓任何敵人侵犯的氣概。

即使李存勖心中已做了最壞的準備，看見這景象，仍是震撼無已，甚至是舉步艱難，不知如何反應，直到周光輔把父親和弟弟的屍身抬進主帥營帳裡，平放在草蓆上，李存勖見到周德威血戰後的殘破形貌，已失去往日威嚴，身上盔甲被敵人的刀劍砍得破損不堪，可以想見直到最後一刻，他仍拼盡全力在捍衛河東，以至全身上下傷痕累累，沒有一處完整，想到他從此再也不能站出來提醒保護自己，而從前自己卻時常嘲笑他膽小，一股悲慟與自責沖湧而起，再也無法強自鎮定，忍不住雙膝一軟，趴伏在周德威屍身上嚎啕大哭：「周叔叔，是亞子不好！是我不聽你的勸告……才讓河東痛失良將，亞子也失去一位好叔叔……這全是我的錯……」

父親去世、李克寧叛變之後，他已經把周德威當成最親的長輩，是打從心裡敬重、信任這位一直忠心輔佐自己的叔父，只不過他年輕氣盛，才時常反對周德威的保守，此刻再多的淚水、再深的悔恨，也挽不回一位赤膽忠心的老臣，他只能把周光輔從幽州中軍兵馬使提升為嵐州刺史，以慰周氏子弟，並讓李嗣昭暫領幽州，好安撫幽州軍心。

胡柳陂一戰，雙方都損失慘重，周德威的鐵林軍連同幽州兵傷亡慘重，河東驟然失去一大支柱。李存勖擔心濮陽被王彥章奪回去，讓軍兵休息兩天後，便又帶著數萬兵馬轉往濮陽，幸好王彥章聽到賀瓌大敗的消息，心知憑他手中幾千騎兵，就算佔據了濮陽，沒有後續支援，也守不住城池，既然情況不利，就不需要多費兵力，便識趣地離開了，李存勖的軍隊因此不必打仗，就得以順利入駐濮陽城，兵將們總算鬆了一口氣。

許多文官驚魂未定，一進城中不是唉唉慘呼，就是瑟縮在一旁休息。馮道可沒敢歇息，他身為巡官，主管後勤，見眾人情況慘烈，身上多有傷口，深怕他們在寒冬雪夜裡會感染風寒，又或是傷口引發高燒，便讓伙夫先熬煮薑湯，分發給眾人消炎保暖，又做一大鍋燒餅讓士兵們充飢，接著派人到城中商號或庫房中尋找可用的藥材，為受傷的士兵擦藥裹傷，最後還為馬兒備齊糧草，如此不眠不休地忙了數日，才將一切後勤事務大致安頓好。

士兵們見這新上任的馮巡官處事得體，待人親切，心中登時暖了幾分，也才真正放鬆下來。但總管周德威、掌書記王緘的死，還有伶人團的失蹤，都讓大王心情悲鬱到極點，時時發怒，晉軍的士氣也跟著十分低靡，這時候，另一名失蹤的大將軍卻忽然回來了！

李嗣源渡河至北岸，遍尋不著李存勖的身影，恍然明白自己被謠言所誤，雖然立刻帶著軍隊回頭，可胡柳陂大戰已經結束了，晉軍僥倖勝出，卻也損失慘重，李嗣源極可能受到死罪重罰，但他沒有一絲猶豫，立刻帶著軍隊馬不停蹄地趕回來，心中只有一個念頭：「只要亞子還需要我，我就必須回去出一分力！他若真要降罪，我也不能壞了軍紀，讓他為難，我手上這些都是河東士兵，無論我自己如何受罰，仍必須讓他們歸隊，不能影響河東大局！」

濮陽城主帥軍營裡，李存勖正與眾將領討論接下來的戰略，忽聽見李嗣源帶兵回歸的消息，一時間喜怒交加，不知該怎麼對付這位大哥。

他原本十分擔心李嗣源會因為害怕死罪，索性帶著兩萬兵馬一走了之，如果真是這樣，可就太糟糕了！他曾想派人去尋找李嗣源，說只要他肯回來，一切好談，但如今見李嗣源拼著殺頭的風險也要把軍隊帶回來，足見大哥對自己的忠心義氣，也為此刻損失慘重的河東軍立刻增添了一股強大的生力軍，欣慰之餘，卻又忍不住沖湧起一股怒火，但覺文官伶人傷亡、糧草損失，乃至周德威身亡，河東大業止步於此，十年心血付之一炬，這一切的一切，都是眼前人造成的，若不重罰，實難消心頭怒火。

李嗣源平時待人誠懇寬厚，凡事以身作則，向來為軍兵仰望，今日一時不慎犯下滔天大錯，眾將領見大王臉色一陣青、一陣白，都為李嗣源捏了一把冷汗，暗暗想著該怎麼替他說話，才不會觸怒大王，李從珂更是一聽到消息就奔了進來，想伺機求情。

李嗣源擔心李存勖盛怒之下，會將兒子李從審、女婿石敬瑭、副將安重誨等將領一併處死，便將他們都留在營寨外，只一人卸去盔甲、解下武器，獨自走進王帳中，一見到李存勖坐在大位之上，立刻主動下跪叩首，謝罪道：「臣受人矇騙，以至貽誤軍機，萬死難贖其罪，但憑大王責罰。」

李存勖怒道：「你身為右翼大將，不是應當為本王拼死戰鬥麼？你渡過河岸是要往哪裡去？你是以為我死了，就要逃回去嚒？先王與我等了十多年的大業，就這麼毀在你手中！」

李嗣源當時太著急了，以致聽人傳言便匆匆趕回去，卻因此鑄成大錯，面對李存勖的質問，又聽見周德威及眾文官的死訊，他羞愧難當，心中難過至極，不禁紅了眼眶，再次叩首謝罪，哽咽道：「臣沒有保護好大王，帶領好軍兵，以至大業失敗，兵將傷亡，這一切都難辭其咎，無論大王如何處罰，臣都甘心領受。」

李從珂連忙奔到父親身邊，也一併下跪叩首著急道：「求大王念在阿爺幾次率領橫沖軍不計生死，充做先鋒的份上，讓我們戴罪立功，我橫沖上下必以死命報答大王赦罪之恩！」他一直很擔心李嗣源會受重罰，不善言辭的他實在不知如何求情方能打動大王，後來得馮道暗中提點，便牢牢背出這一番話來。

李存勖不置可否，只冷著臉對身邊的侍衛道：「你們去抬三罈酒和一大缸酒進來！」待酒罈、酒缸抬進來後，李存勖對李嗣源道：「第一罈酒，賜你於潞州之戰時，首先攻入夾寨之功，來人！賜酒！」

李嗣源一愣，心想：「死囚都有斷頭飯，大王知道我愛喝烈酒，如今要賜我死罪，便讓我喝飽了酒才上路，可當個飽酒鬼，他待我這個大哥真好！」誠心叩首道：「多謝大王賜酒！」便一口氣乾盡。

李存勖又指著第二罈酒道：「這第二罈酒賜你於柏鄉之戰，單槍匹馬去挑戰梁營，瓦解敵軍士氣！」

李嗣源二話不說，又乾盡第二罈酒，才道：「謝大王賜酒！」

「第三罈酒——」李存勖道：「是賜你在幽州之戰，不計生死也要活捉耶律倍，才逼使契丹退軍！」他自己說到這裡，忽然想起：「幽州那一戰，若不是大哥拼死相救，周叔叔早就身亡了……這救一命、害一命，也算功過相抵了，我就莫要再記恨於他……但這違抗軍令，是不能不罰的！」

李嗣源心想：「我犯了這麼大的錯，可每一件立下的功，亞子都還記得，足見他是個重情義的兄弟……」這麼一想，心中甚是感動，但覺雖死也無憾了：「他一共準備了三罈酒，這一罈喝完，便該上路了……」對身旁的李從珂道：「你要好好照顧家裡。」

李從珂忍不住哭了起來：「阿爺……」其他將領也忍不住紅了眼眶，暗暗拭淚。

李嗣源又對李存勖道：「臣犯下大錯，雖死無怨，但我手下士兵乃是聽令行事，還請大王饒恕他們，使他們能為大王所用，再建軍功。」說罷便把第三罈酒爽快喝下。

李存勖對眾將領朗聲道：「臨陣脫逃，乃是死罪！大太保所犯，其罪當誅……」眾人忍不住驚呼出聲，正想開口求情，只聽李存勖又道：「但軍法之中也有將功贖罪，大太保為河東赴死無數次，單單是剛才那三大功，每一功都可贖抵一回死罪！」

李嗣源父子一愣，互相望了一眼，都想：「大王的意思難道是……」

李存勖望著滿身風霜的李嗣源，憶起這位大哥總是充做先鋒的愛護之情，甚至把十年功力奉送給自己，又何忍真的賜他一死？但若是不罰，又如何治軍？在這之前，他已糾結思索許久，總難下決定，又不想讓其他將領發覺自己的愁煩，最後仍是忍不住問計於馮道：「倘若大太保真的回來，你說，本王該如何處置？」

馮道恭敬道：「這件事原本不容一個小巡官置喙……」

李存勖心情已夠惡劣，忍不住發火道：「本王讓你說你便說！這麼多廢話做什麼？」

馮道仍是不疾不徐地說道：「大王如果真想賜死大太保，於法有據，又何必來問卑職的意見？」

李存勖恨聲道：「但若不依律處刑，本王難消怒火！」

馮道溫言道：「大王失去一位好叔父，心中悲怒難消，倘若再處決一位好大哥，只怕日後會悲上加悲、恨悔莫及，徒讓親者痛、仇者快，又有什麼益處？」

李存勖心想：「他說的不錯，我殺了大哥，只是讓橫沖軍兵心生不滿，卻讓大梁痛快，這蠢事如何做得？」又道：「但不依律懲處，本王就帶頭違反軍紀！就算不處死大太保，至少也該賞個一百軍棍！」

馮道說道：「饒了死罪，只處罰軍棍，足見大王宅心仁厚，只不過……」瞧了李存勖一眼，又嘆道：「大太保從前身子挺好的，內功也高強，挨一百軍棍頂多休息三日，便可恢復，但不知怎地，我總覺得他後來虛弱了很多，或許是年紀大了，功力好像退步一大截，而我軍已深入敵境，戰事十分緊張，我怕大太保挨了一百軍棍後，去了半條命，再也無法為大王衝鋒作戰。」

馮道一席話又提醒了李存勖，當初在蘆葦蕩一戰，他中了劉鄩和王彥章的埋伏，內傷沉重，是李嗣源輸了十年功力保住自己，想起這位大哥的情義，他第一次感到這件事比對付大梁還頭疼，沉聲道：「本王究竟該怎麼做，才能化解這一局？」

馮道說道：「這事其實很簡單，就讓大太保功過相抵，既顧全大局，也顧全兄弟情義，大太保是個極重情義的血性漢子，經此一事，必會更死命效忠大王，絕不敢有負，如此豈不是一舉數得？」

李存勖不知馮道是有意還是無意，但確實刺中了他內心深處不敢言說的顧忌：李嗣源手下猛將如雲，又廣受軍兵愛戴，倘若忽然有了反意，將會是一場極可怕的風暴，雖然這位大哥一直忠心耿耿，但經過李克寧叛變後，他再也不相信誰會永遠忠心！

他心知李嗣源會如此愛護自己，是由於父親的大恩，馮道的意思是教他趁機施個大恩給李嗣源，從此便能真正收服這名猛將，也就化開心頭疑雲，他深覺有理，下定決心道：「你有什麼法子可以讓大太保功過相抵，眾兵將又能服氣？」馮道遂提出「賜酒三罈、先功抵後過」的法子。

李存勖拉回了思緒，對眾將領朗聲道：「大太保雖犯死罪，但潞州戰役之功足以抵死一次，你們誰有異議？」

眾人連忙歡呼道：「大王明斷，我等毫無異議！」

李存勖道：「好！死罪可免，活罪難逃！」

眾人心中都是一跳，暗想：「大王少不得要打大太保一百棍……」

李從珂連忙道：「子償父過，末將願代替阿爺領受責罰。」

李存勖肅容道：「本王也是瞧你在胡柳陂戰役上，代替你阿爺充做先鋒，立下汗馬功勞，這才饒他死罪，但無論如何，這活罪是萬萬不准頂替了！」

李從珂只好恭敬稱：「是！」

李嗣源心中萬分感激，紅了眼眶道：「大王仁厚，不治臣死罪，已是莫大恩德，任何罪罰，臣都甘心領受，絕不敢讓人頂替。」

李存勖見李嗣源悔過之意甚是誠懇，怒氣不禁又消了幾分，指著身前的大酒缸，道：「你今日過犯之大，有如這一大缸滔滔黃酒，你須把它喝盡，爾後仍要盡力盡忠，這才算把罪過贖清了！」

「是！」雖然這一缸酒甚大，只怕要喝到肚痛，但對李嗣源而言，已算是最輕的懲罰了，他由衷感激李存勖的赦罪之恩，連忙再次叩首謝恩，便跪在地上開始飲酒。

李存勖雖以「先功抵後過」的方法解決了處死李嗣源的難題，但等了十年的夢想破滅，內心始終餘怒未消，想起元行欽總是拼死護衛左右，一起吃喝玩樂，這一來一回的差距，心中對這位大哥的感情便冷淡許多。

正當李存勖冷眼觀看李嗣源大口喝酒，心中翻攪著百般滋味時，帳外忽傳來一陣騷動，幾個滿身灰塵血漬的伶人哭哭啼啼地奔了進來，一邊委屈哭喊：「大王……」一邊奔到李存勖腳前下跪叩首。

李存勖見是失蹤的伶人忽然歸來，歡喜得忘了一切，連忙彎身扶起他們，激動道：「你們竟然還活著？太好了！這幾日教本王好擔心啊！」

這幾位伶人正是景進伶人團中的成員，他們哭哭啼啼地起身圍向李存勖，其中周匝哭道：「都是小的不好，被敵人抓了，小人身死無妨，最怕的是再也不能為大王表演，與大王同樂了！」

另一名伶人陳俊趕緊說道：「那一日敵人忽然衝來，周匝被抓了，小人和儲德源怕大王擔心，便吃了千般苦頭、冒了萬般風險，總算合力把他救出來。」

那儲德源也加把勁說道：「我們三人一路躲避梁軍，打聽大王的落腳處，歷經千辛萬苦、九死一生，總算回來了！」

李存勖一掃連日來的陰鬱，哈哈大笑道：「你二人做得好！冒死救下本王的愛卿，立下大功，本王要好好賞你們……」眾人都以為是賞賜銀兩，卻想不到李存勖實在太高興了，脫口道：「就封賞你二人為刺史，各領一方！」

眾將領一聽，心中愕然：「他們不過是表演的伶人，何德何能足以擔任刺史？我們為大王幾次出生入死，卻連刺史還分封不到，只是小小騎將……」再看看仍跪在地上喝酒的李嗣源，忍不住又想：「大太保立下無數汗馬功勞，卻差點被砍頭……」心中不由得憤慨難平。

李存勖被幾個伶人歡歡喜喜地簇擁著離開，早已看不見周遭一雙雙眼睛都藏著怒火，只滿心想著今晚要好好聆賞幾幕戲曲，放鬆一下這幾日緊繃疲累的心情再說。

大戰當前，攸關生死存亡，李存勖心知不能一直沉溺在玩樂之中，一晌貪歡之後，很快振作起精神，重新展開佈局，把目標瞄準「德勝」，這地方乃是水上雙城，北城在黃河北岸，南城在黃河南岸，李存勖趁大梁朝廷還來不及整出新軍隊時，搶先進駐德勝北城，並舉兵奪下南城，如此一來，晉軍在黃河沿岸便能多佈一個渡口據點，將來就不必再擔心渡河的問題，可來去自如。

此時周德威去世，晉軍失去大統帥，李存勖必須找人替代，原本李嗣源是最好的人選，偏偏他犯下大錯，於公，不能這麼快被提升；於私，李存勖還放不下心裡的怨怒，但這段時間，他也漸漸想明白了，當時情況複雜，李嗣源的失誤乃是一連串的陰錯陽差，最根本的原因卻是李存審不聽指揮，臨陣丟棄了文官和輜重兵，以至損失慘重。如今事過境遷，倘若要回頭追究，那麼周德威亡故，李嗣源、李存審同犯大錯，晉軍三大將領全倒下，他便無人可用了。

李存勖環顧帳下猛將，無人可堪大任，思來想去，也只好硬生生忍下怒氣，暫時放過李存審，甚至還提拔他擔任晉軍大統帥，但這件事卻成為李存勖內心抹不去的怨結。

周德威善分析戰場形勢、李嗣源擅衝鋒，李存審則善謀略，他既代替周德威擔任內外蕃漢馬步總管，首要任務便是守住黃河以南的德勝南城，以免被梁軍搶奪回去，於是他定下計策，在德勝渡口的南北兩城都修築了寨壘，以堅固城池，接著又在兩城之間搭起一座浮橋，使南北來往通暢，如此晉軍可輕易從北岸到南岸，再也不用等黃河結冰才能進攻大梁，而兩城守軍也可隨意調動，互相支援。

大梁朝廷歷經這一場大敗後，雪上加霜，已然動搖國本，又聽到晉軍趁機奪下德勝，更是嚇得驚慌失措，京城瀰漫著一股逃命氣氛，直到發現晉軍暫時無力推進，朱友貞才安定下來，籌思對策，繼續任命賀瓌為大統帥，命他務必要將德勝南北城奪回來。

賀瓌抵達德勝南城附近，見晉軍主力駐紮在北城，便定下戰略：一邊斷開北城的支援，一邊發兵全力搶回南城。

他先利用竹索將一艘艘竹船連接起來，接著用火點燃，讓一大片火船順流而下，燒毀李存審連通南北城寨的橋樑，讓晉軍無法派援軍過來，接著又用竹索將十幾艘艨艟戰艦連接起來，每一艘船艦都包裹厚牛皮，船艦上方有女牆垛口，梁軍可躲在裡面射發炮石和飛箭，如此連成一片，橫陣於江面，就好像一座堅厚的水上堡壘，一旦晉軍想要乘船渡河過去援救南城，梁軍便會立刻發射炮石轟翻對方的船，或是飛箭如雨地射殺晉兵。

李存勖幾次親自率軍衝陣，都鎩羽而歸，只能將大軍列陣於北岸，眼睜睜地看著南城烽烟四起，漸漸陷入危局，卻苦無對策，他心知南城一旦淪陷，等於好不容突破的河岸防線又被堵了回去，接下來梁軍士氣大振，又在境內作戰，必會源源不斷地派遣援軍和物資過來，不只會趁機攻破北城，還會順勢收回濮陽和楊劉。

反觀晉軍經歷胡柳陂一戰，已然疲憊，如果不能守住德勝南北城，士氣大洩、後援無力，就只有退回黃河北岸了，李存勖絕對不想十年心血功虧一簣，所以能否突破賀瓌剛強的水上堡壘，成為河岸爭奪戰的關鍵！

但如今南城消息斷絕，情況不明，李存勖於是下令徵召善泅水的壯丁，潛入河底，游進南城，去見南城守將氏延賞，察看城中情況，並商討有什麼法子可以裡應外合。

這河岸附近多的是泅水好手，便有一位馬萬漁夫帶著幾名好手前來應徵，他們也依照晉王的吩咐行動，果然見到氏延賞，卻帶回一個壞消息：「氏將軍說弓箭石頭都快用盡了，如果遲遲沒有援軍，再過幾日，南城就守不住了！」

李存勖心中焦急無已：「想不到這賀老頭步兵陣厲害，運用到水戰上，也有一套！」幾度召來將領商討對策，偏偏眾兵將想的法子都不管用，晉軍始終無法突破賀瓌的鐵艦封鎖。

面對德勝戰況危急，又失去掌書記王緘，每天案牘堆積如山，李存勖幾乎快要發火，最後乾脆將這繁重的文書丟給王緘原本的小跟班馮道處理，令他意外的是馮道不只文采遠超過王緘，處理速度也更快，且所有案牘文件都安排得井井有條，於重要事項也會圈劃註記，讓李存勖一目瞭然，使他節省許多時間。

李存勖漸漸覺得在批閱文書這件事上，比從前更輕鬆了，但面對龐大的軍隊運轉，他仍然急需一位正式的掌書記來處理各種事情，不只執寫文書，還要能傳達命令，慰問部屬，協調鎮內各方人馬，甚至連祭祀天地，藩鎮之間的往來禮節都必須面面俱到，總之，凡是他懶得處理的雜務，只要丟一句話，掌書記都必須設法圓滿。

於是當所有武將絞盡腦汁想著如何破解賀瓌的水上堡壘時，文官的目光卻一致盯上掌書記這塊香餑餑，垂涎欲滴！

大家都知道李存勖快要開創王朝了，掌書記看似品級低，其實掌握著人員升遷、各方機密，只要服侍好大王，將來躋身凌雲閣，列為開國功臣，甚至長饗廟祀，都大有可能，因此各方山頭全動了起來，極力想爭取這個八品小官。

李存勖眼看各方勢力暗潮洶湧，實在無法輕易做決定，但又不能拖延太久，以免河東內部因衝突而造成傷害，更何況他也急需一個助手，思來想去，靈機一動，乾脆把兩件緊急事併做一件，出一道大家心服口服的考題：「誰能想出法子突破梁軍連艦，解救德勝南城，若是外邊人士，本王便重金酬賞，若是我霸府武將，加封刺史，若是文官，則擔任掌書記！」同時命人在軍營門口直接堆放大筆金銀綢緞，以號召能人智士前來共解危局。

此消息一出，上至武將下至百姓，所有人無不想破腦袋，都想得到晉王的封賞，什麼亂七八糟的主意都出了，偏偏沒一個管用。

正當南城情況越來越糟，李存勖心急如火時，盧程卻興沖沖地前來稟報：「大王，臣邀來一位高人術士，他法力高強，必能破解危局……」話未說完，李存勖就喝斥道：「本王要的是破解戰局的謀士，不是作法施術、招搖撞騙的道士！」

盧程嚇了一跳，仍腆著臉支支吾吾道：「但這人非同小可，不只名滿天下，就連先王都曾重金邀請過他……」

「哦？」李存勖聽到連父親都敬重的高人，這才有了興趣，問道：「是哪位高人？」

盧程連忙道：「是周玄豹周大仙！」

從前李克用曾邀周玄豹到晉陽王宮為幾個義子看相，張承業為試探此人是否有真本事，故意讓李嗣源裝扮成普通士兵站在一群士兵之中，卻讓一名普通士兵假扮成將軍，站在十三太保的首位，想不到周玄豹非但逐一說出十三太保的功績和性情，更一眼識破機關，點出李嗣源是大將之才，未來成就絕不亞於那一排十三太保，眾人無不驚嘆，佩服他是真神人，周玄豹由此名動天下。

盧程見李存勖有欣喜之色，又小心翼翼道：「大王曾說只要有人能破解梁軍的水上堡壘，就能擔任掌書記，周玄豹是大仙，不會答應入朝為官，但他是臣費盡九牛二虎之力才邀請來的，所以一旦事成，這功勞是不是……」

李存勖不耐煩道：「好啦！倘若周大仙真能破解危局，自會記你一功！」他這話說得含糊，可盧程卻認定李存勖已然答應了，連忙道：「臣這就去請高人進來！」

李存勖又道：「你先請周大仙到河岸邊觀看梁軍船艦的情景，本王隨後就到。」

「是！」盧程喜孜孜地轉身出帳而去。

李存勖知道父親十分禮遇周玄豹，對他解決南城危局不免寄予厚望，便吩咐僕衛道：「你讓馮巡官準備六個銀元寶，再召集幾個還在營中的將領隨本王一起前往河岸，親自迎接大仙。」那僕衛領命之後，便立刻去傳達大王的命令。

過了不久，眾將領和盧汝弼、盧質、馮道都跟隨李存勖來到兩軍對峙的岸邊，只見數丈外有一大隊道士熱熱鬧鬧地走過來，最前頭是一名引路道士，左手提花藍，右手高舉寫著「仙凡兩界、無所不能」的幡旗，身後有兩名年輕力壯的道士抬著一頂竹轎，轎上坐著一名布衣皂袍、手執拂塵的老道士，面光紅潤、銀髯飄飄，活像書畫裡走出來的老神仙，竹轎後頭跟著一群道士，有人吹著鎖吶，有人敲鑼打鼓，口中還高聲呼喊：「大仙降凡，千機難遇，眾生跪拜，叩謝天恩——」把場面弄得十分熱鬧，但在嚴肅的軍陣裡顯得有些滑稽。

盧程原本也在周玄豹的隊伍之中，正與他交頭接耳，遠遠瞧見大王來了，連忙向周玄豹施禮告辭，又奔回來李存勖身邊，稟報道：「大王，周大仙來了……」一句話未說完，李存勖對周玄豹隊伍的呼喊已然不悅，冷哼道：「他們要眾生跪拜，叩謝天恩，難道本王也得向他跪拜？」

盧程趕緊道：「大仙是給凡夫俗子拜的，大王是天選英才，自然不必跪拜。」

李存勖這才微微露了笑意，道：「你去跟馮巡官取銀元寶送給周大仙。」

盧程見馮道站在眾將領後方，手上端著一個木盒子，連忙奔了過去，趾高氣昂地奪過盒子，那神情彷彿在說：「別以為你有特進罩著，今日之後，我便會成為大王面前的大紅人，堂堂掌書記了！」

馮道從前與周玄豹曾有一點過節，所幸兩人離得稍遠，他又站在幾位高大壯碩的將領身後，因此周玄豹並未注意到。馮道見盧程走了過來，未免引起周玄豹注意，惹出不必要的糾紛，連忙低眉垂首，雙手高舉木盒，假裝態度恭敬的樣子，好遮掩面容，就算盧程神情挑

釁、動作囂張，他仍是不為所動。❶

盧程心中得意：「這鄉巴佬總算看出苗頭不對了，懂得尊敬我盧大學士了！」便興高采烈地拿了木盒到周玄豹面前，恭恭敬敬地打開。

周玄豹微瞇著雙眼，輕輕打量著眼前的酬賞，既沒有搖頭，也沒有點頭，似乎對這價金毫不心動，也對周遭期待的眼光毫不在乎，既顯出不為凡俗財寶動心的氣度，又有不畏英雄霸主的淡定，只一手點起了長煙斗，緩緩地吞雲吐霧，另一手指尖輕捻著銀白色飄逸的鬍鬚，那神態十足是超然物外的高人。

引路道士是周玄豹的大弟子，向來為他掌管錢財，看見盒中排放著白爍爍的銀元寶，不由得雙目放光，低呼：「師父！」

周玄豹這才微微抬起一半的眼皮，緩緩道：「本仙的神識方才已透過裊裊香煙上通天界，詢問眾神之意，看這一仗是否能為晉王加持？晉王的誠意是否足夠？」

眾將領但覺不可思議，目瞪口呆地想道：「方才那一忽兒，大仙竟已請示過眾神？」又想：「不知天神們說了什麼？」

引路道士的眼睛盯著白花花的銀元寶，微微吞了吞口水，又問：「敢問師父仙意如何？天庭肯不肯收下這些銀兩？」

李存勖朗聲道：「這只是前禮，事成之後，本王會再送上三百銀，請大仙笑納……」一句話未說完，周玄豹微微伸出手，止住他的話，道：「本仙從不參與世俗戰事，今日會特意過來，全是瞧在盧程大學士的誠意上，他心心念念要為晉王解決難題，一再求懇本仙，跪得雙膝都磨破了，本仙這才為他破例一次，倒不是瞧在晉王的賞銀份上！晉王若願意，這些銀兩就當做是賞給我這些徒子徒孫喝個涼水，至於天上神仙嘛……」

李存勖心想：「六枚銀元寶足足有三百銀，只是給小道士喝涼水？這意思是倘若要打點神仙，非千金不可，否則就顯得本王太過小氣，誠意不足……」但軍需緊俏，萬一事情不成，豈不是白花銀兩？

引路道士見李存勖遲疑不答，冷聲道：「晉王，大仙是見你親自前來，誠意十足，這才決定請來滿天神佛為你加持這一仗，一般人可沒有這等福份！這千金重酬也不是大仙或我們兄弟花用，而是打點天上眾神仙的！良機稍縱即逝，你若錯過，就再難挽回南城了！」

李存勖心想如今只要有法子能挽救南城，哪怕是吐火施禁咒，都必須答應，一咬牙道：「倘若大仙真能破去梁軍水上堅壘，助本王守住南城，另有千金重酬！」

周玄豹輕輕一捻銀鬚，微笑道：「本仙上可通天意，下可識人心，瞧得出你心中並不相信我能請來天神大軍，那也無妨，本仙就再破一次例，請神仙好友們先行動，等晉王瞧見神蹟，再付銀兩，待大戰勝利後，本仙再額外奉送一句天機，只要晉王照著做，河東運勢必能大大提升，你與大梁之戰從此無往不利！這千金可值得了吧？」

李存勖微微一笑，道：「那本王就先謝過，靜待大仙一展仙術了！」

周玄豹向引路道士頷首示意，教他收下那百兩銀子，引路道士連忙從盧程手中接過木盒，小心翼翼地收藏入竹轎下方的木箱內。

周玄豹冷哼道：「那你們就睜大眼瞧清楚了！」說罷手中拂塵向上輕輕揮了幾下，塵尾化出無數小火花竄向天空，接著口中喃喃唸一串咒語，又灑出許多符紙，那符紙隨著冷風滿天飄揚，竄上天空的火苗忽然一個接一個爆亮，最後化成一大片火焰。

眾兵將看了都嚇一跳，驚呼：「天空起火了！快拿水來滅火！」

「沒見識！」引路道士啐了一聲，道：「這是大仙放出仙家火苗，去接引天兵天將降下天火，燒滅梁軍！」說話間，火焰漸漸散漫開來，好像將整片天空都燃燒起來，眾人都看得目瞪口呆，嘖嘖稱奇。

引路道士得意道：「方才大仙已經設下一圈禁咒，將梁軍的魂魄都拘禁起來，讓他們無法逃竄，接著又飛升至天庭，呈上卷宗，天兵天將已在靈界降下天火將梁軍的魂魄都燒滅，相信再過不久，那水上堡壘就會被大火燒得灰飛烟滅，連一點渣子都找不到了！」話一說完，只見空中火焰漸漸化開，散成滿天彤雲紅霞，還傳出淡淡馨香。

其他道士歡呼道：「晉王好福氣，有幸得到天兵天將的幫助，此戰必定大捷！」說罷一陣敲鑼打鼓，鼓號長響，吹奏著激勵人心的軍樂，彷佛天兵天將已經凱旋歸來一般。

眾兵將看見這迷幻豔麗的景象，聽著振奮人心的鼓樂，也欣喜無已，歡呼道：「太好了！大仙一加持，我們定能打勝仗！」

李存勖也覺得這馨香之氣十分舒服，鬱結的心情頓時豁然開朗，微笑道：「這一仗有大仙加持，是十拿九穩了！」

盧程見李存勖心花怒放，心想掌書記一職也是十拿九穩了，連聲道：「大仙澤被我軍將士，令大王旗開得勝！小人永感大仙聖恩，必日夜燒香膜拜！」

道士們在一旁鼓樂吹簫，吹奏得更加勤快，彷彿已經打勝仗，歡欣慶祝一般，周玄豹則雙目微閉，撚鬚微笑，神態甚是陶醉。

馮道瞧眾人歡喜的情狀，暗想：「這老道士又來重施故技，利用藥粉在天空做出奇幻景像，其中暗藏迷香將人迷得神魂蕩漾、心花怒放，讓小李子一高興，就衝動地掏出銀兩……如今府庫耗竭極大，填補軍用都來不及了，哪能浪費在這等騙術上？我得想辦法阻止！」又想：「倘若我有法子破除賀瓌的連艦，就不必給老道士銀兩了……」但這件事他不是沒想過，而是已經想了好多天，仍沒有答案，匆促之間又如何想得出來？

馮道思索間，滿天紅彩已漸漸消散，引路道士立刻腆著臉對李存勖道：「晉王，法事已做完，天兵天將已為你打了勝仗，敢問這千金銀兩是否準備了？」

李存勖想到千金之痛，隨即清醒過來，眼看南城還是烽煙沖天，愕然道：「這怎能算打勝仗了？」

周玄豹道：「晉王不懂天界之事，也不怪你！天地之間，若有爭戰，總是天界先戰一場，地面再跟隨結果，再過不久，你必會看見戰事勝利！還請稍安毋躁，只要靜待結果即可。」

李存勖對周玄豹請來天兵天將，降下天火燒滅梁軍，實在半信半疑，微笑道：「方才本王也說了，必須等真正收復南城，才能奉上千金，既然戰事還沒有結果，也只好請大仙和眾神仙稍安毋躁了！」

李建及身為銀槍效節都統帥，此刻自然是站在李存勖身邊護衛安全，見到周玄豹揮灑一道道火苗，滿天似烈火焚空的景象，忽然靈機一動，自告奮勇道：「大王，對於剿滅南城敵軍，臣有主意了！」

李存勖英眉一挑，道：「你有什麼主意，且說來聽聽！」

李建及道：「這南北兩城就相隔一條小河罷了，何必費盡心思非要用什麼巧計？臣現在就用武力直接攻破它！」

李存勖不以為然道：「本王親自率軍前去，都不能攻破，你又有什麼法子？」

李建及道：「我們可以找一堆大空缸，在裡面放置柴火，點燃了以後，讓火缸順水漂流到梁艦處，燒毀他們的船隻。」

李存勖搖搖頭，不耐煩道：「大梁這次派來的艨艟戰艦，外裹厚牛皮，內為鐵骨支架，堅厚得像銅牆鐵壁一樣，要想焚毀，火勢非但要又大又猛，還必須持久，我幾次率軍前去，射發火箭，都沒有作用，一下子就被梁軍用大量的河水給潑熄了，用幾個酒缸送去一點火焰，河水稍有動蕩，酒缸就會打翻，火就熄了，又有什麼用？」

馮道插口道：「大王，卑職以為李將軍的法子稍加改進，或可一試。」

李存勖「哦」了一聲，道：「你說說看。」

馮道說道：「《三國志》曾記載：『蓋先取輕利艦十舫，載燥荻枯柴積其中，灌以魚膏，赤幔覆之，建旌旗龍幡於艦上。時東南風急……』」

五太保李存進道：「馮巡官，你別掉書袋了！咱們聽不懂，你到底有什麼妙招就直接說吧！」

馮道微微一笑，道：「賀瓌命人把船艦相連起來，橫陣於江面，明顯就是取經於曹操的赤壁之戰，他既學了曹操，咱們就學打敗曹操的周瑜那『火燒連環船』的妙計！」

許多將領連大字都不識一個，更別說讀史書，文臣雖大多讀過《三國志》，卻不明白軍事，因此也猜不出馮道的主意，只聽他又道：「周瑜先讓黃蓋率領十多艘船艦假裝向曹操投降，但船中其實都載著木柴、魚膏等易燃燒的東西，待騙取曹操信任，得以接近曹軍船艦時，黃蓋再縱火焚燒，一舉大破曹軍。」

盧程一臉懵然，不解道：「這與咱們有什麼關係啊？」

盧汝弼則啐道：「這法子不管用！就算咱們學黃蓋一樣假裝向梁軍投降，賀瓌也不會相信！」

馮道說道：「不需派人投降，用李將軍說的水缸漂流即可，只不過裡面的東西需要加以改善，不用一般火油，改用猛火油！」

盧質不由得眼睛一亮，讚道：「行啊！馮巡官！」

馮道謙遜道：「是李將軍的法子好，卑職只是稍加一點意思而已。」

李建及也十分歡喜，對李存勖道：「馮巡官說得太對了！只要改成猛火油，梁軍若敢打翻火缸，那猛火油漂散在河面上，只會延燒更久！如此就能把敵人的鐵艦徹底燒壞，大王的諸多顧慮都可以解決了！」

李存勖也點點頭，意表贊同，但他並沒有像眾人那麼歡喜，只沉聲道：「但我們並沒有猛火油！匆促間，要上哪兒去找？」

馮道說道：「先前有人賣猛火油給契丹，循著這條線索追查，或許能找到東西。」

盧程哼道：「等找到了，只怕南城早就被攻陷了！」

馮道想了想，道：「我聽說金匱盟主神通廣大，幫眾廣佈，或許他們會有消息。」

盧汝弼又道：「擁有猛火油的人既出手相助契丹，可見是敵非友，怎麼可能反過來幫助我們？」

眾人但覺盧汝弼說得有理，心下都涼了半截，馮道又道：「金匱盟有很多物資，或許他們手上就有猛火油。」

李存勖點頭道：「上一回謝彥章施『鑿冰計』，本王讓金匱盟幫忙疏散河岸居民，大家也算有一點來往，這事便交予你去試試吧！」

「是！」馮道說道：「卑職立刻去聯絡金匱盟。」

過了整整兩日，李存勖眼看南城越來越危險，就快要被梁軍攻破了，心中實在著急，眾人苦思無策時，帳外忽傳來一聲通報：「馮巡官回來了，還帶了一位姑娘！」

李存勖雙目一亮，連忙呼喝道：「快傳！」

馮道帶著阿寶進入帳中，馮道行禮道：「啟稟大王，這位是金匱盟的使者阿寶姑娘。」

阿寶提了一罈小酒甕，大搖大擺地走進來，見到李存勖也未施禮，道：「大家從前都打過照面了，也算熟人，晉王，聽說你想跟我家主人做一趟買賣？」

李存勖早已領教過她囂張無禮的模樣，如今情況緊急，也不與她計較，只道：「相信馮巡官已經對你們說清楚了，貴盟可有辦法？」

阿寶也不回答李存勖，就直接將手中的小酒甕飛擲過去，眾將領都吃了一驚：「這人好生無禮！」若不是看在她是個瘦弱女子，幾乎就要出手教訓她一頓。

李存勖也不以為忤，只反手一抄，就以掌心平平穩穩地托住這小酒甕，冷笑道：「貴盟主是想請我喝酒嚒？派妳這個小姑娘來，也太不成體統了！」一邊說話，一邊打開酒蓋子，卻不是酒香，而是一絲刺鼻氣味沖了出來。

阿寶道：「主人說甕裡的東西讓晉王先試一試，若是滿意，敝盟還有一堆存貨可供使用！只不過……」冷冷一笑道：「你也知道，敝盟向來要價不菲！」

李存勖心知酒甕裡八成就是猛火油，精光一湛，道：「你們有多少，本王要多少！越快越好！」

「晉王真是爽快！」阿寶露出一抹難得的微笑，指尖夾著一張紙束清單，輕輕一彈，便飛送過去給李存勖，道：「明日上午，我們會先送來一百罈猛火油，讓你們先保住德勝南城。待打完仗之後，照例把清單上的東西準備好，我會到魏州軍府拿取！」

「這清單上的東西……」李存勖瞄了一眼清單上的東西，不由得暗暗苦笑：「怎麼又是玉娘的私藏？上回她被金匱盟主訛詐一批首飾，已氣惱不休，我好不容易另外收集一批珠寶，才哄得她消氣，這回若又被取走，她肯定要大發脾氣，看來我又得哄她好一陣子了……」不禁想道：「這金匱盟主總是喜歡女子飾物，難道她其實是個姑娘家？」

阿寶道：「倘若晉王沒有意見，咱們便依約而行。」

李存勖想到要跟劉玉娘索取寶物，就不禁頭疼，但想到明日便有猛火油可解決難題，心中還是很歡喜，也只好多費些勁處理家事了，道：「只要你們真能準備好猛火油，本王會信守諾言！」

「好！」阿寶道：「明日一早定有好消息，請晉王靜候佳音，在下先告辭了。」說罷便瀟灑離去。

李存勖望著阿寶的背影，忽然想起，轉問馮道：「上次相助契丹猛火油的，也是金匱盟嚒？」

「應該不是！」馮道搖了搖頭，道：「卑職是透過大梁河岸的一位災民找到賑災人士，再從那位賑災人士循線找到阿寶姑娘，告訴她大王急需猛火油，問金匱盟能不能弄到？那阿寶姑娘眼睛一亮，卑職便覺得有眉目了！她立刻飛鴿傳書去請示金盟主，這中間卑職陪著她等候回音，就順便打探了一下消息，阿寶姑娘口風很緊，卑職旁敲側擊，百般迂迴，才探出一點點蛛絲馬跡，據說是數月前，他們從南方權臣手上訛詐了一批猛火油，一直想找個買主好好大賺一筆，至於怎麼訛詐，那阿寶姑娘硬是不肯再透露一點口風。」

「竟是南方？」這個答案令李存勖感到十分意外：「支持契丹的猛火油既不是盧文進貢獻，也不是大梁奉送，竟是從南方來的……難道是支持大梁的南方藩鎮？」眾人也感到不可思議。

馮道搖了搖頭，道：「卑職也不知道。」

李存勖想到與契丹的大仇，冷哼道：「無論是誰，想暗中跟本王作對，待我打下大梁後，都要還以顏色！」

翌日，馮道命輜重兵先準備好幾百個大木甕，在甕裡堆積易燃的乾柴、草枝，搬運到河流上游，等金匱盟送來百罈猛火油，馮道立刻差人將油倒入木甕裡。

李建及事先從銀槍效節都裡徵召三百名勇士，將他們分成兩組，第一組一百人，負責砍斷連接梁艦的竹索，另一組兩百人，負責抵擋梁軍，掩護砍竹索的行動。

待一切就緒，李建及身披鐵甲、手執長矛，率領善泅水的馬萬兄弟和三百名身穿皮甲、手持刀斧的銀槍效節軍分別登上兩艘船艦，呼喝道：「兄弟們，隨我去砍斷梁軍的竹索，燒毀他們的船艦！」

梁軍很快發現李建及的船艦，立刻警覺地射發滿天箭雨！

「兄弟們，衝啊！」銀槍效節軍早有準備，立刻以小盾甲抵擋飛箭，李建及率領他們奮不顧身地衝上梁軍戰船，一群人拼命用刀斧砍斷連接船艦的竹索，另一群人則奮勇作戰，吸引梁軍的注意力，掩護砍竹索和馬萬兄弟的行動，馬萬和善泅水的兄弟趁機跳入河裡，潛到梁艦底下，拿著刀斧將連接竹筏的繩索全砍斷。

此時在上游的馮道也算準時間，命人將百多個木甕放入水中，讓它們順流而下，隨著下游河水越來越急，這些木甕一股腦兒全衝向梁軍船艦，依附在艦體四周的水面上。

梁軍船艦因為繩索斷開了，彼此不再緊密相連，隨著河水晃蕩，漸漸分開一些縫隙，有許多木甕便順著水勢漂進一艘艘梁艦的縫隙間，被船身卡住，不再隨意漂蕩。

李建及見時機已到，大喝一聲：「射！」

這幫銀槍效節都乃是萬中選一的好手，不只勇武，還擅射箭，他們立刻依照計劃，對準附近的木甕射去許多火箭，這火箭乃是事先將布條浸在猛火油中，再包裹在鐵箭桿外，因此很快便點燃甕裡的柴草和猛火油。

「轟轟轟！」剎那間，一叢叢火焰從一個個木甕裡噴發出來，梁軍都嚇了一跳，紛紛道：「發生什麼事了？」又指著火焰處呼喝道：「晉軍又來放火！快滅火！快滅火！」

李建及趁火焰剛剛燃燒起來，還未完全燒毀木甕外殼，大喝一聲：「撤！」眾兵跟著他猛力一跳，投入水裡，再趕緊游回原本的船艦上。

李存勖早已率領幾艘軍艦等候在稍遠處，見銀槍效節都已順利點燃木甕，且安全退回自己的船艦上，立刻一聲令下：「射！」晉軍船艦上千百名射箭好手立刻再補上一波沾染猛火油的火箭，不到一會兒，立刻火光沖天，黑騰騰的濃烟瀰漫，幾乎遮蔽了整個江面天空。

梁軍見船艦即將焚毀，驚慌失措下，紛紛想跳水逃難，偏偏河面已成一片火海，實不知該逃到哪裡去，有人想放小舟逃生，李存勖又高喊：「放烟霧！」順著風向噴撒出石灰粉，讓火焰更熾烈。

船艦上的梁兵辨不清方向，無路可逃，被淹死燒死不計其數，南岸上的梁兵見到如此慘烈的情狀，也嚇得驚慌潰散，李存勖趁機發動總攻，不只徹底摧毀這座堅固的水上堡壘，大軍更順勢登上南岸，一口氣攻破圍城的梁軍。

賀瓌見大勢已去，只能帶著親衛一路突圍，到最後身邊親衛死的死、逃的逃，只剩下一個樣貌斯文俊秀，姿容挺拔、目光清奇的年輕小伙子拼命跟隨，兩人一前一後地策馬狼狽奔逃。

賀瓌依稀記得這人名叫和凝，未滿二十就中了大梁進士，當時自己剛好缺一個整理文書的人手，又看他是同鄉，便招攬他擔任幕府從事，眼看晉軍快要追上，悵然道：「這幫賊兵不取本帥的頭顱是絕不罷休！本該護衛我的兵將都嚇得逃跑了，你一個文士還跟著我做什麼？」見和凝依舊策馬緊跟，又道：「你還年輕，將來還有大好前途，好好努力，莫再跟了！老夫一人阻擋敵軍即可！」

和凝十分感念賀瓌的提攜之恩，見這白髮老將軍傷痕累累，忍不住哭道：「是將軍提拔，學生才有今日！大丈夫受人知遇，遇到危難時卻自顧逃離，不懂回報，這從來不是凝的作為！只恨賊兵追得太緊，我死無葬身之地！」

兩人聽得身後鐵蹄疾響，回頭望去，卻是一名晉軍一馬當先，奮勇衝來，長槍狠狠刺向賀瓌背心，賀瓌想拿起「黃金蟠龍棍」將對方掃落下馬，無奈受傷太重，竟連這跟隨自己數十年的武器都舉不起來，千鈞一髮間，和凝拿起掛在馬鞍旁的弓箭，「咻！」一箭射穿那名晉軍，接著又連射幾箭，逼退後方追兵，目光快速掃了四周景觀，指著左前方一處密密叢林，道：「將軍，咱們快躲進去！」便帶著賀瓌躲入樹林裡。

和凝一路觀察環境，利用地形掩護，設法躲避晉軍的追殺，歷經九死一生，總算帶著重傷的賀瓌逃回最近的梁軍營寨。而晉軍歷經胡柳陂一戰，已經元氣大傷，李存勖其實只想保住德勝，穩住渡口據點而已，並無力再進攻。

賀瓌原以為和凝只是讀了幾本書，有些學問，想不到他箭術厲害，目光精銳，聰穎細心，且懂得知恩圖報，志向遠大，但覺此人未來不可限量，遂將女兒嫁給他，還囑咐賀氏子弟從此要以禮相待，聽他意見，有了這位大梁老將的加持，和凝的名聲從此在大梁漸漸傳開了，但賀瓌卻因為年事已高，這一場戰役實在傷得太重，再加上憂愁國事，心情鬱悶難解，從此一病不起，過不多久便去世了。

（註❶：周玄豹和馮道的糾紛，請參看《十朝》首部曲《隱龍》。）

九一九・三

魚目高泰山·不如一璵璠

時有周元豹者，善人倫鑒，與道不洽，謂承業曰：「馮生無前程，公不可過用。」時河東記室盧質聞之曰：「我曾見杜黃裳司空寫真圖，道之狀貌酷類焉，將來必副大用，元豹之言不足信也。」承業尋薦為霸府從事，俄署太原掌書記，時莊宗並有河北，文翰甚繁，一以委之。《舊五代史・卷一二六》

初，判官王緘從軍掌文翰，胡柳之役，緘歿于軍。莊宗歸寧太原，置酒公宴，舉酒謂張承業曰：「予今于此會取一書記，先以巵酒辟之。」即舉酒屬巡官馮道，道以所舉非次，抗酒辭避。莊宗曰：「勿謙挹，無踰于卿也。」時以職列序遷，則程當為書記，汝弼亦左右之。程既失職，私懷憤惋，謂人曰：「主上不重人物，使田里兒居餘上。」《舊五代史・卷六十七》

李存勖戰勝胡柳陂和德勝渡口後，心知眾兵將已十分疲累，無法繼續進攻，許多文官去世，所有人事也必須盡快重新佈局，否則大軍的運作定會崩垮，再加上年關將近，士兵們倍覺思親，根本無心作戰，因此他決定先返回晉陽，趁著年節封賞有功兵將，增添喜氣，也振奮士氣。

晉王要大肆封賞的消息很快傳遍河東，這其中有兩個萬眾矚目的位子，一個是中門使，另一個便是掌書記。

盧程除了胸無墨水之外，無論是世家大族的身分或官位的論資排輩，都是掌書記的最佳人選，再加上德勝南城一事立了大功，眾人更覺得非他莫屬，而盧程為了提前炒熱掌書記的聲勢，不只邀請周玄豹同行，一起返回晉陽，還找來從叔盧汝弼支持自己。

盧汝弼原本擔心李存勖不願將掌書記位子賜給盧程，為范陽盧氏的前途著想，才不得不自降身分去爭取，如今盧程成了熱門人選，他自是樂得為盧氏子弟抬轎，還以士林名流的身分廣邀晉陽名士吃飯喝酒，這宴席是擺了一場又一場，表面上說是士林交流、詩詞雅會，但人人都心知肚明是為盧程造勢。

胡柳陂一戰後，許多文官去世，還有更多人受傷不能辦公，人力銳減，馮道除了幫忙處理王緘本來就繁重的文書工作，若聽到有誰忙不過來，也盡可能協助，簡直忙得焦頭爛額，對盧程的浩大聲勢視若無睹，甚至無暇去拜見張承業。

張承業聽到士林名流都在瘋傳盧程即將接任掌書記，心中暗罵：「發生這麼大的事，那傢伙毫無緊要，回來後竟不吭一聲，還得讓我這個老東西操心……」便讓龍敏去召喚馮道。

馮道原本正在查點柴薪、炭爐的數目，並分發給士兵，好讓大家可以領回去過個暖年。他一邊點名一邊順手幫忙搬運，整個人弄得灰頭土臉，見龍敏前來，好友難得相遇，他心中萬分歡喜，又聽說是張承業有急事召喚，來不及回家梳洗乾淨，便拿著一疊剛算好的賬冊前往特進府。

沿路上馮道歡喜道：「這戰事一起，我就一直跟在大王身邊，咱倆相處便少了，直到今日才能說上兩句話，你在特進身邊可還習慣？」

龍敏感激道：「能跟在特進身邊學習，是敏的福氣，只不過……」嘆了一口氣：「河東戰事連連，徵集軍資、管理政務的擔子實在太龐大、太繁重了，他老人家的身子已經越來越虛弱了……」

馮道握了他的手，誠懇道：「欲訥，我不能待在他身邊服侍，麻煩你一定要照顧好他。」「欲訥」是龍敏的字。

龍敏道：「你放心！這也是我的責任，在我心裡早就敬他如師如父，我定會盡心盡力為他分憂解勞。」

兩人又聊了一些現今形勢，龍敏不禁一嘆：「當初咱們幾位幽燕士子一起去向孫姑娘求親，又經歷劉仁恭刺殺，也算同生死共患難了！後來不得已分道揚鑣，李崧一早便去鎮州求官，卻始終只是小參軍，未得提拔；劉昫在大安山事件後，逃去大梁，卻未能入仕，就在山中過了一段逍遙日子，但始終耐不住心中抱負，又攜著妻小去了定州，待在王處直身邊。我幸得你引薦，得以在特進身邊學習，不必再顛沛流離，總算能給家人一個安穩的生活。」

馮道微笑道：「我引薦你，是因為你自己學問好，又有能力，特進也需要人才，這一點小事你不必放在心上。」

龍敏點點頭，道：「無論如何，你和特進的恩情，我都是記在心裡的，所以我一定會照顧好他。」

馮道說道：「你心地耿直善良，沒有人比你更適合待在他身邊了，有你在，我才能放心地跟著大王！」

龍敏嘆道：「原本王緘的前途最好，想不到他忽然去世了，真是世事無常！」

馮道想到當時的情景，心中一陣難過，感嘆道：「是我不好，沒能及時護住他。」

龍敏道：「當時兵荒馬亂的，連周總管武功高強，都保不住自己，又怎能怪你？倒是趙鳳去了大梁，在鄆州當節度判官，也是大有前途，只可惜梁晉交戰，與我們是碰不到一起了，但願將來不會反目成仇才好。」

談話間，兩人已進入特進府，馮道一見到張承業，便深深行禮：「是道不好，沒有先來探望，還讓公公掛念。」龍敏知道兩人有要事相談，便自行退下。

馮道呈上手中文書道：「這是最新算好的賬冊，請公公過目。」

張承業接過賬冊後，只擺到一旁，微笑嘉許道：「文官出事，大家要共體時艱，你連這算賬的活也一併做了，很好！」又道：「我知道你有許多事要忙，若不是有重要事情，咱家也不會急著找你，先坐下吧。」

馮道拍拍身上的灰塵，撿個位置坐下，一邊抹著臉上的泥灰，一邊問道：「公公有什麼要事？小馮子一定給您辦好。」

張承業沉聲道：「不是咱家的事，是你的事！」

馮道見他神色嚴肅，頓時懵了，問道：「我有什麼事？」

張承業啐道：「你還給我裝蒜！自然是德勝南城之戰，大王許下承諾要讓盧程擔任掌書記一事！」

馮道恍然大悟，不禁笑了出來：「大王只說立功者，可領掌書記一職，至於人選是誰，大王不是還沒定嚒？」

張承業道：「可我怎麼聽說全是盧程和周玄豹的功勞？那盧氏已經擺了幾天的酒水慶賀了，大概全晉陽的名人都去叨過酒了！你怎麼還悠悠哉哉，彷彿事不關己？」

馮道笑道：「現在文官缺少人手，大夥兒都忙得團團轉，我可沒空去清查誰喝酒、誰沒喝酒，反正我是沒收到請帖！我又不是晉陽名人，總不能自己厚著臉皮進去叨酒喝吧？」

張承業氣呼呼道：「他們這麼做，就是想藉著世家大族的勢力硬生生把生米炒成熟飯，逼大王低頭！」

馮道說道：「倘若真是這樣，那我去爭搶這個掌書記肯定會引來一堆暗箭，不如就讓盧程先過一把癮，了卻一樁心願，至少他就不會來找我麻煩了！」

張承業道：「你這麼怕事，真枉費咱家極力栽培你，難道你就想一輩子當個小巡官？」

馮道微笑道：「盧程若真是蠢才，就算攀上高位，也坐不久，我不是又有機會了嚒？不會等一輩子的！更何況，這也考驗大王的智慧和勇氣，看他能不能頂得住世家大族的壓力，真願意選用人才，還是只會屈服於勢力？」

張承業一愣，啐道：「敢情大王挑選掌書記，你反倒考驗起主子來了！你當自己是諸葛亮，還要大王三顧茅廬啊？真不害臊！」

馮道微笑道：「倘若大王是明主，無論處在哪個位子上，我都會好好為他出謀劃策，倘若不得提拔，我便私下去幫助百姓，那也不錯。總之現在一堆事情忙得不可開交，我寧可加把勁把事情處理好，免得政務延宕，影響大局，也不想去跟那些風花雪月的士子喝酒應酬。」

張承業聞言，反倒覺得自己不是了，心中暗讚：「正因為他總是踏踏實實把事情做好，我才更加欣賞他！不像某些人只會耍些花把式，可今日我自己卻著急了！」輕輕一嘆，道：「你說得固然不錯，在官場上，要會做事，也要會做人！盧程是志在必得，所以一回京就大擺宴會，準備對付你……」

「慢著！」馮道插口道：「有那麼多人想爭當掌書記，我不過一個九品小巡官，無黨無派，是最沒有機會的一個，你說他們動用這般力量，是為了對付我？不嫌浪費力氣嚒？」

張承業道：「我聽說大王把王緘的工作都交給你，這就夠惹人眼紅了！還聽說南城那一戰，你實際上也出了力，所以人家現在把你當箭靶，動用整個世家大族的力量來抹殺你！你不知道那力量有多大，白的都抹成黑的，莫說亞子和我未必扛得住，就連太宗那樣偉大，也曾經感嘆『江山易改，五姓難移』！這五姓之中就有范陽盧氏！」

馮道說道：「五姓裡也有清河崔氏，可崔胤不就被一個殺豬的佃農流氓給整垮了？世家大族確實不容小覷，但未必移動不了！」崔胤是唐昭宗時期的權臣宰相，而殺豬的佃農流氓則是指朱全忠。

張承業啐道：「那朱賊霸道得很，手中握有重兵，才能把崔胤一族拔起，但要說真正肅清崔氏大族，還未必呢！你手無縛雞之力，要人沒人、要權沒權，只有咱家拼著一條老命為你操碎了心，你憑什麼跟人爭搶？」

馮道微微一笑，道：「命裡有時終須有，公公就不必替我操心了！倒是我瞧你又憔悴了許多，小馮子不在你身邊，你要多保重身子，不要讓人擔心才是，有什麼需要，龍敏都可為你辦好，他有能力、有品德，是可以相信的人。」

張承業心頭一暖，正想說些什麼，僕役就來通報：「周玄豹大仙前來拜會特進。」

張承業冷哼道：「我不去找他們，倒自己送上門了！」

馮道起身道：「既然公公有貴客，大王那邊還有許多文書急著處理，小馮子便先告辭了。」

張承業揮揮手，道：「去吧！」

馮道恭恭敬敬行了一禮，便轉身離去，剛走出室門不遠，就與周玄豹狹道相逢。馮道這一趟過來，剛好弄得滿臉煤灰，頗為狼狽，周玄豹還是認出了他，不禁睜大了眼，幾乎要低呼出聲，又硬生生咽了回去，心中冷哼：「盧程說得果然不錯，這田里兒眼看爭取不到掌書記，來抱張公大腿了！」想到兩人從前的過節，忍不住狠狠瞪他一眼，倒是馮道一早就認出他來，卻始終假裝不認識，只把他當做一般的賓客，微微示禮，便低首匆匆離去。

周玄豹在龍敏的帶領下進入府院偏廳，面對這位精於世故的老宦官，他倒也不敢擺出仙人的驕傲姿態，只帶了一名小道士隨行。

張承業早已設好簡易的茶水招待對方，微笑道：「聽說大仙在德勝南城為大王召來天兵天將助力，助我軍大勝，咱家給你說一聲謝謝了！」

周玄豹一邊輕捻長鬚，一邊喝了茶水，道：「好說！好說！」

張承業笑問：「今日大仙光降我這座小府院，倒不知有何貴幹？」

周玄豹微笑道：「那日我說要相助晉軍打勝仗，再贈送一則天機啟示，以提升河東運勢，晉王則答應事成之後要酬謝千金，如今德勝南城已經收復了，那道天機我也面告晉王了，他說張公是河東府庫的大掌櫃，所有銀兩進出都必須經你的手，讓我來找你，今日本仙道就是來領取千金好打點天上的神仙，麻煩張公了！」

張承業心中暗啐：「這千金可不是小數目！亞子當時肯定是急昏頭了，才會一口答應人家！」又想：「如今他反悔了，就把人推到我這裡來，想讓我解決麻煩……唉！這小狐狸事先也不跟咱家通個氣，人都找上門了，讓我怎麼應付？」

他緩緩喝了口茶，藉這片晌急思對策：「難道那件事並不像外界傳說是周玄豹和盧程的功勞，亞子才會反悔？」放下茶杯後，微笑問道：「當初大仙說的是南城勝仗外加一道天機，總共值千兩黃金？」

周玄豹斬釘截鐵地道：「不錯！」

張承業微笑點點頭，道：「那就好！」

周玄豹一愣：「什麼好？」感到張承業的笑容另有深意，又道：「如今南城勝了，天機我也說了，給天神的銀兩是本仙先墊出去的，今日要請張公還這筆帳了！晉王府總不會賴帳吧？」

張承業微微一笑，道：「不賴帳！晉王一言九鼎，怎能賴帳？」

周玄豹道：「那敢情好，還請張公把這筆欠款快快付了。」他心中感到事情不妙，於是不再把千金說成「酬金」，而是「欠款」。

張承業道：「咱家想請問大仙，那道天機是什麼？」

周玄豹並未直接回答，故意繞了彎子道：「敢問張公一個問題，世族大家何以能成為世族大家？」

張承業不知他要說什麼，為免落入圈套，也不直接回答，只淡淡道：「還請大仙指教。」

周玄豹伸指捻鬚，微笑道：「乃是因為世族子弟個個博學廣聞，拜官封相，最後發展成根深葉茂的大家族，且富貴綿延，世世代代屹立不倒。你說是不是？」

張承業微然點頭，贊同道：「這話倒是不錯。」

周玄豹續道：「河東這次損失許多文官，很明顯是氣運有了破洞，只有讓世家子弟來充員，讓世族的富貴綿長之氣來彌補太原氣運的破敗漏洞，晉王方能再次崛起，也就是仙家所謂的『以氣補氣，以氣養氣』之道！」

張承業微然蹙眉，問道：「這法門是如何補法？」

周玄豹喝了一口茶，微笑道：「這其中最關鍵者，自然是陪在晉王身邊之人，那是萬萬不能馬虎！晉王時時處在凶險之中，必須有一位福澤深厚、大富大貴之人相伴，以自身福氣隨時保護晉王，為他擋煞化厄，增添福壽。」

張承業道：「敢問誰是這位能為晉王添福消災的福星？」

周玄豹道：「本仙觀盡眾世家弟子、諸位僚佐的面相、骨相，發覺盧程福澤最是深厚，你瞧他無憂無慮，凡事有兩位盧大人幫他頂著，就能升官發達，一路順遂，豈不是最好的福星？」

張承業心中冷哼：「果然賣弄到咱家面前來了！」微微一笑，不置可否，只問：「大仙方才進來時，應瞧見一個人吧？大仙以為他如何？倘若讓他來擔任掌書記又如何？」

周玄豹心中也冷哼一聲：「果然想偏幫那傢伙！」喝了一口茶，肅容道：「那人天庭晦暗、灰頭土臉，一副窮酸的田里兒模樣，沒有半點富貴氣，實在上不了檯面，最多就是當個鄉野里長而已！」

張承業微笑道：「但他如今已擔任巡官了！」他這一笑，分明有幾分嘲諷周玄豹測算不準之意。

周玄豹早已練就了一套臨危不亂的本事，不疾不徐道：「那是張公胸懷寬大，憐憫困苦人，才給他這個機會，否則以他的氣運資質，哪可能入朝為官？但請聽本仙一句勸，此人一生清貧困迫，毫無前途可言，切莫重用，否則國家被福薄之人拖累，也會運勢衰竭，更不可讓此人長伴晉王身邊，否則定會為晉王招來凶險衰運！」

張承業懷疑道：「單憑一個人的長相能測算精準嚒？掌書記最重要的是文筆和識見，若以外表論斷嘛……未免流於淺薄浮面了！」

「張公此言差矣！」周玄豹道：「一個人的文章可以筆是心非，行事也可以虛情假意，要如何判斷他是奸詐小人還是真才實學呢？唯獨面貌骨相既不易掩飾，也難以更改。這觀相之術其來有自，能觀人入微，探其運程，當年武后還在襁褓之中，大唐第一術士袁天罡只憑她的面貌就斷定她一生尊榮，不是嚒？更何況本仙不只觀人骨相，還能通靈天界，今日所言乃是洩露天機，絕不可輕忽，張公若不聽警告，非要重用那個人，河東將會衰敝不起！但若是錄用福緣深厚的盧程當掌書記，那麼結果將完全不同，晉王將一路勢如破竹！」武后指的是武則天。

張承業心想：「這等謠言殺傷力極大，一旦傳了出去，會像野火燎原般一發不可收拾，馮道前途就全毀了！哪個霸主肯用一個衰運纏身的下屬？我得在他們還來不及大力散播之前就把火頭摁熄了！」點點頭，道：「大仙的意思，咱家已經瞭解了，待會兒我得找晉王好好商量，這就請了！」

周玄豹聽他下逐客令，微笑道：「張公事忙，本仙剛好也要返回天庭稟報此事結果，還請張公準備好千金，好讓本仙對眾神有個交代。」

張承業微笑道：「方才大仙不是說了，這千金酬勞包含了南城勝仗和天機開示，仗是打贏了，但盧程尚未當上掌書記，也就無法驗證他是否真能為大王帶來福氣，他從前惹了不少麻煩倒是真的！」

周玄豹一愣：「敢情這老狐狸是想耍賴，不付錢了……」

張承業微微一笑，又道：「這樣吧，咱家也不賴帳！先付你一百銀，只要盧程真當上掌書記，且幫助大王一路攻破梁都，應驗了大仙的天機確實無誤，咱家必補足千金，絕不食言！」

「這……」周玄豹還來不及反應，張承業已起身道：「咱家急著去見晉王，也會把大仙這一番苦口婆心的勸告轉述給晉王，但此刻實在是無暇招待了，還請自便！」又呼喝道：「龍敏，去庫房領一百銀交給周大仙，順便送貴客出去。」

周玄豹心中暗罵：「你這老閹宦，竟想用一百銀就打發我，罷了！不拿白不拿！待盧程當上掌書記，我自能討要回來。」只能起身告辭，隨龍敏出去。

張承業見周玄豹離開，暗暗吁了一口氣：「這盧氏實在鬧得太不像話了！辦那些酒席不只是為盧程造勢，還故意在席中大肆傳散馮道運勢不佳的謠言！那傢伙有時很精明、有時很天真，傻呼呼地忙東忙西，卻沒發現人家早已射了一堆暗箭冷箭了！真讓人不省心，看來還是得我這個老傢伙賣老臉，出面去調和調和……」他思來想去，決定釜底抽薪，徹底斬斷那些謠言，便讓龍敏去請盧質過來。

過了不久，盧質手中拿著一壺好酒晃晃顛顛地走進來，笑道：「特進，什麼事找得這麼急，還讓龍巡官特意跑這一趟？」說完又喝了一口酒，自行找了位置坐下來，指著桌上的茶取笑道：「這東西寡淡無味，有什麼好喝的？最近有什麼私藏好酒，要不要賞我一口？」

張承業便讓龍敏去取來兩壺汾酒，笑道：「這可是咱家的珍藏……」

盧程見到有好酒，等不及張承業說完，已從龍敏手裡一把搶過，咕嘟咕嘟地灌入肚裡，待喝飽一大口才稍稍停下，哈哈笑道：「好酒！好酒！」

龍敏是個嚴謹樸誠的人，雖知道這盧判官向來疏狂，不拘小節，連大王的兄弟都敢辱罵，與特進相處也是態度隨意，是少數除了馮道之外，敢跟特進嘻笑怒罵、耍嘴皮子之人，見到盧質這麼猴急地搶酒喝，完全不顧尊卑禮節，還是有些不習慣，忍不住說道：「我還沒給特進斟酒……」

張承業揮揮手道：「隨他吧！」

盧質看似喝得醉醺醺，其實把龍敏的臉色全瞧在眼底，沖著他笑道：「不必心疼！特進又不嗜酒，這東西留著也是無用，還不如餵飽了盧某人，才算物盡其用！」說罷又多喝兩口。

張承業瞧他喝得急，低呼道：「你喝慢點！喝慢點！」

盧質用袖子抹了嘴，哈哈一笑道：「過癮！過癮！」又喝了一口，道：「特進有這麼好的酒，不早一點召我過來？」

張承業橫了他一眼，道：「你混了這麼多酒，就不怕傷著身子！」

盧質笑道：「寧可醉死，也不能饞死！」

張承業嘆了口氣，道：「我真是搞不懂你，出身好，又有本事，也有大好前途，多少人都羨慕不來，卻成日把自己搞得醉醺醺的！」若不是盧質處事能力強，為人又率直通透，沒有世家子弟浮華虛偽、結黨謀利的陋習，張承業哪容得下他這麼放肆？

盧質笑道：「這世道，喝醉一點，好過一些，有些事就能睜一隻眼、閉一隻眼！總好過你什麼重擔都扛著，天天愁眉苦臉！」

張承業啐道：「你那麼愛喝酒，你們盧氏在晉陽天天大擺酒席，鬧么蛾子，你怎麼不去摻和？那裡管夠你喝飽，還跑來我這裡討酒喝？」

盧質啐道：「跟那些人喝，還要敬來敬去，麻煩得很！在你這裡喝，你又不會跟我搶，我是吃獨食！」

張承業道：「你在我這裡喝，可得聽我這個老頭子囉嗦！」

盧質早知他有要事吩咐，自己也不可能推拒，一邊喝酒一邊笑道：「為了這好酒，那也是不得不然了，只好聽你這老傢伙嘮叨！」

張承業想了想，道：「你覺得馮巡官如何？」

盧質心中一笑：「原來是為這事啊！」原本嘻笑的臉霎時嚴肅了起來，道：「這傢伙真是難得的人才！最近文官損傷不少，大家都忙得一塌糊塗，他非但接下王緘的工作，還有力氣幫許多人，每件事都處理得井井有條！」

張承業卻沒有欣喜之意，反而沉聲道：「那便是我河東大不幸了！」

盧質一愣，道：「河東有幸延攬到此人才，特進怎會說是不幸？」

張承業道：「有人說馮道面相寒酸，是霉運之人，難有大成就，讓咱家不得重用他。如此人才不能為河東所用，豈非不幸？」

「面相寒酸？」盧質一愣，隨即哈哈大笑：「文官看重的是人品才學，怎能憑面相判斷？難道長得美就官升三級，長得醜就發配邊疆，那我盧質肯定要第一個被發配邊疆，說句不中聽的，特進可得跟第二個！」

張承業啐道：「咱家現在是老了，以前可也不醜！你自個兒愛去邊疆，別拉扯上我！」

盧質笑道：「我就不愛待在京城裡，拘拘束束的，多煩人！倘若大王肯放人，讓我去地方任職，我可是求之不得！」

張承業道：「咱們河東原本就缺能幹的文官，再經胡柳陂一戰，人力更是吃緊，否則咱家又何必緊抓著馮道來充數？有人忙得不可開交，有人天天宴飲，咱家好不容易抓到一個能辦事，大王又看得上的，偏偏讓人說面相寒酸、一生困迫，毫無前途，你說這該如何是好？」

盧質微然蹙眉，道：「這種無稽之談倒也不必理會！」

張承業嘆了口氣道：「那可不是普通流言，而是大名鼎鼎的周大仙說的，這才教咱家好生為難啊！」

盧質恍然大悟，這事既牽扯到周玄豹，必與盧程有關，是以張承業為何會召自己過來，連忙嗤之以鼻：「士人何以入朝為官？就是讀了許多書，懂得明是非、辨道理，哪能被江湖術士牽著鼻子走？」

張承業冷笑道：「可如今一幫深有學問的士林名流正聚在一塊兒，傳說著江湖術士的流言呢！」

盧質已然明白張承業是要自己去解決這個難題，但謠言一經傳開，就很難收拾，無論怎麼爭辯，總有人不相信，尤其這種未來運程之事，更難分辯明白，有時還會越描越黑，心中不禁暗罵：「盧程這傢伙淨會給我惹麻煩！」

他大大喝了幾口酒，偷瞄了幾下張承業高深莫測的臉色，心思又轉了幾轉，終於放下酒壺，緩緩說道：「這面相之說也不是全無依據，大唐第一術士袁天罡也曾評斷過武后的面相……」

張承業目光一冷，心中暗啐：「你這是要與盧程、周玄豹沆瀣一氣了？」

盧質假裝看不見張承業的冷眼，仍是滿臉笑意：「若真要論面相，我倒覺得馮道長得很眼熟！」

這下換張承業好奇了，問道：「怎麼個眼熟法？」

盧質笑道：「難道特進不覺得他跟憲宗時期的名相杜黃裳長得很像麼？」

張承業一愣：「大唐中興名相？」隨即心中一笑：「好傢伙！這你都想得出來！」

「是啊！」盧質笑道：「我以前見過杜司空的畫像，馮道的相貌簡直就是他的翻版，說不定正是杜司空轉世來振興太原！無論如何，當年杜司空算無遺策，有王佐大略，馮道有此相貌，一定也能擔當大任。周玄豹不過一介江湖術士，懂什麼治國大略？他的話不可盡信！他的話不可盡信！」

張承業滿意地微笑頷首：「當年我也看過杜司空的畫像，兩人的樣貌確實很相似！幸好你慧眼獨具，一眼便看出來，還提醒了咱家，不然我險些要趕走一個人才，耽誤大王的大業了！」

盧質哈哈大笑道：「是特進的酒好，讓人容易想起事情！」

兩人又閒聊幾句，盧質知道自己該去處理事情了，便告辭離去。

張承業得到盧質的承諾，便披上外袍，讓龍敏備好馬車，立刻前往晉王府，準備找李存勗好好談一談。

李存勗身穿黑貂裘衣，負手站在宣光殿門前，仰望飄飄飛雪，輕輕一嘆：「這冬雪不息，可真是阻了本王的進程啊！」從前他恨不得大雪紛飛，好讓黃河結冰，如今已然佔據了南岸幾個據點，又希望天雪消停，不要加重行軍的負擔。

「大王莫要心急，一切都會否極泰來的！」張承業下了馬車，在龍敏的攙扶下顫巍巍地走了過來。

「天氣這麼冷，七哥怎麼來了？」李存勗見張承業的臉色被寒風凍得十分蒼白，知道他氣血不濟，連忙上前扶他進入內殿，低呼道：「有什麼事，你讓人傳個話便是，你瞧，這麼一趟過來，手都是冰涼的！」一邊攙扶張承業坐在鋪著毛茸茸皮裘墊的坐榻上，一邊命僕人趕緊多添幾只炭烤暖爐，端上熱茶和甜點。

張承業對龍敏道：「我和大王說一會兒話，你晚些再來接我。」

龍敏分別向李存勗、張承業行禮之後，便安靜退出。

兩人端著熱茶喝了幾口，張承業氣色漸漸恢復，微笑道：「自從大王打勝仗回來，晉陽城可熱鬧了！那些士子名流、王公大臣天天聚在一起吟詩唱曲呢！」

李存勗道：「胡柳陂一戰，他們受到不小驚嚇，聚在一起熱鬧熱鬧，也算壓壓驚！你也知道，那些世家大族繁文褥節不少，慶祝年節時，總要你來我往地互相宴請，可以一直鬧到元宵。」

張承業道：「是啊！咱家那裡顯得冷清，便來你這裡走走！」

李存勗微笑道：「七哥今日特意過來，是有要事相商吧！」

張承業道：「前兩日趙王王鎔托人送來一封信，我想問問你的意思。」

「哦？」李存勗感到好奇：「這老王爺向來與我交好，有什麼事不能跟我說，要去找你？」

張承業道：「也不是什麼大不了的事，就是缺個人手，那一日他來咱們軍中走一趟，看軍營雜務都處理得井井有條，便問起是誰處置的，有人告訴他自從馮巡官來了之後，士兵們日子好過多了，準時放飯，受傷有人理會，再也不會平白挨餓受凍，大家身子恢復得快，打起仗來也更有精神了。」從懷中拿出一封信柬，緩緩道：「趙王回去後，就寫了封信來請託咱家，說等過一陣子，大王的掌書記人選定了，馮巡官手中的工作交接出去，想延攬他到身邊當掌書記，就這點雞毛蒜皮的小事，他哪裡敢勞煩大王？」

李存勖聞言，頓時冒起一股無名火，道：「本王都還沒挑好人選呢！那王鎔就打起我的主意？」

張承業輕聲道：「大王誤會了，他要的是九品小巡官馮道，不是盧程。」

「我說的就是馮道！」李存勖氣呼呼道：「倘若是盧程那蠢材，王鎔要幾個，本王就送他幾個，還會吝嗇嚒？這老王爺平時只顧修仙，也不管政事，原以為他老眼昏花，想不到眼光這麼毒，一眼就挑中拔尖的，還想從本王手中撬走人才！」

張承業見他如此氣惱，心中好笑，勸說道：「馮巡官如今只是個小九品，背後也沒什麼勢力，送給王鎔做個人情也不錯，大王哪日真想提拔他了，再要回來便是，王鎔難道還敢不給？」

李存勖猶自忿忿不平：「馮道走了，這麼多文書工作誰來做？」

張承業道：「大王乃是天下仰望，誰不想做這工作？首先各大藩鎮的掌書記，只要大王一招手，他們肯定會前仆後繼地過來，比如北平郡王身邊的豆盧革，他經驗豐富，一過來就能上手，雖然北平郡王也是一方藩鎮，但再怎麼說，地位仍無法跟大王相比，豆盧革已暗中向咱家提過好幾次了！」

李存勖氣惱道：「那豆盧革雖出身名門高第，跟在王處直身邊那麼久，卻一點見識都沒有，常常錯判形勢，本王豈能用他？」

張承業微笑道：「選掌書記又不是選宰相，他沒有見識，你讓他照命令辦事就好。」

李存勖忽然發覺馮道幫自己整理批註文書的方式，根本就是宰相資質才能做的事，揮揮手道：「總之其他藩鎮的掌書記一概不考慮！即使王處直已歸降本王也一樣！掌書記乃是入幕之賓，手中掌握那麼多機密，萬一與舊主私相授受、利益往來，那還得了？」

張承業道：「既然不願用外人，那就用自己人，張憲從以前就跟著你，才德兼備，如今擔任魏博掌書記，對許多事務都熟悉，不妨就讓他再兼個河東掌書記！」

李存勖搖搖頭道：「張憲學問好，人品好，沒什麼問題，可是……」就少了點樂趣！這掌書記要時常伴在身邊，張憲哪有那傢伙有趣？但他又不想對張承業說出心底話，只好道：「你也知道掌書記有時要周旋在各方虎狼之間，他為人一板一眼，小心拘謹，打理財政比協調人事更合適！」

張承業道：「你的堂姐夫、潞州觀察判官任圜，有學問，更是十足自己人。」

李存勖搖搖頭，道：「姐夫雖然慷慨仗義，也有學問，個性卻太剛毅，容易得罪人，而且他一直跟在二哥身邊參決大事。經過胡柳陂一戰，文官損傷不少，我不想大肆調動他們的官職，免得引起更大的混亂。」

張承業假裝沉吟道：「許多藩鎮都會起用士林名流擔任掌書記，來彰顯身分……」

李存勖不悅道：「本王已是當世戰神，文韜武略無所不能，天下莫不仰望，還要誰來拉抬身分？」

「是！是！七哥失言了！」張承業表面道歉，心中卻是微微一笑，假裝想起，道：「對了！盧司馬不是表示願意降級來擔任掌書記，為大王分憂解勞麼？他進士出身，在詩壇大有名氣，背後也有世家大族支撐，一旦選了他，誰都不會吵鬧，他在我手底下辦事許久，雖不如盧質聰明俐落，卻應對得體、八面玲瓏，能調和人事，對大王的脾性也瞭解，大王若是喜歡，咱家可以割愛。」這盧司馬便是行軍司馬盧汝弼。

李存勖搖搖頭道：「他什麼都好，就是愛受賄！你也知道，那年他剛當上節度副使，掌管官員升遷，就收了二十萬貫！我不想把事情鬧大，只好把他調至行軍司馬，讓你看管著，這才沒出大事。」

張承業道：「那范陽盧氏還有一人……」

李存勖道：「盧質已擔任過兩次掌書記，說那工作太累，他年紀大了，無論如何都不肯接，否則就要告老還鄉！更何況……」嘆了一口氣道：「盧質才能再好，我也不敢一直用他，掌書記是入幕之賓，掌握主君所有機密，那些世族子弟在遇到抉擇時，是要以世族為重，還是主上為重？這實在難說得很！外來的掌書記很可能把本王的機密賣給舊主，同樣的，世族子弟也可能拿去換取家族利益，所以掌書記的背景還是越簡單越好！」

「我說的不是盧質，而是另一位……」張承業瞄了李存勖一眼，忽然轉了話題道：「順便告訴你一聲，我用一百銀將周玄豹暫時打發了！」

李存勖歡喜道：「我就知道七哥對付這種人最有辦法！」想了想，又問：「但為什麼說是『暫時』呢？」

「因為……」張承業微微遲疑，才道：「我告訴周玄豹只要盧程能當上掌書記，且能相助大王一路攻破大梁，自會補足千兩黃金。」

李存勖哈哈一笑，道：「這法子好！那蠢才有什麼本事助我攻破大梁呢？這千金酬賞一輩子都不用兌現！」想了想，不解道：「但你方才說『暫時打發周玄豹』，為什麼？難道你想提名的另一個盧氏子弟是盧程？」

張承業道：「不是咱家想提名他，而是大王曾允諾誰解開德勝南城之危，便賞賜掌書記，咱家聽說這功勞是盧程的……」

李存勖還沒聽完，已氣得幾乎拍案跳起：「那個蠢材想都別想！他找個江湖術士來虛晃兩招，就害得本王差點損失千金，否則我又何必把周玄豹推給你去解決？本王都還沒找他算帳，他竟想把功勞攬到自己身上？」

張承業愕然道：「這事鬧得沸沸揚揚，人人都說是盧程的功勞……」

李存勖怒道：「究竟誰的功勞，本王說了才算數！」

張承業啞然失笑道：「咱家又不在戰場上，只是聽人云亦云……」

李存勖忽覺得自己太激動了，鎮靜下來，尷尬一笑道：「七哥，我不是說你，是罵那些無知之輩亂嚼什麼舌根！」

張承業假裝好奇道：「敢問大王，那究竟是誰的功勞？」

「還能有誰？」李存勖哼道：「人人都爭搶掌書記，就那個傢伙忙裡忙外，完全不當一回事！你說他存的什麼心思？難道還要本王三顧茅廬嚒？」

張承業心中暗暗好笑：「敢情亞子跟那書呆子槓上了？書呆子自己卻茫然不知，只顧忙裡忙外的。」裝得一臉迷糊道：「這幾日誰不是忙裡忙外，大王說得究竟是誰？」

李存勖氣惱道：「德勝南城之戰，建及雖然也有功勞，但最關鍵處卻是他去找了金匱盟，我們才有猛火油化解危機，大家都知道本王已許了諾，立功者會賞掌書記一職，他卻任由盧程漫天造勢，是什麼意思？他不是應該來求本王兌現諾言嚒？為何一聲不吭？」

張承業心想：「原來范陽盧氏鬧得么蛾子，亞子全瞧在眼裡！」

李存勖目光瞥見張承業手中那封信柬，又沖起一肚子火，冷哼兩聲：「難怪擺了臭架子！原來是趙王找上他了！你說本王能放他走嚒？」

張承業道：「這件事七哥可要說句公道話，人家趙王欣賞他的本事，你可不能怪他！」

李存勖瞪大了雙眼不可思議道：「不怪他，難道還怪我？指不定兩人早已暗中眉來眼去！他置本王於何地？」

張承業微笑道：「咱家不是這意思！大王出身高貴，又有本事創立一番大事業，所以不明白底下人的無奈，他出身鄉下，沒有背景，來了許多年，仍只是一個九品小官，好不容易有機會爭取掌書記，卻見到盧氏鬧得沸沸揚揚，心裡難免會有些猶豫，不願惹是生非，才沒有來向大王懇求賞賜。」

李存勖心中稍稍釋懷，哼道：「他未免太怕事了！男子漢大丈夫對於自己的前途，就算頭破血流，也該去爭去搶！」

張承業道：「你是這般性子，他不是，所以你是大王，他是僚佐。但我瞧他也不是真怕事，否則當年就不會與劉守光起衝突，乃至被下了死牢。」

李存勖不解道：「那他究竟顧忌什麼？他在本王底下也有一段時日了，什麼事不能說？」

張承業道：「大王請想，人人都想爭這個掌書記，尤其河東老臣、世家大族哪一個不盯著看？倘若大王破格提拔一個無黨無派的鄉下人，還是幽燕的降臣，眾人畏懼大王的威嚴，不敢明著反對，只好暗地裡使絆子，讓馮書記啥事都做不了，好一點的情況是大王不再信任他，另擇賢明，最差的情況，說不定還遭人陷害，鋃鐺入獄，甚至獲罪身死，與其落到那樣的下場，還不如一開始就別去爭這個位子，免得留下污名。」

李存勖啐道：「他倒懂得明哲保身，卻不為本王著想！」

張承業道：「那些人的手段，別說是他一個無人脈、無依靠的小巡官了，就連咱家也得小心應付著。」

李存勖又啐道：「本王就是他最大的人脈，他還需要什麼倚靠？」又罵道：「那些文官看似知書達禮，心眼卻一個比一個小，本王還是跟武將打仗容易些！」

張承業道：「從前因為安史之亂，河北士子不容於朝廷，後來又遇到殘暴的劉氏父子，士子們能保命就已經不錯了，更不敢奢求有什麼大發展，所以當他們來到河東，受到先王或大王的器重，心裡會特別感激，總是謹小慎微地把事情辦好，不像某些舊臣只會倚老賣老，或是士族子弟成天吟嘆風月，實則胸無點墨。」輕輕一嘆：「他們自己不肯好好做事，卻也容不得別人把事情做好！」

李存勖贊同道：「你說得倒是！從老掌書記馬鬱開始，到王緘，再到馮道，基本上都是幽燕出來的，可見劉仁恭父子以前多浪費人才！」想了想，又問：「那你說咱們該怎麼辦？」

張承業道：「大王得做他最堅強的後盾，讓大夥兒知道這掌書記非他不可，其餘人免談！」

「我懂了！」李存勖解了心中困惑，拍案笑道：「盧氏以年節名義連連舉辦酒宴，其實是想拉抬盧程的名聲，那咱們也來拉抬馮道的聲勢不就得了！天底下還有誰比本王更有能力拉抬人？本王金口一開，就是最好的造勢！」

張承業道：「昔日劉邦築壇拜韓信為大將，劉備三顧茅廬諸葛亮，大王總得有個儀式，才能開金口。」

李存勖想了想，笑道：「築壇拜相還可，拜一個八品小掌書記，未免小題大做！三顧茅廬，本王也太委屈了，但我可以趁著春節酒會大肆公告！」

張承業心知不能逼李存勖去為一個小巡官拉抬聲勢，因此繞了一大圈，就是想引導他自己願意行事，見事情成了，微笑道：「大王如此禮賢下士，必傳為佳話。只不過，范陽盧氏在軍需上向有資助，大王如此大張旗鼓地為一個小巡官造勢，就不怕傷了人家的心？」

李存勖冷哼道：「他們天天行酒會，幾乎炒翻了天，我原本懶得理會，就是不想傷了和氣，如今看來，他們不只想嚇退馮道，還想逼我低頭，本王不敲打他們一下，還蹬鼻子上臉了！這世族力量太大，也是麻煩！」

「杲杲冬日光，明暖真可愛……自問我為誰，胡然獨安泰……」馮道身上披著僅有的寬厚大袍，迎著冬天微暖的陽光，口裡輕快地吟唸白居易的詩句，手持請帖，自在地往晉陽宮走去。

沿路上，望見寒雪漸融，石縫間偶然冒出的小綠芽，彷佛看見嚴冬已過，大地就要回春，他心中一片溫暖適意：「今年過節我一直待在晉陽，忙得無法回去，不知兩個小蘿蔔頭調皮不？有沒有惹怒他們阿娘，討了責罰？」想著想著，忍不住嘴角微微上揚：「妹妹只會打我，卻捨不得管教兩個小娃，平兒倒也規矩，就是小吉調皮得不得了，一點也不像我！可妹妹卻說小吉才像我，她真是沒眼力……」

「馮巡官，早啊！你怎麼來了？」豆盧革也受邀參宴，正往晉陽王府方向走，眼尖地發現人群之中，有個九品小巡官竟也來參加宴會。

馮道尚未答話，豆盧革又道：「你可知這是大王親自舉辦的酒宴，只邀請重要人物？是為了宣佈官職調動，你怎麼也來了？」

馮道不知如何回答，微笑道：「或許大王見我過年還一直待在軍營，便也給我一張請帖，賞我一口飯吃。」

「說得也是！」豆盧革長眉一挑，得意道：「你可知今日大王宣佈調動官職裡，最重要的兩個位子是中門使和掌書記！」見馮道沒什麼反應，以為他不懂，又加重語氣：「這兩個位子，一個是軍務總理，一個是入幕之賓！」

馮道見他興致勃勃地等著自己附和，只好假裝好奇：「這其中有何關竅，還請豆公賜教。」

豆盧革雖出身名門高第，但因為原本是王處直的人馬，於河東舊臣沒有太多親近之人，好不容易遇見一個小巡官，忍不住便滔滔大論：「先說中門使吧！周總管原本的工作不只是管治幽州，帶兵打仗，最重要的是參決軍機、調兵遣將、主持軍務，他一去世，原本這工作非大太保莫屬，可偏偏大太保在胡柳陂一戰出了大錯，被大王冷落，如此一來，這軍務總理的工作會落到誰頭上，便至關重要了！」

馮道點點頭，豆盧革壓低了聲音，興奮地講起小道消息：「據我所知，大王原本屬意兩位中門使——宦官馬紹宏和姐夫孟知祥一起分攤這項工作，但幽州形勢嚴峻，須防契丹隨時南下，二太保又必須回去顧守潞州，也只有讓九太保接替周總管去鎮守幽州，並且派了馬紹宏前去協助。如此一來，孟知祥便是獨大，自己一人總管所有軍務了！」❶

馮道對這點秘辛確實不知情，好奇道：「孟使君是瓊華長公主的的夫君，又身為左教練使，嫻熟軍務，這樣的安排倒也不錯。」

豆盧革冷笑道：「這天上掉下來的大肥肉，誰都求之不得，可偏偏發生一件趣事，那孟知祥居然回去跟長公主哭得唏哩嘩啦，說她快要守寡了！」

馮道也懵了，問道：「這是為何？」

豆盧革道：「因為中門使雖然總攬軍務，位高權重，卻必須時常跟大王一起參決軍機，大王自己就是戰神，哪容得下別人的戰略？就算偶爾聽得進意見，也不過是因為下屬講的剛好切合他的心意而已！先前有兩位中門使明明公忠體國，卻無辜獲罪致死，那孟知祥是個明眼人，心知這個位子太容易得罪大王，往往沒有好下場，自己還是避而遠之，便走了瓊華公主的門路，要她去跟曹太后哭訴，說自己的夫君不能當中門使！從前周大仙不只稱讚過大太保將來富貴逼人，盧程會高居相位，也曾預言孟知祥會飛黃騰達，可他今日卻把這飛黃騰達的機會拱手讓人了！」

馮道愕然道：「竟有這種事？原來不想被提拔的還不只我一人！」

豆盧革一愣，不解道：「你說什麼？」

馮道笑了笑，道：「沒什麼！我是說孟使君的選擇，福禍猶未可知，或許今日之棄會成就明日之功呢！」

豆盧革道：「孟知祥將來是不是還有機會飛黃騰達，咱們確實不知道，但眼下有一個人就要飛黃騰達了！」

馮道心想：「他說的不會是我吧？」仍好奇問道：「誰？」

豆盧革笑道：「那孟知祥自己不想幹了，便推薦副手郭崇韜頂上！」

馮道愕然道：「孟使君自己怕遭殺身之禍，便推副手入火炕？」

「話也不是這麼說！」豆盧革道：「不同人做不同事，郭崇韜自信滿滿，覺得自己一定能幹出一番成績，對孟知祥的推舉可是謝了又謝，感激在心頭呢！」

馮道說道：「那倒也是！郭副使早年便跟在先王身邊，也算河東老臣了！人雖斯文，卻辦事幹練，慎謀能斷，大王原本就十分欣賞他。」

「可不是嚒？」豆盧革道：「郭崇韜一直跟在孟知祥和馬紹宏身邊參決軍機，聽說他不同於周總管那種馬上英雄，而是儒將，只坐在軍帳中比劃比劃，就可以運籌帷幄！大王對孟知祥的提議也頗為贊同，這才答應讓他調任河東馬步都虞侯，改讓郭崇韜跟在自己身邊總管軍務！」

「這結果也算皆大歡喜！」馮道微笑道：「今日聽豆公一席話，道才知曉這內中許多事，也算長見識了！」

豆盧革驕傲道：「我雖然來自鎮州，對河東的底細可都摸得清清楚楚，知道的還不只這些！這開春喜酒，大王要大肆封賞，人人皆是升官，唯有一人卻要被貶抑了！」

馮道見他意猶未盡，不吐不快，便問道：「誰要被貶抑？難道是大太保？」

「大太保已經被處罰過了，不是他！」豆盧革瞧了瞧四下，更壓低聲音道：「是銀槍效節都統帥李建及！」

這答案委實出乎馮道意料之外，愕然道：「德勝南城之戰多虧李統帥奮不顧身率軍登上梁艦，才能大破敵軍，為何提計策者可以得到掌書記的賞賜，上陣殺敵者反被貶抑？」

豆盧革哼道：「這你就不懂了！我聽說當時大王好幾次率領水軍攻擊，都衝不破梁艦堡壘，可李建及只率三百士兵就登上梁艦，還放了猛火油，一舉破敵，這意謂著什麼？」

馮道見豆盧革賣關子，便猜測道：「意謂著李統帥很勇猛？大王喜得良將？」

豆盧革冷笑道：「所以我說你年紀一把了，為什麼還只混個小巡官！」瞅了馮道一眼，又低聲道：「打勝仗，大王固然高興，可他號稱『戰神』，怎能容許有人比他更勇猛？萬一那位猛將起了什麼歹念，該怎麼辦？大王是既被削了面子，內心又不安！」

馮道忍不住為李建及澄清：「李統帥雖非十三太保，也是先王的義子，跟著兩位大王很久了，總是忠誠壯節，盡心竭力，從未犯過什麼紀律，也不仗勢欺人，不只這一次南城之戰，上次柏鄉之戰也是他率領數百人死守橋頭，才沒讓數萬梁軍進入鄗邑平原……」

豆盧革冷哼道：「就是這樣才糟糕！這人軍資很久，非但沒犯什麼過錯，還常立軍功，這表示他在軍中倍受愛戴，威望極高，做主子的能不擔心嚒？大王於是暗中派了宦官韋令圖去監視李建及，那閹宦果然回報說：『李建及把南城之戰的賞賜都分送給下屬，而且不只這一次，他以往都這麼做，士兵們才會這麼勇猛，對他死忠到底！』又說：『他這是收買人心！他手握最強悍的銀槍效節都和魏博軍，都是大王的親衛，萬一有什麼貳心，可就太危險了！絕不能再讓他統率親衛了！』大王聽了閹宦的話，當場就決定免去李建及親衛統帥的職務，調他去代州擔任刺史。當然大王也找了好理由，說當初德勝水戰時，他就說了，凡武將能突破梁軍水上堡壘者，受封為刺史，這對一般兵將自是高升，但對李建及那樣功勳卓著的老將，就難免委屈了！」

馮道問道：「這是為何？」

豆盧革興沖沖地說起其中玄機：「你想，大王就快打進開封，登基稱帝是指日可待，這代州刺史雖統領一方，卻遠在天邊，怎比得上跟在大王身邊呢？這不是貶抑是什麼？像元行欽，一樣受封忻州刺史，卻只是遙領，從來不必赴遠地上任，你便知道大王心中更看重誰了！」

馮道萬萬想不到李建及拼死立下軍功，與士兵同甘共苦，竟也是錯誤，心中不禁感慨：「原來不只有劉守光那二楞子會嫉妒聰明的下屬，連小李子這麼聰明的人，也難免心生嫉妒！」想到當初孫鶴就是這麼慘死的，暗暗想道：「看來大哥這次犯了大錯，受了冷落，也不是什麼壞事，至少可掩去一些鋒芒。」

馮道問道：「大王的親衛首領如此重要，倘若連李建及都不被信任，還能由誰擔任？難道是元行欽？」

豆盧革得意道：「這你又不懂了！元行欽才來不久，始終伴隨大王左右，誰看了不眼紅？倘若大王拔了李建及，卻提拔元行欽這年輕將領，誰會服氣？底下那些悍兵還不吵翻了天？若要說信任，除了元行欽之外，大王心底最相信的始終是十三太保，尤其是大太保，雖然胡柳陂一戰犯了錯，但大王心知肚明，只有大太保是那個永遠最忠誠的人，絕對不會有貳心，而且大太保的威望也足以震懾全軍，但他無法常伴大王左右，這最佳人選自然是他的長公子李從審了！」

馮道恍然大悟，恭敬道：「原來親衛首領換成大太保的長公子李從審啊！蒙豆公指點，道真是受教了。」心中卻忍不住將豆盧革的話重覆咀嚼了一遍：「只有大太保是那個永遠最忠誠的人，絕不會有貳心……」回想起自己看見的星象，不由得五味雜陳，暗暗一嘆：「世事無常，又有誰能永遠不變？」

豆盧革神神秘秘道：「最近所有人事調動，我全打聽得一清二楚，就只有一件事，我怎麼也看不透！」

馮道想不到這位包打聽的豆公也有不明白的事，好奇道：「什麼事讓豆公疑惑呢？」

豆盧革冷哼兩聲，道：「豆某出身名門高第，也擔任過北平郡王的掌書記，原本覺得掌書記這位子非我莫屬，但大王曾放話說立下南城戰功者，才可擔任掌書記，再加上范陽盧氏這陣子大肆渲染，恨不得人人都知道那是盧程的功勞，豆某也明白自己是鎮州過來的，強龍不壓地頭蛇，就不與他們爭了！」

馮道不解道：「既然如此，豆公還有什麼事想不透？」

豆盧革道：「這是大王今年第一次宴請百官，表面上是喝春酒，其實大夥兒都知道是要宣布官員調動，其他位子多多少少都透出消息了，唯獨掌書記人選始終不見影兒，倘若大王屬意盧程或其他盧氏子弟，直接公告便是，他盧氏族大根深，旁人也不敢反對，可為什麼直到現在，大王始終半點口風也不露？」搔了搔白髮，又道：「這一場春酒不只宴請了文臣武將，還請了州鎮刺史、地方官員、士林名流，我左看右看，都覺得這事不簡單，但究竟是什麼目的，卻實在猜不出來，唯一可以肯定的是這酒席絕不是為盧氏助陣！」

兩人談話間，已走進晉陽宮門，只見整座王宮處處張燈結綵，喜氣洋洋，歡慶新年的絲竹樂聲也隨風悠揚，受邀的賓客個個喜上眉梢，路上偶遇，便互相寒暄、互道恭喜，過去有什麼私怨的，在這一刻都暫時拋下，交情好的則結伴一起赴宴，豆盧革見到幾個熟識的名流，也拋下馮道逕自走了。

唯獨馮道這個九品小巡官無人理睬，孤伶伶地走進這座雕樑畫棟，裝飾得有如繁花盛景的大殿。他放眼望去，就如豆盧革說的，受邀賓客都是重要人物，他因為官位最低、地位最小，被安排在最門邊的角落，但他絲毫不在乎，當所有人都如豆盧革般，在心中熱烈地猜想今天最大的謎題——掌書記會獎落誰家時，只有他安然地坐在角落裡，享受桌上美味的小點心。

所有賓客都進入殿中，依規定各自就座，過了好一會兒，李存勖身穿華麗長袍，英氣煥發地出現了，眉目間盡是喜色，那偉岸的英姿展現了一代驕龍的氣勢。

眾賓客連忙起身相敬，李存勖也舉杯道：「本王於風雨艱難中接位，如今已過了十年，歷經大大小小無數戰役，終於跨過黃河，不日就要直搗梁都，這一切全仰仗諸公鼎力相扶，還望各位能繼續支持本王，一起蕩平敵寇，恢復江山！」眾賓客紛紛稱謝，一飲而盡，這才在李存勖的示意下就座。

酒過三巡之後，就如豆盧革所說，李存勖宣佈了李建及調任代州刺史，改由李從審領大王親衛，李嗣昭回守潞州，李存審除了接替周德威領蕃漢馬步總管，還兼任幽州節度使；馬紹宏前往幽州輔助軍務，也宣佈了郭崇韜擔任中門使，總管軍機，以及其他人事調動，這一切都在眾賓客意料之中，場上洋溢著一片歡欣祝賀聲，唯獨李嗣源有些落寞，李建及心中鬱悶，馮道事不關己。

眾人又欣賞完一段歌舞，舞妓已然退去，絲竹聲卻仍悠揚不絕，李存勖忽然端起一杯滿滿的酒水站起，眾人將目光都聚到他身上，李存勖對坐在身旁的張承業微笑道：「本王想從今天與會的嘉賓中挑選一位掌書記，就用手中這杯好酒徵召這位賢良如何？」他聲音清朗愉悅地傳了出去，眾人都聽得出大王對這位人選十分滿意，心想：「是哪個幸運兒受到大王如此恩寵？」

張承業笑道：「臣恭喜大王！」

其他賓客見狀也跟著起鬨：「臣等齊賀大王喜得賢才！」

李存勖端著酒杯走下主位，進入文官的宴席之中，所有人都目光灼灼緊盯著李存勖的身影，希望他能為自己停下腳步，送上一杯專門的敬臣酒，那是無比的尊榮，就連許多老臣都未享受過這種待遇。

李存勖卻只一路緩緩往前行，不曾為任何人停留，惹得眾文官心癢難搔，當他走到盧程身旁時，盧程不禁心花怒放，幾乎要站了起來，卻在下一剎那，美夢被狠狠破碎，李存勖全然無視他，仍繼續往前，盧程只能怔怔目送李存勖的背影離去，留下滿懷驚錯氣惱，可在下一瞬間，大王的身影忽然停了，停在那個最不可能的角落，將手中的酒遞給那位最上不了檯面的鄉巴佬，盧程忍不住在心中暗呼：「不可能！不可能！大王肯定是走錯位子了！」儘管他心裡萬般吶喊，李存勖卻始終沒有回轉身來。

馮道坐在最後邊的角落，整場酒席都沒有人理會他，他也樂得逍遙自在，自顧自地享受美味，就連李存勖走下主位，他也顧不上，只低頭舀了一顆湯丸子入口，但覺一道甜蜜蜜的豆汁從丸子中心溢出，心窩都暖了起來：「妹妹肯定喜歡吃這個，下回我也做來讓她嚐嚐……」突然間，他感到場中一片安靜，靜得連一根針的聲音都聽得清，他連忙抬起頭來，赫然發現前方矗立一個碩大威武的身影，滿臉笑意，但同時，在李存勖身後，卻有無數道惡意的精光射了過來！

馮道著實吃了一驚，口中那一顆湯丸子咕嚕地滾下肚去，險些咽著，他也顧不上了，只怔怔望著眼前的李存勖，他雖然知道自己總有一天會直上青雲，卻未料到那麼驕傲的晉王會為了自己力抗世族壓力，還用如此禮遇的方式來邀請，這是一路行來，哪怕劉守光最看重自己的時候，都不曾有過的，「如太宗與魏徵般，君臣相知相契，形成千秋典範」曾是他夢寐以求的人生境界，心中有一股暖流沖湧而起，令他感動萬分，這一刻他才明白了孫鶴為劉仁恭、敬翔為朱全忠那種「士為知己者死」是什麼樣的情懷。

可下一剎那，腦海中閃過《星象圖》的畫面，就像山洪爆發般，將他剛剛升起的感動震撼得支離破碎，令他瞬間清醒過來，又翻攪著百般滋味，他直覺地想要逃避一切，慌不迭地拍拍身上衣服垂首站起，恭身行禮道：「道的資歷淺薄，未立寸功，若僭越拔舉，恐怕會亂了晉升次序，冷了功臣之心！」就是不肯接過李存勖手中的酒水。

李存勖以為他害怕世家大族的壓力，仍是將酒遞了過去，微笑道：「馮卿不必過謙，掌書記一職，無人比卿更能勝任！」那溫暖飛揚的笑容意謂著自己將是馮道最大的靠山。

馮道並非真的害怕背後冷箭，只是方才那一刻，《星象圖》裡河東未來的景象，就像濤天巨浪般一波又一波不斷沖擊著他的內心，他甚至覺得自己無法對得起李存勖這一杯酒的情義，所以出於本能反應地讓開了，但在李存勖堅定的凝視下，他已經漸漸回復了鎮定，場中一片寂靜無聲，所有人都在瞪望著他的推辭，發出驚詫聲，他知道自己若再推拒下去，就太不識相了，也太不給大王面子了，更知道該走的路就不能逃避，該承擔的使命就不能推卻，即使前方充滿荊棘火焰，他都必須勇敢堅定地走下去！

他終於抬起頭來，與李存勖對視片晌，緩緩伸出雙手，恭敬地接過了酒杯，一飲而盡，接著拜倒在地，道：「臣敬謝大王之恩！」

（註❶：馬紹宏直到後唐明宗才被賜名為李紹宏，後世史書常直接以李紹宏稱之。）

九二〇・一　苦戰功不賞．忠誠難可宣

先是，鄩與河中朱友謙為婚家，及王師西討，行次陝州，鄩遣使齎檄與友謙，諭以禍福大計，誘令歸國，友謙不從，如是停留月餘。尹皓、段凝輩素忌鄩，遂構其罪，言鄩逗留養寇，俾俟援兵，末帝以為然。及兵敗，詔歸洛，河南尹張宗奭承朝廷密旨，逼令飲鴆而卒。時年六十四，詔贈中書令。《舊五代史・卷二十三》

天祐十八年，莊宗已諾諸將即皇帝位。承業方臥病，聞之，自太原肩輿至魏，諫曰：「大王父子與梁血戰三十年，本欲雪家國之讎，而復唐之社稷。今元兇未滅，而遽以尊名自居，非王父子之初心，且失天下望，不可。」莊宗謝曰：「此諸將之所欲也。」承業曰：「不然，梁，唐、晉之仇賊，而天下所共惡也。今王誠能為天下去大惡，復列聖之深讎，然後求唐後而立之。使唐之子孫在，孰敢當之？使唐無子孫，天下之士，誰可與王爭者？臣，唐家一老奴耳，誠願見大王之成功，然後退身田里，使百官送出洛東門，而令路人指而歎曰『此本朝敕使，先王時監軍也』，豈不臣主俱榮哉？」莊宗不聽。承業知不可諫，乃仰天大哭曰：「吾王自取之！誤我奴矣。」肩輿歸太原，不食而卒，年七十十七。同光元年，贈左武衛上將軍，謚曰正憲。《新五代史・卷三十八》

烏雲翻湧，夜風蕭瑟，大梁洛陽的將軍別院裡，花見羞獨坐窗前，望著外邊淅淅雨絲，吹打得滿園落花殘瓣，但覺越來越冷，卻已分不清是秋意太深，還是世情太寒涼：「大半月了，將軍一點消息都沒有……」

劉鄩原本駐守在黎陽，朱友貞先派他去兗州平定張萬進的叛亂，接著又派他轉去河中平定朱友謙之亂。

河中節度使朱友謙是朱全忠的義子之一，受封為冀王，當年因為不滿朱友珪弒父篡位，一怒之下投向了李存勖，但他心裡始終念著義父的提拔之恩，因此見朱友貞討伐朱友珪，奪回帝位，便又暗中回頭與朱友貞聯繫起來。

前不久，朱友謙擅自發兵奪取同州，上表梁帝請求賜他同州旌鉞，以正其名。朱友貞接到奏書卻大為震怒，認為大梁領地理應由皇帝封賜，哪能私下奪取，先斬後奏？倘若個個藩鎮都這麼幹，豈不是天下大亂了？因此沒有答應，誰知朱友謙一轉身又投向李存勖，同樣請求賞賜同州旌鉞，在李存勖看來，朱友謙是為河東奪下大梁領地，自是歡欣無已，滿口答應。

當時花見羞曾問過劉鄩：「難道李存勖不知道冀王悄悄依違在梁、晉之間嘘？又怎能容他如此作為？」

劉鄩感慨道：「晉王是真正在戰場上打過仗，有能力一統天下的霸主，其目光、胸懷都非尋常人，他知道河中的重要性，因此一聽到朱友謙奪取同州的消息，立刻不計前嫌地發出親筆手令，封賞他為忠武節度使！」又憤慨道：「陛下卻只是個朝堂小兒，根本看不懂天下局勢，也不知大梁今非昔比，情況險惡，只會逞一時意氣，又一味聽信身邊小人的讒言，受他們欺騙擺弄！待發現情況不對，省悟過來，想要再加封朱友謙，為時已晚。陛下心中悔恨，於是趙岩、段凝那一幫小人便又進言讓我去奪回同州……」

花見羞嘆道：「原本擁有的領地不知把握，待失去後想再派兵奪回，耗費的軍力可要以數倍計了！」

劉鄩悵然道：「連妳這個小姑娘都比朝中那幫佞臣有見識！」

花見羞又問：「可是我想不通，冀王不是將軍的兒女親家嚒？陛下就不怕你循私，怎麼會派將軍前去？」

劉鄩悵然道：「戰爭亂世，君臣相戮、父子相殘，更何況是兒女親家？」

花見羞忽然明白其中深意，「啊」了一聲，道：「陛下這意思……恐怕不只是想奪回同州，也是在試探你的忠心？」

劉鄩沉沉地點了點頭，道：「所以這一仗，我只能贏，不能輸！」

當時無論花見羞怎麼請求，劉鄩都不答應帶她同行，因此她早有預感這一仗極為艱難，待劉鄩出發之後，她便時常出去打聽消息，一開始聽說劉鄩幾度大勝河中叛軍，已帶兵包圍同州城，雙方雖還在僵持，但朱友謙已是困獸之鬥，手下許多親信將領甚至是親兒子都勸他要投降大梁，花見羞聽到這消息，才稍稍安心。

豈料半個月前，前線忽然傳回惡耗，說朱友謙得晉軍相助，劉鄩軍隊大敗，退守「羅文寨」，之後又中了「百戰將軍」九太保李存審的詭計，被晉軍追殺得所剩無幾。

大梁君臣驚慌不已，一片混亂，有人忙著準備逃難，有人忙著爭搶大將軍的位置，有人上書咒罵將士無能，就是沒人關心還有多少士兵存活，就連大將軍的生死，也全無音訊，一時間，洛陽、開封謠言滿天飛。

漸漸地，有傳言說梁軍一開始明明佔了上風，到最後會大敗，全是因為劉鄩通敵叛國，把梁軍送給晉軍屠宰，朱友貞於是下令將劉鄩一家遷到洛陽，一旦劉鄩回來，便能立刻牽制住他。

將軍府中夫人天天以淚洗面，一眾親族人人自危，花見羞心如刀割，天天出去打聽消息，卻依然沒有半點音訊，時近中秋，卻是風雨交加，月無影，人未團圓。

「碰碰碰！」小院外的木門傳來一陣碰撞聲，又急又重，打斷了花見羞的思緒，令她吃了一驚：「誰在深夜闖進我的小院？」她原是劉鄩的貼身侍婢，並沒有專門侍候的僕婢，此刻已是深夜，眾僕都已入睡，她也不想再去喚人開門，便自行披了外衣，出門去探看。她才拔出木門，微微打開一絲門縫，一個滿頭散髮、滿身傷痕的男子便用力撞開房門，整個人幾乎是摔了進來！

「將軍！」即使劉鄩全身傷血，不復往日英姿，花見羞仍是一眼就認出他來，連忙伸手攙扶，驚呼：「將軍⋯⋯」劉鄩一身武藝，卻是連站都站不穩，直接摔跌在她懷裡。

花見羞「啊」低呼一聲，連忙扶他回房裡躺下，又趕緊去拿藥箱、水盆來，先為他卸下沾黏的衣衫，卻見到他滿身大大小小的傷口，她見到這般慘狀，心知劉鄩不只輸了，還輸得十分慘烈，美眸頓時盈滿淚水，內心更升起一股顫慄，卻緊抿著唇，硬是不讓淚水滑落，只堅強地為心上人包紮一個又一個傷口。

「我沒有通敵叛國！」劉鄩伸手緊握住她微微顫抖的指尖，忽然冒出這麼一句話。

花見羞見他傷勢沉重，好不容易逃難回來，第一句開口的話竟是分辯冤屈，心中難過不捨：「他堂堂一個大將軍，被奸臣指為賣國賊，卻無法上朝分辯，滿腔熱血忠義無人理解，只能對著我這個小陪侍訴說……」強忍的淚水再也止不住，一滴一滴落下，哽咽道：「將軍，羞兒相信你。」

劉鄩聽到這世上終於有一人願意相信自己，激動的情緒稍稍平緩下來，忍不住將滿懷冤屈滔滔傾出：「當時我率軍抵達陝州，心中念著朱友謙是一名猛將，倘若他肯投降，朝廷不只可得回人才，且不費一兵一卒便可輕易收復失土，我與他相交數十年，也不必弄至兵戎相向，此乃最好的結果，於是我先派使者給朱友謙送了一封信，陳明利害、曉以大義，希望他瞧在我倆從前的交情上，可以靜下心好好思索，聽進勸言……」

花見羞心中一嘆：「將軍真是太重情義了！對先帝如此，對朋友、部屬都是如此，以至於在這個人吃人的亂世裡，反而是害了自己……」

劉鄩感慨道：「我苦勸一個多月，他始終無動於衷，我不得已只好發兵，這一出手便再也沒有回頭路了！當時我很快包圍了同州，河中兵根本不敵，朱友謙便向河東求救，李存勖竟然一口氣派了二太保李嗣昭、九太保李存審、代州刺史李建及和慈州刺史李存質一起率兵前來。」

花見羞低呼：「小小一個同州，又遠在西邊，並非在主要戰線上，李存勖竟派了這麼多大將？」

「我確實料想不到，才會輸得這麼慘烈！」劉鄩輕輕一嘆，又道：「我以為晉軍剛剛在胡柳陂損傷慘重，兵力有限，難以救援，我萬萬想不到李存勖會派這麼多大將過來，他這麼做，是為了展現拉攏朱友謙的誠意和保護河中的決心！」

花見羞嘆道：「這晉王確非常人，這麼一來，冀王肯定會對他死心塌地，哪裡還肯回頭？」

劉鄩道：「晉王眼光卓越、胸懷大器，手下不只猛將如雲，還有謀略大將，這一次的統帥九太保李存審號稱『百戰百勝』，並非浪得虛名！他率軍前來時，一路隱藏，以至我們的探子都未發現河東援軍到了，待抵達營地後，他先將兩百名河東兵改了服飾，悄悄藏在河中兵裡，與我軍對戰。河中軍向來虛弱，不是我們的對手，很快地敗逃，我軍也像往昔一樣趁勝追擊，誰知那兩百名河東軍忽然冒出，勇猛反殺，以至我軍受了驚嚇，士氣大挫。我知道河東援軍來了，不敢冒進，便採取圍城戰略，想讓他們自行消耗。

河中軍裡有許多我們熟識的人，我暗中通知他們去慫恿朱友謙投降，說現在糧草昂貴難取，河中經不起消耗，莫要弄到人馬相食的地步，就來不及了！只要朱友謙肯聯手，我們內外夾攻，出其不意，定能一口氣殲滅河東數名大將，我保證陛下非但不會降罪，還會大賜封賞。」

花見羞讚嘆道：「將軍此計甚妙！倘若朱友謙肯倒戈，河東軍絕對想不到救人反被夾殺，必能大挫晉軍了！」

劉鄩悵然道：「朱友謙卻不答應，說從前他背叛朱友珪，是晉王親自率兵來救，如今黃河戰況吃緊，晉王無法前來，卻還是抽調好幾位大將過來，並且送了許多軍糧，如此盛意，他若是再背叛，豈非枉自為人？」

花見羞嘆道：「冀王是個性情中人，將軍才會與他深交，如今晉王傾誠相待，他不忍背叛，也在情理之中。只是如此一來，將軍再有百般巧計，也無法施展了！」

劉鄩道：「李存審憑藉河中、河東兩軍聯合，先攻下附近的華州，使同州、華州、河中府聯成一塊大地盤，再逼我全面決戰。一旦正面對決，我軍根本不堪晉軍一擊，可是陛下聽了段凝的讒言，說我當初為了護住朱友謙這位姻親，才遲遲不肯發兵拿下河中，故意拖到晉軍前來，是想要投靠晉王，根本是通敵叛國！我知道陛下已失去耐心了，實在不能不戰，只能帶著子弟兵去送死……」

他緊握雙拳，深吸一口氣，極力想壓下激動的心情，卻忍不住紅了眼眶，全身微微顫抖：「從莘縣之戰開始，我目睹了晉軍的士氣，就知道我們沒有一絲勝戰的可能，所以我用盡各種戰術周旋，想方設法地拖延著，就是想保住大梁軍民的性命，我只盼老天垂憐，時間一久，能出現奇蹟，留給大梁一線生機，可終究……我還是被逼著……將子弟兵送上屠宰場！我知道他們根本不是去打仗，而是去給敵人屠宰……可是我仍然下了命令！我眼睜睜看著他們一個個倒下，就這樣倒落在我面前……一次又一次，我被逼著教千萬子弟白白送死……我是個無能的統帥！沒有辦法帶他們打勝仗，帶他們安全回家……甚至沒辦法上朝為他們爭辯……我對不起跟隨我的弟兄！對不起先帝的託付……可千萬軍兵的性命，所有的赤膽熱血，在陛下眼中，竟都比不上小人的幾句讒言！」他越說越激動，說到後來，滿懷愧疚沖湧成淚水瀟瀟而落，再也忍不住痛哭失聲。

花見羞從未見過歷經百戰、看盡生死，已修養得十分內斂的他如此沮喪、悲慟、憤慨，可見當時情況有多慘烈，他內心承受多麼慘酷之事，忍不住緊緊擁住了他，悲傷道：「將軍，這不是你的錯……是陛下糊塗……」

劉鄩慘然道：「無論怎麼頑抗，我們還是敗了……我只好率殘眾退守『羅文寨』，過了十幾天，李存審故意放開一條生路誘使我們逃走，李嗣昭再率兵突襲，一直追到渭水……最後……我們剩不到兩百人……那一刻我以為自己就要死了，我忽然想起了妳！所以一旦逃出生天，我……」語音一哽，再說不下去，只深情地凝望著她。

花見羞愛憐地撫著他滄桑的面頰，見他鬢邊又添了不少憔悴的白髮，輕聲問道：「所以你沒有入宮覲見聖上，也沒有回報戰果，是不是？」溫柔的語音中透著一絲顫慄。

劉鄩苦笑道：「就剩幾個人逃回來，相信陛下很快就會得到消息了，我入不入宮，其實已沒有多大分別。」他握住花見羞的手苦澀道：「我忽然很想見妳，就直接回來了！」

花見羞知道一切都太不尋常了，他從來不曾這樣脆弱地傾吐心意，遂輕輕坐下，溫柔地投入他懷裡，淚水卻無聲地落下：「我知道……大梁守不住了！我們現在就走，離開這個君臣無義的鬼地方！天下之大，總有我們的容身之地……」

劉鄩輕輕撫了她的秀髮，溫言道：「我難道能放任夫人乃至整個家族不管，就這麼自私地一走了之？我臨死前還能見妳一面，已心滿意足……」

花見羞緊緊抱住他，哽咽道：「羞兒絕不讓你死，我們帶夫人一起離開，羞兒會好生服侍她……」

劉鄩柔聲道：「傻姑娘，妳還年輕，不需為我這垂暮之人付出什麼代價，我曾說過，萬一有那麼一天，妳一定要好好活著，重新開始新的生活，把這裡的一切都忘了，那麼……我今天回來見妳這一面，便再無任何遺憾。」

「我不……」花見羞再也忍不住擁吻著劉鄩，淚如雨下。這一次劉鄩沒有再推開她，兩人陷入深深的纏綿裡，花見羞淒然想道：「縱然只有一夜，我也要為將軍留下子嗣……」

可惜天不從人願，門外很快傳來一聲低呼：「將軍，宮裡派人來了。」

兩人心中一震，深情地互望一眼，再多的不捨，也只能起身下床，劉鄩一邊穿好衣服，一邊道：「請貴客至偏廳等候，好生招待。」

花見羞眼看他就要開門出去，忍不住從後方環抱住他，低泣道：「我去擋一擋，將軍趁機走吧……」

劉鄩反身過來，緊緊擁抱住她，在那美麗溫軟的唇上輕輕一吻，溫言道：「該來的，總會來！妳記住我說的，一旦我有什麼不測，妳便自行離去，去過自己的生活，永遠不要回來，也不要再捲進任何漩渦裡了。」便放開她，轉身大步出去。

花見羞頹然坐倒在床緣，即將失去摯愛的恐懼、痛苦，令她傷痛至幾乎無法動彈，整個人呆若木偶，一雙美眸怔怔望著桌上的燭芯垂淚到天明，就像看著心上人一步步踏上死路、一點一滴燃盡生命，她卻無力挽救，任憑一顆赤熱的心在一夜之間燃燒成煙灰，但灰燼深處又似有一顆新的火種在蠢蠢欲動，那劇烈的疼痛漸漸漫成熊熊火焰，讓她有一種如浴烈火的感覺，她知道就算自己挽救不了劉鄩，也一定要做些什麼，否則她這一輩子都會在烈火焚燒的痛苦中渡過。

劉鄩來到偏廳，見到來訪的朝廷貴客並不是宦官或趙岩，竟是魏王張宗奭，劉鄩心中不禁苦笑：「陛下竟讓魏王親自前來，也算給足劉某面子了！」

張宗奭望著滿身傷痕的劉鄩，早已不復昔日英姿，心中也不禁升起一絲同情，可再多的憐憫也改變不了屢屢敗戰的事實，更改變不了帝王的心意，悵然道：「將軍勞苦功高，為國家奉獻一生，我大梁君臣同感敬佩，請受本王一拜。」

以張宗奭的地位見劉鄩，是不需行拜禮的，但劉鄩並沒有阻止他，只容色慘然地看著眼前一切，最後目光停在桌上那一隻張宗奭帶來的金貴小木盒。

張宗奭深深行了一禮之後，便伸手緩緩打開那只小木盒，盒內裝著一隻小小的青花瓷瓶和一隻空酒杯，他打開瓷瓶，將瓶中的紅液倒入空酒杯中，雙手緩緩舉杯呈到劉鄩面前，道：「如今將軍年事已高，陛下不忍心您再征戰沙場，奔波勞累，還屢屢受傷，因此特意命本王前來進獻一杯酒，讓將軍從此可以好好安歇，不必再掛心國事……」望了劉鄩一眼，見他面容蕭索，不知他是否會反抗逃走，又道：「陛下仁心寬大，仍對將軍存著君臣之義，非但不會罪及家族，還會追贈中書令，使將軍之鐵血丹心得以名垂千古。」

朱友貞派張宗奭秘密前來，以最快速的手段處理劉鄩，除了保全彼此的顏面，自也是顧忌劉鄩在軍中威望極高，怕公然處決，會激起劉家軍叛變，因此這番話是在提醒劉鄩，倘若他想抗死不遵，便會坐實背主亂臣之名，那麼朱友貞將會不顧一切誅殺劉氏一族，他若是甘心就戮，還能得個中書令的追封。

劉鄩自是明白其中深意，緩緩拿起酒杯，感傷道：「劉某自從投靠大梁，無日或忘先帝的提拔之恩，戰場上幾回生死，全憑一腔熱血相報，不敢有一刻相負，無奈外敵太強、小人猖狂，主上不辨忠奸，真正有心救國者不得善終，我大梁還有什麼前途可言？劉某早已看淡生死，喝下這一杯又何妨？只不過心心念念國家傾覆無人匡扶而已！」

他深深望了張宗奭一眼，又道：「魏王目光如炬，想必早已看清自己辛苦籌集的軍資都落到趙岩那幫小人手裡，可是你始終不吭一聲，只想明哲保身，任憑忠臣被冤、小人作惡，不知你如何看待今日這一切和大梁的未來？但願你好自為之，不要落得與劉某一樣的下場！」說罷將手中鴆酒一飲而盡。

劉鄩英偉的軀體緩緩倒落，原本俊美的容顏因毒藥發作的痛苦而猙獰，直到死都不曾哼一聲，張宗奭看著這一幕，心中不勝感慨：「任憑百計將軍在戰場上有百般戰計可以對付外敵，卻敵不過朝中小人的一點陰謀詭計……」又想：「他說得不錯，大梁完了……我是該好好思考未來了……」便回去向朱友貞覆命。

朱友貞也信守諾言，以劉鄩病弱身故為由，追贈為中書令，以安撫劉鄩舊部，劉氏一族也躲過禍劫，唯獨府中最美麗的妾侍在當晚即消失無蹤，彷彿人間蒸發了般，無人知其下落。

大梁貞明七年，改元龍德，朱友貞一連失去魏博、河中之地，再加上騎兵統帥謝彥章遭伏殺、步兵統帥賀瓌病逝、百計名將劉鄩被鴆殺，幾位老將接連隕落，梁廷一片意志消沉，軍兵士氣渙散，這其中只有段凝最歡喜，他籌謀多年，總算掙得一席之地，與王彥章、戴思遠同為朱友貞心中的統帥人選。

至於河東方面，李存勖在大肆張揚地選定馮道為掌書記，又安排諸多人事後，便返回魏州霸府坐鎮。

時近仲夏，綠蔭濃密、紅花嬌燦，整座魏州城洋溢著歡欣雀躍的氣氛，魏州霸府內更是熱鬧如火，廳殿裡排列著長長的珍饈美饌、好酒佳釀，武將們觥籌交錯，相敬不息。

一陣喧鬧歌舞後，李存勖舉杯對眾人道：「這一路以來，諸位將士隨我出生入死，百戰不殆，以至本王能一舉取下魏博，跨過黃河，收納河中，為霸業奠立基石，我先乾一杯，今日大家隨意喝酒，不醉不歸，明日每人去庫房領取百銀，做為犒賞！」說罷痛飲杯中之酒。

「謝大王！」眾人高聲歡呼，也舉起酒杯一飲而盡，開始徹夜歡鬧。

李存勖站穩魏博，又得到河中大勝、劉鄩身亡兩個大好消息，簡直是欣喜若狂，為了一掃先前損兵折將的陰霾，他不只大肆犒賞軍兵，以振奮士氣，還在霸府內一連舉行好幾場宴會，嘉勉有功將領，常常鬧得徹夜不熄。

眾人都歡喜無已，只有一人臉色深沉，無心享樂，便是剛上任的中門使郭崇韜，他從前跟著李存勖的叔叔李克修，後來李克修去世，便跟著李可用。誰都知道他辦事幹練、機敏剛直，但在河東猛將輩出的環境裡，像他這樣只坐鎮軍營謀劃，不親上戰場的儒將，很難一下子顯露鋒芒，只能靠著一步一腳印地耕耘，慢慢展現才華，這麼多年過去，終於等到周德威去世、孟知祥退讓且推薦中門使的機會，他才一躍成了李存勖身邊最重要的軍務總理。

郭崇韜胸懷壯志，絕不甘於做個唯唯諾諾的僚佐，當他成功升任中門使，便立志要革除弊端，做出一番功績。這幾日他來到魏州霸府，隨侍在李存勖身邊，發現河東明明軍餉不足，全賴張承業省吃儉用的調度，再加上魏州孔目吏孔謙的橫徵暴斂，才得以支持，李存勖卻因著幾場大勝就得意忘形，肆意揮霍，不只連日宴飲，就連平時吃飯也是呼朋引伴，招喚伶人、年輕將領一起吃喝玩鬧，他再也忍不住，心中想著：「不能再這樣下去了！明日我定要進諫大王！」

翌日朝會之時，眾文臣武將齊聚霸府內，李存勖在商量一些軍事之後，問道：「還有什麼事要上報？」

「臣有一事進諫。」郭崇韜挺身站了出來：「臣近日清查過軍餉，發現只能支撐數月。」

李存勖道：「這事不向來如此？時間一到，特進和孔謙便會補充過來。」

郭崇韜道：「臣以為倘若能減少軍中用度，便能多支撐一段時日，也可減輕百姓的負擔。」

李存勖好奇道：「軍中向來節省，還能如何減少支出？」

郭崇韜道：「望大王以身作則，起到帶頭作用，令士兵跟隨效法，一起減省軍中支出。」

李存勖有些聽懂了他的意思，心中不悅，冷哼道：「你說，本王該怎麼以身作則？」

郭崇韜並沒有意識到李存勖的不悅，就算意識到了，他也不會退縮，但覺自己有義務直言進諫，又道：「軍中伙食如何分配，如何進食，原有紀律，實在不宜天天饗宴，更何況如今軍情緊急、軍餉缺乏，更應該節省開支，大王用膳，不需要這麼多臣屬作陪，臣請求裁減閒散……」

他話未說完，李存勖已勃然大怒：「這些兵將為了保衛疆土，幾度出生入死，本王連犒賞他們吃頓好飯都不可以嚒？既然我連這個權力都沒有，那我回太原去好了，你們另擇主帥，自己做主！」

眾人見大王發這麼大脾氣，都嚇得噤聲，心中暗罵：「這郭崇韜不過剛當上中門使，竟然連大王吃飯都敢管？」

李存勖見郭崇韜不肯認錯，又怒道：「叫馮書記過來！」

堂上一片鴉雀無聲，眾人都不敢說話，只等著馮道過來。一些未爭取到掌書記的河東舊臣、世家大族對馮道暗暗輕視、懷恨，都想：「馮道才當上掌書記，就要調解大王與郭使君的糾紛，他肯定會嚇得結巴，一句話都說不出來，他若不勸說，就是懦弱無能；他若勸說一邊，就得罪另一邊，這下有好戲可看了！」

過了一會兒，馮道匆匆奔來，路上已經知道兩人為了什麼事起糾紛，他一進殿堂，便向先李存勖行禮，恭敬道：「大王召見卑職，有何吩咐？」

李存勖道：「來人，給我搬桌椅、拿筆墨紙硯過來！」

僕衛連忙把桌椅搬到大堂中央，將筆墨紙硯放到桌上，李存勖坐到一邊，指著馮道：「你坐對面。」

馮道不解其意，只能依令坐到李存勖的對面，李存勖道：「你拿起筆來！」

馮道遵令拿起筆、蘸好墨，李存勖又道：「本王命你立刻起草文書，宣布本王從此退隱，不再帶領河東三軍！誰能幹，讓他當！」意指讓郭崇韜接任主帥。

眾人都大吃一驚，也有人暗暗幸災樂禍：「大王真火大了，這下看馮書記、郭使君兩人怎麼下台？」

馮道也愣住了，拿著筆停在半空，遲遲不敢落筆，李存勖虎目大睜，怒道：「寫啊！本王讓你寫，你怎麼不寫？我就坐在這裡盯著你寫好！」見馮道一支筆停了老半天，就是不肯遵令，怒道：「你想違背本王的命令嚒？」

馮道低垂了頭，筆尖往下落了幾分，幾乎觸到了紙面，可就是未寫一個字。李存勖又怒道：「你再不寫，本王就治你的罪！」

馮道心知這文書是萬萬不能寫的，心中唉嘆：「明明得罪大王的是郭崇韜，怎麼是治我的罪？果然這掌書記是不好當的，一下小心就公親變事主了……」他深深吸了一口氣，終於抬起頭凝望著李存勖，緩緩說道：「卑職絕對不敢違背大王的命令，只不過，大王帶著軍士們歷經無數戰役，好不容易才跨過黃河，佔據南岸一帶，眾人無不盼望在您英明領導下，能繼續深入南方，蕩平梁寇。若為了吃飯這等小事，大王就這麼一走了之，不僅士兵們會喪失鬥志，萬一傳到敵人耳裡，以為我們主臣不和，定會趁機打擊我軍，如此一來，豈不是因小失大？郭使君不過是建議而已，大王若聽得不順耳，不予理會便是，又何必大動肝火，傳得遠近皆知？」隱含的意思是「為了一頓飯，就鬧得君臣不和，傳出去只會讓天下人笑話，失了大王的威望。」

李存勖自然明白馮道話中深意，想到其中利害，只能把怒火一分一分壓了下去，但要這麼算了，也實在做不到。

馮道微微轉頭望向郭崇韜，見他滿臉脹得通紅，顯然性子剛硬，已不知該如何處理這尷尬場面，馮道遂起身走到他身邊，低聲提醒：「大王體恤士兵，才與他們同桌吃喝，長路遠征時，大王也是這樣與士兵們同甘共苦。」又微微使個眼色，示意郭崇韜去跟大王道個歉。

郭崇韜深吸一口氣，走到李存勖身邊，恭恭敬敬行了一禮，道：「是臣思慮不周，未能體會大王的苦心，望大王恕罪。」

李存勖見郭崇韜來致歉，若再鬧脾氣，倒成了馮道說的「為了吃飯這小事，丟了軍機和威望這大事了」，便也收了怒氣，道：「罷了！本王知道你初擔任中門使，難免有些著急，只不過凡事要思慮得更周全些。」

郭崇韜道：「臣謹領大王教誨。」李存勖這才真正平息了怒氣，又開始與眾人有說有笑。

眾人心中都嘖嘖稱奇：「平日看馮書記溫溫軟軟的，想不到他真有膽識！不只敢直接勸諫大王，一番話既化解了大王的怒氣，也讓郭使君下了臺階。」這才對馮道刮目相看，認為他確實擔得起掌書記的位置。

河東文臣武將重新選任，各司其職，漸漸穩定下來，展現了一番新氣象。眾藩主聽見晉王站穩魏博、得到河中的消息，都覺得晉軍下一步就要攻入開封，也開始見風轉舵，紛紛派遣使者前來祝賀。

李存勖乾脆擇定日期，設宴邀請眾藩，前來的賓客不是藩鎮主本人，就是其親兒、寵信，都是各藩鎮極重要的人物，這一日，大家共聚一堂，心中都抱著一致目的、深切期待，歡歡喜喜地坐在廳殿裡等候。

過了一會兒，李存勖神采飛揚地現身，眾賓客都是憑武力建功的豪傑，心中最佩服勇武強者，見到戰神英姿，都不禁暗暗讚嘆：「就算朱全忠全盛時期，也沒有如此風采！」

朱全忠出身佃農流氓，李存勖卻是從小就受到王府教養，飽讀詩書，因此兩人雖然都具有王者霸主之威，氣質卻全然不同，相較於朱全忠狡猾粗野的豪氣，李存勖更多了幾分文武雙全、風華絕代的俊朗貴氣，他作戰時穿著軍裝，自是英武不凡，一旦換回華麗錦袍，在霸主威勢襯托之下，便具備了帝王氣象！

眾賓客心生仰慕，都覺得他確實是真龍天子，更堅定追隨的意願，連忙起身相敬。

李存勖也舉杯回敬，微笑道：「本王歷經數十寒暑、千萬艱難，總算不負先王期許，得以撼動偽梁江山，如今看見眾英雄前來共襄盛舉，實不勝歡喜！我謹以此杯向諸公立誓，不日便要直搗梁都，撥亂反正，前方之路還盼大家鼎力相扶！」

眾賓客連聲稱頌晉王乃是不世出的英才，能追隨左右，實是莫大榮幸，雙方痛快地乾盡酒水後，便各自就座。

李嗣源因胡柳陂之過，倍受冷落，他內心十分惆悵，亟想挽回兄弟情誼，劉玉娘遂暗中派人提點他說有一個將功贖罪的機會。李嗣源二話不說，立刻答應傾全力完成，便依指示在開宴前幾日暗中聯絡二太保李嗣昭、五太保李存進、八太保李存璋、九太保李存審、天平節度使閻寶、河中節度使朱友謙、朱友謙之子同州節度使朱令德、定州節度使王處直、王處直庶子新州節度使王郁等十一個藩鎮，在席間聯合上表勸進，恭請李存勖稱帝，並要各藩鎮上貢數十萬銀錢做為建國立朝之用。

眾藩鎮心想一旦帝國建立，封王賞地自不在話下，都欣然同意李嗣源的建議，趁著今日宴會，朱友謙便率先提了出來：「大王仁德廣佈，民心歸附，何不趁機自立為帝，開創不朽奇功，建立千秋大業？」

眾人齊聲附和：「我們都願輔佐大王成就帝業，方不虛此生！」

李存勖謙遜道：「本王得眾英雄相扶，已是萬分榮幸，何敢自立為帝，妄稱天下之主？」

眾人你一言我一語，紛紛說道：「朱友貞不過一朝堂小兒，也敢稱帝，大王比他英武不知幾百倍，如何不能稱帝？」

「王建躲在川蜀之地，早已自立為帝，還傳給他兒子王衍；南漢劉龑繼承了劉隱的王位，不過據有一塊南方蠻地，也在四年前登基為帝，如今大王坐擁中原大半天下，又如何不能稱帝？」

「岐王李茂貞才更有趣，他領地越來越小，自己不敢稱帝，卻讓他老婆稱后，一切禮儀、用度都跟皇后一樣！這世上竟有『無皇帝、有皇后』的地方，你們說可不可笑？」眾人聽了都哄堂大笑。

待眾人笑罷，李存勖卻肅容道：「從前蜀王王建、吳王楊渥都曾多次寫信給先王，說唐室已滅，倘若先王稱帝，他們願歸附臣下，先王把這些書信給我們幾位兄弟和臣子們觀閱，說：『昔日大唐天子巡視石門時，遭遇亂賊，我率兵前往平亂，倘若當時順手挾持天子，佔據關中，起草禪讓文書，又有誰能禁止？但是我朱邪家族世代效忠大唐，朝廷也封賞我父子為王，君未不義，臣不可不忠，我們絕不可做背逆之臣！』父王臨終前又特意囑咐我說：『日後你執掌河東，應矢志恢復大唐，千萬不要效法那些亂臣賊子！』這些話言猶在耳，你們雖是尊我敬我，但這種建議我連聽都不敢聽！」

李克用的遺命一直是李存勖稱帝的最大心結，再加上沙陀皇帝不易被中原人士接受，因此河東一直高舉復唐旗幟，倘若忽然改弦易轍，自立為帝，恐會遭天下人非議，這些都是李存勖遲遲不敢稱帝的顧慮，他很期盼有人能為自己解開這些難題，眾藩主也一直苦苦思索突破之法，偏偏這幫馬上英雄都是大老粗，說來說去，也只是舉例說哪位藩主早已自立為帝，卻無法想出一套有理有據的說辭。

眾人見李存勖堅辭不受，心中甚是失望，一時面面相覷，不知該如何勸進。

李存勖見眾人神情失落，舉酒相敬，道：「諸位抬舉，本王感激不盡，但若是沒有天子明詔，有心人士便會說本王竊國僭越，妄自稱帝，到最後，只怕世人都會罵我是不肖子孫、不忠之臣！」

王處直道：「大唐幾位皇子都慘死於粱賊之手，去哪裡找天子明詔？唐室不復，乃是事實，天下總不能一直無主，大王父子盡忠守節多年，我們都是看在眼裡的。」

五太保李存進一口飲盡手中酒，大聲道：「誰敢說一句大王的不是，五哥第一個率兵滅了他！」

李存勖微微苦笑道：「咱們既要立朝，便是要治天下，不能再隨便打打殺殺。」

眾人以為十幾個藩鎮一起勸進，此事必成，原本都興致高昂，想不到李存勖顧慮重重，雖也回酒相敬，但解決不了稱帝的難題，這杯酒便喝得索然無味，意興闌珊。

李存勖將眾人情狀看在眼裡，甚覺苦惱，自己兄弟倒也罷了，卻怕河中朱友謙或閻寶等外來將領得不到好處，會心生貳志，正當他猶豫難決時，殿外忽然傳來一聲通報：「大唐禮部尚書蘇循求見！」

李存勖心中一愣：「哪來的大唐禮部尚書？」隨即想起蘇循是大唐舊臣，已隱退許久：「那蘇循為了在偽梁求官，出賣昭宗，討好朱賊，可笑的是偽梁建立之後，卻被敬翔厭惡，說：『其人俱無士行，實為唐家之鴟梟，當今之狐魅，專門賣國以牟利，不可立於維新之朝。』朱賊因此敕令這老頭退休，這時候怎麼忽然冒出來了？他究竟想做什麼？」於此之際，也不想破壞歡樂氣氛，便朗聲道：「傳見。」

那蘇循大老遠就對著府院拱手彎腰，行「拜殿」之禮，幾步一拜，還大聲高呼：「晉王萬歲、萬萬歲！」待進入廳殿中，更是一邊手舞足蹈，一邊又哭又笑，對著李存勖行大唐臣子覲見天子最隆重的「蹈舞禮」，聲聲喊道：「萬歲、萬歲、萬萬歲！」

眾武將見一個老頭穿著一身端莊的老舊官服，卻動作滑稽，忍不住哈哈大笑起來，那蘇循也不覺得難堪，更加賣力表演，反而是李存勖一開始有點尷尬，不知他要做什麼，但多聽幾次「萬歲」歡呼，漸漸地，也感到十分悅耳，便放開胸懷，哈哈大笑。

蘇循見大王笑了，連忙停下跳舞，跪地伏首，行兩次稽首之禮，此乃大唐朝臣對天子的禮儀，李存勖自然明白他的用意，對他的嫌惡之心登時去了大半，笑問：「蘇公，你不在家休養，今日跑到本王這兒，是要做什麼？」

蘇循伏在地上，不敢起身，只恭敬道：「臣要獻給大王兩件禮物。」

李存勖微笑道：「起身吧！你帶什麼禮物？拿上來給本王瞧瞧！」

蘇循連忙起身，向殿門外微一招手，便有一僕人端了兩只寶盒進來，蘇循打開其中一只寶盒，李存勖居高下望，見到盒內有三十支花彩斑斕大筆，支支鑲金雕玉，個個紋路不同，不只做工精緻，形狀也高雅富貴，一排大筆羅列起來，頗為壯觀，好奇問道：「你送大筆是讓本王填詩作詞嚒？」

蘇循恭敬道：「啟稟大王，這可不是普通的筆，此筆名曰：『畫日』！」

「畫日？」李存勖一愣，隨即哈哈大笑，其他稍有學問的賓客，也盡哈哈大笑。

原來這「畫日」有兩層意思，其一是帝王草擬詔令之意，蘇循獻上三十管「畫日筆」，勸進之意不言而喻；另一層意思卻更妙了，皇帝批閱奏章往往會草草畫個「可」字，若由太子監國，下令書時便會畫「日」以示區別，李存勖向來擔心自己不是大唐正統，旁人會拿此大做文章，這「太子畫日」之意，也暗喻他是正統的唐皇室子孫。

李存勖心中大喜：「這蘇循不愧是禮部尚書，送個禮都有這麼多名堂！」故意朗聲問道：「你將畫日筆贈給本王，合乎禮儀嚒？」

「臣曾任大唐禮部尚書，對宮中禮節最是明瞭，還請大王與諸公聽循慢慢說分明。」蘇循堆起一臉笑意解釋道：「先王乃是先帝欽賜同姓一字王，這『李』姓是皇親國姓，一字王則是親王才能封賞，而先帝一口氣賜給先王這兩項尊榮，就表示已經把先王視如皇室宗親，是自家人！先王既是皇室宗親，那麼大王自然是皇室子孫，大王即位，乃是合乎法統，沒有任何竊國之嫌，更何況大王消滅梁賊，為先帝復仇，天下李唐百姓都萬分感謝大王的作為。」說罷深深一拜。

眾人紛紛笑讚道：「蘇公這番話說得好啊！」「有學問的人說話就不一樣！」

蘇循又道：「倘若大王以『唐』為國號，非但沒有背叛先帝，還延續了大唐國祚，安慰了天下百姓思念故國之心，此乃大大的美事，又何來非議？」

李存勖聽得心花怒放：「這一招確實妙啊！我就以『唐』為國號來堵住悠悠眾口……」想了想，又覺得有些不放心，問道：「但沒有天子明詔，又該如何？」

「這便是循為大王帶來的第二件禮物！」蘇循打開另一只寶盒，道：「從前黃巢率軍攻破長安，傳國玉璽在大亂中遺失，眾人都找不到，原來這玉璽輾轉流落到魏州，被一名高僧拾得，珍藏了四十年，後來高僧仙逝，他的弟子傳真以為這只是一塊普通的玉石，想把它賣掉，也是上天註定，正好被我撞見，臣不敢輕忽，便趕緊向傳真說明，傳真不敢私藏，立刻交予臣說一定要拿到魏州進獻給大王，時機如此巧合，誰敢說大王不是真命天子？」

前不久，李存勖才悄悄讓人尋找購買合適的玉石，以製作傳國玉璽，今日就見到有人自動獻上大唐傳國玉璽，當真是驚喜萬分，眾人也喜出望外，連忙舉杯齊聲祝賀：「大王乃是承天應命的真命天子，千萬不要再猶豫了，應早登大典，以『唐』為國號，讓大唐國祚延續，再開創一個太平盛世，這才是真正地報答先帝之恩！」

李存勖歡喜之餘，立刻下令恢復蘇循官職，任命他為河東節度副使。

不過數日，十幾個藩鎮主聯合勸進之事就傳遍了天下，眾人都知道晉王登基只是遲早之事，留在魏州的河東文臣也開始悄悄張羅相關事宜。

這一日，暑氣已盛，艷陽高照，整個魏州城被照耀得宛如李存勖的帝王前程般，明亮得教人幾乎睜不開眼，縱橫交錯的道路上卻有一輛馬車急急趕路，轎內的老者不顧暑熱，一邊以手巾頻頻拭汗，一邊忍不住探出車窗外，瞧瞧離軍府還有多遠的路途，他內心的焦灼比天上的驕陽還熾熱。

李存勖送走了幾位藩帥，心情正好，便召來景進伶人團表演戲曲，與劉玉娘、七歲的愛兒李繼岌一起觀賞，正當一家三口享受觀戲的天倫之樂，不停地哈哈大笑時，元行欽卻神情嚴肅地走了進來，李存勖觀戲時不喜有人打擾，不由得微微蹙眉，沉聲道：「什麼事？」

元行欽自然知道李存勖會不高興，卻無可奈何，只能低聲通報：「大王，特進到了！瞧他的樣子十分著急，似乎是沒日沒夜地趕了幾天路程，臣瞧他臉色蒼白，神情有些不對勁，便請他到內廳稍候，說大王正忙，請問他有什麼重大事情，他卻發了脾氣說要立刻面見大王，其餘便不肯再說了，臣沒法子，只好前來稟報……」

李存勖英眉蹙得更深了，揮了揮手示意景進伶人團停下表演，對劉玉娘道：「七哥來了，我去見見，妳自帶和哥去玩耍。」便起身大步離去。

軍府內廳裡，張承業身子已十分虛弱，原本半坐半躺在坐榻上歇息，龍敏陪在一旁以大扇子為他搧涼去熱。李存勖一進來，張承業立刻掙扎著想坐起，龍敏連忙將他扶好，李存勖大步走近，一邊怪罪龍敏：「七哥身子不好，怎能讓他長途跋涉？這大熱天的，萬一中了暑氣該怎麼辦？」

龍敏恭身行禮，不敢答話。張承業原本蒼白的臉不知是天氣太熱，還是氣血沖腦，已脹得滿臉通紅，氣呼呼道：「我不來，行嚒？只怕國不成國、家不成家，就要天翻地覆了！」

短短幾句話，李存勖已明白張承業的來意，心中不由得一沉，冷眼瞪望著龍敏道：「你去吩咐外邊侍衛，任何人都不得進入打擾。」

「是。」龍敏知道兩人有要事相談，自己不宜在場，行禮之後，便退出內廳，關上大門，站在外邊等候。

河東原本不如大梁豐庶，李存勖心知自己能與強敵相爭多年，全仰賴張承業省吃儉用地維護基業，用心打理後勤供輸，只要他稍有懈怠，不只軍隊供應會立刻斷線，就連政務也會出問題，因此李存勖從來不敢在他面前提及稱帝一事，真要預備什麼事務，也會暗中交代其他文臣處理，但終究紙包不住火，十多個藩鎮聯合勸進之事風傳天下，張承業自是聽到了消息，急得直跳腳，再顧不得病體衰弱，便讓人抬著自己坐上馬車匆匆趕至魏州。他見龍敏已出去，旁邊再無外人，闢頭就說：「亞子啊！我聽說十一鎮聯合勸進……」

李存勖礙於現實情況或情感，都不想與張承業翻臉，未等他說完，便耐著性子打哈哈：「這件事不過是幾個藩鎮聚在一起喝酒談笑，說希望推舉一位盟主出來帶領大家北拒契丹、南抗偽梁，這盟主人選嘛，哈！人人異口同聲，都說天下英雄捨我其誰？盛情難卻嘛，我就勉為其難地答應了！」

張承業知道他在敷衍自己，苦口婆心地勸道：「自從先王受冊封開始，直到你承繼志業，至今已三十餘年，世人都知道你們父子為了維護大唐社稷，洗雪國仇家恨，與梁賊血戰不休，可如今才剛剛跨過黃河，梁賊都還未徹底剿滅，你就急著改換旗幟，想稱帝自居，這已然違背初心，會令天下人心大失所望，更嚴重者，還會激起其他藩鎮反抗……」

李存勖見張承業絮絮叨叨個不休，當真不耐煩，忍不住哼道：「你也知道我們父子血戰近三十年，如今眾藩來歸，萬軍仰望，哪來的反抗？此刻不取天下又待何時？」

張承業萬萬想不到他竟會直言頂撞，甚至不再掩飾自己的野心，蒼老的雙眼瞬間浮滿了淚水，著急勸道：「那些人短視近利，勸你稱帝，不過是為了自己的前途牟利，幾時真正考慮過你的處境？你怎麼就看不清呢？你千萬不可聽進讒言啊！」

李存勖忿然道：「他們不為我考慮，那麼七哥呢？難道你就是真心為我考慮嚒？你心心念念的永遠是唐室！你可曾記得我父子的情誼？唐帝要殺你，你可記得是父王冒死救你？」

張承業再忍不住流下淚水，咽咽哭道：「老奴怎麼不記得？就因為記得，才更要保護你，也要完成他的遺志！你這麼做，會成為不肖子孫、亂臣賊子，令祖上蒙羞！日後我怎麼去見先王？」

父親的遺志是李存勖最不可承受之重，想到終於建功立業，可慰父親在天之靈，心中甚是欣喜，然而要違背父親的遺願，又令他十分掙扎，此刻聽見張承業責罵自己是不肖子孫，一時間悲喜交加，激動難已，再忍不住紅了眼眶，一把掀開外衣，露出身上斑斑傷痕，激動哭道：「七哥，你瞧瞧！瞧瞧我身上的傷！哪一個大王不是坐在後方安享福樂？只有我們父子血戰三十年，櫛風沐雨，總是身先士卒，衝在最前方！為什麼我們要把成果拱手讓給一分力都未出過，早就不知躲到哪裡去的唐室子孫？」

張承業望著他滿身傷痕，心中一酸，又流下淚來，好言解釋道：「亞子啊！不是這樣的，梁賊乃是唐、晉共同的仇人，也為天下所厭惡，你應該先除此大害，為先帝、先王報仇，然後找到唐皇嗣擁立為帝，倘若唐皇嗣真的還在，天下有誰敢稱帝？倘若真尋不到任何李唐皇嗣，天下英雄又有誰敢與你爭鋒？」

李存勖想到自己承受萬般創傷，張承業卻絲毫不為所動，仍堅持要扶持唐室，頓覺得大起反感，一抹淚水冷聲道：「說來說去，你還是只護著李唐皇室！我父子如此敬你重你，三十年生死相扶的情誼，在你眼中都比不上早已逝去的唐帝！」

張承業感傷哭道：「臣原本只是唐室的一介老奴才，得蒙大王父子恩重，才得以在太原苟活下來，怎會不感念在心？我最大的心願就是輔佐大王成就大業，完成先王遺志，然後功成身退，自行隱居田野，到那時，百官送我出洛陽東門，路人看見時，會指著我這個老頭子感嘆一句：『這是本朝敕使、先王時的監軍』，如此一來，先王、大王和咱家三人，豈不是主臣同享光榮嚒？」

李存勖忿然道：「那是七哥與唐帝的光榮，與我父子何干？」又道：「我一旦開創新朝，七哥必是首功，唐帝能賜予你的，我也能給你，甚至可以給你更榮耀的封號，讓你一人之下、萬人之上，青史留名，這才是真正的主臣共榮！這樣的榮寵遠遠勝過『唐室老奴』的名號，你為什麼就是想不通？」

張承業急道：「興復大唐是先王的遺志啊！你也不管了嚒？難道你已忘記先王的殷殷叮囑嚒？」

李存勖想到父親，忍不住又紅了眼眶：「父王從未想過稱帝，是因為他以為中原人不會服氣沙陀皇帝，可是我李存勖做到了！我憑著自己的本事令中原群雄折服，他們都甘心尊我為帝、供我驅策！我會帶給沙陀族人最輝煌的一頁，最富庶的生活，會在青史上留下我們的名字！我相信父王在天之靈，也會為我感到驕傲的！」

張承業搖頭悵然道：「如今天下未定，裂土紛爭，大王應該發憤圖強，靜待時機，若急於稱帝，只會成為眾藩公敵，招天下仇恨，長者五年，短則數月，必有大禍將至……」

李存勖原本還想好好勸說，卻聽他說什麼大禍將至，頓覺是觸霉頭，再按捺不住火暴脾氣，指著自己的胸口大聲道：「這麼多人跟著我拼死血戰，為了什麼？就像七哥說的，他們是為了榮華富貴，才跟著我一起打天下，倘若不能封王晉爵，為什麼要拿命去拼？倘若只為一口飯吃，還不如回家種田，或是留在草原上打獵！所有人都希望成為開國功臣，我能退嚒？我是被拱上帝位，別無選擇，倘若我堅持不允，好不容易團結起來的河東大軍立刻就會分崩離析，我們辛苦了那麼久，才終於勝過粱賊，難道要眼睜睜看著天下再度陷入混亂嚒？事已至此，沒有回頭路了，往前便是榮華富貴，大家都好，只要退一步，我便會死無葬身之地！」

張承業急哭道：「你真是糊塗啊！人人都想做開國功臣，青史留名，但開創一個王朝，豈有那麼容易？你怎麼聽了幾個蠢人的挑唆，就妄想稱帝呢？這是急功近利，會引火焚身的……」

李存勖在天下豪雄面前，人人欽仰不已，唯獨張承業還拿他當小孩子，這激起了他的反叛心，一揮手，不耐煩道：「七哥，我們不要再爭執了！本王早就不是稚兒了，行事自有主張！我方才說過，這是眾藩鎮的主意，如果不照著他們的意思，不要說三年五載，馬上就會出大事，我現在只能往前行了！」

張承業知道阻止不了李存勖的野心，再忍不住痛哭失聲：「老奴三十多年來勤勤懇懇、嘔心瀝血地為河東收集軍餉，招兵買馬，就是為了消滅逆賊、興復大唐，可如今大王竟想稱帝自立，你是欺騙了老奴，誤我一生啊！」

二百八十九年的李唐天下，幾度繁盛、幾度蕭索，卻總能峰迴路轉、中興再起，每每在午夜夢迴時，他總是深信帝國榮光會再重現，然而今日卻徹底破滅了！

他悲傷自己虧負先帝，更悲傷盛世煙落，從此不復，數十年的努力淪為一場空，他感到人生再無任何盼望了，只能將特進的隨身魚符、封地文書全數取出，砰然放在桌上，表示拒絕李存勖的任何封賞，便顫巍巍地走出廳門，召龍敏扶自己上馬車，一路哭回晉陽。

「老頑固！」李存勖氣得將桌上東西全掃落地，撞出一陣碰然聲響。

劉玉娘站在高高的樓閣上，遙望張承業離去的馬車，想著自己一手安排了李嗣源召集眾藩勸進、蘇循獻傳國玉璽的大戲，終於推進了李存勖稱帝的行動，開弓沒有回頭箭，李存勖一旦對眾藩許下諾言，就絕不可能放棄稱帝，接著她大肆散播眾藩勸進之事，一來是測試天下人的反應，二來自是刺激張承業，一旦老宦官與李存勖鬧得不歡而散，自己便有機會安排親信取代他的財權，一切都如自己預期的發展，想到不久的將來就能登上后位，豔紅的唇角就不禁流露一抹得意微笑。

事情至此，李存勖不再顧忌張承業，公然指派幾位文臣籌備登基事宜，唯獨避開了馮道。

那日馮道正在軍營中忙碌，待聽到張承業前來魏州的消息，匆匆趕回時，張承業早已負氣離去，兩人失之交臂，事後馮道為李存勖處理各項事務，李存勖非但絕口不提張承業，也不讓馮道參與登基籌備事宜，馮道心知自己與張承業感情深厚，李存勖不願他捲入兩人的紛爭，因此有了提防。

魏州軍務繁忙，馮道分身乏術，實在走不開，只能私下派人送去最好的藥材，讓龍敏好好照顧張承業。

九二一・一

世途多翻覆・交道方嶮巇

張文禮雖受晉命，內不自安，復遣間使因盧文進求援於契丹；又遣間使來告曰：「王氏為亂兵所屠，公主無恙。臣已北召契丹，乞朝廷發精甲萬人相助，自德、棣渡河，則晉人遁逃不暇矣。」帝疑未決。敬翔曰：「陛下不乘此釁以復河北，則晉人不可復破矣。宜徇其請，不可失也。」趙、張輩皆曰：「今強寇近在河上，盡吾兵力以拒之，猶懼不支，何暇分萬人以救張文禮乎！且文禮坐持兩端，欲以自固，於我何利焉！」帝乃止。

晉人屢於塞上及河津獲文禮蠟丸絹書，晉王皆遣使歸之，文禮慚懼。文禮忌趙故將，多所誅滅。符習將趙兵萬人從晉王在德勝，文禮請召歸，以它將代之，且以習子蒙為都督府參軍，遣人繼錢帛勞行營將士以悅之。習見晉王，泣涕請留，晉王曰：「吾與趙王同盟討賊，義猶骨肉，不意一旦禍生肘腋，吾誠痛之。汝苟不忘舊君，能為之復仇乎？吾以兵糧助汝。」習與部將三十餘人舉身投地慟哭曰：「故使授習等劍，使之攘除寇敵。自聞變故以來，冤憤無訴，欲引劍自剄，顧無益於死者，今大王念故使輔佐之勤，許之復冤，習等不敢煩霸府之兵，願以所部徑前博取凶豎，以報王氏累世之恩，死不恨矣！」《新資治通鑑・卷二七一》

道嘗戒明宗曰：「臣為河東掌書記時，奉使中山，過井陘之險，懼馬蹶失，不敢怠於銜轡；及至平地，謂無足慮，遽跌而傷。凡蹈危者慮深而獲全，居安者患生於所忽，此人情之常也。」《論安不忘危狀》

李存勖與張承業鬧翻之後，一開始氣憤糾結，但在劉玉娘溫柔慧黠的勸說之下，漸漸放開了胸懷，覺得再沒人來阻礙帝王大業，反而是一件天大的好事。

這一日，李存勖待在德勝軍府內，一邊與幾個將領飲酒作樂，觀賞伶人表演，一邊思索著該由誰來接任張承業手中的財政大權，免得老宦官一個撒手不管，河東就會出大問題。

「報！」門外傳來一聲呼喝，打斷了李存勖的思緒：「大王，趙國將領符習求見，說有重要軍情稟報。」

「趙國出什麼事了？」李存勖恍然想起當時共同勸進的十一藩鎮中，少了一向最支持自己的趙王王鎔，當時只說趙國出了一點狀況，王鎔不能前來，李存勖也不以為意，此刻忽然聽見符習前來，頓覺得事情不簡單。

當初王鎔特別挑選一萬多名趙兵留在李存勖身邊相助，之後這支軍隊便駐守在德勝城，這符習即是趙軍的將領，與晉軍一同作戰多年，彼此已十分熟悉。

李存勖知道符習性子沉穩勇毅，若非重要事，不會來打擾，便揮手讓伶人停下表演，道：「傳人進來！」

符習進入之後，立即拜倒，一邊哭道：「末將求晉王不要將我們送回鎮州……」

李存勖微微蹙眉，心想：「原來是王鎔要召他們回去，可他們並不願意，我要如何處理才是……」這念頭還未轉完，卻聽符習下一句竟說：「請晉王為我大王伸冤報仇！」

李存勖吃了一驚，發現事情和自己所想的並不一樣，連忙問道：「什麼伸冤報仇？趙王怎麼啦？你起來說話。」

符習這才娓娓道出這段時間鎮州發生之事，原來王鎔自從找了李存勖這個大靠山之後，受宦官石希蒙蠱惑，時常放縱自己遊山玩水，到處求仙拜佛，也廣設齋醮、冶煉丹藥，往往一出門就是幾個月，護衛陪侍近萬人，耗費巨大，軍民都不堪負荷，唯獨就是不理政事。

宦官李藹、李弘規不只一次勸說王鎔盡快回王府，免得多生枝節，但石希蒙卻慫恿王鎔繼續遊玩。李弘規見勸諫不得，一怒之下，便讓內牙都將蘇漢衡率領親軍到王帳前兵諫，最後甚至直接殺了石希蒙。

王鎔驚怒交加，只能打道回府，接著便派長子王昭祚和義子王德明率兵殺了李弘規、李藹、蘇漢衡全族及其黨羽，不只蘇漢衡麾下士兵全以謀反罪論處，就連王鎔的親衛也感到惶惶不安。

王鎔義子王德明生性陰狠狡詐，原為幽州劉守文手下，卻陰謀反叛，失敗之後逃往趙國，得王鎔收留為義子，他見王鎔的親衛人人自危，便煽動他們殺了王鎔父子，燒了王府。

事成之後，亂軍共同推舉王德明擔任成德留後，王德明遂派人誅盡王鎔全族，只留下王昭祚的妻子也就是大梁的普甯公主，他知道李存勖與王鎔一向交好，擔心河東會報復，便暗中差人通知朱友貞，藉著普甯公主的關係，希望依附大梁；另方面又派人帶著財物前往德勝去慰勞趙軍，並通知符習說他兒子符蒙已被升為都督府參軍，希望召他回去幫忙整頓軍隊，至於德勝這邊，將派別的將領來代替。

符習覺得事有蹊蹺，暗中派人回去打聽，這才知道王德明已叛變，還恢復本名張文禮，於是匆匆趕來向李存勖報告：「我聽說逆賊張文禮十分痛恨我王的舊部，一意趕盡殺絕，求晉王不要送我們回去……」他邊說邊哭，對主上的慘死十分哀痛。

「趙王竟被逆賊害死……」李存勖震驚憤怒得幾乎捏碎手中金杯，想起王鎔每次前來總是樂呵呵，一團和氣的模樣，還說雙方已結成兒女親家，將來可一起主婚，想不到一夕之間，家族慘遭滅盡，李存勖不由得悲從中來，雙眼浮淚，恨聲道：「本王與趙王結盟一起伐梁，情同骨肉，那張文禮是什麼狗東西，竟敢動本王的人！我定要殺了這不肖賊子，替趙王報仇！」

「大王，萬萬不可！」新任的中門使郭崇韜立刻出聲勸阻：「胡柳陂一戰，我軍兵受損，尚未恢復元氣，大梁、契丹的威脅還在，大王又準備稱帝，實不宜與鄰近藩鎮樹敵，若是動了趙地，只怕北平郡王也會不安。」

李存勖氣得將酒杯重重擲落在地上，怒道：「難道本王就只能坐視趙王慘死，硬生生吞下這口氣？」

郭崇韜拱手道：「請大王相忍為大局，不只不該報仇，還應派人去加封張文禮為成德留後，否則他必會轉向大梁去討封賞。」

眾將領也紛紛附和：「那張文禮確實罪大惡極，但如今我們與大梁已到了生死關頭，還是先安撫他才是，日後再好好找他算帳！」

李存勖心知眾人說得不錯，一咬牙，忍下滿腔怒火，對符習道：「你們不必回去！日後本王定會為趙王討回血仇！」

符習心知眾將領既決定如此，晉王也不好違背眾意，只能含淚領命，道：「自從聽說變故以來，我等含冤悲憤無處可訴，本想引劍自剄，以殉故主，但這麼做只是傷害自己，卻輕放仇敵，實在沒什麼用處，末將願帶著兄弟們追隨大王，靜待命令，以圖日後報仇！」

李存勖道：「放心！本王絕不負趙王情義，也不會虧待你們，從今以後，你們便與晉軍平起平坐，都是生死與共的好兄弟！」便命人收編符習這一萬軍兵，又派節度判官盧質去鎮州為張文禮加封成德留後，賜予符節和斧鉞。

原以為此事暫時平息了，想不到才過數日，駐守在江岸的探子就截獲張文禮私通大梁的秘密蠟丸，丸內藏著一封用白絹寫成的字條：「臣密言，王鎔背叛太祖，文禮已為大梁誅滅逆賊全族，但保護普甯公主萬安，其去留還請陛下定奪，並恭請賞賜成德留後，誠惶誠恐，微臣草上。」

李存勖見張文禮居然對朱友貞自稱為臣，請求封賞，還說王鎔背叛太祖朱全忠，簡直氣炸了，立刻召集眾將，大聲嚷嚷：「本王饒了這狗賊，他居然耍兩面手段，得了封賞又去梁賊面前搖尾！簡直是吃了熊心豹子膽，我要立刻出兵，痛打這隻搖尾狗！」

眾將領同感憤慨，卻又覺得此刻實在不宜出兵，見大王暴跳如雷，正不知如何相勸時，府外侍衛又來通報：「北平郡王遣人送來書信！」

李存勖聽見王處直派人送信過來，歡喜道：「北平郡王與趙王相交一輩子，一定是來為他打抱不平，要聯合本王出兵好好教訓那隻狗賊！」他心中盤算只要王處直肯多出一些兵馬，自己再從各地硬是抽調出二千人手，這鎮州未必拿不下來。

待僕衛送上信柬，李存勖打開來看，卻見王處直在信中勸說：「臣聽聞趙王身故，深感悲痛，賊子雖惡，但鎮、定向來脣齒相依，大王一旦出兵伐趙，恐會逼其投向大梁，如此臣日夜與虎為鄰，將寢食難安，今梁賊猶囂狂，誠盼大王對張文禮從寬處置，仍聯合三藩之力齊心防備外敵，以彰寬厚仁德之心。」

李存勖萬萬想不到王處直竟是來勸說自己接納張文禮，氣得直接把信碎掉：「王處直這老匹夫竟如此怕事！」

郭崇韜又勸道：「北平郡王不肯出兵相助，我軍要單獨伐趙，實屬不利。」

李存勖忿然道：「依你們看，該怎麼辦？難道眼睜睜看著張文禮私通梁賊也不管嚒？這傢伙果然是幽燕來的，跟劉仁恭父子就是一個樣，是養不熟的白眼狼！」

郭崇韜想了想，道：「不如把這蠟丸送回去，藉此警告他大王已掌握他的動靜，讓他不敢輕舉妄動，好拖延一點時間。」

李存勖咬牙道：「但願他能就此收手，否則休怪本王下手無情！」便差人把蠟丸送回給張文禮，又命馮道以自己的名義回一封信給王處直：「張文禮所犯乃是弒主叛逆的大罪，於公於私，本王絕不能寬饒，但顧及梁賊未滅，可暫緩懲治，觀察後續，倘若張文禮肯痛改前非，忠誠效力，戴罪立功，本王亦可酌情處理！」

這一封回信乃是希望王處直去勸說張文禮莫再暗通大梁，豈料張文禮看了蠟丸被晉使者傳送回來，心知已大大得罪晉王，嚇得不只多送幾顆蠟丸密封給大梁，還派使者北上契丹聯絡盧文進。

這盧文進三年前因李存勖弟弟李存矩苛待士兵、欺辱妻女，被逼得帶兵叛投契丹，受到耶律阿保機重用，曾帶三十萬大軍圍攻周德威駐守的幽州，最後不敵李嗣源和李存審聯手，悵然退兵，如今看到同樣出自幽燕，又同樣與河東有衝突的張文禮求救，自是意氣相投，立刻引薦給耶律阿保機，很快促成了雙方聯兵合作。

接著張文禮又傳送蠟丸密封至大梁，表示已順利邀請契丹出兵伐晉，請求朝廷也派出一萬精銳相助，只要從德州、棣州渡過黃河，三軍合圍，晉軍定無路可逃。

朱友貞收到張文禮的投誠，反而猶疑不決，不知道該不該出兵，便召眾臣前來參議。

敬翔立刻站出來勸說：「原本趙、鎮、河東連成一氣，有如銅牆鐵壁，難以攻破，如今好不容易從趙國內部出現破口，又聯合了契丹，而晉軍在胡柳陂一戰損傷慘重，這實在是千載難逢的大好機會！陛下絕不能錯過，應全力收復黃河以北的失土，否則等晉軍休養夠了，再壯大起來，便難以攻破了！」

趙岩、袁象先等寵臣見敬翔出來干政，互望一眼，便故意聯合起來大唱反調。

趙岩道：「據臣所知，張文禮就是個白眼狼！他先背叛劉守文，後來又殺盡對他有收留大恩的王鎔家族，如今腳踩兩船，依違在梁、晉之間，就像當年的劉仁恭一樣，是想兩邊討好處，再悄悄壯大自己，陛下萬萬不可相信！」

袁象先也道：「現在晉軍就駐紮在黃河沿線，離京城如此之近，用全部軍力來護衛陛下都已經十分吃緊了，哪裡還能分出一萬士兵遠去河北？」

張漢傑兄弟你一言、我一語地爭相附和，朱友貞想到形勢危險，稍有不慎，晉軍就能直搗開封，決定按兵不動，只全力固守黃河沿線。

張文禮見大梁遲遲沒有回應，急得又多送幾顆蠟丸密封，而這些來往的密函卻一再被河東探子攔截，且被送回去給張文禮，到最後李存勖覺得自己一再隱忍，只換來張文禮有時間整軍與契丹聯合，氣得將蠟丸丟擲在地，又召來幾位趙軍將領問道：「你們口口聲聲說未忘故主之恩，都想為他報仇，是麼？」

「是！」符習立刻帶著眾將領叩首在地，哭道：「臣世代都侍奉趙王家族，趙王不只教導我們劍法，還賜寶劍讓我們消滅賊寇，臣等都深受大恩，願拼死為趙王報仇！」

李存勖點點頭道：「本王已決定出兵鎮州，你們也一起去吧！」

符習道：「大王念著趙王曾經的輔佐之功，願意為他報仇，臣感激不盡，但此刻戰事緊張，我們不敢勞煩大王抽調霸府兵馬，只要准許臣率領趙軍舊部前去搏殺凶手，來報答趙王的大恩，那麼縱使臣不敵身死，也無悔無恨！」眾將領都用力點頭，泣不成聲。

李存勖對這幫忠誠將領十分欣賞，道：「張文禮不過是一隻搖尾狗，彈指之間就可以滅了，本王會派兵糧相助，好讓你們速去速回！」

符習道：「臣若能回來，爾後必以性命報效大王！」

李存勖嘉許道：「你若能活著回來，便是成德留後！」

「臣叩謝大王隆恩！」符習帶著趙軍將領再次叩拜後，才起身退出，隨即傳令下去，趙軍得到消息，都意志昂揚地準備征戰，打算一舉為王鎔討回血仇。

李存勖心想這一場仗既要打，便是只能勝、不能敗，且要速戰速決，一旦有所拖延，就會讓梁軍有可趁之機，更何況還有契丹虎視眈眈，他擔心符習軍隊戰力不夠，思來想去，還是決定派出手下大將前去相助，但究竟該派誰去呢？

「大哥必須鎮守魏博，二哥顧守潞州，九哥顧守幽州，十哥守慈州，五哥性子衝動，一直跟在我身邊……」思索間，他忽然憶起一道勇猛身影，一年多前才在德勝水戰中立下大功的李建及，卻因為宦官韋令圖的建言，被罷去銀槍效節都統帥的職務，改調代州刺史。

李存勖但覺李建及是最好的人選，便趕緊派傳令兵去代州，不到兩日，傳令兵就回轉了，李存勖站在城頭上，遠遠望見傳令兵身後空蕩蕩的，暗思：「怎麼不見人呢？莫非建及真有貳心，不願服我命令！」

傳令兵策馬奔至城門，便甩身下馬，飛快奔上城頭，向李存勖行禮：「啟稟大王……」

李存勖怒道：「李使君為何沒有接令回來？他想抗命不遵麼？」

「大王……」傳令兵望了他一眼，又垂下頭，低聲道：「李使君去世了！」

「什麼？」李存勖心中一震，但覺有諸多疑問，卻不知該揀哪個先說，只覺得腦中一片空茫茫，好半晌，內心深處才湧上一絲痛楚，吶吶地道：「他身強力壯，最是勇猛，怎麼會忽然去世了……」他像是問傳令兵，卻更像是問自己。

李建及雖不是十三太保，也是義兒軍一員，跟著他們父子二代，始終忠勇勤懇，可是自己卻懷疑他有貳心，明明立了大功，仍是罷去他的統帥之職。

「據說李使君去了代州之後，覺得受到大王猜忌，就一直鬱鬱寡歡，不久前剛剛病逝。」傳令兵的回答像一陣雷鳴嗡嗡地迴蕩在李存勖耳畔，他甚至感到聽不甚清楚，也不知自己身在何方，只緩緩轉過身落寞地走下了城頭，回到了府院裡。

望著窗外的庭院，明明是滿園夏花燦爛，偏偏有一棵紅楓枝葉凋零，他一邊數著楓樹上還剩幾片殘瓣，一邊回想著一幕幕往事：「周叔叔走了，四哥也早就亡故，六哥死於契丹圍攻幽州，七哥累傷成疾，半年前病逝，想不到如今連建及哥也走了，八哥受創於契丹圍城，至今不能動武，疾醫師說他只有五年可活，如今算來，這時間也快到了……」這七哥指的是七太保李嗣恩，並非張承業。

父親留下的將領個個忠勇無敵，可血戰十多年下來，已經老的老、病的病、死的死，一番細數下來，發現身邊竟無百戰大將可用，他心中不禁湧上無限惆悵，想到父親交代的三支金箭，如今只完成滅燕一事，不由得萬分感傷。

最後他決定提拔中級將領，讓相州刺史史建瑭擔任主帥，天平節度使閻寶輔佐，一起幫助符習攻打鎮州，並親自訂好作戰計劃，教他們從邢州出發，向北直進，先取趙州為基地，再攻鎮州。

先前王處直曾寫信來請求寬容張文禮，因此大軍出發後，李存勖又命馮道出使定州，向王處直解說伐趙理由，並設法說服他多派一些兵馬相助。

馮道領著李存勖命令即刻出發，這定州位於河北道以西，戰國時期，北方白狄族在這裡建立「中山國」，留下特殊的中山文化，因此定州又稱「中山」。

馮道對河北十分熟悉，再加上王處直是自己人，河東人手又吃緊，所以這一趟他仍是獨自前往。他一路催馬急奔，連趕了兩天路程，直到前方出現一道峽谷，才將馬兒慢下來，心想：「我記得這段峽谷碎石甚多，路面崎嶇不平，還有許多水窪泥濘，偶爾還落土石，我可得小心點，別急著走，萬一傷著馬腿就不好了！待走出這一段險地，路面便平坦多了……」

四周石峰尖銳、幽谷深長，水澤散佈，馮道小心翼翼地驅著馬兒東閃西避，花了大半時間，眼看狹道出口就在前方，再過去便是一望無垠的草原，不由得放鬆了心情，加快策馬，往前直奔，忽然間，「唉喲！」那馬兒腳下一絆，整個摔倒，馮道也被拋飛出去，忍不住發出驚呼，所幸他身負玄功，落地時用了巧妙身法保護自己，並未怎麼受傷，但跌個狗吃屎的姿態，實在狼狽。

他一邊用手臂撐地坐起，一邊暗罵自己：「我怎麼這麼不小心？一過了狹道，見前方沒有危險，就放鬆了警惕！可見人一遇危險，會更加小心，就能保全自身，待進入安全之地，反而會失了戒心，就容易生出禍患，今日之事，我得好好警惕牢記才是。」

他見馬兒摔跌在地，爬不起身，便趕緊過去查看，這才發現原來是馬蹄被地上的一支斷箭給刺傷了！

馮道連忙幫馬兒拔出箭刺，又設法為它包紮，待忙完之後，抬頭望天，見前方是一片廣袤無垠的草原，渺無人跡，不禁暗暗發愁：「這天色轉眼就要暗了，馬兒又受了傷，我總不能棄它不顧，今晚只好在大草原過一夜，明日再去附近的市集買馬，這一拖延，只怕要擔誤時程……」正當他努力想把馬兒扶起來，遠方忽傳來幾聲驚呼：「快！快！小心！」接著又傳來大批鐵蹄奔馳的聲音和雄壯的男子呼喝聲：「快！快追！」

馮道暗呼：「不是真遇上亂兵流匪吧？王處直也不好好管管！」念頭剛轉完，只見幾道銀箭颯颯飛來，嚇得他連忙用力拖著跛腳馬到附近的草叢中躲藏，心中暗罵：「肯定是這幫傢伙在附近械鬥，才會留下斷箭，讓我的馬兒受了傷，我倒要好好瞧瞧是什麼人物！」

他躲在草叢裡運功凝神細聽，分辨出前方是三匹快馬急急奔馳，從他們短促的呼吸聲聽出中氣不足，顯然沒什麼武功，甚至還有小娃兒的哭聲，後方則有一名武將帶領大隊軍兵在追殺他們，不斷大喊：「快追！射箭！」

馮道心中納悶：「就算想搶劫，也不必動用大隊軍兵緊追不捨，這前方三騎究竟是什麼人？」

過了不久，三騎在草原那端現出身影，其中一匹馬背上是一名文士，已近中年，樣貌奇醜，真是讓人一眼難忘；另一名文士同樣讓人一眼難忘，卻恰恰相反，生得丰神俊朗、儀態翩翩，即使已近中年，手裡抱著嬰孩狼狽地逃難，仍不減半點風采；第三匹馬背上則是一名溫婉文秀的少婦，帶著一名稚嫩的小女孩。

馮道眼看三個大人帶著兩名小娃在箭雨中拼命提韁奔逃，情狀危險至極，就快要被後方軍兵追上，心想：「大隊人馬追殺婦孺，肯定不是什麼好東西，吃我一擊！」再顧不得一切，撿起一塊石頭，將全身力氣聚到右臂，對準那位將領的馬腿狠狠擲去！

「嘶——」那馬兒冷不防被石塊擊中，一聲慘嗚，摔跌在地，武將吃了一驚，連忙一個翻身從馬背上飛起，從容落地，並沒有像馮道那樣跌得狼狽，反而神威凜凜地擲起長槍護在胸前，喝道：「誰？」

被追的三人正策馬急奔，聽見後方有些異聲，忍不住回頭一看，卻見草叢中奔出一青袍男子，雙臂大展，攔路當道，擋在一眾追兵的面前，擺出一夫當關萬夫莫敵的姿態。

三人只能看見男子的背影，不知他是誰，美男子心想：「這人是傻的嚒，怎麼敢以肉身擋住大批凶神惡煞的追兵？」又想：「倘若他不是傻的，如此挺身相救，我又怎能自私地逃走？是死是活，哪怕只有一刻時間，我都要和他交上朋友！」便一扯轡繩，勒馬停下，掉轉馬頭回來。

那少婦原本十分驚慌，根本顧不得後方發生什麼事，忽見美男子勒馬回頭，驚呼一聲：

「晌郎！」一咬牙，也勒馬停下，又拉了轠繩役使馬兒奔近美男子身邊，與他並轡而立，兩人互望一眼，忍不住伸手緊緊握住對方的手，決意同生共死，可想到懷中兩個幼兒，又忍不住落下淚來。

那醜男子拼命策馬急馳，聽到聲音回首瞥了一眼，見有人挺身攔住追兵，心想：「這傢伙是找死嚒？竟胡亂衝了出來，幸好他沒阻了我的道……」便趁機猛提轠繩策馬疾奔了一小段路，才發覺另外兩名夥伴並沒有跟上，此時他正好奔到一座小矮坡上，見距離追兵稍遠，又想：「那人敢如此作為，必有本事對付追兵，我倒瞧瞧是何方神聖？」忍不住便將馬兒停在高坡上，居高臨下地俯瞰。

馮道雖是救人心切，才不顧危險衝出來攔住追兵，倒也不是莽撞而為，因為他已看清領隊那人並非一般悍匪，而是一身書卷氣，王處直最寵愛的義子、總攬定州軍府大權的節度副大使王都。

「是誰敢……」王都正想大發雷霆，一句話還未說完，赫然發現攔路者竟是馮道，一張怒氣橫沖的臉硬生生扭成一張笑臉：「原來是馮書記！」

當初李存勖藉著春節宴會邀請各方名流為馮道造勢，身為結盟鐵三角之一的王處直自然會派使者前去參宴，義子王都雖是武將，卻嗜書成癡，乃是參加這場名士聚會最合適的人選，因此王都當時便知道李存勖對這位八品小書記是何等看重，之後兩人也有過一些軍務文書的來往，更讓他對馮道的應對得體留下深刻印象。

馮道趕緊深深行了一禮，致歉道：「方才人命關天，道一時著急，得罪了王副帥，先給您陪罪了！」

「馮書記真是客氣了！」王都歡喜道：「晉王可安好？馮書記向來寸步不離地陪侍在他左右，今日怎麼有空光駕我定州？」

馮道微笑道：「晉王派我前來與北平郡王討論張文禮叛變之事，今日真是幸運，巧遇王副帥出巡，就勞煩你為我引見。」

王都聽了這番話，臉色微微一變，望了望站在馮道身後不遠處的夫妻，又望向馮道，似有什麼難言之隱，思索半晌才道：「本帥正在追拿逆賊，待拿人之後，便與馮書記好好商量張文禮一事，或許我可以親自前往霸府，向晉王解釋此間事宜。」

馮道從這一番雲霧般的答話，心知定州必然發生重大問題，否則王都不會口口聲聲只說自己要面見晉王解釋，卻完全不提王處直，微微一笑，道：「這幾位是我故鄉好友，晉王正在大舉徵才，我原本來這一趟，也想問問北平郡王肯不肯放人，讓他們為晉王效力，想不到就在這裡巧遇了！」望了王都一眼，又問：「他們都是手無縛雞之力的書生，有三個還是婦孺，怎麼可能是逆賊？這中間是不是有什麼誤會？」

王都正思索該怎麼回答，美男子已高聲喊道：「可道！是你嚒？我是劉昫！」呼喊間，已策馬奔近，又跳下馬來，大力抓住馮道的手臂，將他拉扯過來，張大眼仔細瞪望，確認真是故交好友，也不顧王都軍隊還在前方，忍不住大力擁抱了馮道，想到這生死關頭，他居然又救了自己一家老小，忍不住紅了眼眶，哽咽道：「想不到真是你！可道，咱們可太久沒見了……」

分別十多年，這其間歷經馮道被劉守光下死牢，生死茫茫；眾士子從大安山逃亡，流落四方，幾番顛簸，直到方才都還是生死一瞬，幾乎錯過，而此刻竟能安然相見，兩人心情都十分激動。

劉昫性子直率，幾乎將馮道抱得快斷了氣，馮道感受其誠，也不禁紅了眼眶，拍了拍他的背，輕聲安慰道：「沒事了！沒事了！我來處理。」

劉昫這才想起王都的兵馬還在，連忙放開他，笑道：「你瞧我這性子！」

馮道回頭望了還在馬背上的千荷一眼，向她微微點頭示意，又轉向王都拱手道：「倘若他們得罪了王副帥，可否讓道調解一番，看如何向你賠罪？」

王都見了劉昫與馮道親近的場面，心知自己非放人不可，微笑道：「這幾位既是晉王欲徵求的賢才，本帥自當雙手奉上，還請馮書記日後在晉王面前，替本帥多美言幾句。」

劉昫夫婦見馮道竟能說服王都放棄追殺，終於鬆了口氣。

馮道聽出王都有言外之意，心想：「他似乎有所求……」便對劉昫道：「方才跑得飛快的是李崧吧？你們先去告訴他沒事了，我與王副帥說兩句話，等會兒便過去與你們相聚。」

劉昫明白他與王都有要事相商，便帶著妻兒離得稍遠些，即駐足等候，他心中仍有些擔憂，所以並沒有真的拋下馮道，讓他獨自一人去面對王都的兵馬。

王都見馮道支開了劉昫，好讓自己暢所欲言，暗讚：「這馮書記果然是聰明人，難怪晉王這麼喜歡他！」

馮道說道：「承蒙王副帥高抬貴手，讓道可以順利完成晉王求才的心願，道心中感激不盡。」說罷拱手行了一禮，又道：「王副帥有什麼想法，或者當中有什麼曲折，還請告知，看道有什麼可以幫忙。」

「此事說來話長──」王都深深嘆了口氣，道：「自從趙王被殺，北平郡王就一直惶惶不安，擔心晉王派兵攻打張文禮時，會順道併吞他的領地。我多次勸說晉王以仁義聞名，又一直與他交好，只要我們自己不犯事，晉王怎可能背信棄義？可北平郡王非但聽不進諫言，還開始疏遠我。我原本心中不解，暗地裡派人打探，這才知道他已起了異心，竟派人通知他駐守在『新州』的庶子王郁悄悄前往契丹！」

王郁娶的是李克用的女兒，等於是河東郡馬、李存勖姐夫、且是晉軍的新州刺史。馮道聞言，當真是大吃一驚，急問：「你說北平郡王勾結契丹，背叛晉王，還是王郁郡馬前去行事？此話當真？王副帥可沒騙我？」他萬萬想不到王處直變節得如此之快，這麼一來，鐵三角徹底瓦解，原本的兩位盟友還同時倒向最強大的敵人，輕易可接引契丹大軍南下，河北將變得岌岌可危！

王都連忙道：「我是絕對忠心於晉王，怎能投降契丹？我得知此事太過嚴重，屢屢勸說義父，他非但不聽，還生氣地要我……把軍權轉給王郁！」

王處直原本不喜歡庶子王郁，有意傳位給義子王都，但經此一事，王處直已改了心意，決定傳位給王郁，但在馮道面前，王都不想提及自己貪圖王位，便改口說是轉移軍權。

「此事確實太過嚴重！」馮道趕緊問道：「王副帥有何打算？可否為我引見北平郡王，讓我來勸服他？」

王都悵然搖頭道：「你來晚一步了！」

「此話怎說？」馮道吃驚連連，問道：「發生什麼事了？」

王都道：「王郁透過盧文進先聯絡上契丹，不久之後，我便看見義父與張文禮在城東歡快喝酒，他們打算與契丹來個三方結盟。但兵將們都不願引契丹南下，我向來也以晉王為依歸，絕無貳心，因此若不阻止他們，後果當真不堪設想……」

馮道見他繞來繞去、雲來霧去，就是不肯直言究竟發生何事，心中快速將整件事情盤整一遍，再連接上劉昫的出逃，已然猜出個大概，當時王都發動兵變，處理了王處直，但背叛義父之事總是不大光彩，他才吞吞吐吐。

馮道見王都身後一個個彪形大漢拿著亮晃晃的兵刃，又想：「他此刻對我客客氣氣，實在是看在小李子的面上，我絕不能露出一點嫌惡之意，否則他這大隊兵馬絕饒不過我們，會直接殺人滅口……」連忙堆起一抹微笑，道：「幸好王副帥及時控制住情況，否則後果真不堪設想。」

王都見李存勖執意要為王鎔報仇，對自己背叛王處直一事，也有些忐忑不安，不知晉王會如何處置，聽馮道這麼說，一顆心稍稍放下，又解釋道：「義父對我有大恩，逆倫弒父之事，我是萬萬不敢做的，我只是將他和王妃們一起囚禁在西院，好生供養著，絕不敢怠慢，或許他有悔過之意，晉王會饒了他呢！總之，我對晉王的忠心，天地可鑑。為了大局著想，不得不大義滅親，實屬萬分無奈，北平郡王的生死罪罰，一切但憑晉王作主。」

馮道心想：「王處直倒戈相向，小李子哪能放過他？這傢伙不背弒父惡名，還把生殺大權交予小李子主宰，如此機靈，難怪能哄得王處直幾乎把王位傳給他，將來到小李子身邊，想必也能飛黃騰達！」微笑道：「副帥放心，你今日之功、忠誠之心，我回去後定會一五一十地稟報大王，大王必有重賞。」

王都歡喜道：「王某無德無才，兵將們卻擅自擁立我為留後，未得晉王之命，我實在不敢僭越，但怕義武軍無人統管，會滋擾百姓，這才厚顏暫代，還請馮書記也一起奏稟，該由誰帶領義武軍，但憑晉王之命，都莫敢不遵，只求晉王讓我繼續效犬馬之勞。」

馮道微笑道：「晉王一向仁德，總是嚴懲擾民的軍兵，留後能約束紀律，那是再好不過了！此刻晉王最大的心願便是召集義士共抗契丹，完成先王遺志，倘若留後安定了義武軍心，願意加派兵馬參戰，甚至是立下奇功，那麼莫說一個義武留後，就是加官封爵也是大有可能，你也知道十一藩鎮聯合勸進之事，大王待有功臣屬一向很大方，絕不會吝嗇的。」

「是！是！」王都聽他不再過問王處直，還立刻改口稱呼自己「留後」，心知這義武留後的封賞已是板上釘釘，再聽到晉王要稱帝，只要表現得好，自己還有機會晉升，笑得幾乎合不攏嘴：「我回去後立刻點集兵馬相助！倒是馮書記好不容易來我定州一趟，旅途勞累，不如暫留一晚，讓我好好招待一番，明日再走。」

馮道心想若只孤身一人，肯定要留下來查探情況，但如今還要保護劉昫一家大小，若是踏進定州城，不知會面臨什麼景況，還是先離開為妙，免得多生枝節，便道：「留後好意，道心領了，只不過這消息太過震驚，萬萬不能拖延，我必須盡快回去稟報大王，下回若再相逢，定要與你共飲數杯，只怕到時候你升大官、封高爵，就不認得我這小書記了！」

王都笑道：「馮書記這是哪裡話？你現在可是晉王面前的大紅人，王某還盼著與你多親近。」

馮道說道：「眼下倒是有一件事真需要留後相助。」

王都連忙道：「什麼事？只要力所能及，王某定全力辦好。」

馮道微笑道：「也不是什麼大事，就是我的馬摔斷腿了，這裡還有幾名婦孺，要長途奔波，實在不方便，還請留後為我們準備一輛馬車和兩匹好馬。」

「這有什麼難？」王都笑道：「不如我再派一隊軍兵馬護送你們回去？」

馮道心想如今定州城還不知是什麼情況，怕這兵馬隨行，反而引來意外，連忙道：「留後如今還得安頓定州城，道不敢以這點小事滋擾，我護送他們回去即可。」

「好！」王都立刻吩咐人去辦，過不久，馬兒、馬車便已備好帶來。

於此情況，馮道實在不能再帶著那匹傷馬，又怕眾兵將它宰來吃，便轉贈給王都，道：

「河東的馬都是好馬，只要命人細心照料，將來還是可以上戰場為您效力。」

王都哈哈一笑，道：「馮書記真是宅心仁厚，連一匹馬都如此記掛，放心吧，既是被我的箭簇刺中，也算與它有緣，我一定命人好好照顧，讓它再逞威風。」

劉昫一家人瞬間從逆賊變成貴客，王都生怕他去李存勖面前嚼舌根，還特意向他致歉：「劉參軍，咱們原本也算知交，只不過一下子禍起蕭牆，城中大亂，一時間實在分不清誰是誰非，本帥不得已才一併拘留，原本想細細盤問，再行放人，倒也沒有什麼惡意，若有得罪處，還盼原宥。」

劉昫也拱手道：「昫從前蒙將軍提攜重用，不敢或忘，忽生誤會，昫也甚覺不解，幸好可道為咱們解開了，才沒釀成遺憾，昫此去一別，只怕再沒有機會為您效力了，還望將軍多珍重。」

馮道與劉昫各自坐了一匹馬，讓千荷和兩個稚兒坐入馬車，便向王都告辭離去，走了一小段路，見王都並沒有派人跟蹤，馮道終於放下心來，對馬車裡的千荷道：「娘子一直記掛著千荷姑娘……哦！應該說劉夫人，倘若知道我遇見你們，一定很高興。」

千荷一聽見褚寒依，心情甚是激動，探出車簾外，紅了眼眶微笑道：「一別十多年，想不到咱們還能再見面，你和姑娘終於修成正果了，真為你們高興，我也很想快快見到姑娘。」

馮道微笑道：「妳先歇息，待回去後，我立刻寫信讓她過來與妳相聚。」

「多謝馮郎君了！」千荷微微拭淚，又回到車廂裡，照看兩個小娃兒。

劉昫感激道：「這回多虧你了，否則我一家老小不保！」

馮道微笑道：「再說這些話，便太生分了！倒是我聽說你離開大梁之後，便到定州擔任參軍，大醜卻是去了鎮州，你二人怎會聚在一塊兒，還一起被追殺？那王都所言是否屬實？」他口中的大醜便是方才獨自奔逃到矮坡上的醜男李崧，因形貌奇異，被父親取字「大醜」，當時也曾向褚寒依求親，後來跟馮道一起在大安山撞破劉仁恭修練邪功、虐殺少女，實非良主，便另尋仕途，到了鎮州擔任參軍。

劉昫長長一嘆，道：「這事說來話長，當時王鎔忽然被殺，鎮州大亂，大醜僥倖逃出，就近來投靠我，誰知他剛到不久，定州也出事了！」頓了頓又道：「我最早其實是蒙王都賞識，在他手下擔任軍事衙推，還是他把我推薦給王處直的，誰知道最後竟會弄成這樣！」

馮道嘆道：「難怪王都說與你是知交。」

劉昫續道：「後來王處直密謀投靠契丹，還要傳位給庶子王郁，激怒了王都，他率領數百士兵埋伏在王府外，趁著王處直與張文禮喝酒回來，還醉醺醺的，一舉制服他。王處直一直很信任王都，壓根沒想到這個義子會叛變，事起突然，不及反應，敗得一塌塗地，王都雖然沒殺王處直，只把他和妻妾囚禁在西院，但有一點他沒說實話，就是他把王處直的子孫和心腹將領全殺了！」

馮道點點頭，道：「既下這毒手，他也不可能讓王處直活了，只不過他不想背上弒父罵名，就想借晉王的手來殺人，這也可以猜想得到，但關你什麼事呢？就因為你是王處直的參軍？」

劉昫嘆道：「王都原本還念著舊情，想讓我回到他身邊，但他有一名親信和少微向來嫉妒賢才，便趁機慫恿說我跟著王處直時日已久，對王都絕不會忠心，若是留下，必成後患。王都原本就擔心他這次兵變會有人不服氣，怎禁得起這般挑唆？便來追殺我了！幸好我事先得到消息，趕緊帶著大醜和妻兒逃出來，這一出逃，和少微更落井下石，我則是百口莫辯！你說我冤不冤？」

馮道微笑道：「塞翁失馬，焉知非福？若不是這樣，咱們怎能相遇？」

劉昫哈哈一笑道：「你說得不錯！大夥兒今日能相聚，真是福氣，從此否極泰來！」

馮道遙指前方矮坡，道：「我先去通知大醜，你帶嫂子慢慢過來！」便策馬奔向山坡，與李崧相見。

兩人久別重逢，歡喜寒暄一場，馮道說道：「胡柳陂一戰，河東損傷不少文臣武將，正大缺人才，晉王若是見到兩位，一定很高興，你們便先隨我回去，有什麼話咱們慢慢再聊。」

李崧死裡逃生，又得到見晉王的機會，自是歡喜難言，連聲答應。

眾人雖暫時避過殺禍，但定州內亂，為免路上再遭遇惡兵叛賊，便盡量揀人煙稀少的小徑行走。

九二一・二　天兵下北荒・胡馬欲南飲

諸將皆曰：「虜傾國而來，吾眾寡不敵；又聞梁寇內侵，宜且還師魏州以救根本，或請釋鎮州之圍，西入井陘避之。」晉王猶豫未決，中門使郭崇韜曰：「契丹為王郁所誘，本利貨財而來，非能救鎮州之急難也。王新破梁兵，威振夷、夏，契丹聞王至，心沮氣索，苟挫其前鋒，遁走必矣。」李嗣昭自潞州至，亦曰：「今強敵在前，吾有進無退，不可輕動以搖人心。」晉王曰：「帝王之興，自有天命，契丹其如我何！吾以數萬之眾平定山東，今遇此小虜而避之，何面目以臨四海！」乃自帥鐵騎五千先進。至新城北，半出桑林，契丹萬餘騎見之，驚走。晉王分軍為二逐之，行數十里，獲契丹主之子。時沙河橋狹冰薄，契丹陷溺死者甚眾。是夕，晉王宿新樂。契丹主車帳在定州城下，敗兵至，契丹舉眾退保望都。

戊戌，晉王引兵趣望都，契丹逆戰，晉王以親軍千騎先進，遇奚酋禿餒五千騎，為其所圍。晉王力戰，出入數四，自午至申不解。李嗣昭聞之，引三百騎橫擊之，虜退，王乃得出。《資治通鑑·卷二七一》

漫天雲濤被夕陽染成滾滾紅潮，一直向南延伸，宛如野火漫燒向中原，空中飄下的雪粉被戰火、霞光染成彤色，與城牆上不斷灑下的血水交融成一幅綺麗又殘酷的景象，竟好似蒼天落下了血淚。

「這是今年第一場雪吧？」河東軍營壘壘鋪展在鎮州城外，李存勖站在高高的瞭望台上，身旁站著中門使郭崇韜、從潞州趕過來相助的二太保李嗣昭、五太保李存進和掌書記馮道。

他眺望著前方攻城的情況，遙想起逝去的故人，心中氣恨懊惱之餘，又夾雜著說不盡的傷感，不由得輕輕一嘆。

當時史建瑭被指定為攻打鎮州的主帥，帶領閻寶、符習等一萬多名軍兵先前往趙州，刺史王鋌一見到晉軍前來，二話不說就開門投降，史建瑭立刻派人將這好消息傳回去，李存勖歡喜之餘，又任命王鋌繼續擔任趙州刺史。

史建瑭順利地率軍渡過「滹沱河」，先抓住了前來支援張文禮的深州刺史張友順，接著在鎮州城外築好營寨，派兵圍城，又鑿開「大悲寺」的水源，打算用灌水入城的戰略逼使張文禮投降。

豈料陰狠狡詐的張文禮在得知王鋌投降、張友順被抓、晉軍圍城的消息，竟活生生嚇死了！兒子張處瑾無奈之下，只好肩負起對抗晉軍的重責大任。

李存勖原以為戰況會一如既往地順利，誰知史建瑭才剛剛開始攻城，就被流箭射中身亡，時年不過四十六歲！

史建瑭是十一太保史敬思之子，當年朱全忠在上源驛館暗算李克用，史敬思為保護義父撤退，力戰而死，李克用十分感念他，便特意栽培史建瑭，讓他跟在李嗣源、李存審身邊學習。

史建瑭與他的父親一樣忠誠勇猛，常做先鋒，也立下不少汗馬功勞，正當李存勖打算提拔史建瑭為獨當一面的大將，想不到他就身亡了！李存勖想到史家父子皆因他們父子奮戰而亡，既感動又感傷。

同時間馮道帶回消息，說契丹耶律阿保機、鎮州張文禮、新州王郁三方勾結，蠢蠢欲動，就連王處直也想叛變，幸好王都堅定站在河東這一邊，暫時穩住了定州。

這讓李存勖十分震驚，一方面立誓要替王鎔、史建瑭報仇，另方面也警覺到眼下形勢超乎想像得嚴重，鎮州之亂必須以最快速度解決，否則將會陷入腹背受敵的景況，他擔心閻寶和符習不能應付，遂決定從德勝抽調兵馬，親自攻打鎮州。

張處瑾聽聞戰神大王到來，嚇得連忙派弟弟張處琪、幕僚齊儉去向李存勖認罪並請求投降。李存勖痛恨他們殺害王鎔和史建瑭，又反覆背叛自己，說什麼也不肯受降，矢志要將這幫逆賊千刀萬剮。

張處瑾害怕之餘，只好負城頑抗，他不知道盟友王處直已被王都囚禁，還派副將韓正時率領一千多名騎兵突圍，想奔赴定州求援，卻在半路就被晉軍剿滅殆盡。

「這小小城池，不過一對狗父子，攻了這麼久，竟還攻不下……」李存勖連張文禮都瞧不在眼裡，更別說張處瑾了，他以為鎮州之亂彈指間便能平定，萬萬想不到一個名不見經傳的傢伙竟如此難纏，他親自領兵強攻已十多天了，卻始終動搖不了鎮州城，惱怒道：「連老天都跟本王作對！我要攻城，祂便下雪！」

馮道見李存勖心煩氣躁，溫言提醒道：「今年的雪來得特別遲，蒼天養銳蓄威、厚積薄發，這只是剛開始，接下來風雪恐怕會很大。」

「是嚒？」李存勖一愣，想到如此一來，攻城難度會大增，不由得更加煩躁，馮道正想說幾句勸慰的話，卻見閻寶匆匆奔上高台，神色有些慌張地稟報：「大王，有緊急軍情！」

閻寶就算不是百戰名將，也是歷經無數戰役的老將，自從投降李存勖後，就銳意進取、膽氣豪壯，什麼事都衝在前頭，不願輸給河東將領，此刻神色竟有些不安，李存勖心知必有大事發生，蹙眉問道：「又有什麼事？」

「定州王都求救！」閻寶沉聲道：「信中說耶律阿保機夫婦率盧文進共三十萬兵馬南下，一開始攻打幽州，但九太保和馬知州堅守不破，他們便轉攻涿州，不過十幾天，涿州就破了，刺史李嗣弼全家被抓，接者他們又轉攻定州！」這馬知州即是宦官馬紹宏，在李存審調任幽州後，馬紹宏也被派往幽州擔任權知州事，輔佐李存審。涿州刺史李嗣弼則是李存勖的堂弟。

即使馮道事先已帶回消息，李存勖聽見契丹再度傾全國兵力南下，仍感到有如晴天霹靂般震撼，不禁握緊了雙拳：「又是三十萬大軍！」此刻他連一個小小鎮州都攻不下，還要面臨大梁和契丹三十萬鐵騎的雙面夾殺，這確實是一場前所未有的硬仗，但同時又有一股復仇的烈火在胸中燃燒，他感到為父兄報仇的機會來了！他不只要報仇，更要在大軍面前狠狠打敗耶律阿保機，為父親討回雲州結盟時落敗的恥辱！

閻寶欲言又止，李存勖一望便知他是什麼意思，沉聲問道：「大家都知道了？」

閻寶道：「契丹大軍浩蕩而來，消息很快傳開了，敵人速度很快，一萬名先鋒軍已抵達『新樂』，轉眼就要渡過『沙河』，士兵們一想到會腹背受敵，都很害怕，想退回魏州……」見李存勖臉色沉了下來，連忙解釋道：「大夥兒的意思是先將各方軍隊集結起來，一起保住魏博根基，又或是讓鎮州的部隊先退入西邊的『井陘』，暫避鋒芒，待契丹軍離開，再回來重新圍城……」

「暫避鋒芒？」李存勖冷笑一聲，一雙精銳如鷹的眼森冷冷地盯著他，道：「倘若契丹大軍又向前推進，到了魏州、井陘甚至是太原，你們還要退到哪裡去？本王若是遇到一點胡虜小賊就匆匆退避，將來哪有臉面立足四海，威臨天下？」

閻寶望著李存勖眼中燃燒著熊熊烈火，知道他絕不肯退縮，一時間不知該怎麼勸說，只垂首不語。

李存勖轉問身旁三名將領：「你們以為如何？」

李存進搶先道：「大王派我做先鋒，我要第一個去打契丹狗，為先王、兄弟報仇！」

郭崇韜外表斯文，骨子裡卻是膽大心雄，有著武將的剛毅好勝，且懂得縱觀全局，自從馮道帶回王郁勾結契丹的消息後，他就不斷思索該如何應付契丹大軍，聽李存勖問起，立刻答道：「臣以為耶律阿保機此番前來，是受王郁蠱惑，妄想掠奪中原財物，並不是真心想救援鎮州，一旦受了挫折，就會退軍。大王最近連連擊敗梁軍，威震夷夏，四海之內誰不敬畏？一旦契丹兵聽到是大王親征，定會聞風喪膽，如果能一舉挫敗他們的前鋒軍，跟在後方的大軍就會害怕得潰逃！」

李嗣昭人矮話不多，卻意志強大，每每主戰：「如今強敵在前，我們只能前進，不可後退，否則定會動搖軍心！」

閻寶見河東將領都不畏生死，自己若再說撤退，未免讓人瞧扁了，一咬牙道：「當初臣願意棄梁歸晉，不是因為貪生怕死，而是衷心仰慕大王的風采，我想追隨一位真正的英雄，只要大王說戰，我便戰！」

「很好！」李存勖笑了，拍拍閻寶的肩膀，道：「我打算回魏博召五千親兵去追擊胡虜，鎮州就交給你了，能不能支撐半個月？」這意思是只要五千人、半個月時間，他就能打敗耶律阿保機的三十萬鐵騎。

莫說閻寶吃了一驚，就連李存進、李嗣昭、郭崇韜都感到不可思議，閻寶忍不住勸道：「契丹有三十萬鐵騎，可不是大梁那軟腳蝦，大王只帶五千人去，太危險了！」

李存勖冷笑道：「面對三十萬大軍，多少人才夠呢？」

閻寶一愣，心知就算把攻打鎮州的大軍都帶去，也不到兩萬人，但對於李存勖的豪語，仍覺得太不可思議，一時不知該如何回答。

郭崇韜擔心李存勖太好大喜功，勸阻道：「大王調動的軍隊越少，對其他戰地的影響自然也越小，但五千人真的太少了！太過冒險！」

李存勖道：「既然人數怎麼都不夠，且事情拖延越久越不利，那就不如下一場以小博大的豪賭！」忽然瞥了馮道一眼。

幾位大將在討論戰略，原本輪不到一個小書記出意見，馮道見李存勖忽然拋來眼神，心知自己該上場了，連忙道：「倘若大王僅憑五千兵馬就抵擋住契丹三十萬大軍，如此不興重兵，就能守護中原百姓，安定時局，天下人除了佩服大王的英勇睿智，也能感受其仁德風範，稱帝之事自然就水到渠成。」

李存勖念茲在茲除了完成父親遺願，就是稱帝一事，他原本只想以少勝多，再添英雄威風，馮道卻把這事與「不興重兵，仁德君王」聯結在一起，聽得他心花怒放：「這傢伙腦袋靈光、學問好，說話就是不一樣！」但覺自己除了英勇形象之外，是時候樹立仁德風範了，哈哈一笑道：「帝王的興起，自有天命，本王僅憑數萬兵馬就把太行山以東、河北之地盡收入囊中，誰說老天不允沙陀皇帝？契丹縱有千萬軍兵，又能奈我何？」

眾人都是武將，思索的都是如何打勝仗，即使郭崇韜具備戰略眼光，所顧及的也只是戰場全局，卻想不到政治的細巧之處，眾人聽馮道這麼說，才恍然大悟，心想：「原來大王希望憑此戰役增添帝王美譽！」便齊聲道：「大王不興重兵，卻能守護中原，必得萬民擁戴。」

李存勖聽眾將領齊聲稱頌，很是歡喜，笑道：「到時候，本王親自帶你們殺退契丹狗，教天下人心服口服！」

馮道再次提醒道：「接下來的風雪會更狂暴，大王如想親征，就要做好雪戰的準備，只有順天而行，才能真正的承天應命！」

「順天而行？」李存勖聞言，似有所悟，又還未完全想透是什麼意思，朗聲道：「既然老天讓敵人來了，本王就順天意應戰！」又拍了拍閻寶的肩頭，笑道：「從這兒到定州，快馬不過兩個時辰，騎兵行進最多一天，不會花太多時間，本王快去快回，你就撐著點！」

閻寶想到大王屢屢創造奇蹟，又見他眼中湛放著自信的光采，瞬間也被激起了熱血鬥志，大聲道：「半個月後，大王打敗耶律阿保機回來，末將就把鎮州城獻給大王當賀禮！」

「好！」李存勖朗聲笑道：「屆時咱們同賀戰功！」說罷便轉身走下瞭望台，帶著郭崇韜、二太保李嗣昭、五太保李存進、馮道一起返回魏博，先派最快的探子去瞭解契丹軍狀況，接著從魏博天雄軍、銀槍效節都裡挑選最精銳的五千騎兵，快速整軍之後，便從邢州「沙河」出發。

他卻不知道自己這麼一走，梁軍趁機大舉來攻，鎮州竟發生翻天覆地的變化……

李存勖領頭在前，一邊思考如何以五千軍兵對付三十萬鐵騎，一邊快馬抄捷徑，帶領晉軍穿過「新城」北面大片桑樹林。

前段部隊剛奔出樹林，不遠處就傳來一陣轟隆隆的鐵蹄聲，李存勖心中一笑：「好傢伙，果然在這裡！」他從探子回報的消息，研判契丹先鋒軍會經過「沙河橋」，遂決定抄小路趕在對方過橋時給予迎頭痛擊，好迫使契丹全軍撤退。

敵人果然來了！李存勖高高舉起手中的烏影寒鴉槍，示意後方軍兵做好準備，眾軍一見到指示，立刻執起兵刃，蓄勢待發。

狹路相逢勇者勝！

李存勖對契丹早就彆了一肚子窩囊氣，一旦相遇，全身怒火噴發，就像一頭凶悍猛虎衝出山林般，揮起烏影寒鴉槍一往無前地衝刺，口中大喊：「兄弟們，殺啊！殺啊！」身後的親軍也緊跟著馳出，大聲鼓噪：「殺啊！殺啊！」吶喊聲轟隆隆的宛如天雷暴響，手中厲箭「唰唰唰！」射出，只留下少數士兵待在桑樹林裡大力搖動枝葉，好像還有千軍萬馬要奔出。

能擔任契丹先鋒者，自也是勇猛悍將，擅長騎射，但他們才小心翼翼渡過那座橋面狹窄、木板輕薄的沙河橋，好不容易放鬆了心情，萬萬想不到會遭遇晉王親臨，乍見到他有如天神般威風凜凜、氣勢逼人，不由得嚇了一大跳，出於求生的本能，竟然連打也不敢打，轉身就逃，但後方只有一座窄橋，橋下是冰河，契丹兵無路可逃，只能你推我搡拼命想擠上橋面，木橋承受不起這麼多兵馬一起湧上，橋面甚至還結了許多薄冰，契丹兵不是自己滑落就是被同伴推落，天寒地凍，一下子就凍斃許多人。

沒被推落的，也好不到哪裡去，李存勖此次帶來乃是精英中的精英，個個箭術了得，悍勇至極，「唰唰唰！」箭雨如飛蝗，一下子就射死大批契丹兵，將他們全數殲滅。

「將軍，不好啦！」幾名臉色蒼白、嘴唇發紫的契丹先鋒軍踉踉蹌蹌地奔逃回營。

契丹大軍駐紮在定州城下，盧文進正指揮士兵強攻城池，聽見這幾個先鋒軍嚎啕大哭地訴說晉王多麼可怕，心中感到不妙，便進入捺鉢向天皇帝稟報情況。❶

草原民族從小就訓練騎射打仗，耶律阿保機對兒子的訓練尤其用心，希望他們在學習漢禮之時，也不忘充實武備，因此這一趟大戰便將年僅十歲的小兒子耶律牙里果帶在身邊學習，此子乃是一蕭氏宮人所生，並非述律平的孩子。

此時耶律阿保機正在教導牙里果如何揮砍大刀，攻擊敵人，父子倆玩得其樂融融。述律平則與王處直的庶子、背叛河東的新州刺史王郁坐在桌案前，一邊飲酒一邊指著地圖談論軍情。

盧文進匆匆奔了進來，耶律阿保機見他神色凝重，心知有要事，對耶律牙里果揮一揮手，道：「你先到一旁自個兒練習去。」

「是。」耶律牙里果立刻拿著大刀到一旁左揮右砍。

耶律阿保機坐回述律平身邊，問盧文進：「發生什麼事了？」

盧文進稟報道：「先鋒軍在沙河橋遭遇晉王，被全數殲滅！」

「什麼？」王郁聽到李存勖親來，嚇得臉色發白，驚呼連連：「你說是晉王？真是晉王？」

耶律阿保機夫婦倆互望一眼，內心同感震驚：「晉王竟然親自來攻，不過一忽兒時間，就殲滅我一萬先鋒勇士……」

耶律阿保機沉聲問道：「來了多少敵人？」

盧文進道：「逃回來的士兵說千軍萬馬，看不到盡頭……」

耶律阿保機怒道：「豈有此理？怎會看不到盡頭？」

盧文進道：「據說晉軍是從桑樹林衝出來的，只衝出一半，還有一大半軍隊仍在桑樹林裡，就殲滅了我們的先鋒軍，因此來不及看見全部的軍數。」

「只一半軍隊就殲滅我一萬先鋒勇士……」述律平心中頓感不安，勸道：「我聽說晉王用兵天下無敵，既然他親自來了，咱們不如就此退去。」

王郁雖害怕李存勖，但想契丹若是退兵，自己和張處瑾等人都會死無葬身之地，見耶律阿保機沉吟不語，怕他會意志動搖，連忙勸道：「鎮、定兩州乃至整個北方，都是美女如雲、金帛如山，如果輕易退兵，那麼財寶、美女可就要白白送給晉王了！」

當初他就是以「鎮州美女財寶眾多」蠱惑耶律阿保機出兵，述律平卻不同意，聽王郁再次老調重彈，冷冷橫他一眼，示意他閉嘴，又勸耶律阿保基：「近年我契丹西樓在天皇帝的治理下，牛羊馬兒不斷增加，糧草豐收，美女享樂無盡，為何還要勞師遠征，冒天大的危險去貪取那一點利益呢？萬一咱們敗了，可就後悔莫及了！」

王郁見了述律平凌厲的冷眼，心裡雖打了個激靈，但事關生死，哪怕會得罪這個狠厲的女人，也只能鼓起勇氣繼續勸進：「天皇帝難道會害怕小晉王？我是老晉王的女婿，待在晉軍日久，最清楚其中狀況，他們就是外強中乾！外表聲威赫赫，其實內裡空虛，時常捉襟見肘，要不是一個老閹宦苦苦支撐著，早就沒有糧草了！偏偏最近那老閹宦和晉王鬧翻了，再也不肯為他效力！」

「哦？」耶律阿保機原本森寒的臉放鬆了下來：「真有此事？」

「千真萬確！」王郁又道：「不只如此，晉軍雖悍勇，人數卻不多，又受到大梁牽制，能有多少兵馬可用？他們的兵數遠遠不及大梁，更不及天皇帝的三十萬大軍！」

耶律阿保機轉問也曾經待過晉軍的盧文進：「王使君說得對嚒？」

盧文進恭敬道：「晉軍人數確實不多，胡柳陂一戰，更是損傷慘重，而且他們最擅長的戰術就是虛張聲勢外加奇襲。」

王郁興沖沖道：「天皇帝你瞧，盧使君也這麼說！晉軍就是因為人少，才要裝腔作勢地嚇唬敵人，若是真刀真槍地對戰，他們肯定打不過契丹！如今好不容易多方聯兵，天皇帝萬萬不可被晉王嚇唬了！」

述律平還要勸說，耶律阿保機已揮了手，止住她的話，道：「依朕估計，晉王此番前來，最多兩萬兵馬，既是虛張聲勢，咱們又豈能上當？不妨將計就計，誘敵深入！」事實上他高估了晉軍的實力，卻低估了李存勖的決心，他不知道李存勖只帶來五千兵馬，就打算決一死戰。

盧文進沉穩老練，懂得察顏觀色，道：「天皇帝的意思是要假裝撤退？」

耶律阿保機拿起身側的長鞭指著前方地圖上的「望都」平原，道：「這裡一馬平川，是騎兵決戰的好地方，而且一眼可望盡，有什麼風吹草動，很容易識破，不怕晉王設下伏兵。再者，此地離定州城不到六十里，待解決晉軍後，再回來奪城，也只是片刻時間，不易生變。」見述律平眼底仍有疑慮，微笑道：「區區兩萬敵寇，難道我三十萬鐵騎還鎮壓不了？」

述律平心想他說得對，此事怎麼看都大有勝算，便微然頷首，道：「就依天皇帝的旨意去做吧！」

盧文進見述律平不再反對，立刻道：「末將這就去移軍。」行禮後便走出捺鉢去指揮大軍拔營。

望都草原平坦遼闊，原本利於騎兵作戰，而且北方民族向來畏熱不畏寒，因此初下雪時，耶律阿保機並不在意，不料這場風雪來得又急又大，不過一忽兒時間，地面就已經積了一層厚雪，再加上這地方有十三條河流交錯，又與陸地積雪相融相結，已分不清哪裡是草原，哪裡是河面？

契丹軍數龐大，綿延逾百里，頂著大風雪冒險前進，行軍速度甚慢，原本不到半天的距離竟然走了一整天，還分不清是否已抵達望都，放眼瞧去，前方始終是蒼茫茫的雪漠，寸草不生，渺無生機。

「紮營！」盧文進眼看天色已深，風雪越大，士兵們疲餓交加，倘若勉強走下去，哪有力氣作戰？只能下令紮營休息，待明日天氣好些，再重新勘察地形，展開行動。

眾兵都鬆了一口氣，趕緊賣力紮營，滿心想著只要再堅持一會兒，便有遮風擋雪的氈帳，也能吃上東西讓身子暖和些。

「嗚——」

遠方忽然傳來一陣陣淒厲的觱篥聲，迴蕩在蒼茫茫的雪原裡，似龍吟虎嘯般低沉悲壯，又似寒鴉哀哀啾啼。

「誰？」契丹兵都吃了一驚，不自覺停下手中工作，抬首望向東邊的發聲處，目光所及，只是一片淒黑夜幕，還不斷下著蕭蕭蒼雪，哪裡有半點人影？那觱篥聲也戛然而止。

眾人瞧不見任何影子，心中甚感不安，也只能繼續努力紮營。過了一會兒，那聲音又起，卻像從西邊吹來一陣狂風掃過遍地枯木殘枝般，發出淒涼的沙沙軋響，一聲傳過一聲，催得沙雪滿天，星月昏沉。

契丹兵面面相覷，都想：「我大軍橫陣數十里，那聲音怎能一下子在東邊，一下子在西邊？」

這念頭才剛轉完，那聲音又飄到了南邊，似有一名優伶在狂暴的風雪中嗚咽唱曲，感慨嘆息，曲調雖不明，但其聲悽愴，就像在催促遠征的士兵回歸故鄉，引人悲傷落淚。

契丹兵驚惶不安，紛紛道：「這麼冷的天，我們連站都快站不住了，那人居然甘願挨餓受凍，也非要在雪原中唱曲？他究竟是人是鬼？」

「那聲音飄忽不定，相距甚遠，如果是人，行動怎能這麼快速？」

「風雪的聲音這麼大，倘若是人在吹器唱曲，那聲音怎可能傳遍數里，一定是惡鬼！」

契丹兵一想到可能是惡鬼作祟，更加害怕：「難怪今晚風雪這麼大，原來是雪原惡鬼出來了！傳說雪原惡鬼會在大雪中殺人於無形……白茫茫的大雪掩飾了它的行蹤，教人看不清、防不了……」這駭人的念頭一起，眾兵害怕自己會死在惡鬼手中，都想逃回家。

三十萬契丹大軍中，不只有契丹族兵，還有許多被耶律阿保機征服的北方各族，其中奚族首領禿餒長得人高馬大、悍勇非常，乃是耶律阿保機麾下頭號猛將，聽那觱篥聲十分詭異，滋擾不休，心中大感不耐，遂走出已搭建好的軍帳外大喝道：「是誰在做怪？」讓聲音遠遠傳了出去，企圖威嚇那不知是人是鬼的怪東西。

那聲音經他這麼一呼喝，居然真的停了，契丹兵見他氣勢豪壯，一聲獅吼竟能嚇跑惡鬼，都鬆了口氣，便加快動作，趕緊搭好氈帳。

契丹兵累了一天，好不容易能休息，都早早躲進氈帳裡，整齊排列，倒頭就睡，只盼一夜醒來，既養足精神，天氣變好，惡鬼也消失了。

「嘎——」正當眾人恍惚入睡時，那觱篥聲再次響起，驚起一群寒鴉夜啼，聲聲斷魂。

眾兵盡皆驚醒，只聽那聲音越來越近、越來越輕，似從東邊逼近，又似從西邊竄來，轉眼間就已經到了營帳外，速度之快有如鬼魅，眾兵明明都醒著，卻無人敢出去查看。

「何方人士，不敢現身相見，卻來裝神弄鬼，難道是怕了朕麼？」耶律阿保機將聲音遠遠傳送出去。

眾兵聽見皇帝發話，安心不少，可發出觱篥聲的怪東西卻不害怕，一直環繞在軍營附近，迴蕩不絕，吵得人心煩氣躁，頭痛欲裂，無法安歇。

禿餒氣惱道：「他奶奶的，豈有此理？還讓不讓人睡了？我出去抓鬼！」說罷拿起武器便奔出帳外，一路追了近半里，那聲音卻越來越遠，到最後已渺無聲息。

禿餒快速轉了一圈，瞪大銅鈴眼四處張望，除了黑夜白雪，並沒有半點人影，不禁也感到一陣寒意：「真是見鬼了！」只得悻悻然回來，正要鑽入營帳中，那聲音又淒厲響起，刺得人耳膜欲破。禿餒確實被驚到了，氣急敗壞地轉過身去，那聲音卻驟然停止，待他要再次回入帳中，觱篥聲又再度響起，那鬼怪好似故意戲弄他。

「見鬼了！真是他奶奶的見鬼了！」無論禿餒怎麼轉身，就是捉不到擾人的鬼怪，幾回之後，禿餒已成氣餒，恨恨地回入帳中，將耳朵壓在手臂裡，悶頭而睡，不再理會惱人的怪聲，可他心中疑惑不解，只不斷翻來覆去，怎麼也睡不著。

「耶耶，是鬼怪嚒？」捺鉢裡，耶律牙里果睡在耶律阿保機身邊，睜著大眼，有些害怕地發問。

「別怕，不是鬼怪，是敵人！」耶律阿保機安慰著小兒子，心中猜想是晉軍高手所為，故意來攪擾契丹兵休息，但不知對方用了什麼方法？他幾番派人去查看，居然連敵影也瞧不見，一時竟束手無策。

「我契丹勇士不怕敵人！」耶律牙里果在父親的安慰下，勇敢地說出這句話，便安心睡去，孩童最嗜睡，一旦睡著了，便是天打雷轟也不醒。其他士兵卻沒這麼好過，擔驚受怕之餘，都徹夜難眠，精神緊繃到了頂點。

如此一番折騰，臨近清晨，那聲音終於越來越輕淡，漸漸地，飄向遠方，若有似無。眾人原本已經凍累交加，又見那怪聲只是嚇唬人，也沒什麼行動，終於支持不住，一不留神便睡著了。

「啊——」誰知眾人才剛睡著，不知哪個營帳忽然發出尖叫聲、哭喊聲：「啊！啊！救命啊！鬼啊！」

「發生什麼事了？」黎明前的夜晚最是黑暗，此時風雪雖然稍斂，但天色更深，伸手幾乎不見五指，盧文進、禿餒和一些膽子較大的士兵們聽到慘呼聲，都趕緊奔過來查看，只見出事的是排在軍陣最外邊的一座營帳，裡面的士兵不知在何時全被割去了耳朵，鮮血結成冰霜交織在他們臉上，形狀十分可怖！

「他奶奶的，豈有此理？被割了耳朵，痛也痛醒，怎麼沒有起來反抗？」禿餒怒喝那一幫被割了耳朵、受了驚嚇而哭哭啼啼的士兵。

士兵們摀著傷處，驚恐道：「如果是敵賊，我們哪能不反抗？就是惡鬼，才能不知不覺地咬掉人耳朵！」

其他士兵看了害怕，你一言、我一語地激動道：「惡鬼趁夜咬掉了他們的耳朵！這是警告！教咱們趕快回家，否則下一次，就要咬破大家的喉嚨了！」

「休得胡說！」盧文進怒斥：「否則以擾亂軍心處置！」

眾兵雖噤了口，心中卻更加害怕。

「他奶奶的，豈有此理？不敢跟本侯斤真刀真槍地對決，只會裝神弄鬼！」禿餒一邊罵罵咧咧，一邊執起武器追了出去，豈料他才走出這座營帳，另一座軍營也傳出尖叫聲：「啊！啊！我的耳朵呢？鬼來了！鬼咬掉我們的耳朵了！」禿餒聽到呼喊聲，連忙又奔過去查看。

這一來，東一座軍營、西一座軍營此起彼落地發出慘叫聲，原本躲在營帳中的士兵再也按捺不住，紛紛跑出來觀看，整片軍營頓時像炸開了鍋般，人人到處奔走。盧文進眼看軍心動搖，連忙差人去稟報天皇帝。

有人忙著救護傷者，有人愴惶哭泣，這混亂恐懼的氣氛就像在龐大軍陣裡東點一團火，西燒一把火般，一營傳過一營，就快要漫燒成片時，耶律阿保機與迭律平已聯袂來到軍陣中心！

耶律阿保機傳功大喝：「都安靜下來！」

眾兵聽到天皇帝沉穩厚實的聲音迴蕩四方，又見他氣勢凜凜，不怒自威，彷彿連惡鬼也能鎮住，終於安靜下來。

耶律阿保機問道：「究竟發生什麼事了？」

其中一名小將領垂首稟報道：「雪原惡鬼來了！咬掉許多士兵的耳朵……」

塞外民族向來信奉大自然的各種神祇，對雪原有鬼神一事，深信不疑，述律平心知若不能破去謠言，定會嚴重影響士氣，便去營帳內查看受傷士兵的情況。

耶律阿保機仍留在軍陣之中，對眾人大聲道：「這是晉軍高手來襲，大家要嚴加防範……」一句話未說完，卻見站在對面聽令的盧文進臉色都變了，禿餒更急得臉色通紅，舉臂遙指前方，大聲道：「那裡！那裡……」竟著急得犯起結巴，連話都說不清了。

耶律阿保機連忙回首望去，遠遠見到捺鉢那裡起了一陣騷動，竟是幾道黑衣人影以輕功在營帳頂上奔走，接著落下地面，踢飛了許多扈衛，衝入捺鉢裡，不過一瞬間，又奔了出來，跳上快馬，一邊連珠射箭，逼退緊追在後的扈衛，一邊風馳電掣地飛奔而去。

「不好！」耶律阿保機目光如鷹，遠遠瞧見賊首的臂彎處夾了一名瘦小孩童，急呼：「牙里果！」連忙施展輕功如大鵬般飛掠出去，為避免混亂的契丹兵阻路，他直接飛身點踏在各個營帳上方，一路奔追，無奈他輕功雖快，仍快不過沙陀寶馬，待奔到捺鉢時，敵賊早已如一道旋風般去得遠了。

耶律阿保機眼看扈衛倒了一片，用力掀開帳簾，果然不見牙里果的蹤影，才恍然明白這一切弄虛作假，不只為了動搖軍心，更為了抓走愛兒！

述律平聽到消息也趕了過來，見到這情景，蹙眉問道：「牙里果被抓了？」見耶律阿保機臉色鐵青，不發一語，知道此刻他心情惡劣至極，果斷道：「我先去安頓軍心，之後再想辦法把人救回來！」說罷便轉身回到軍陣中主持大局。

述律平站到營寨的高台上，朗聲道：「今夜之事已經查明，雪地上有許多腳印、馬蹄印，並不是什麼雪原惡鬼，而是晉軍高手潛入我軍營，故意裝神弄鬼來嚇唬人！」

契丹兵向來悍勇，不像梁兵那般軟弱膽小，因此雖然驚慌混亂，卻沒有人逃走，聽地皇后如此說，都鎮定下來，暗想：「原來小皇子不是被惡鬼吃了，而是被晉軍抓走了！」

述律平又道：「如今天下兵馬多路圍剿河東，晉王已分身乏術，不敢與我三十萬大軍正面對決，才會耍一些鬼蜮伎倆！既是人為，有何可懼？戰場上難免死傷，但中原豐庶的財寶，你們不心動麼？我契丹軍容之壯，天下無敵，只要大家齊心合力，還會怕區區數千晉軍？」

眾兵仰望著她一身巾幗不讓鬚眉、英姿颯爽的豪氣，聽著慷慨陳詞，都激起熱血，拔出大刀，聲聲吶喊：「我們聽地皇后的命令！誓死除滅晉軍，搶中原的花花財寶！」

「很好！」述律平見激起了士氣，朗聲道：「眾軍聽令！除了輪值衛兵須嚴加巡守之外，所有士兵立刻回營整理戰備，不准散播謠言，若有違者，斬首論處，一旦天亮，就要與晉軍展開決戰，務必一舉殲滅敵人！」

「一舉消滅河東軍！搶中原財寶！」眾軍高舉長刀，大聲呼喝數回之後，在盧文進的指揮下各自回營，開始著手整理軍備，述律平也返回捺鉢與耶律阿保機會合。

耶律阿保機頓失愛子，一方面擔憂他的安危，另方面也不明其意：「兩軍交戰，晉王費盡心思故佈疑陣，只為抓走一個十歲孩童？這實在不合道理……難道他想以牙里果威脅我退兵？就像幽州一戰，李嗣源在狹谷抓了圖欲，以此來威脅退兵？」「圖欲」是耶律倍的契丹名，「倍」則是漢名，因耶律父子都崇尚漢文化，對外便稱「耶律倍」。

耶律阿保機又想：「還是他痛恨我背叛飛虎子，想殺了牙里果，也讓我痛心……」想到愛子可能遭受凌虐慘死，不禁憂急如焚，見述律平回來，勉強壓下不安的情緒，問道：「大軍都安頓妥當了？」

多年夫妻，述律平自是看出他神色不寧，沉聲道：「晉王抓走牙里果，就是想擾亂陛下的意志，倘若陛下自己也亂了，我數十萬契丹士兵又該何去何從？豈不更灰心喪志？」

耶律阿保機感到她冷冽的話語有如一桶冰水當頭澆下，瞬間清醒過來，道：「妳說得對！三十萬大軍的生死都寄托在我身上，我不該自亂陣腳！」說話間，與述律平重新坐回桌案邊，指著攤開的大地圖又道：「如今天候太過嚴峻，晉軍行事又詭異，咱們連敵人的影子都摸不著，妳說該怎麼行事才能殲滅晉軍，又救出牙里果？」

述律平想了想，道：「我軍陣龐大，因此很容易成為攻擊的目標，相反地，晉軍能來無影去無蹤，人數肯定不多，才能輕易隱藏。」

耶律阿保機贊同道：「當初我就是認為敵軍不多，才決定退守望都，引誘他們出來正面對決，誰知堂堂晉王竟使卑鄙手段去抓一個小童為人質！」想起愛兒，不禁悵然一嘆：「咱們必須盡快找到晉軍的藏身處，免得牙里果多吃苦頭。」

述律平知道他向來疼愛孩子，尤其牙里果是他年近四十才得到，因此對這么兒並不像對耶律倍或耶律德光那般要求嚴格，少了幾分望子成龍的期待，更多的是老來得子的寵愛，安慰道：「放心吧！我已經派了多路探子去查看，相信很快就有消息。」

探子確實很快折返了，因為積雪一下子就掩蓋了敵人的足跡，追查不易，再加上狂風暴雪，寸步難行，也只能回營稟報。

耶律阿保機不由得濃眉深鎖，內心更加沉重，述律平又安慰道：「晉王大費周章地抓了牙里果，必有目的，不會輕易殺他，相信很快就會來提條件了，陛下儘管安心等候。」

耶律阿保機沉重地搖搖頭，道：「我不只擔心牙里果，更擔心再拖延下去，糧草會耗盡！」

往常契丹打仗，為了行動快速，自備的糧草並不多，都是一邊攻城一邊掠奪城外百姓以充軍餉，也就是中原百姓最害怕的「打草穀」。

當初定州城外的百姓聽到契丹大軍前來的風聲，早已紛紛避入城中，城外可掠奪者所剩無幾。耶律阿保機相信自己親率三十萬大軍，數日間便能攻下定州城，因此對軍糧一事起初並不在意，萬萬想不到晉王會親自來救，最嚴重的是暴風雪忽然而至，令遍地積雪沉厚，人馬通行不易，就算他想轉而掠奪附近的祁州或瀛州來補充軍糧，也變得十分困難，想從契丹調糧過來，大批車隊必須穿過漫漫風雪，更是不可能。

士兵們隨身攜帶的乾糧只能支撐三日，更何況還有大量的馬匹需要供應，雪暴使得萬物死絕，無草可食，馬兒若是餓死了，契丹鐵騎就等於斷了腿腳，又如何與同樣擅長騎射的晉軍對決？

三十萬大軍的糧耗十分可怕，再加上天氣寒冷，士兵必須多吃食物來禦寒，食量又更增加，倘若不能在三日之內攻下定州，每拖延一日，都會雪上加霜。

耶律阿保機研判自己退守望都後，以李存勖小豹子的脾氣，又急著想為父報仇，很快就會追上來一決生死，想不到他這麼沉得住氣，偷襲擄人之後就完全消聲匿跡。

如今為了查探牙里果的消息，多耗去半日，耶律阿保機憂心道：「小晉王十分聰明，他看準了咱們缺糧，抓走牙里果之後，便故意躲藏起來，讓咱們等也不是、攻也不是，變得十分被動。」

述律平沉吟道：「既然等不了，定州距離又最近，不如回頭攻城吧！」進入定州城乃是此刻唯一的選擇。

面對三十萬大軍的生死，耶律阿保機再果決，也不禁思量再三，難以決斷：「如今我們連晉王帶來多少兵馬都不知道，倘若回頭去攻打定州，晉王忽然從後面突襲，與王都來個裡應外合，又該怎麼辦？我以為應該盡快把晉軍營地挖出來，一口氣滅了他們，再攻打定州。」

述律平道：「不如再等一天，倘若晉王仍沒有半點音訊，便回去攻城。」

耶律阿保機沉重地點點頭，道：「多派一些探子出去吧！」

隨著夜色漸漸昏暗，濃墨烏雲沉重得壓在契丹軍陣上方，彷彿要把所有鋼鐵意志都壓垮，整個天地肅然無聲，只餘一道道狂風暴雪不斷穿梭在氈帳之間，似大刀般唰唰亂砍。

耶律阿保機的心情也不斷下沉，幾乎快要失去耐性了，正當他決定明日一早即出發返回定州城時，帳外扈衛拿著一封信柬進來，雙手呈上道：「陛下，晉王的信來了。」

「終於出現了！」耶律阿保機與述律平互望一眼，拿過信柬，問道：「信使呢？」

「沒有信使！」扈衛道：「這信是從遠處射到禿餒俟斤的氈帳支柱上。」

「竟是從遠方射來？」耶律阿保機與述律平再次互望一眼，都覺得李存勖此舉挑釁意味濃厚，便快速把信打開，信中內容卻像一道驚雷般打破了沉重壓抑的氣氛。

「好小子，下戰帖來了！」耶律阿保機冷笑一聲，將戰帖遞給述律平：「他約我明日午時單獨決鬥，雙方不得帶任何兵馬，倘若我勝了，便將牙里果完好無缺地還回來，若是輸了，咱們就必須退兵。」

述律平接過戰帖，瞄了一眼，冷哼道：「明知咱們軍力勝過幾十倍，就故意說不能帶兵馬，這算哪門子意思？陛下為何要依從他？咱們可以……」

雲州一戰的情景驀然浮現耶律阿保機的心頭，道：「當年我在兩軍面前打敗李克用，做兒子的心中不服，便想用公開決鬥的方式為父親討回面子，既是小輩的一番孝心，我便成全他又何妨？」

述律平卻不贊成：「兩軍交戰，事關千萬人生死，陛下絕不可姑息敵首！是他先使出抓孩童的卑鄙手段，咱們也不必客氣，到了決戰那一天，你先假意赴約，一旦他敢現身，我便指揮十萬大軍圍殺，任他有三頭六臂，也不能插翅飛了！而且晉軍營壘必在附近，咱們另外派二十萬大軍前去殲滅，順手把牙里果搶回來便是，又何需你去犯險？」

耶律阿保機笑問：「妳擔心我會輸了？當年李克用號稱『天下第一』，仍敗在我們夫婦手上，妳有什麼好擔心的？他若真敢前來，只會落得與他父親一樣的下場！」

述律平道：「納影魔功必須配合氣根大法，才萬無一失，他要你孤身前往，分明是想支開我，不讓咱們聯手。我怕他在對戰中暗施詭計，你是契丹國的天皇帝，身分貴重，縱然只有萬分之一的危險，我也不能讓你涉入。」

耶律阿保機微笑道：「別忘了！朕不只是朝堂皇帝，也是弓馬上的大英雄，這契丹國乃是我一刀一槍打出來的，真要動武，難道還會怕一個小兒郎？小晉王師承其父，武功招式肯定是一模一樣的，但他比當年的李克用還年輕十歲，內功這東西必須苦修實練，並非一蹴可幾，縱使小晉王是武學奇才，這十年的距離也不是那麼容易突破，此刻他的經驗火候還不如當年的飛虎子呢！倘若我拒絕戰帖，只會被天下英雄恥笑說契丹皇帝怕了小晉王，我要再一次堂堂正正打敗他，不只教他心服口服，更能威震四海，讓中原豪傑由衷敬服我，對咱們將來進軍中原大有益處。」

述律平始終覺得契丹壯盛比個人成敗更重要，也不理解公平決鬥關係到一個男武者的尊嚴，還待再勸，耶律阿保機已伸手阻了她的話，道：「我要養足精神好應付明日之戰，妳去指揮外邊，不要讓任何人進來打擾我，明日決鬥分出勝負之後，妳想怎麼就怎麼！」說罷便坐到鋪著毛茸茸厚羊皮的榻上盤膝而坐，開始閉目練功。

述律平知道勸阻不得，卻也得到幾分默許，她微微思索，已然定下計策，便走出帳外去吩咐盧文進和禿餒行軍計劃，接著親自去整頓大軍，準備明日一舉殲滅晉軍。

「嘎——」

灰藍色的蒼穹透出幾許曦光，照耀在雪地上，似乎有放晴之意，深厚的積雪早已將昨日倒臥沙場的士兵、動物屍骸毫無分別地一律掩埋，一雙金雕展翅迴翔在雲空之上，不斷發出淒厲長鳴，彷彿冷眼俯瞰世間的殺戮，又似聲聲嘲笑人們的無知。

五千晉軍精銳就駐紮在「新樂」的山林裡，藉著山石土木掩藏行蹤，天才微微亮，李存勖就已經手持烏影寒鴉槍英風凜凜地站在營壘前方的矮坡上，如鷹一般的精光眺望著遙遠的雲空，回想著一幕幕父親的英姿與慈愛，心中說道：「父王，十多年了，今日孩兒終於可以為您報仇雪恨！我非但要堂堂正正打敗耶律阿保機，證明烏影寒鴉槍絕不遜於納影魔功，也要阻擋契丹大軍入侵中原，您在天之靈，定要保祐孩兒一戰功成，為我朱邪家族討回名聲！」

李存勖見時間差不多了，便挑選一千多名精騎保護自己前往決戰地，剩下的四千軍兵交給郭崇韜統一指揮，由於郭崇韜善謀不善戰，只負責指揮戰略，實際出擊則分別由二太保李嗣昭和五太保李存進帶領。

李存勖率領一千兵馬快速奔馳，有如一道黑色流星在白色雪原上劃過，他想盡早趕往決戰地，稍事休息，以最好的狀態應戰。

「吼——」前方白茫茫的雪漠盡頭，忽然響起一陣宏亮的獅吼聲，把正急速奔馳的馬群嚇得差點打滑跌落在地，沒有跌倒的馬兒也想轉身就逃，幸好眾騎兵身手矯捷，一陣用力拉扯韁繩，總算穩住了馬兒。

李存勖警覺前方有不尋常的危險，連忙手一揮，教大隊人馬停住。眾人一邊重新整隊，一邊望向聲音來處，隱隱聽見獅吼聲之後，還有一陣轟隆隆的聲音，頗為駭人，紛紛道：「那是什麼聲音？好像是獅子……」

「這聲音如此宏亮，並不像一隻獅子發出，莫非是獅王領著獅群，把咱們當獵物了？」

「冰天雪地的，萬獸都躲起來了，哪來的獅群？」李存勖冷哼道：「獅王不過是萬獸之王，本王可是天下之王，有什麼好怕的？」

李存勖藝高膽大，自是不怕，但其餘兵將就算不怕，身下的馬兒也不斷嘶叫踼踏、轉頭扭軀，顯然十分不安。正當眾人你望望我、我望望你，不知前方是何等景況時，又傳來一聲長吼，那吼聲更近了，震得眾人耳膜欲裂，馬兒更加慌亂。

「什麼人在裝神弄鬼？還不快滾出來領教本王的高招！」李存勖聽那聲音分明是有人以內力放聲大吼，故意來驚嚇他的部隊，並非真的野獸，便厲聲大喝地回敬對方。

「轟隆隆！」只見雪漠盡頭緩緩出現近三百輛馬車排成一列，車子的形狀與一般馬車並不相同，馬匹都是矮壯快速的矮腳馬，車座則是前寬後窄，底下有兩個堅厚巨大的車輪，使得馬車衝撞力極強，同時又能保持穩固，但最可怕的是車軸從兩邊車輪各突出三尺，不只兩端尖銳，軸上還佈滿許多尖利的鐵刺，一看便知是用來刺傷敵軍的馬腿，車廂外邊以厚牛皮覆蓋，刀槍難入，每個車廂內藏著四名士兵，他們可隨時掀開窗簾刺敵，自己卻能受到車廂保護，這等陣仗分明是針對擅長騎術的晉軍所排列。

「是奚族的車陣！」李存勖心中一驚，連忙高聲呼喝：「大家小心！」

奚族與契丹同為鮮卑後人，由「遙裏」、「伯德」、「楚裏」、「奧裏」、「梅只」五大部落所組成，原本雄據東北一帶，前兩年，耶律阿保機橫掃塞外各族，奚族不敵，只好曲膝稱臣。耶律阿保機為攏絡奚族，與之聯姻，讓他們成為契丹國裡僅次於契丹人地位的大族。

奚族最擅造車，常把車子當做行動屋宇或戰車，因此車身特別堅固，不只可爬坡涉水，還能打仗衝撞，就算停在森林曠野裡，野獸也不敢侵犯。

自從奚族歸降後，就常為契丹軍大量造戰車，也常為契丹皇室鎮壓其他反叛的民族。這一次，述律平為助耶律阿保機決鬥勝利，暗中派奚族酋長禿餒率領勇士先行出發，攔截李存勖，倘若能殺了他是最好，再不濟，也能大大消耗這強敵的體力。

領頭的那一輛座車與其他馬車不同，沒有車廂，卻特別高大，四周是堅木支架，車頂以錦繡花紋的氈帛覆蓋，兩邊也垂墜著華麗的布帛，顯見這是酋長的座車，且酋長藝高膽大，才不需以牛皮車廂做掩護。

李存勖已算高大，可前方擋路者卻還比他高了一個頭，身形壯碩如高塔，赤髯碧眼，頭頂剃得光禿，只後腦留下一束金髮紮成的粗厚長辮子，雙手抱胸，昂然挺立在奔馳的車駕上，卻能保持紋風不動，足見內力深厚，穩如泰山。

「李小兒，前夜你在我軍營鬼哭狼嚎的，吵得人睡不著覺，今日本俟斤要好好教訓你！」此人正是禿餒，一雙銅鈴大眼精光爍爍地瞪視著李存勖，嘴角噙著一抹冷笑，那凜凜威風就像草原雄獅正欲捕捉獵物般，他以內功發出宏亮的聲音，每一句都嗡嗡作響，迴蕩四野，宛如獅吼。

李存勖的親衛都是百戰老兵，一看那車陣，便知對方是有備而來，又聽到禿餒功力深厚，聲震群峰，不禁有些害怕。

李存勖冷哼道：「說好一對一決鬥，耶律狗賊怕了本王，就派你來當替死鬼，真是無恥！」

禿餒朗聲道：「天皇帝豈會怕你這無毛小兒？你有本事闖過我的奚車陣，才有資格見他！」

李存勖不想耗費太多力氣在這裡，大喝一聲：「分散兩隊，繞過他們往前衝！」晉軍才剛剛提起韁繩，雪原的另外三個方向也有車隊聚了過來，每一隊都是三百輛車，快速滑行在雪地上，不到一會兒已散成圓圈，將一千多名晉軍團團圍在中心。

李存勖想要繞過兩側前進的主意已經行不通，他決定擒賊先擒王，瞬間身伏馬背，手中緊握烏影寒鴉槍，槍尖朝前，有如一道黑色光電般朝禿餒衝刺過去！

他滿心以為這大個子定然身手笨拙、行動遲鈍，因此一出招便想以快制敵，未料禿餒輕功雖不佳，但仗著馬車靈動滑行，速度居然飛快，他見李存勖衝過來，大喝一聲：「無知小兒，讓你嚐嚐我無敵金剛棒的威力！」車子往一旁滑去，避開李存勖的衝刺，同時手中丈許長的狼牙棒已從側邊狠狠砸向李存勖的天靈蓋！

李存勖想不到奚車在雪地滑行如此快速，彌補了禿餒身法不靈活的短處，他一槍刺空，頭頂卻有巨大壓力籠罩而下，只能趕緊迴槍格擋，「噹！」一聲巨響，槍棒交擊，對方勁力之強遠超乎想像，他初始一個大意，竟差點被震脫手中長槍，所幸他變招極快，長槍一轉，立刻卸去對方狠厲的勁道。

李存勖雖未受傷，胯下的馬兒卻受不了那山崩地裂的威力，嚇得長嘶一聲，人立起來，幾乎將主人摔飛出去，幸好李存勖對坐騎的操控已到了人馬合一的地步，身子雖飛起，手上仍緊緊抓住轡繩，微施巧力，將馬兒側扭向後，退出了狼牙棒的擊殺範圍，下一瞬間，他身子已旋飛坐回馬背上。

禿餒卻趁機驅車快速逼近，反守為攻，狼牙棒左揮右掃，每一道都威力奇猛，有千鈞之重，其招式之快，更已到了將棒上亮晃晃的尖牙幻化成銀光的地步，一旦被尖刺掃中，或重棒砸中，對手不是身破骨碎，就是萬刺穿身。

「噹噹噹！」一陣急響，瞬間兩人已交手十數下，李存勖每一次格開對方的重擊，都感到沉重無比，十分費勁，甚至必須策馬往後撤退數步，才能卸去力道，心中不由得暗暗著急：「耶律狗賊分明是利用這傻大個兒來消耗我的力氣！」

禿餒心知自己的速度實在不如李存勖，也不急著搶攻，只揮舞著狼牙棒嚴守空門，不讓李存勖突衝過去，同時口裡運功大喊：「遙裏向東北，伯德往西北，楚裏趕往西南，奧裡圍外圈，梅只後退！」他想以車陣慢慢消磨李存勖的耐心，甚至逼得他分心，再倚靠重力取勝。

獅吼般的響聲傳遍雪原，晉軍的馬兒受到驚嚇，一陣騷動，奚族的車隊卻抓準機會，展開大攻擊，只見這些堅厚的車輛不斷奔馳在皚皚雪原上，有的成群結隊，有的三兩一組，東突西竄、南來北往，不斷在晉軍之中穿來鑽去，看似眼花繚亂，卻各有秩序，彼此間完全不會衝撞，即使雪原高低不平，甚至容易濕滑深陷，也是滑行快速，如履平地。

那尖銳的車軸正是刺殺馬腿的利器，車廂裡還不斷丟出帶刺的鐵球，或以鐵鍊在下方掃來掃去，擊傷或絆倒晉軍的馬兒，一旦騎士摔下，車廂內的奚兵立刻就會射出大把飛箭或突出長矛刺殺他們，但奚兵躲在厚實的車廂裡，晉軍卻攻擊不到。

晉軍從未遇過這等陣仗，既驚奇又害怕，一時間不知如何應對，被攻得手忙腳亂，只能憑著精湛的騎術拼命閃躲。

李存勖武功雖勝過禿餒，要打贏對方卻沒有預想的那麼容易，倘若他不管不顧，就這麼衝出陣去，固然可以毫髮無傷地赴會決鬥，但一千多名親衛勢必葬送在這裡！

他原本就不是一個會拋棄部屬的人，更何況這些親衛常陪他出生入死、一起玩樂，而最近這段時間，他已失去太多親密戰友了，更不忍心丟下他們，以如今的形勢，也不容許河東再損失兵力：「耶律狗賊使這卑鄙手段，當真是抓住了我的弱點，讓我進退不得！為今之計，還是先殺了這傻大個，才是破陣的根本之道……」

正當他飽提功力，以更快的速度爆發前衝，打算與禿餒一決生死時，後方卻傳來連聲慘呼，他心中一驚，忍不住回頭望去，只見晉軍一個個被奚車掃落下馬，被刺身亡，也有不少士兵跌落地面後，被夾在數座車廂間拼死搏鬥，這其中還包括元行欽。

李存勖眼看情況危險至極，只怕再拖延下去，還未與禿餒分出勝負，親兵就被盡數殲滅了，究竟是要一舉突衝，殺了禿餒，還是回頭救人？

正當他猶豫不決時，忽然間，背後傳來一陣森冷寒意，竟是禿餒驅車快速滑到他後方，手中的狼牙棒已重重砸向他背心，李存勖吃了一驚，連忙長槍一甩，反手向後格檔，雖及時擋住，卻被逼得向前撲滾落地，才能卸化那巨大如山的重力。

李存勖足尖一點，想要飛身上馬，禿餒巨大的狼牙棒卻已狠狠揮向他的愛駒，那馬兒吃了一驚，再顧不得與主人配合，連忙倒退，禿餒哈哈大笑，驅車追趕，手中狼牙棒連連掃向馬兒的肚腹。

是可忍，孰不可忍，李存勖見禿餒頻頻擊殺自己的愛馬，簡直氣炸了，足尖一點，再度飛撲過去，「噹噹噹噹！」一口氣連出十多招，槍棒交擊，濺出許多火花，李存勖明知自己這麼耗費力氣，實在不利下一場戰鬥，卻又忍不下這口氣，但更令他焦急的卻是後方不斷傳來的慘呼聲：「再這麼下去，我們全要折在這裡！」心中忽然想道：「倘若他在這裡就好了，他最懂破陣之法……」

也不知是不是心有靈犀，正當李存勖飛身半空，以烏影寒鴉槍與禿餒展開一場速度與力度的激戰時，遠方似傳來馮道一連串的喊聲：「射東邊的遙裏！快！轉向西邊，射伯德！退後！退後！射南邊的楚裏……」

李存勖瞥眼往下看去，在一片車馬混亂中，並沒有看見馮道，反而發現元行欽陷入了死局，被幾輛奚車包圍得幾乎無法喘息，不由得暗呼：「糟了！」他決定回去救援，口中吹出一聲哨，呼喚馬兒過來，他才剛落坐在馬背上，禿餒的狼牙棒已如擎天巨柱般凌空砸來，李存勖心中駭然，連忙舉槍抵擋，豈料禿餒只是虛晃一招，真正的殺機卻是車座下的鐵鍊刀，倏然掃向李存勖愛駒的膝彎處！

「嘶！」馬兒閃避不及，一個踉蹌，猛然橫身摔倒，連帶將背上的主人也拋甩出去。李存勖一再分心，猝不及防下，不得不滾落地面。

「轟轟轟轟！」禿餒抓緊機會縱身飛起，凌空下撲，以泰山重力一陣狂攻猛砸，恨不能將對手砸成肉餅，他怎能放過這擊殺晉王名揚天下的大好機會？

李存勖還來不及起身，只能東閃西躲、左抵右擋，雖然盡數擋下對方的殺招，但身上的戰甲已被尖銳的狼牙劃破好幾道口子，有的甚至深入他的皮肉，以至流出血來。

「轟！」禿餒蓄滿內勁發出全力一擊，李存勖內心不禁充滿了掙扎，倘若自己也全力抵擋，那麼與耶律阿保機的決鬥就只能作廢了，剎那間，他雙目盡被狼牙銀光所懾，撲天蓋地的囂狂氣勁衝身而來，情況已不容選擇，為了千名親衛的生死，他必須放手一搏！

一陣狂大雪霧以李存勖為圓周中心被激得漫天飛起，雪霧落下後，禿餒見這全力一擊竟沒有砸死李存勖，甚是驚訝，但更驚訝的是兩人之間竟出現另一道身影，這人雖矮小，卻有著一柱擎天的氣概，硬是以一柄長槍擋下了禿餒的驚天巨力！

「二哥！」雪霧過後，李存勖睜開眼，認出身邊人竟是二太保李嗣昭，驚喜道：「你怎麼來了？」

禿餒一擊不中，氣急敗壞地驅車後退，重新調整內息。

李嗣昭趁機伸臂擦去唇上的血漬，關心道：「大王如何了？」

李存勖呸道：「一個小小蠻賊頭子，能耐我何？不過是一時大意才落入陷阱。」

李嗣昭道：「這裡交給我們，你先走吧！」

李存勖心知己方並沒有多餘的兵力，否則他為何只帶五千兵馬就必須去面對契丹的三十萬大軍？所以李嗣昭帶來的士兵絕對不足以對抗眼前這五千人的奚車陣，搖搖頭道：「我不能走。」又問：「你帶多少人來？」

「三百人。」李嗣昭語氣平穩，沒有一絲波動。

李存勖心中一涼：「我有一千騎，也不能衝破奚車陣，多這三百騎，不過是多三百人送死，有什麼用？」一咬牙，毅然道：「我不走，咱們合力殺了他，就能破陣了！」

兩人說話間，禿餒再次驅車前來，呸道：「我還以為晉王是什麼英雄好漢，原來想兄弟聯手，本侯斤也不怕！」立刻發動另一輪猛攻。

李嗣昭不讓李存勖浪費力氣，搶先接過對方的招式，禿餒想不到這個小矮子竟有如此沉厚的力量，一時狂攻不下，氣得連轟狠招。

李嗣昭見李存勖不肯走，又補充道：「三百人加猛火油，再加馮書記！」

「他真的來了？」李存勖驚喜得歡呼一聲，心知用猛火油反擊肯定是馮道的主意，笑道：「猛火油確實是對付木車陣最好的法子！」瞥眼望去，果然見到馮道策馬待在場外一邊高聲呼喊，一邊舉起旗幟指揮，另有一支三百人隊的晉騎不斷射發猛火油箭，支支瞄準車輪間的木架，一旦射中，焚燒起來，便能破壞車子的平衡，那車陣轉動就不再靈活了。

李嗣昭又道：「你可以放心了，先走吧，一會兒我們就能追上你。」

禿餒聽到這一番話，氣得暴跳如雷：「憑這一點人就想破我的奚車陣，簡直是作夢！」那狼牙棒揮舞得虎虎生風，李嗣昭卻是穩紮穩打、不急不躁地接下他一輪又一輪的狂攻。

李存勖見李嗣昭既能對付禿餒，又說得胸有成竹，也不急著走了，反身衝進戰場中大殺一通。

這時天雪已停，晉軍的射術又十分高明，場中原本滑行快速的馬車一個個東倒西歪，奚族兵不知道發生何事，待爬出翻滾的車廂後，還來不及反應，就被氣憤難平的晉軍殺死，原本無堅不摧的車陣竟然一下子就瓦解了。

禿餒見數百輛精心打造的戰車竟毀於瞬間，心痛至極，氣得連連狂吼，聲震群山，但發洩一陣後，實在無法反轉戰局，也只能下令撤退，率領殘兵奔逃回去。

李存勖望著奚族逃之夭夭的身影，不由得哈哈大笑，此時馮道也策馬回到他身邊，李存勖問道：「你們怎會及時趕來，還知道帶猛火油來破陣？」未等馮道回答，又責備道：「二太保前來也就罷了，你一個文官上什麼戰場？本王不是命你好好待在郭崇韜身邊嚒？只要負責後勤協助就好，你瞎摻和什麼？」自從胡柳陂一戰，李存勖就覺得文官上戰場太過危險，即使馮道有點武功，也不讓他跟隨。

馮道心知他關心自己的安危，微笑答道：「大王出發後，探子就回報說禿餒率五千士兵出營，臣以前待在幽燕，對契丹軍事有些瞭解，那奚族最擅車陣，臣猜測他是想在半途突襲大王，好增加耶律阿保機的勝算，再加上鎮州也傳來一個大消息，郭使君便讓臣隨同二太保一起前來協助大王破陣。」

李存勖問道：「鎮州有什麼大消息？」

李嗣昭惜字如金，只沉沉望了他一眼，道：「鎮州失守了！」

「什麼？」李存勖吃了一驚，萬萬想不到自己才離開一會兒時間，鎮州就失守了，又不解李嗣昭是什麼意思，連聲問道：「我軍只是包圍鎮州，並沒有佔據城池，何談失守？究竟是怎麼回事？閻寶呢？他不是跟本王拍胸脯保證，難道連幾天也守不住？」

馮道解釋道：「大王前往包圍鎮州時，九太保覺得梁軍會趁機攻打德勝或魏州，跟大太保商量說要加強防守這兩地，大太保就把一些軍兵調往澶州。」

李存勖贊同道：「澶州位於魏州和德勝中間，萬一梁軍攻來，無論是往南或往北，都很容易調動軍隊相助，大哥這安排甚好。」

馮道續道：「梁帝果然派了北面招討使戴思遠率五萬大軍奔赴魏州，幸好大太保早有準備，梁軍一到，他立刻出兵迎戰。戴思遠見取不下魏州，就向西渡過洹水，大肆掠奪成安，再轉往德勝北城，打算悄悄偷襲。

大太保抓到投降的梁兵，得知戴思遠的陰謀，便趕緊派人通知九太保去顧守德勝，他自己則用騎兵去引誘梁軍，再假裝敗逃。戴思遠不察，領兵全力追逐，直追到黃河岸邊，石敬瑭早已率領三千橫沖軍嚴陣以待，一見梁兵到來，立刻奮力出擊，梁兵嚇得自相踩踏，許多人都掉入冰河窟窿裡。」

李嗣昭補了一句：「一口氣殲滅了兩萬多人！」

李存勖大喜，歡呼一聲：「好啊！我河東兩大名將出手，那小小戴思遠還想討什麼便宜？只能凍成落冰狗！」見兩人未有喜色，連忙問道：「既然梁軍大敗，鎮州為何會出狀況？」一句話未說完，自己已然想到了答案，恨聲道：「那戴思遠又率殘兵轉往鎮州？」

李嗣昭沉重地點了頭，馮道解釋道：「戴思遠先是逃往楊村，聽說大王前往援救定州，即將遭逢三十萬契丹大軍，認為這是千載難逢的好機會，便召集楊村駐軍一起趕往鎮州，包圍在我軍外圍，想與張處瑾裡應外合地夾擊。」

李存勖微然蹙眉，道：「閻寶如何應付？他與戴思遠可熟悉？莫非他忽然倒戈，又回頭投梁了？」

「閻寶對大王很忠心！」馮道說道：「大王一走，他立刻發動攻勢，一開始先教士兵挖掘壕溝圍住鎮州城，並引『滹沱水』入壕溝，斷絕了鎮兵與外界的聯絡，張處瑾眼看城內糧食快吃完了，就悄悄打開城門，派五百士兵出城。閻寶以為鎮軍快餓死了，便故意放他們出城，然後自己率領一隊士兵埋伏在角落裡，想等他們靠近時，再一舉抓起，誰知這些人根本不是為了覓食，他們一出城門就直接破壞牆壘，很快破開一個大洞，接著戴思遠率數千人忽然衝出，大殺閻寶的伏兵，接應城內更多鎮兵從牆壘破口衝出，閻寶還來不及回去整軍，戴思遠又派大軍縱火焚燒咱們的營壘，營中士兵忽然遭受攻擊，又無大將指揮，驚慌之下，被打得潰不成軍，閻寶只能率殘兵匆匆退入趙州城內。」

李存勖恨聲道：「可惡的梁賊！我倒小瞧這張處瑾了！」又道：「打仗這事，投靠過來的梁將真不管用，還是得靠咱們自家兄弟！」

李嗣昭立刻道：「請大王允我回去主持鎮州。」

李存勖手中只有五千軍兵，卻要面對契丹三十萬大軍，這才特意把勇猛的二太保從潞州調來，想不到還沒開戰，就必須讓他轉往鎮州，於此情勢，也只能如此安排，道：「二哥回去，那是再好不過！本王就命你擔任北面招討使，繼續攻打鎮州，務要將那一幫賊子徹底打垮！」

（註❶：「捺鉢」是契丹詞語，是契丹可汗或遼帝的行宮、營帳。）

九二一・三　萬里長征戰・三軍盡衰老

> 契丹主車帳在定州城下，敗兵至，契丹舉眾退保望都。晉王至定州，王都迎謁於馬前，宴於府第，請以愛女妻王子繼岌。會大雪彌旬，平地數尺，契丹人馬無食，死者相屬於道。契丹主舉手指天，謂盧文進曰：「天未令我至此。」乃北歸。晉王引兵躡之，隨其行止，見其野宿之所，布藁於地，迴環方正，皆如編剪，雖去，無一枝亂者，歎曰：「虜用法嚴乃能如是，中國所不及也。」晉王至幽州，使二百騎躡契丹之後，曰：「虜出境即還。」騎恃勇追擊之，悉為所擒，惟兩騎自它道走免。《資治通鑑．卷二七一》
>
> 三月丙午，王師敗於鎮州城下，閻寶退保趙州。時鎮州累月受圍，城中艱食，王師築壘環之；又決滹沱水以絕城中出路。是日，城中軍出，攻其長圍，皆奮力死戰，王師不能拒，引師而退。鎮人壞其營壘，取其芻糧者累日。帝聞失律，即以昭義節度使李嗣昭為北面招討使，進攻鎮州。《舊五代史．卷二九》
>
> 嗣昭設伏于故營，賊至，伏發，擊之殆盡；餘三人匿于墻墟間，嗣昭環馬而射之，為賊矢中腦，嗣昭箙中矢盡，拔賊矢於腦射賊，一發而殪之。嗣昭日暮還營，所傷血流不止，是夜卒。《舊五代史．卷五二》

天高地闊，千里冰煙，連日的暴風雪在這一刻忽然止了，初初融雪的寒氣瀰漫八荒九垓，讓人更覺得酷冷難耐，幸好旭日已然升起，濃厚的雲層透出一道道曦光，將銀白色大地染得微微金黃，憑添幾許暖意，彷彿蒼天也好奇當世最強的兩位霸主誰能一戰定乾坤？忍不住便停了風雪，撥雲窺探，特意為這一場曠世決鬥預備了最純粹的戰場。

浩瀚無垠的雪漠中，一人一馬、兩行足印，一步一深雪，緩緩往前行，與莽莽天地相比，這身影不免顯得有些渺小孤寂，但正因為如此，反倒散發出一股千山獨行、唯我至尊的英雄氣概，尤其他身後那把烏黑色的長槍不斷閃動著銳厲無匹的殺光，彷彿一旦刺出，瞬間便能翻轉山河，將銀濤雪波染成漫天寒鴉色的黑，又或是殘酷壯烈的紅。

一千多名晉軍聽從王令，待在遠方的雪坡上，排成一列，往下俯瞰，個個都睜大雙眼，目光緊緊追隨著那道身影，遙遙欣賞著大王的風采，心中都不勝欽慕且無比激奮：「今日我們能目睹天下最厲害的兩大英雄決戰，真是幸運！大王一定能打敗耶律阿保機，為我河東出一口氣！」

漫漫雪漠的盡頭，已經矗立著另一道偉岸身影，那君臨天下的姿態，一點也不像即將面臨生死決戰，只像是高傲的長者保持著寬容的氣度，準備接受一位年輕晚輩無知的挑釁，在那雍容淡定的外表下，一雙精眸卻是如鷹深沉、如狼貪狠，偶爾湛射著比雪光更刺冷的殺意，讓人不寒而慄。

李存勖剛經歷與禿餒的凶戰，就馬不停蹄地奔馳到決戰地，他的氣力尚未完全恢復，戰袍下擺甚至還沿路滴著血珠，在雪中綻成一朵朵豔麗的紅花，但他不想敵人洞悉自己的任何弱點，於是在相距數丈處，便勒馬停止，冷眼看著前方這位草原豪雄，只見耶律阿保機形貌高偉有如參天大樹，雙臂抱胸，氣定神閒地等候自己，他不由得暗罵：「卑鄙！」明明是公平決鬥，耶律阿保機卻派禿餒半路截殺，先消耗自己的力氣，面對這等景況，他再氣憤，也只能逼自己心入空無，什麼都不思想，只專注在對戰上。

兩人精光對視，即將展開一場生死決戰，明明應該絕對專注，耶律阿保機的思緒卻忍不住飄飛，彷彿回到了十八年前在雲中草原結盟的那一天，他甚至有一種錯覺，結義兄弟的身影恍然出現，與眼前人影重疊：「克用兄，你有個好兒子啊！雖然為了大局，我背叛了兄弟之義，但在我心中，一直是真心視你為大哥……」看著李存勖的形貌，心中不勝感慨：「今日你兒子終於要來為你討回公道了！你在天上看著，應該也會覺得很驕傲吧！雖然要與你兒子相殺，不免讓人遺憾，但我仍然不會手下留情的。」

「第一槍……」李存勖全身貫注，槍隨心、人隨槍，心念一動，整個人已從馬背上飛射出去，越過漫漫浮雪，如一道驚雷電光射向耶律阿保機！

面對如此強大的罡勁逼至，耶律阿保機卻紋風不動，直到槍尖幾乎逼至面前七分處，才倏然側身，將全身內力灌入右手掌臂，瞬間五指聚著一股足以鎮壓山河的千鈞重力朝槍桿猛力抓去！

耶律阿保機年長李存勖十三歲，兩人都是從小就在沙場上打滾，無論戰鬥經驗或內力修為，耶律阿保機都比對方多了至少十年功力，即使沒有述律平的「氣根大法」相助，他也自信能勝出，這就是他答應單身赴會的底氣。

他深知烏影寒鴉槍的優勢在於快狠奇詭，一旦讓李存勖展開攻勢，就是花招百出，難以抵擋，因此一出手就憑著自身雄渾掌力硬是壓制住槍勁，打算以硬撼硬地比拼內力，讓李存勖無法施出奇招。

然而烏影寒鴉槍並不是任何人能輕易掌握，不只槍身蘊含了摧天裂地的力量，槍尖更有如千鴉飛騰、烏雲洶湧，讓人看不清，也摸不透。李存勖見他五指有如鋼爪般猛力抓來，指掌間更蘊含一股磅礴大力想要強勢壓制自己，心中冷哼：「真是小瞧本王了！」一瞬間槍身急速旋轉，宛如一道墨龍般從對方掌心縫隙間溜飛出去。

耶律阿保機頓時感到掌心一陣劇痛，乃是與槍勁磨擦過的灼熱痕跡，恍然體悟到李存勖的功力遠比自己所想的還高明，不能再貿然以一雙肉掌去對付這天下無敵的槍法，便立即改變了戰術。

那烏影寒鴉槍明明竄飛出去，下一剎那，卻已如墨龍般甩身回頭，攔腰掃至，耶律阿保機來不及回身抵擋，連忙使出當年對付李克用的招式，身如砲彈般沖升入天，避開槍桿的掃蕩之力，待升到空中頂點時，剛好聚飽真氣，再讓身子加速急墜，足尖對準槍鋒，分毫不差地重重踏下，「噹！」一聲響，就像要把烏影寒鴉槍尖踏入雪濤裡！

這一招「千鈞踏影」不只展現了耶律阿保機深厚無匹的內力，更顯示他出招精準，妙至毫顛，當年雲中決鬥，他便是以此招為開場，一出手便壓制了李克用的氣勢，摧毀其意志，如今再次對上烏影寒鴉槍，他認定年輕的李存勖更容易激動、浮躁，一旦失神，他便能趁虛而入，因此故意施出同一招式來刺激對方。

殊不知昔日的一招一式，李存勖都歷歷在目，這些年他不知思想過多少回，有時是回顧父親的英姿，有時卻是思索如何破解耶律阿保機的武功，見他重施故技，放肆地想壓制自己的長槍，如何能忍？

當下他有兩個選擇，一是以自己領悟的武學之道去應變，另一也是故技重演，用父親當年的招式去對付耶律阿保機，但當年父親終究是落敗了，他是不是還要重蹈覆轍？

今日之戰步步驚心，絕不能有半點失誤，只要一招之失，不僅僅是自己，就連整個河東都可能會落入萬劫不復的地步，在生死存亡與父親的名聲之間，他必須做一個選擇，然而那深厚的孺慕之情，十多年的執念早已根深蒂固，他幾乎沒有半點猶豫，就決定不顧一切地為父親討回名聲！

「你以為你真能勝過我父親嚒？當年他先被朱賊用狡計創傷，你們夫婦趁虛而入，才能僥倖贏那麼一點點，根本勝之不武！今日我便讓你見識烏影寒鴉槍真正的威力！」李存勖說話間長槍一收，避去耶律阿保機的踏槍之力，緊接著一放，槍尖已如千萬群鴉般綻飛出去！

耶律阿保機從空中墜下，一腳踏了個空，眼看對方槍尖已激射過來，在還未完全著地時，便發出掌勁轟向地面，藉力倒身衝飛出去，一口氣尚未緩過來，李存勖已連人帶槍，捲化成一條墨色飛龍，飛身追近，「嗤嗤嗤——」數十道尖光如閃電般激射而至。

耶律阿保機想不到他速度如此之快，還來不及落地，雙腿足尖連環飛踢，將疾射而至的槍尖不斷踢開，藉這飛踢之力，向後飄退。

李存勖抱著為父雪恥的決心，每一刺都是凶狠無匹、不留餘地，每一槍氣都是黑海翻騰、波濤相連，每一次出手都在逼著耶律阿保機回憶起當年雲中之戰的景況。

「為什麼……」耶律阿保機但覺眼前身影彷佛已化身為李克用，明明與當年一模一樣的招式，只不過更快了點、更狠了些，竟然就逼得自己左支右絀，幾乎來不及應付，只能身如疾箭，一再飛退，偏偏後方是一座厚實的小雪丘，他這麼倒身疾速飛退，頭頂心就快要撞上雪丘壁，逼命瞬間，他雙腿連踢的同時，雙掌已經運勁往下一掃，瞬間打出十多塊巨大的雪團，轟向飛身追近的李存勖。

李存勖忽然遇上巨石般的雪團紛紛撞來，每一塊都飽含耶律阿保機深厚的勁力，果然速度被阻，身手稍稍停滯，耶律阿保機終於搶得一點時間翻身落地，豈料李存勖絲毫不閃躲，幾乎是不要命地運勁於槍尖，刺爆雪團，直接穿過充滿氣勁殺意的雪霰飛霧，當耶律阿保機落地的同時，那索命槍光也已經逼至面前，對準他當胸刺去！

耶律阿保機萬萬想不到起初的輕敵大意，竟讓自己落入萬分危險的境地，幾乎還不出一招，他後背貼著雪丘壁，已退無可退，決戰至此，勝負已分，他不再做無謂的抵抗，只雙眼一閉，一副引頸就戮的姿態。

李存勖正快速衝近，準備擊殺，自不會客氣，卻在下一剎那，忽覺得不對勁：「堂堂契丹天皇帝竟然無招可施了？這麼快就甘願受死……」

北方民族最是強悍，向來與天爭、與人爭，只要有一點生存機會，就絕對不會輕易放棄，沙陀如此，契丹也是如此，這位在屍山血海中剷平一切阻力，好不容易登上帝位，開創契丹世襲帝國的豪雄怎可能輕易認輸？

李存勖內心剛生出懷疑，耶律阿保機果然有了意外變招，倏然間，他身子向下滑落地面，足尖忽起，以一個極為巧妙的角度踢中李存勖握槍的三寸處！

瞬間李存勖全身劇震，似被雷殛般，一股排山倒海的巨力從槍柄衝入他的手臂，以至長槍被震得幾乎脫手，那股力道甚至直接衝入他的體內，若不是他反應極快，立刻運起護體罡氣抵擋，且及時向後滑退，卸化力道，幾乎就要破體身亡了！

耶律阿保機在退無可退的絕境，竟然憑著隨意一踢，就破解李存勖的全力一擊，看似瞎貓碰到死耗子，幸運到了極點，李存勖卻知道這絕非偶然，耶律阿保機一定看透了他把全身勁力都聚於槍尖，準備刺出，而靠近握柄處就成了整支槍桿中力道最虛弱的位置，才會有此一招！那一踢之力甚至能直接穿入他體內，也是因為他急於猛攻，而疏於防守之故。

李存勖為防備耶律阿保機乘勝追擊，飛身疾退，瞬間將兩人拉開數丈距離，和禿餒激戰的消耗還未完全恢復，又受了耶律阿保機的意外一擊，令他忍不住以槍拄地，嘔住一口血來，回想起決戰前，馮道曾說當年李克用會敗，是因為述律平修練一門回鶻密功「氣根大法」，可以暗助耶律阿保機洞悉對手的氣勁分佈，因此他決定抓走牙里果，威脅耶律阿保機單獨應戰，不讓他們夫妻聯手：「為什麼這廝還是可以識破我的弱點？」他心中實在不解。

原來當年述律平猜測馮道已識破氣根，十多年來苦心鑽研如何把修練好的氣根轉寄到耶律阿保機身上，以防她不在身邊時，耶律阿保機仍可運用，就在四年前，此事終於大功告成，他們有此憑藉，才敢大舉入侵中原，有了進攻蔚州、包圍幽州等戰役。

當牙里果被抓走，述律平深深感到李存勗來者不善，臨出發前，便運用密功將自己的真氣修練成針，寄放到耶律阿保機身上，以保萬無一失，但因為這氣根乃是出自述律平，耶律阿保機並非原生之體，因此只能寄放一根，且時效也只有半個時辰。

耶律阿保機被李存勗逼得無法還手時，就一直在尋找射發氣根的契機，終於在李存勗專心爆破雪團時一舉得手，他方才看似閉目不動，其實正是憑著氣根指引，以「納影魔功」去感應李存勗的氣勁分佈，並抓準時機一舉踢中對方最弱處。

耶律阿保機這一踢也是用盡全力，原以為李存勗會當場暴斃，想不到他撤退速度之快，雖受了內傷，卻並未重創，這令耶律阿保機感到十分驚訝，同時也感到不安：「氣根只能維持半個時辰，我得盡快殺了他！」轉念間，已反守為攻，飛撲過去，「碰碰碰！」地使出畢生功力連發掌勁。

李存勗忽然中了一擊，雖不知究竟怎麼回事，也理解到事情與自己所想的並不一樣：「這氣根之事肯定有了變化……」靈機一動，立刻改變戰術：「我絕不能讓他近身！」見耶律阿保機飛撲過來，快速向後一掠，同時運用長槍和地形的優勢，將烏影寒鴉槍甩得有如數道鬼索般，不停地左掃右揮，將周圍的雪堆不斷揮掃出去，撲衝向耶律阿保機。

「碰碰碰！」耶律阿保機為求速戰速決，身影如清風流水般，飄移在一蓬蓬飽含殺氣的雪團中，雙袖翻飛如大鵬展翅，東拍西擊，冒著被冰雪砸中、雪霰氣勁射殺的危險，一路破開所有危機，追逐李存勖。

偏偏李存勖十分聰明，知道不能近身搏鬥，便利用長槍揮掃雪堆來攻擊，如此一來，就算耶律阿保機看透他的氣勁分佈，想要襲擊，也無法一下子得手，他便有更多時間來應付對方的殺招。高手對決，哪怕只是爭取一丁點時間，也足以影響勝負！

李存勖的法子奏效了，耶律阿保機每每在剛找出他氣勁弱點，加速靠近，想要出手時，李存勖就巧妙地閃躲過去，速度之快，如鬼如魅，漸漸地，兩人拉開數丈距離，始終一追一逐，中間隔著無數危險的雪團、碎冰飛擲來去，就這麼僵持了一段時間，耶律阿保機眼看時間一分一分過去，始終無法得逞，不禁有些焦急：「我得想個法子誘他靠近……」思索間，雙掌連拍，將迎面而來的雪團爆破成一幕幕雪霧氣牆。

在一蓬蓬雪霧氣牆落下後，耶律阿保機忽然消失不見，茫茫蒼雪間，只剩李存勖一人！

「狗賊呢？」李存勖一愕，快速轉了一圈，仍不見敵人蹤影，暗哼：「這廝不知又要耍什麼詭計……」忽然間，當他感到有一道微乎其微，幾乎不能辨認的震動從雪地下隱隱傳出時，已經來不及，下一瞬間，耶律阿保機倏然穿破雪地，從他身後衝天飛出，「碰！」以納影魔功的掌力狠狠打向他後背氣勁最虛弱處！

李存勖冷不防被偷襲，長槍雖快速向後一掃，逼退了耶律阿保機的大掌，卻仍被餘勁打中，整個人向前滾了幾滾，才能卸化力道，耶律阿保機自不會放過這大好良機，立刻縱躍至空中，頭下腳上，使出一招「倒施逆影」，雙掌如暴雪般對準李存勖的天靈蓋「碰碰碰！」猛轟而下！

李存勖一個扭身躍起，一邊將長槍快速旋轉於頂空，形成一個屏障保護自己，硬是抵擋住耶律阿保機狂風暴雪般不斷下擊的強悍掌力。

耶律阿保機雖是倒身攻擊，卻絲毫無懼李存勖的千萬槍光，雙手指掌幻化，像暴雪狂落般連綿不斷地往下拍打，每一指、每一掌都結合了氣根與納影魔功，精準地拍開李存勖的槍尖，且不斷加重下壓的力道，一掌重過一掌，每一道勁力都試圖穿破槍桿屏障。

「轟轟轟！」兩大頂尖高手的磅礡巨力不斷對撞，氣勁一圈圈向外擴散，一時間冰天雪地不斷震撼搖晃，似要崩垮了般。

「他一定運用了氣根和納影魔功的結合……」李存勖知道天下間沒有人能那麼精準地對付烏影寒鴉槍的快擊，然而自己一時不慎，竟被對方纏上了！

耶律阿保機趁他心神激蕩的瞬間，雙臂一分，兩掌分往兩側，重重轟向李存勖使槍的雙肩，李存勖長槍疾擋，耶律阿保機卻忽然變招，改轟為抓，精準地抓住李存勖的槍桿，令他不能再揮舞。

李存勖感到那下壓的力道越來越重，自己好似扛著一座泰山，雙足已深深陷入雪泥裡，既不得動彈，也無法逃脫，只能用盡力氣高舉長槍力抗，因為只要他稍有鬆懈，對方龐大的壓力就會趁虛而入，將自己壓得粉碎！

大雪彷彿消沒了世間所有嘈雜，使萬物歸於寂靜，多年的征戰也使李存勖雖然大膽進取，卻能冷靜對敵，然而這一刻，他清楚地回憶起當年耶律阿保機也是用這凌空倒擊的殺招，硬是壓迫已經受傷的父親再受重創，以至傷病難癒，他親身體會著當初父親承受的巨大痛苦與壓力，一時間，深埋十多年的恨意沖湧而起，全身熱血沸騰，他再也無法冷靜，竟有著與敵同歸於盡的衝動……

在耶律阿保機出發之後，述律平立刻帶著大軍悄悄跟隨在後，但大軍行走較慢，待抵達決戰地附近時，兩大高手已進入比拼內力，生死一刻的地步。

述律平怕晉軍有埋伏，不敢貿然前進，先獨自奔上一座雪坡，遙遙望去，尋找耶律阿保機和李存勖的身影，見兩人在茫茫雪地中僵持不下，但她不急著進攻，接著要確認晉軍所在，見對面雪坡上站立著一排長長人龍，相距甚遠，人人神情緊張激奮，不時揮舞兵器吶喊，卻十分克制，並沒有衝下來干涉兩人決鬥。

述律平暗暗盤算：「晉軍看來人數不過千餘，距離又遙遠，倘若我此刻命大軍進攻，他們絕對來不及營救，李存勖小命休矣！就算他們真的敢下來，剛好一舉殲滅……」

她又往下俯瞰了一會兒，見耶律阿保機還未勝出，覺得不能再拖延了，便高聲下令：

「大軍出動！」

兩大高手比拼到最關鍵的時候，李存勖忽聽見千萬敵軍如潮浪洶湧過來的聲音，心中十分震撼，可此刻他已無法抽身而退，否則耶律阿保機的內力定會如洪水般猛灌而下，破碎自己。

晉軍站在遠處的雪坡上，看見大王被耶律阿保機壓制得不能動彈，已十分緊張，恨不能衝下去幫忙，幾次都被主陣的郭崇韜阻止，此刻忽見契丹大軍前來，竟想要趁機偷襲，頓覺得方才沒有搶先殺死耶律阿保機真是天大的錯誤！

李存進氣憤道：「早知道就該先下手為強，殺了這個背信棄義的賊子！」

其他人聽五太保這麼說，更氣憤難耐，紛紛道：「這幫賊子不守信用！咱們衝下去救大王，與契丹軍決一死戰！」

「不錯！」李存進呼喝道：「敢死的，隨我來！」眾人拿起武器就要一衝而下。

「全都不准動！」郭崇韜連忙一聲大喝：「大王軍令如山，誰敢亂來？」

李存進急吼道：「難道看著大王死也不救？他是我兄弟！不是你兄弟，你要怕死，就自己待著，別阻攔我！」

郭崇韜雖是儒將，不常衝鋒陷陣，卻也是脾氣剛毅倔強，聽李存進在眾軍面前呼喝自己，但覺他是仗著五太保身分才敢如此放肆，氣得臉色一陣青白，幾乎就要與他大吵起來，

馮道見狀，連忙勸解道：「眼下情況複雜，大王既有命令，大夥兒先稍安毋躁，就算不畏

死，也要商量怎麼個突衝，才死得有價值……」

晉軍但覺他說得有理，一時安靜下來，李存進大聲道：「教我們眼睜睜看著，是絕不可能！馮書記，你向來有點子，你說該怎麼辦？」

郭崇韜聞言，心中頗不是滋味，未等馮道回答，已插口道：「大王先前已將軍機全權交予郭某處理，你們誰都不准妄動……」一句話未說完，李存進但覺他不過一個剛升上來的中門使，竟然拿著雞毛當令箭，怒道：「大王信任你，才把軍權交給你，你卻想害死他！」

馮道急著拉開兩人，向雙方使了使眼色，示意他們安靜下來，又清了清喉嚨，才緩緩說道：「大王確實交代過，所以咱們絕不能衝動，不如先好好商量一下戰術，再由郭使君來發號施令，你們以為如何呢？」

郭崇韜見他故意慢條斯理地講道理，滿腔怒火頓時熄了，幾乎忍俊不住地想笑出來。

「可大王危險了！」晉軍眼睜睜看著十多萬契丹軍往前衝，大王已在生死頃刻，李存進萬分激動地大聲喊道：「再不救人，就來不及了……」一句話還未喊完，天地間忽然傳來一陣陣聲響，接著下方出現令人震撼到目瞪口呆的一幕。

契丹千萬兵馬正全力往前衝，就像巨浪狂濤般洶湧過來，可下一刻，地面卻傳出一陣陣窸窸窣窣的可怕聲音。

「那是什麼聲音？」述律平領軍在前，剛意識到不對勁，下方已傳來更可怕的劈哩啪啦碎裂聲，說時遲、那時快，地面忽然裂開數道大縫，原來契丹兵馬衝入的地方竟是雪堆掩蓋的冰河上方！

述律平反應極快，一聽見地面發出破碎聲，立刻飛身而起，以足尖輕點在冰河表面，她胯下的愛馬卻沒那麼幸運，「唰！」地一聲，直接墜入冰層的大裂縫裡，深沒不見。她心中雖痛惜，但知道還有更可怕的事在發生，立刻旋身迴轉，一邊以輕功倒退飛掠在浮冰上，一邊面對著仍不斷往前衝的千萬契丹兵驚聲大喊：「快退！快退！」卻已經來不及！

「啊啊啊——」地獄大門彷彿忽然開啟，深藏其中的雪原惡鬼張開了森藍大口，一口氣將地面上的千萬螻蟻瞬間吞入腹中。

後面兵馬雖看見前方的慘烈，仍止不住地往前衝，蜂湧推擠著前方的兵馬一個接一個墜入冰淵地獄裡！

「怎麼回事……」耶律阿保機與李存勖正比拼到緊要關頭，怎麼也不相信眼前所發生的事實，卻只能眼睜睜看著子弟兵墜入地面裂縫裡，不斷地掙扎、哀嚎、呼救，就算有些契丹兵身手矯健些，及時勒馬，想要回頭，不是被後方湧上來的士兵推擠衝撞，就是自相踩踏。

「殺啊！」正當契丹軍一片混亂時，五太保李存進終於得到允許，衝下山去，快馬奔到契丹大軍左後方的一座雪坡，帶著早已埋伏在山坡洞穴裡的四千晉軍衝了出來，一邊騎馬射箭一邊大聲吶喊：「殺啊！殺啊！殺死契丹狗！」這些騎兵是鴉軍、魏博軍、銀槍效節都的精英所組成，自是悍勇非常、動作敏捷，他們自動分列，每十人為一小隊，東馳西突、縱躍來去，猶如數百隻大刀忽然衝入敵陣後方，不斷砍殺破碎。

契丹軍容龐大，綿延極長，排在更後方的士兵還不知發生何事，只感到前方有些騷動，就忽然被晉軍伏兵追殺，一時嚇得陣勢大亂，拼命往前奔逃。

契丹兵面臨前有冰雪塌陷成河，一落入即要凍死，後有伏兵射殺追趕，一時間，前方士兵想要勒馬回頭，後方士兵往前奔逃，你推我擠得更加混亂，互相踩踏無數，如此激盪震動得更加厲害，造成更多冰雪斷裂塌陷，轉眼之間，已掉落數萬兵馬，那冰河極為寒冷，不過一忽兒，掉入的人馬就停了呼吸，真正地沉入黑沉沉的地獄深淵了。

耶律阿保機原本還心存僥倖，以為只是少數契丹軍誤踩冰窟窿，看到這一幕，恍然明白雙方決戰地附近有一條大冰河，正是契丹大軍衝過來的地方！他幾乎可以想像後續會發生什麼慘狀，心神大受震蕩。

李存勖覷準時機，一鼓作氣，內力有如火山爆發般，瞬間往上沖升！

耶律阿保機正凌空倒身，雙掌重重壓在烏影寒鴉槍桿上，忽然間，感到一股巨力從槍桿傳至雙臂，不斷竄升，幾乎衝入體內，不由得大驚失色：「小晉王怎有如此功力？」一想到方才對戰時，李存勖極可能隱瞞了實力，更覺驚駭：「我引誘他比拼內力，難道反而中了他的圈套？」趕緊運功發力，想逼退對方，卻止不住那不斷竄升上來的勁力，從雙臂升到胸口，逼得他氣血翻湧，忍不住吐出一大口血來，如此冰寒徹骨的天候裡，又大失氣血，耶律阿保機再怎麼勉強自己，也無法抵擋了！

李存勖再聚起強悍無匹的力道，下一刻，就要一舉斃了這位從草原崛起，不斷壯大，已經威脅到中原生存的最強悍的天皇帝！

述律平眼看契丹兵損傷慘重，又見耶律阿保機命在頃刻，剎那間，她陷入此生最嚴峻的考驗，最艱難的抉擇——究竟是解救丈夫，還是回頭去指揮契丹傷軍？

時間根本不容她多想，一咬牙，便大聲呼喝：「盧文進快帶大軍撤退！」一邊縱身飛起，聚起平生之力，雙掌齊出，指爪聚集最陰狠的力道拍抓向李存勖的後背，要取他性命！

李存勖倘若不肯放過耶律阿保機，勢必以性命相陪，若是就此放過這最大仇敵，便再沒有機會為父兄報仇了！

眼看述律平就要飛撲過來，掌勁沉狠凌厲，幾乎能抓破他的厚甲，李存勖也陷入此生最大的掙扎，且同樣沒有時間多想，就做下了決定！

「碰碰碰！」三人之間傳出連聲巨響，分別向三個地方彈開，卻是耶律阿保機被李存勖的槍勁衝撞得從空中拋飛出去，摔跌在地上，忍不住噴出一大口血來。

同時間，李存勖長槍一個大迴掃，甩向後方的述律平，雖然他及時逼退對方的襲擊，但述律平為救夫君，乃是拼盡全力，爪勁何等厲害，即使李存勖只是被餘勁掃到，仍感到五臟六腑被狠狠扭了一把，全身筋骨似要錯位，他忍不住嘔出一大口血來，但他不能在此刻示弱，連忙以手臂拭去嘴上的血漬，一再調息吐納，強壓下不斷翻湧的氣血，稍有力氣，便以烏影寒鴉槍拄地，勉強自己昂然站起。

耶律阿保機身受重傷，頹坐在一大塊浮冰上，兩眼茫然地望著前方因墜入冰淵的千萬兵馬化成處處浮屍的慘狀，他身周的冰雪還在一塊塊陷落，漸漸形成一條深闊的冰河，將仇敵李存勖遠遠地隔開，使他有了稍稍喘息的機會。

述律平被李存勖的三分槍勁掃中，受傷也不輕，但相比耶律阿保機的身心俱創，還是好一些，她忍著自己的傷勢，施展輕功越過一塊塊浮冰，快速奔到耶律阿保機身邊，見他重創到幾乎無法起身，連忙攙扶住他，關切道：「你如何了？」

耶律阿保機黯然地搖了搖頭，道：「我撐得住。」

李存勖被阻隔在冰河的另一邊，心知自己實在無力對付兩人聯手，遂舉起長槍，遙指耶律阿保機，朗聲道：「你輸了！這一戰，不只你納影魔功輸給我朱邪家族的烏影寒鴉槍，契丹三十萬大軍也不敵本王一支精兵！」冷笑一聲，又大聲道：「可你知道為什麼會輸嗎？本王約你單挑，你卻帶兵前來，因為你的背信，契丹兵將才會死得這麼慘烈！你向來喜歡背信棄義，今日終於自食惡果！天下人都會恥笑你根本無能力入侵中原，卻妄做春秋大夢，以至落得一敗塗地的下場！我今天當著兩軍面前指天為誓，只要有本王在的一天，你這一輩子都休想踏進中原！」

耶律阿保機抬起頭，望了他一眼，目光深沉，卻也無可奈何，因為他知道李存勖說得不錯，經此一役，不只他們夫婦大傷，就連契丹也遭受重創，需要幾年休養生息，才能恢復元氣，道：「我確實敗了，我無話可說。」他唯一想問的是李存勖會怎麼處置耶律牙里果，但終究還是壓下了衝動，不發一語，只努力調息。

李存勖見他欲言又止的模樣，冷笑道：「你可知我為什麼要抓走你兒子？不僅僅是為了逼你出來決鬥，更是因為你曾經害我們父子天人永隔，我也讓你們嚐嚐骨肉分離的滋味！」一想起父親，不禁紅了眼眶，伸臂抹去淚水，又大聲道：「雖然你對我有叛父殺兄之仇，但冤有頭、債有主，我李存勖乃是頂天立地的英雄，恩怨分明，絕不會為難一個小孩兒！」

耶律阿保機一愕，抬起頭來以一雙烏黝黝的銅鈴大眼瞪望著他，想看清他究竟弄什麼玄虛，內心又不禁生出一絲希望，但願李存勖會為了展現英雄氣概，大發慈悲地釋放牙里果。

李存勖見到他眼中閃動著乞求與渴望，不禁哈哈大笑：「你放心吧！我非但不會凌虐牙里果，更會好生照顧他，因為我已經決定帶他回太原，收他為乖兒子，讓他喊我一聲父王！哈哈哈！」想到自己竟能想出這絕妙點子，實在得意，忍不住哈哈大笑，笑不可遏。

耶律阿保機和李克用是結拜兄弟，李存勖本該稱呼他叔父，卻故意收牙里果為兒子，不只兩人從此平輩，更意謂著李克用與耶律阿保機再也不是兄弟，而是叔侄了！

耶律阿保機想到愛兒從此淪落異邦，認賊做父，將來說不定還會被李存勖教養得背父叛國，反目成仇，自己卻無能救他，不禁氣得內傷加重，又吐出一口血來。

「走吧！」述律平一咬牙道：「我揹你回去，何必留在這裡受人羞辱！勝敗乃兵家常事，來日練好兵馬再回來便是！」

「我自己走吧。」耶律阿保機在述律平的攙扶下，帶著殘餘部眾狼狽地返回營地。

五千晉軍興奮地奔向李存勖，聲聲歡呼：「大王萬歲！大王萬歲！打得契丹狗滾回草原去！從此再不敢踏入中原一步！」一聲傳過一聲，震撼天地。

李存勖微笑地接受眾人的敬仰，回到自己的馬背上，拿出金箭高高舉向天，大聲歡呼，眼中不禁流下淚水：「父王，孩兒終於可以奉上第二支金箭了！」

大雪又蕭蕭落下，無聲地拭去一切殘酷的痕跡，天地彷彿都安靜了，所有落入冰河的兵馬不再掙扎了，互相推擠踩踏的人群也不再恐慌了，千萬生命在瞬間凝凍，不再與天抗爭，只認命地與漫漫冰雪凍結為一體，再分不清是人影還是木石，永遠沉默。

耶律阿保機返回營地後，第一件事就是命人抓起王郁嚴刑懲罰，稍事休息後，就命令盧文進整軍，準備啟程返回塞外。契丹兵其實還有二十多萬，但受了這一場驚嚇，志氣消沉，再加上缺乏糧草，縱然耶律阿保機志比天高，也無法再支撐下去，只能憾然下令班師回朝。

耶律阿保機怎麼也想不透李存勖年紀輕輕，為何有如此深厚的功力，甚至還勝過自己一籌？更想不透明明直到昨天傍晚風雪才停，為何冰河會一下子塌陷？以至三十萬大軍竟敗給數千兵馬，還敗得如此慘烈？他心中萬般疑問無人可解，令這個長征千里，幾乎不曾嚐過敗績的漠北豪雄也不禁感到灰心喪氣。

他不知道李存勖曾接收李嗣源十年功力，憑著天賦異稟在這幾年不斷融合修練，功力飛快增進，已達到絕頂之境，這也是李存勖敢下戰帖的原因，更不知道自己心中最佳的宰相人選馮道已成了晉王的貼身小書記！

那一日，李存勖一心想與耶律阿保機決鬥，又要阻擋契丹三十萬大軍，便與郭崇韜、李存進、馮道商量戰略。

馮道提醒道：「倘若大王想跟耶律阿保機決鬥，就必須防備述律平的氣根大法，不能讓兩人聯手。」

郭崇韜建議道：「咱們不妨設計抓走牙里果，逼迫耶律阿保機單獨應戰。」

李存進問道：「耶律狗賊向來不講信用，萬一他不顧小狼崽的死活，硬是帶老妖婆和契丹大軍來圍殺大王，該怎麼辦？」

李存勖蹙眉道：「所以我說決鬥與抵擋契丹大軍這兩件事必須同時達成，缺一不可，你們快想想法子！」

郭崇韜肅容道：「耶律阿保機退守望都，就是看中了這地方適合騎兵決戰，五千兵馬要對付三十萬大軍，真的沒有半點勝算！」見李存勖臉色沉了下來，只好又道：「臣以為最多就是設個陷阱防堵三十萬大軍過來，爭取一點時間，好讓大王打敗耶律阿保機，一旦主帥重創，又沒有糧草，契丹就會退兵。」

李存勖對這個答案不盡滿意，卻也想不出其他方法，問道：「你打算用什麼陷阱？能拖延多少時間讓本王對付耶律狗賊？」

郭崇韜雖提出了戰略，但具體該怎麼實行，卻沒有主意，坦言道：「最近風雪甚大，火攻會被熄滅，挖壕溝會被厚雪填滿，都不管用，就算要築柵欄，也禁不起三十萬兵馬衝撞，臣還未想到有什麼陷阱可以阻擋他們。」

李存勖不悅道：「本王知道這事十分困難，才讓你們一起設想，要知道，三十萬大軍壓境，咱們沒有多少時間了！」目光不由得望向馮道，寄望於他。

從李存勖一出發，馮道就一直在思索如何突破三十萬大軍，聽郭崇韜說要設陷阱，忽然有了主意，道：「臣以為這件事一旦結合天時地利，或有機會成功！」

李存勖聽他話中之意並非只是拖延，而是有法子退敵，目光亮了起來，道：「快說來聽聽。」

馮道指著地圖道：「耶律阿保機看中望都平原適合騎兵決戰，故意撤退至此，想引我軍追逐，再來一場大軍輾壓，但他卻忽略了一件事，就是這地方有十三條河流交錯密佈，因為連日大雪，河面都被雪濤遮掩了，水陸難辨，倘若大王把決戰地點選在被雪濤遮掩的冰河附近，萬一他們不守信用，帶大軍前來，便能以塌陷破碎的冰河殲滅敵軍。」

三人聽聞這計策，心中都叫好，但又感到不可思議，有諸多疑惑。李存勖問道：「既是連下大雪，水陸難辨，要如何選中冰河附近的地點？」

馮道說道：「臣可依據地圖親自去勘測，只要在雪地打幾個孔穴，那河面和實地的回聲並不一樣，便能確認了。」

李存勖笑道：「好！這事便交由你去辦。」

馮道又道：「臣觀天象，大雪過兩日會暫歇，那時便是冰河融解，決鬥的好時機。」

郭崇韜提出另一個疑問：「就算風雪初停，冰河早已結得厚實堅硬，也不可能一下子就融化！更何況還要在契丹兵衝過來時，冰河剛好塌陷，這件事太早會被看穿，太遲便失去作用，要如何掌握精準時機？」

馮道微微一笑，道：「只要大王引誘耶律阿保機在冰河上打鬥，盡量施力擊打地面，那冰河承受了你二人絕世神功的連串打擊，內在很容易碎裂，一旦述律平不守信用，帶三十萬鐵騎衝上來，互相推擠，這冰河不塌毀也難！」

李存勖道：「你說得固然不錯，可萬一契丹大軍衝過來時，河面還來不及融化，又該怎麼辦？」

馮道說道：「那咱們就再加一點東西！」

李存勖問道：「什麼東西？」

「請大王稍待。」馮道轉身出去，過了一會兒回返時，又在營帳外撿了兩團雪塊才走進來，他將雪塊放在地上，接著伸手入懷，拿出一物展示給眾人看。

眾人見他攤開的掌心裡盛著一團白色粉霧，實在不解，李存進問道：「天寒地凍的，你又去外邊拿雪粉進來做什麼？」

「這不是雪粉。」馮道微微一笑，道：「是鹽！」

「鹽？」李存勖、郭崇韜和李存進面面相覷，都不明其意。

李存進急不可耐，道：「咱們是打仗，又不是做飯，你拿鹽來做什麼？」

「大王、將軍請看。」馮道將掌心的鹽灑在左邊的雪塊上，過了一會兒，沒灑鹽的雪塊在表面微微滲出水珠，灑鹽的冰塊表面卻結了一層薄薄的硬殼。

接著他又撿了一根木棍微微用力敲擊那灑鹽的冰塊，「喀喇！」一聲，看似堅硬的表殼竟然輕易破碎，被包覆在裡面的冰塊瞬間融化成一灘水。

李存勖三人看得目瞪口呆，彷彿他在變戲法般，卻也明白了他的用意，李存勖撫掌哈哈大笑：「妙啊！」郭崇韜也微笑頷首，只有李存進睜大雙眼，實在摸不著頭緒，見其他人都已明瞭，不由得拉下臉，問道：「馮書記，你別光是變戲法，也給咱們解說解說。」

馮道微微一笑，道：「只要在風雪停止時，派人在冰河表面灑上粗鹽，經過一夜，冰河表面會結一層薄薄硬殼，但內裡已經被粗鹽破壞，融化成水。這鹽是白的，雪也是白的，灑在已經被雪濤覆蓋的冰河上，耶律阿保機絕對辨識不出來，只要大王在決鬥的時候，不斷擊打地面，也引誘他施加重力，就像我用這木棍敲觸這薄殼表面般，輕易破碎！當千軍萬馬湧上來，不斷震蕩，冰河薄脆的表面絕對承受不住，立刻就會塌陷！」

李存勖隨即回想起當年雲中決鬥，最後耶律阿保機曾使一招「倒施逆影」，凌空下擊壓垮李克用，當下便決定引誘他再施出同樣的招式，令其自食惡果！

這一招果然成為壓垮冰層的最後一根稻草，令千萬契丹兵輕易葬身冰河之中，但李存勖自己也承受了述律平陰狠的爪勁，付出了沉重的代價。

大雪如鵝毛般飄飄落下，耶律阿保機騎在馬背上，踏向返鄉的路程，想到壯志未酬，實是滿懷憾恨，忍不住回首望向中原的錦繡河山，但見漫漫蒼雪中，彷彿回到雲中結盟那一天，李克用豪爽的笑聲說：「天下英雄唯獨你和我！今日咱們能結為知己，我這個做大哥的，真是太高興了……」又想起李存勖說的：「今日你會敗得如此慘烈，是因為你總是背信棄義……」

述律平見他滿臉蕭索，安慰道：「咱們回去之後，休養個兩三年，總能興兵再起，屆時再討回這一筆血仇！」

耶律阿保機卻知道自己不可能回來了，因為他的內心深處不斷迴蕩著一道聲音：「只要有本王在的一天，你這一輩子都別想踏進中原！」

他知道李存勖說的不錯，倘若傾盡全國之力，出動三十萬大軍，卻連一個小小的定州都拿不下，又何談進軍中原？李存勖比自己年輕許多，正當壯盛，轉眼自己卻老了，還有多少時間可消磨呢？他仰首望天，那如鵝毛般的雪花一片片落在臉上，刺骨的冰涼令他感受到現實的殘酷，不禁在心中吶喊：「天生我耶律阿保機為契丹一代雄主，為何又生風雲奇兒李亞子？」然而他卻不知道，前方還有更殘酷的考驗在等著他們。

這場大雪比先前更劇烈，不過兩日，就積雪盈尺，契丹兵排成漫漫長隊，一步一深陷，萬分艱難地前進。

「將軍，有人倒下了！」幾名士兵不耐酷寒，竟同時軟腳倒落，可前方還看不見路途，只白茫茫一片，盧文進心想如果要拖著傷兵前進，只怕揹人的也會累倒，到時候災難會一發不可收拾，心一橫，道：「不管了！繼續前進。」

原本扶抱兄弟的契丹兵只能含淚放手，讓他們躺在雪地裡自生自滅，後方的士兵眼睜睜看著前方倒下的人越來越多，幾乎排成了長長的死亡線，心中越加驚恐悽惻，也只能咬緊牙根，含淚鼓勵彼此，繞過屍體繼續往前走。

這大雪一連下了十多天，到後來幾乎目不能視，沿路上餓死、凍死者比當日墜入冰河多了不知幾倍，士兵們疲餓交加，又看著身邊同伴一個個在痛苦中倒下，被雪濤淹沒，連屍首都不見，卻連悲慟都是奢侈，只擔憂自己不知能不能平安回到故鄉，一個個都垂頭喪氣，暗暗落淚。

耶律阿保機回望來時路，遍地都是死屍，這許多都是跟隨自己征戰多年忠心耿耿的兵將，心中實是悲慟至極，想到一場雄心壯志竟換來如此殘酷的結局，摧毀了好不容易建立起來的根基，他深深後悔沒有聽從述律平的勸阻，心中愧悔難當，忍不住揚起長鞭指著雲空，悵然大喊：「老天爺沒有應允我進入中原！」雙目一閉，長鞭在雪地上重重一揮，以氣勁割劃出一道深入土石的長裂紋，以示忍痛割捨心中的皇圖大夢，含恨立誓：「我耶律阿保機此生再不進中原！」

李存勖遭受述律平至陰至狠的一掌，受創嚴重，再加上手中其實只有五千軍兵，因此雖見到契丹撤退，仍擔心耶律阿保機會回頭，又忍著內傷親自帶兵追躡在後，卻也不敢冒進，只採取擾敵計策，契丹走，他便走，契丹停，晉軍也停，如此追躡了一陣，見許多契丹兵凍餓交困，舉步維艱，更遑論騎馬打仗了，他心中大石才真正放下。

李存進哈哈笑道：「這次咱們只有五千軍士，竟能不傷分毫就驚退契丹大軍，都是大王領戰有方！那契丹狗已嚇得滾回草原去，再不敢來了。」

李存勖見契丹軍並沒有像梁軍那般倉惶潰逃，撤退時留下的軍帳物品都井然有序，使用過的布榻、草堆、圍營的樹枝也裁剪得整整齊齊，沒有一絲凌亂，他心中暗生憂慮，道：「契丹是草原民族，一向行止隨意，可今日卻軍紀嚴謹，中原軍隊還遠遠不如，我們此戰能勝出，實在有幾分僥倖，倘若這天時地利有一分之差，便會全盤皆墨。」又嘆道：「只可惜那冰河塌陷得太快，來不及殺了耶律阿保機，日後契丹必成大患！」

李存勖向來自信滿滿，眾人從未見過他長敵人威風，聞言紛紛道：「契丹狗再厲害，只要有大王在的一天，他就別想踏進中原！」

李存勖想了想，又指派兩百騎兵繼續尾隨：「你們只要做做樣子即可，不必窮追猛打，免得惹急契丹狗回頭咬人，一旦他們出了邊境，就趕緊回來。」

豈料這兩百悍兵未聽吩咐，自恃驍勇，時不時追擊襲擾契丹兵，竟全數被俘，只兩名騎兵逃回來稟報情況。

李存勖聽到契丹軍終於出了邊境，總算鬆了口氣，轉念又想：「契丹確實無力再戰，才會甘心退回塞外，此刻正是收復失土的大好時機，我萬萬不能錯過！」但他受傷沉重，無法追擊，便派人飛馬傳令代州刺史李嗣肱，要他趁機收復北方的嬀、儒、武三州。

李嗣肱是李存勖的堂弟，跟在九太保李存審身邊學習多年，曾在蓚縣一戰協助驚退朱全忠大軍，在李建及身故後，接任代州刺史。他一收到王命，立刻帶兵追擊契丹，果然不辱使命，收回三州，助晉軍站穩北方一帶。

李存勖自己則率五千親軍進入定州城，王都對這位以寡擊眾的戰神當真是佩服得五體投地，深深覺得自己選擇背叛義父，投靠晉王，真是最明智的決定，非但親自打開城門到晉王的馬前恭身相迎，為表忠心，還設下豐盛的酒宴大肆招待晉軍將領，就連小書記馮道也能列席座上。

王都向李存勖敬酒道：「此番多謝大王相救，都願獻上定州以表赤忱，倘若大王不棄，還盼小女能高攀世子，讓喜上加喜。」他年僅十歲的小女兒就坐在旁邊，樣貌秀美，十分乖巧安靜。

李存勖見了王都的愛女，很是喜歡，又想從前王處直在的時候，只是推自己為盟主，並未真正臣服，礙於盟約，也不好併吞王處直的領地，如今王都自動獻地，願意歸為臣屬，無疑是再下一城，哈哈大笑道：「本王今日真是太歡喜了！不只要賜你為義武軍節度使，以表揚忠臣，更要當著大夥兒的面為咱倆的兒女作主！」又對眾將領笑道：「你們都聽見了，從今以後，王節帥與本王就是一家親了！」

「恭喜大王！恭喜王節帥！」正當眾將領連聲道賀，舉杯同慶時，卻有晉軍探子面色凝重，快步進來通報。

李存勖見這小探子竟敢打擾眾將領的興致，且神情哀慽、目光含淚，心知必有大事，連忙停了酒水，問道：「發生什麼事？是契丹軍回頭嚒？」

那探子哽咽道：「大王，不是契丹軍，是鎮州……」

李存勖不解道：「鎮州有二太保前去主持，能出什麼大事……」一句話未說完，忽感到不對勁，連忙問道：「二太保怎麼了？」

那探子一邊伸手拭淚，一邊哭道：「二太保陣亡了！」

「什麼？」李存進豁地站起，大聲喝問：「你說什麼？二哥他怎麼會……」忽然想起，低頭看了仍坐在位子上的李存勖，見他臉色在一瞬間從醉酒的潮紅變成可怕的鐵青，雙唇緊抿，似極力壓抑什麼，李存進感到有些不對勁，道：「大王，你說二哥他怎麼可能……」一句話未說完，李存勖忽然吐出一大口血來，仰身倒落，原來他受了極嚴重的內傷，為了穩定軍心，一直苦苦支撐到現在，忽然聽到敬愛的二哥戰亡，一時傷怒攻心，氣血翻湧，再承受不住，直接暈了過去。

「大王！大王！」眾人大吃一驚，連忙找來疾醫師為李存勖診治。

李存勖甦醒過來，身子卻還虛弱，仍閉著眼休息，腦海中卻不斷翻湧著李嗣昭的身影，想到他素來寡言，不爭不搶，看似不出風頭，卻總在最關鍵的時候挺身而出，默默拼盡全力守護河東，就不禁悲從中來：「當年潞州之戰，二哥被圍至兵盡糧絕，也不肯投降，前幾日，他才為我擋下禿餒的強攻，這麼強悍的人，怎會忽然倒下了？」

李嗣昭性子沉默，李存勖性情活潑，兩人年紀又相差十多歲，平時甚少玩樂在一起，但彼此心知肚明，那深厚的關愛是一點也不少，怎麼會一下子就天人永隔？不久前他才數算失去的兄弟與大將，卻怎麼也想不到才過幾日，又多添一位二哥，想到傷心處，不由得流下淚來。

馮道在一旁照看，見他雖閉著眼，實則已甦醒過來，勸慰道：「大王已受內傷，莫再強忍，想哭就大聲哭出來。」

李存勖聞言，再忍不住，號啕大哭起來：「你說二哥怎麼會……」

那疾食師連忙為他施針，道：「大王別太激動了。」

馮道見他哭得像個孩子，哪裡像個風靡天下的戰神大王？不由得心中一嘆：「小李子雖然聰明勇猛、驕傲任性，骨子裡還是有幾分赤子之心，很看重父子兄弟之情……」便輕輕拍著他的背，為他舒氣，緩緩說道：「郭使君已經問明情況，那探子說二太保回到趙州，原本想與閻寶會合，一起攻打鎮州，誰知閻將軍自覺愧對大王，抑鬱難舒，背上生了大毒瘡，一病不起。閻將軍告訴二太保說當時他們匆匆退守趙州，舊營地還有許多輜重糧草來不及搬運。張處瑾原本糧食緊缺，見城外有糧草，便派鎮兵出去搬運，搬了許久都搬不完……」

李存勖想到那麼多糧草都是千辛萬苦才收集來的，卻落入賊人手裡，心痛難已，一時停了哭泣，恨聲道：「這賊子殺我兄弟，搶我軍糧！本王定要將他碎屍萬段！」又道：「敵賊既來奪糧，二哥定會設下伏兵擊殺！」

「大王猜得不錯。」馮道說道：「二太保確實放出消息說還有一些糧草堆在舊營的後山，張處瑾以為咱們的主帥仍是閻寶，便興沖沖地派出一千士兵去後山搶糧。」

李存勖不解道：「二哥既是以逸待勞，以他的勇武，又怎會命喪賊人之手？」

馮道說道：「二太保親自率軍伏殺，幾乎把奪糧的鎮兵都剿滅了，偏偏有三名鎮兵躲在營壘的廢墟裡，拼命射箭抵抗，不肯投降，想不到……」語音一哽，輕嘆道：「二太保箭壺裡的箭矢剛好用完，其中一名鎮兵趁機射中了二太保的額心……」

李存勖明知結局，但聽到二哥竟是額心中箭，仍是心口一緊，馮道哽咽道：「二太保竟然……將額心的箭支直接拔下來，反射向鎮兵，拼死殺光了敵人！」說罷已紅了眼眶。

李存勖想不到二哥如此悍勇，一時張大了口，不知該說什麼，只覺得心口絞痛得如要滴出血來，淚水早已管不住地又落下來，哭道：「待我身子好些，我定要親手將鎮州那幫賊子宰了……」

馮道續道：「二太保強撐著回到軍營，當晚便去世了，臨終前還不忘大王的大業，說任判官是個人才，可以把澤州、潞州的兵權交給他，讓他繼續率軍攻打鎮州。」

任判官指的是潞州觀察判官任圜，他學識淵博，能言善辯，如同郭崇韜一樣，雖不親自上戰場，卻足智多謀，懂得軍務，因此被李嗣昭延攬為首席謀士，也深得李克用喜愛，把侄女嫁給他。李存勖深知這位堂姐夫的本事，問道：「如今是任圜主持鎮州之戰？閻寶呢？」

馮道嘆道：「閻將軍得知二太保英勇殉道，羞愧之下，竟也病逝了！」

「他竟也……」李存勖一愣，隨即又是一嘆：「勝敗乃是兵家常事，我也未真的怪他！難道每個人都像本王一樣是百戰百勝的嚒？」

馮道說道：「任判官暫時扛起了鎮州軍務，但前不久又得到一樁消息……」

李存勖瞧他臉色，便知不是什麼好事，急問道：「什麼消息？」

馮道說道：「梁將戴思遠在鎮州城外修築了層層牆壘，挖了許多壕溝，先切斷咱們軍隊出入的路線，又與張處瑾裡應外合，日夜不停夾攻，大太保須顧守魏博，九太保坐鎮德勝，任判官得不到援軍，只能苦苦支撐。」

李存勖微微蹙眉，沉吟道：「這樣太危險了！任圜是個儒將，擅守不擅攻……」忽然想起，連忙問道：「我昏迷多久了？」

馮道說道：「大王昏睡有五天了，疾醫師說你忍著內傷，沒有及時醫治，有些傷著根基了，所以不能妄動，要多歇息才好。」

「五天！」李存勖以為自己只昏迷一會兒，想不到已經足足過了五天，吃驚之餘，連忙要起身下床：「我不能再歇著了，得趕緊去救援鎮州！」

馮道一手托住他的身子，扶他坐起，另一手卻微微施力按著他雙腿，不讓他下床，溫言道：「大王不必著急，五太保聽聞情況後，已率兵前去救援，他說未得大王命令就擅自行動，實在是不得已，回來後再請處分。」

李存勖聞言，憂急的心情稍解，道：「五哥義勇為先，我怎會罰他？五哥勇猛、任圜善謀，他二人聯手倒也不錯，只盼真能攻下鎮州！」想了想又道：「你替我做兩件事，第一件，起草文書，任命五哥為北面招討使，主持鎮州之戰，有了王令，他才能安心地放手一搏。」

「是！」馮道見李存勖神色有些遲疑，並沒有馬上說出第二件事，心念一轉，已然明白，道：「鎮州被奪去那麼多糧草，如果沒有及時補充，只怕就更艱難了，還盼大王恩准臣回晉陽一趟，一來探望特進，略盡一點學生的孝心，二來協助他老人家籌集軍需，如此將士們也可安心作戰。」

李存勖想教張承業設法籌集更多的糧草，偏偏兩人鬧翻了，他實在不想向那個老頑固低頭，更何況只要自己還想稱帝，張承業就不會諒解，因此雙方的關係就像死結般，幾乎無可化解，幸好馮道十分善體人意，不等他開口，就明瞭其中意思，還主動提議要回去斡旋，令他大大鬆了一口氣，嘆道：「七哥許久都不理我了，他永遠都是那麼固執，一心只為唐室！難道我父子對他不好麼？」這話一出，他忽然發覺景進那幫伶人是陪自己玩樂的，太保兄長是一起打仗的，劉玉娘能談情說愛，還能出些新奇主意，元行欽能生死與共，郭崇韜可共商軍機，但他內心深處的糾結，以前只會對張承業訴說，現在竟只能對馮道一人說了！

馮道好言道：「大王誤會特進了，正因為他十分敬愛先王，才要信守承諾，又萬分關愛您，才擔心您一旦稱帝，會遭受諸多勢力反對，讓自己陷於危險之中。」

李存勖自信道：「他太多慮了！天下人都仰望我，不是麼？」望了馮道一眼，又道：「你呢？你又如何？聽說你曾勸阻劉守光稱帝，又與七哥交好，你是不是也覺得本王不該當皇帝？」

自從李存勖與張承業鬧翻，馮道就知道這個問題遲早會落到自己頭上，微微一笑道：「不知是誰誤傳了謠言？臣只勸說劉守光不要發兵征伐定州，並未勸阻他稱帝。至於大王稱不稱帝，實非一個八品小書記能妄議。」

李存勖聽他並未反對，終於笑了：「總之我不管你用什麼法子，哄也好、騙也好，本王命你從七哥手裡要來軍糧！」又嘆了口氣道：「這事也只能交給你了，或許他還能聽進你的話！」

馮道說道：「大王身子未恢復，需好好靜養，還請放寬心，特進是個懂分寸的人，絕不會公私不分，更不會眼睜睜看著河東將士缺糧挨餓，臣這趟回去，一定會好好協助籌糧事宜。」想了想又拱手行禮道：「臣知道大王極痛恨張處瑾一族，但鎮州百姓是無辜的，他們也是張氏叛亂的受害者，臣懇請大王打下鎮州後，不要遷怒他們，要善待之。」

李存勖感到有些疲累了，微然頷首道：「放心吧！我又不是朱全忠那惡賊，不會隨意屠城！我既要稱帝，便要做天下人的天子，不會視百姓為寇讎，這道理我還是懂的。」

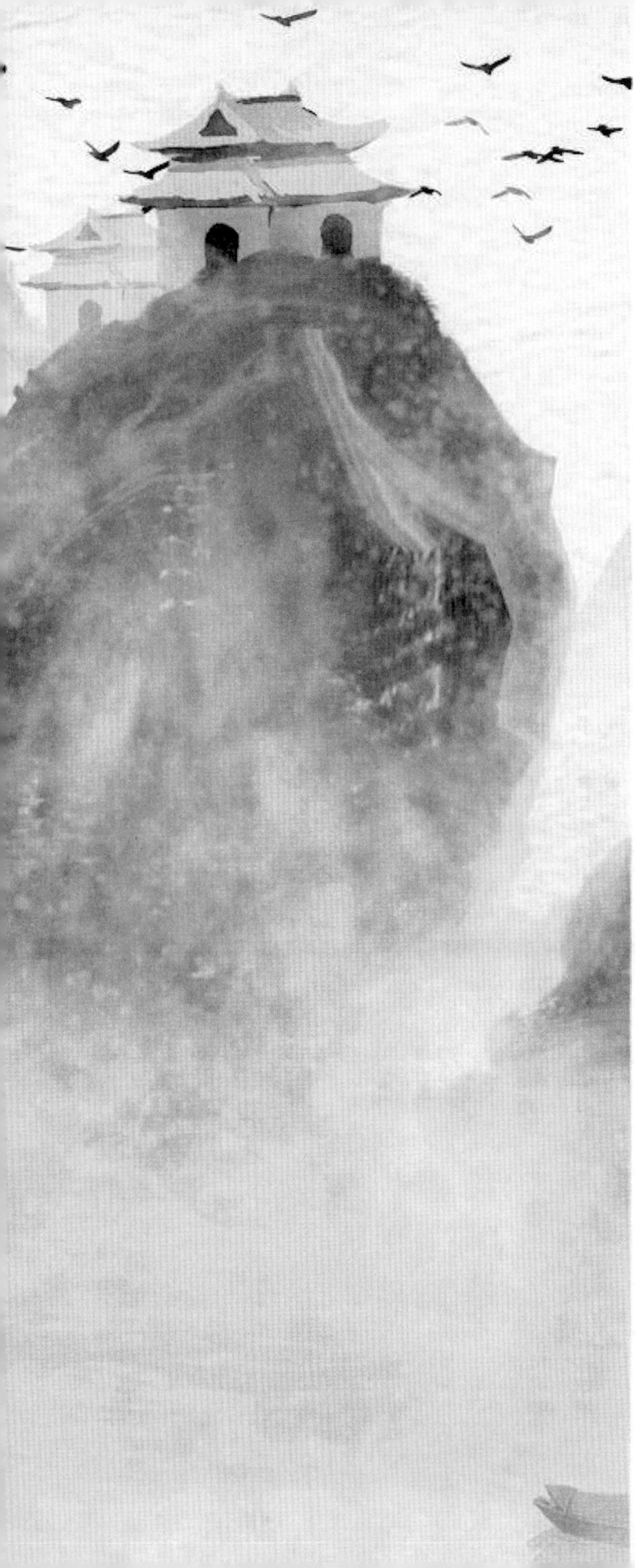

九二三·一　天地一逆旅·同悲萬古塵

十九年十一月二日，以疾卒于晉陽之第，時年七十七。貞簡太后聞喪，遽至其第盡哀，為之行服，如兒侄禮。同光初，贈左武衛上將軍，謚曰貞憲。《舊五代史・卷七十二》

夏四月己巳，帝升壇，祭告昊天上帝，遂即皇帝位，文武臣僚稱賀。禮畢，御應天門宣製：改天佑二十年為同光元年，大赦天下……帝破梁軍於柏鄉，平定趙、魏，至是即位於鄴宮。是月，以行台左丞相豆盧革為門下侍郎、同中書門下平章事、太清宮使……以河東節度判官盧質為兵部尚書，充翰林學士承旨；以河東掌書記馮道為戶部侍郎，充翰林學士……以中門使郭崇韜、昭義監軍使張居翰並為樞密使；以權知幽州軍府事李紹宏為宣徽使……是時，所管節度一十三，州五十……閏月丁丑，以李嗣源為檢校侍中，依前橫海軍節度使、內外蕃漢副總管；以幽州節度使李存審為檢校太師、兼中書令，依前蕃漢馬步總管；以河東節度使朱友謙為檢校太師、兼尚書令。安國軍節度使符習加同平章事，定州節度使王都加檢校侍中。《舊五代史・卷二十九》

李存勖身子稍稍恢復，可以下床行動，便率軍離開定州，返回魏州霸府。此役重創契丹，逼得耶律阿保機退走塞北，不敢再對中原輕啟戰端，保全北方百姓免受虎狼荼毒，使李存勖聲望更高，更有底氣稱帝，他一回到魏州，便讓文臣積極籌備登基事宜。

正當整個魏州城都洋溢著歡欣氣氛，霸府文臣高興地動員起來時，鎮州探子卻再度傳回壞消息：「啟稟大王，五太保陣亡了！」

李存勖心中一震，不敢相信李存進才主持戰役沒多久，竟然就陣亡了，只見那探子一邊抹淚，一邊詳述當時的情景：「五太保一心想為大王攻下鎮州，人才剛到，就趕緊派大軍去攻城，只留下一小隊牧兵紮營，『東垣』渡口那地方靠近河岸，泥土鬆軟，不易建造營壘，五太保便親自留下來指揮牧兵砍樹紮寨。張處瑾那狗賊不知從哪裡探知我們營地只剩少許牧兵，又想來劫糧，便派弟弟張處球帶了七千鎮兵偷襲。我們未料到敵軍會繞道前來，匆忙應付，人數又少，只能拼死血戰，後來派去攻城的騎兵得到消息，連忙趕回來救援，雖然將鎮兵全數殲滅，只餘張處球那賊首趁亂逃走，五太保卻英勇殉難了！如此一來，任判官又陷入梁、鎮夾殺的苦戰，還盼大王盡快派出大將好主持大局。」

李存勖想不到一個小小鎮州、不知名的張處瑾，竟折損他四名大將，這其中還包含兩位兄長，原本期待稱帝的好心情一下子全破滅了，但想到鎮州還待救援，他只能強忍悲痛，思索接下來該怎麼辦？

「仗還是要打下去的！我不將張氏一族碎屍萬段，為兄弟報仇，實難消心頭之恨，可偏偏我身子尚未恢復，不能親自前去，又要準備登基事宜……」李存勖思來想去，但覺張處瑾雖名不見經傳，其實很擅長陰謀詭計，以至先前派去的大將都掉以輕心，只有派出同樣善謀的李存審才不會掉入對方陷阱，便派親弟李存渥快馬趕到得勝，傳令李存審立刻前去攻打鎮州，信中說道：「鎮州不下，本王實難安心登基，又如何告慰亡者在天之靈？」

此時李存審已年逾六十，這段時間又不斷奔波對抗梁軍，從前留下的許多暗疾漸漸發作，但一想到事關大王基業，還是二話不說就啟程前往鎮州。

此外，李存渥還有一個任務，就是把李嗣昭、李存進、閻寶等將領的遺體運回晉陽，好使他們與兄弟、家人團聚。

李存審大軍出發後，李存勖緊繃的心情才稍稍放鬆下來，但想到逝去的兄弟，仍是悲痛難已，想找人訴說心中悵恨，馮道卻回太原去了，他不禁回憶起往昔七哥總會在這時候溫言安慰自己，自從兩人鬧翻後，張承業便行冷戰，而他也不肯低頭，以至兩人僵持不下，除了公事文書來往外，已經許久沒有聯絡了，這一刻，他忽然覺得肩上擔子十分沉重，卻無依無靠，內心萬分孤單，卻無人理解，他不禁期盼馮道快快回來，最好還能帶回化解張承業心結的好消息。

馮道奉了李存勖之命，必須從張承業手中拿到軍糧，便日夜兼程、馬不停蹄趕回晉陽，經過數日奔波，終於來到特進府門前，只見門口僕衛神情凝重，微有哀慽之色，一見馮道前來，忍不住哽咽道：「馮書記，你總算回來了，特進一直念著你。」

馮道心中一跳，連忙下馬，道：「發生什麼事了？」

那僕衛抹了抹眼中的淚水，答道：「特進病了，病得很嚴重……」

馮道心中生出不祥之感，道：「多謝大哥報訊，我先進去瞧瞧。」他知道張承業對下人管教甚嚴，不准收受賄禮，便從懷中拿出一袋曬好的果乾遞給那僕衛道：「給幾位大哥當做茶點。」

「多謝馮書記。」那僕衛見是便宜東西，收下無妨，便欣然接受，又道：「你來了就太好了，你一定要多多勸慰特進。」

「我明白了。」馮道三步併兩步地直奔入府，龍敏正好迎面走了出來，驚喜道：「可道，你怎麼回來了？大王那邊不要緊麼？」

馮道答道：「我是奉大王之命回來探望特進的。」

龍敏點點頭，隨即臉色一沉，嘆道：「我很擔心他，還掙扎著要不要通知你回來，天幸你就回來了！」

馮道聞言更是擔心，問道：「究竟怎麼了？」

龍敏道：「上回特進去魏州勸諫大王莫要急著稱帝，大王不聽，兩人大吵一架，特進回來後，就一直食不下嚥。」

馮道一邊拉了龍敏快步穿過迴廊，走向張承業的臥室，一邊道：「他原本有舊傷，年紀又大了，怎能這般折騰？難道就沒有什麼東西可吸引他吃？」

龍敏道：「只有兩位太妃來探望他時，他不好拒絕，才勉強吃了點東西，待太妃走後，他又不吃了。」

馮道問道：「你為何不寫信告訴我？也好讓我回來勸勸他。」

龍敏道：「特進不准，說軍務繁忙，你待在大王身邊，肯定有許多事要做，不能讓你為這點私事回來，還說我若是告訴你，便要絕食而死，我實在不敢冒險。」

馮道懊惱道：「他怎地如此固執？年紀越大越任性，活像個孩子了！」

龍敏道：「我瞧他身子虛弱，一早便請醫師來看診，他卻不給看，後來還是曹太妃帶了王府的醫師過來，硬逼著他看病，但開了藥，他還是藥食不進，又時時落淚，身子一天比一天虛弱，到後來連醫師都搖頭，說神仙難救無命客，他這是存心要把自己折騰死……」

馮道聽龍敏之言，忽然感到張承業隨時會撒手歸西，自己幾乎要錯過見他最後一面，不禁有些後怕，道：「幸好我奉大王之命回來了，否則豈不是要……唉！他這又是何苦？」急匆匆地來到張承業的臥室門口，反而不敢一下子就進去，問道：「他今日如何？心情可好？」

龍敏黯然地搖了搖頭，道：「他精神恍惚，有時不太認得人了，不過他應該認得你，倘若一時認不出，也不奇怪，你好言哄哄他便是。」忽又想起，提醒道：「對了！在他面前，你莫要稱呼他『特進』，只准稱呼『都監』，免得惹他大發脾氣。大王未明言稱帝之前，他為了霸府和氣，還勉強接受旁人稱他『特進』，現在反倒十分堅持，說自己至死都是大唐監軍，絕不接受新朝的封賞。」說罷又是沉沉一嘆。

馮道心知要陪伴一個固執又病弱的老人有多麼困難，更何況還有這麼多政務要協助處理，握了龍敏的手，感激道：「欲訥，這段日子辛苦你了。」

龍敏自責道：「都怪我口舌笨拙，不知如何安慰他，或許他一見到你精神就來了，也肯吃東西了。」

馮道說道：「他對先帝之事向來執著，誰都勸不動，我從前便領教過了！大王堅持稱帝一事，確實犯了他的大忌，也傷透他的心，但天數使然，大王命中有帝星，咱們又能如何？我也只能勸他盡量放寬心罷了！」

龍敏點點頭，忍不住紅了眼眶，感傷道：「你進去瞧瞧吧，看能為老人家做點什麼，我只盼他心裡舒坦些……」

馮道心中難過，卻只能強打起精神，安慰龍敏：「我先進去瞧瞧，再做打算，你也別多想！」

他小心翼翼推開房門，才剛走進臥室，就聽見張承業躲在被窩裡嗚咽低泣，喃喃自語：「先帝啊！老奴對不住你……竟無能恢復大唐正統，眼睜睜看著有人假冒皇室之名，謀取大唐江山，欺騙天下人，卻不能阻止……老奴生於世間，又有何用？」

「公公！」馮道輕手輕腳地走近，小聲呼喚。

張承業神志迷糊，恍然聽見一道熟悉的聲音，不由得一愣，隨即認出是馮道的聲音，驚喜問道：「臭小子，是你嚒？」微微拭了淚水，才慢慢轉過身來。

馮道心中欣慰：「公公終究是認得我的。」便坐到床邊，輕聲道：「是我，小馮子回來看你了。」

張承業微微睜開迷濛的雙眼，似乎在確認眼前人是誰，怔望許久、許久，才啐道：「臭小子，你怎麼回來了？你不用陪在亞子身邊啦？」微微一頓，又道：「他想稱帝，一定會陷入危險，你快快回去幫他……」語氣中充滿了委屈和對李存勖的擔憂。

馮道說道：「小馮子要陪著你，不陪他。」

張承業忽覺得終於有個貼心人肯站在自己這一邊，滿腹委屈頓時沖湧而起，化成老淚潸潸而落：「咱倆的心願就是興復唐室！你知道、你知道的……」

馮道握住他的手，安慰道：「我知道！我知道！小馮子沒有一刻忘記。」

張承業雙眼迷濛，記憶似飄向了遠處，哭道：「我本是太原交城人，小時候窮得連鍋都揭不開，屋瓦都遮不上，為了養活家人，只好淨身入宮，是先帝恩寵，讓我們這班小宦官有機會讀書識字，也能學習武功。後來先帝要派人監視河東，第一個便想到了我，除了讓我守護天龍石窟的『青史如鏡』，也是讓我回鄉與親人團聚！先帝如此恩待我，他去世時，我本該隨之而去，可為了扶持小皇子，我才苟且偷生……我奔波一世，只為中興大唐，可亞子他……他卻欺騙了我！」

他越說越傷心，不禁哭得撕心裂肺：「我助亞子壯大，他卻想竊據大唐江山，連先王的遺命都不顧了……我違背先帝旨意是不忠，未能替先王守住志節是不義，亞子這般欺騙我，是陷我於不忠不義啊！他不是李唐正統，天下人都知道他說謊，卻沒有一人肯拆穿這瞞天大謊，大家盡裝聾作啞，還反過來罵我是老頑固……蒼天啊！這世道已經顛倒黑白了！大唐沒有忠臣良民了……只剩我一個頑固老頭了！我活著還有什麼用處？我死了也無顏面見先帝、先王……」

馮道輕聲安慰道：「公公莫傷心，無論世道如何，還有小馮子陪在你身邊。公公肩負中興大業，萬萬不可有輕生的念頭，小皇子受了那麼多苦才活下來，如果你撇下他一走了之，他該怎麼辦？你在九泉之下又如何面對先帝？」

張承業聽馮道說得有理，微微止了哭聲，但隨即想起自己病弱，又傷心地哭了起來：「可我只剩下一副行將就木的老骨頭了，除了眼睜睜看著逆臣橫行，還能怎麼辦？」

馮道說道：「你先吃飯，有了力氣，咱們再商量該怎麼行事。」

張承業聽馮道話中之意，似乎對興復唐室有些計劃，心中生出一絲盼望，握緊他的手，叮囑道：「小馮子，你莫忘了是先帝賜你《安天下》秘笈，你才有這一身本事……」

「沒有忘！小馮子一刻也不敢忘！」馮道一邊扶張承業坐起，一邊去桌上端了一碗湯粥過來，用小匙餵他喝湯，道：「中興大唐的事都交給我，公公只管安心休養，待有了力氣，再回來指點小馮子，到那時候，你只管出一張口，說：『小馮子，你去做這個！小馮子，你去做那個！』我便給你辦得妥妥當當，你就不必再勞心費力了。」

張承業聽了這話，終於止了哭泣，露出一抹笑意：「好！好！就是你這小子懂得賣乖巧，我吃。」但整個人卻萎靡得幾乎坐不起，一喝湯粥便吐了出來，馮道心知他已藥石罔效，忍不住流下淚來，又趕緊伸袖拭了淚水。

張承業感慨道：「小時候我恨不得吃上一口熱騰騰的粥，可這會兒，卻連粥也吃不進了……」

馮道拿起手巾小心翼翼地為他擦拭臉頰和衣襟上的湯水，安慰道：「這湯粥太燙了，待會兒再吃。不如咱們出去走走，散散心，公公想去哪裡？小馮子帶你去。」

張承業一生都在為大業奔忙，幾乎沒有半刻歇息，一時不知該去哪裡散心，怔然半晌，喃喃道：「除了入宮那段時間，我一生幾乎都在太原渡過，可我竟然不知道有什麼好去處……」

馮道溫言道：「公公先歇息一會兒，小馮子來安排。」便扶著張承業重新睡下，接著走出房門去找疾醫師，問道：「我可不可以帶特進出遊？需注意什麼事情？」

那醫師悵然搖頭道：「特進操勞過甚，耗盡心血，原本就虛弱不堪，又經歷大悲大慟，鬱結不解，不肯進藥食，身子已如枯朽，其實只剩一口氣支撐著，倘若他還能神智清楚地與你說話，都是迴光返照，你若能讓他高興，便帶他出去遊玩吧，注意保暖即可。」

醫師的話早在馮道預料之中，他心中難過至極，卻也只能強忍悲傷，先去安排一些事情，接著教府中僕衛準備馬車，車廂內放了小炭爐，又親手熬煮幾道易入口的粥食、湯藥，他心想：「我身上有神仙鳥，或許我的血能幫助公公恢復元氣……」便悄悄割了自己的手臂，滴些鮮血入粥食、湯藥裡，再把一個個湯碗整齊放入食盒中。

待一切備妥，馮道便回到臥室裡，扶起張承業，為他披穿好保暖的鶴氅，接著將他小小翼翼地揹入馬車裡放好，再讓車夫緩緩遊行在晉陽城最熱鬧的街道上。

馮道掀起車窗簾，指著沿路上的風光，道：「公公，你瞧，這街上多熱鬧，再沒有人吃不上粥，家家戶戶不只有屋瓦遮蓋，還種植樹木、妝點燈籠，都裝飾得漂漂亮亮的。」

張承業天天待在晉陽城裡，卻因公務繁重，總是心事重重、形色匆匆，從未靜下心來欣賞這一幕幕晉陽庶民的日常景象，只見薄雪飛霧中，一間間酒家點著燈火迎客，賓客身穿厚襖來往其間，人人臉上掛著酒足飯飽的笑意，小童嬉鬧玩耍，不畏寒雪。

馮道說道：「若不是入冬夜寒，又下了雪，小販都收攤了，這才冷清許多，要不然那舞亭、樂樓搭建起來，有人雜耍、有人跳梆子戲，還有人打花鼓、唱蓮花落，這街上還要更熱鬧些！有時候一台戲要連唱三日才罷休呢！只可惜今日咱們是看不到了。」

張承業望著這一片雪夜中的溫馨景象，眼前彷彿浮現大唐長安歌舞昇平的榮景，頓覺得心滿意足，滿懷感動，歡喜道：「長安啊！小馮子，你瞧，大明宮在那裡！它還是那麼美，它永遠、永遠不會倒落……」

馮道心中一酸：「公公已分不清這裡是晉陽還是長安了……」再仔細瞧了瞧前方的景象，恍然明白張承業在晉陽主政多年，許多政務都延用大唐的律例，不知不覺間，已將晉陽的街市塑造成昔日長安的模樣：「也難怪公公神思不清時，會有錯覺。」

馮道不忍打破張承業的美夢，附和道：「這一切都是公公勞苦不休的功績，百姓們因此能安居樂業，先帝若有知，也會感到欣慰的，會說你是最好的臣子，沒有辜負他的期待。」

張承業欣喜道：「真的嚒？小馮子，你沒騙我吧？先帝不會怪我誤信人言，沒把事情辦好……」

馮道聽他又提起被欺騙的傷心事，連忙打斷道：「你重建了長安，先帝高興都來不及，怎會怪你？」

兩人說話間，有一名小童奔了過來，馮道命車夫停下，那小童拿了一封信遞上馬車的窗口，道：「有位金匱盟主教我把信柬交給張公。」

張承業與馮道對望一眼，嘆道：「那傢伙來了！他曾與我打一個賭，說一旦亞子不再尊唐，我便輸他一個條件，他來討債了！」

馮道把信柬收下，打賞小童幾文錢，那小童便歡歡喜喜去了。馮道對張承業道：「公公不必擔心，倘若金盟主真來討債，交由小馮子應付便是。」

「不然。」張承業搖搖頭道：「願賭服輸！咱家一生清清白白的，從不拖欠任何人。他既然說對了，那便是我輸了！我自知油盡燈枯，可是既然欠了人家一件事，便是支撐到最後一口氣，也要盡力把事情辦了。」

馮道把信柬打開遞給張承業，見他眼神恍惚，似乎不識得字，又把信柬拿了回來，道：「公公，我替你瞧瞧。」

張承業方才聽見金匱盟主來討債，心情激動，強撐著一口氣說完一串話，此時感覺十分疲累，便閉上雙眼，輕輕嗯了一聲。

馮道驚奇道：「那傢伙的條件就是你必須前往天龍石窟一趟，他還說當你回到『青史如鏡』，便能知曉一切。」

張承業驚愕地睜開了眼，問道：「他真這麼說？」

馮道用力點點頭，又道：「咱們去不去？」

張承業沉吟道：「這人確實有些本事，似乎真能通曉一切，不只早早看出亞子的野心，竟然連『青史如鏡』那樣的秘境都知道，太不可思議了！他究竟是怎樣的人物？」想了想又道：「他既然說答案就在『青史如鏡』，咱們自然要去，說不定飛虹子大師真留下什麼復興大唐的法子是我們從前並未參透的，只不過咱家的身子快不行了，恐怕無法支撐到那裡。」

馮道握了他的手，道：「不擔心！天龍石窟不遠，小馮子會一直陪在你身邊，一定帶你到那裡。只不過你得先吃了粥食、湯藥，才有力氣。」便吩咐車夫往太原石州的天龍山而去。

沿路上，馮道小心翼翼餵食張承業，只盼他能吃進一口，而神仙鳥的療效真能挽救這位性命垂危的至親，可惜張承業太久未進食，已有厭食之象，即使有心想吃，也已入不了口，總是一吃便吐了出來，試了幾回之後，馮道為免張承業更不舒服，只能含淚放棄，不敢再折騰。

經過一個多時辰，馬車抵達天龍山底下的「天龍寺」，馮道心知「青史如鏡」的秘密不能讓任何人知曉，便讓車夫在寺門口等候，他親自揹著張承業徒步走入寺廟裡，眼前情景竟與二十五年前改變他命運那一日的景象幾乎一模一樣，整座寺院浸沐在飄飄雪粉中，顯得特別美麗安祥，庭院西側的《千佛樓碑記》石刻矗立如故，只是添了幾許斑駁，透露著歲月的痕跡；東側的鐘樓也依然裊裊不絕地傳送著幽遠的鐘聲，洗滌著塵俗紛擾，一切都是那麼與世無爭，彷彿這二十五年來的戰火從不曾影響過它。馮道甚至有一種錯覺，自己這二十五年來的經歷是不是南柯一夢？否則為何這寺院的一切都沒有改變，變化的只有世人的年華老去，悲歡離合？

他安靜而快速地穿過「禪堂院」迴廊，從後門出去，順著山路往上，此時夜色深沉，伸手不見五指，腳下是濕滑的雪泥，腳邊則是懸崖深淵，若不是他有「明鑒」雙眼，當真是寸步難行，他不禁想道：「我年少的時候，竟是這麼不顧一切地走上來嚒？」

往事一幕幕浮現，一切就像發生在昨天般清晰，他感受到背上張承業的呼吸越來越微弱，心中更加感傷：「這裡是我與公公初次相遇的地方，他逼我練就本事，待我如師如父，如今他快不行了，卻心懷遺恨……這裡，也該是了結一切，終止一切的地方！」連忙加快腳步，依著懸壁山路一圈圈往上。

當馮道揹著張承業抵達九號石窟時，曙光微露，輕輕破開墨藍色的夜空，在遙遠的天際抹了一道灰白色的薄暈，也將漫天雪粉映得特別清楚，窟中那兩座大佛始終屹立不搖，上層那三丈高的彌勒佛笑得和藹可親，似乎在教導世人無論遇見什麼苦難，都該一笑泯千愁；下層的觀音石像永遠嚴肅地俯瞰千里戰火，那悲憫的目光彷彿在告誡人們，世間遺恨由人自取。

馮道感到張承業的呼吸再次低沉了下去，連忙喚道：「公公！公公！你還記得嚒？這裡是你嚇唬我的地方？」一邊開啟了地道機關，一邊小心翼翼地往下走入地底密洞裡。

張承業含含糊糊道：「臭小子已經不怕我了，我要打你腦袋也打不著了……」

馮道忍著淚水，道：「怎麼打不著？你在我背上，伸個手就能打著，小馮子想閃也閃不了！」

張承業感傷道：「如今你比我有本事，我是打不著了，可你別像我一樣，被人騙了而不自知……枉做小人……」

馮道一邊說話，一邊快速闖過「青史如鏡」的石像機關、各個朝代的幻境，張承業偶爾會睜開眼，低低問了聲：「這是哪裡了？」

馮道總是一邊闖關一邊答道：「是商朝，我轟破鹿台了！現在進入周朝……這烽火台也破了！然後是秦朝……」

張承業忽然插了口，喃喃道：「秦朝是權臣害國，導至兩代而亡，亞子原本就驕傲自大，我擔心他一旦登基為帝，會目空一切，只聽小人讒言，到最後不免自取滅亡……」

馮道忽想：「公公不願小李子登基，也不全是為了李唐皇室，或許也是看透了小李子的性情，為了保護他，才如此堅持。」

他一路走過「兩漢境」、「魏晉境」、「五胡亂華」、「隋文境」，這一個個朝代的興衰起落，他從前也看過，當時年少，心中有激憤、有自負、有不平，但經過了數十年的戰亂，看著大唐榮光一去不返，百姓受盡戰火之苦、顛沛流離之痛，甚至到後來他悟透了《星象篇》，其中滋味就不是簡單的激昂悲憤可以概括了，他知道自己任重而道遠，他的心必須更清澈、更空明，才能扛得起這副重擔。

他猶記得從前兩人經歷「隋文境」時，張承業看見隋煬帝被逆臣宇文化及絞殺，心情十分激動，因此他趁著張承業意識昏沉時，快步闖過，發掌擊破楊廣的幻影，正當「隋文境」破滅的剎那，張承業忽然又清醒過來，含混不清地問道：「小馮子，你找到金匱盟主說的線索了嚒……」一句話未說完，他忽然哽住了，不由自主地張大眼睛瞪望著前方的景象，全身都因為激動而顫抖了起來：「你放我下來！快放我下來！」他用盡力氣拼命掙扎，想從馮道的後背滑落，馮道一邊急呼：「小心！小心！」一邊小心翼翼地將張承業放在地下。

從前破除「隋文境」後，便回到了現實，可這一刻，張承業卻進入了此生夢寐以求的「大唐境」，他全身氣血彷彿都在盛唐出現的剎那，被激動得復活了起來，他站在長安的街道上，看著車水馬龍、歌舞昇平，看著路上遊客嘻笑來往，酒家高朋滿座，看著戶戶豐衣足食、人人安居樂業，看著萬國來朝，敬拜天可汗……他不禁流下了激動的淚水。

他出生的時候，大唐已走向衰敗，自懂事以來，他就貧困交加，一家人幾乎餓死，這盛唐的景象他其實並沒有看過，那只是他很小、很小的時候，聽村裡的老人說起，一直存留在心裡的一個夢。

為了養家活口，他毅然決定淨身入宮，也想去瞧瞧李世民筆下那個「百蠻奉遐賮，萬國朝未央」的長安，可惜他入宮後，連年內亂，唐帝總是顛沛流離，自身難保，他憑著一股忠誠毅力得到李曄的信任，回鄉擔任河東監軍，之後便未再踏足長安，終其一生，他都未見過盛唐的榮景，心中的夢從未圓過。

他不知哪來的力氣，竟可以舉步往前走去，他一步步前進，幻影一分分流轉，輾轉流過大唐幾度興衰起落，終於，「大唐境」到了盡頭，前方出現一道身影，是他再熟悉不過的主子！

「聞道長安似弈棋，百年世事不勝悲。王侯第宅皆新主，文武衣冠異昔時。直北關山金鼓震，征西車馬羽書弛。魚龍寂寞秋江冷，故國平居有所思。」❶

張承業望著李曄的背影，聽著他感慨的吟詩聲，心中忽然害怕了起來，怕眼前出現李曄被逆臣殺害的情景，他緊張得幾乎喘不過氣來，急著想上前去護駕救主，偏偏力不從心，才奔了一步，腳下便一個踉蹌，幾乎摔倒，馮道連忙伸手扶住了他。

李曄緩緩回過身來，微微一笑，道：「承業，你終於來了！」

張承業聽見那熟悉的呼喚聲，心中驚疑，眨了眨迷濛的雙眼，再仔細望去，見李曄並不是被逆臣逼迫成病秧子的模樣，身周似有點點螢光川流不息，那些光暈將他襯得溫潤如玉，恢復了君王氣象。

「陛下！陛下！」張承業心中激動，口中連聲呼喚，雙膝砰然跪落，伏地痛哭道：「老奴該死啊！你將中興大業託付於我，我卻受人蒙蔽，誤做奸臣，辜負了你的信任，老奴無用！老奴罪該萬死啊！早知道，早知道，我就不該苟活這麼久……該去黃泉之下服侍你，也好過做一名誤國奸臣……陛下！老奴識人不明，以至誤了國家大事，老奴向你請罪了……」說著重重地磕了頭。

「承業，莫再磕了。」李曄溫言道：「自古以來，國家禍患，若非女色便是宦官，我大唐尤其受宦官禍害最烈，以至人人都痛恨閹宦，可你卻是這世上最好、最好的宦官，是個中奇才，不只行事幹練，總能完成朕的交託，還把馮道栽培得如此之好，最難得的是你堅貞自守、忠義兩全。

滾滾亂世，豺狼虎豹遍地，奴顏小人猖狂，要復興大唐實是寸步難行，可是你鐵骨錚錚，一肩扛下所有重擔，從不說累，也不說難。朕知道你已經盡力了，也知道你披肝瀝膽，堅定不移，朕十分欣慰，並沒有託付錯人。如今你已老邁，朕也明白了飛虹子大師留下《安天下》秘笈的用意，從此你當放手，將這重擔交予真正的隱龍傳人。」

「老奴明白了！老奴謹遵聖旨……」張承業知道皇帝沒有怪罪自己失職，又聽到皇帝與飛虹子早已做好後續安排，心中大慰，一口氣放鬆，整個人瞬間軟倒在地。

馮道連忙抱住了他，哭道：「公公……」

張承業眼神迷濛，臉上卻帶著微笑，道：「傻小子，哭什麼呢？陛下非但沒有怪罪我，還稱讚我是忠臣……我心裡實在歡喜得很。咱家這一生……不枉了！」微微吸了口氣，又斷斷續續道：「你要好好輔佐小皇子……不要以為沒人打你的腦袋……就偷懶，我大唐將來……全指望你了！你千萬不可負陛下的期待，咱家就先走一步，去服侍陛下了……」說罷心滿意足地含笑而逝。

馮道伏在張承業的身上痛哭不已，那「李曄」卻從石頭後方走了出來，拆下面具，伸手放在他肩上，安慰道：「可道莫太傷心了，你能想到這法子讓特進安心離世，對他來說，已是最大的福份。」卻是劉昫假扮。

馮道點點頭，哽咽道：「我明白。世人終有盡頭，我便是回來送他一程，讓他安心離去。」他伸袖拭了淚水，又重新揹起張承業，道：「耀遠，多謝你了。咱們這就回去吧。」

當時馮道得到《星象篇》閉關三年，其實是回到天龍寺借住了一間禪房，每到夜晚便上山觀察星象，在悟解天星棋局的奧義，確認了大唐已經衰亡，不可能復興後，他便進入「青史如鏡」內設立了「大唐境」。

那日他奉命前往定州，從王都手中救下劉昫一家和李崧，因為他必須立刻趕回德勝向李存勖稟報王處直背叛、王郁勾結契丹、王都已囚禁王處直的緊急情況，再加上前線戰事危險，劉昫攜家帶眷，實在不宜前往，幾人商量之後，決定分路而行，劉昫幾人先前往晉陽找到龍敏幫忙安頓居所，馮道則寫了一封推薦信給張承業，推薦劉昫和李崧二人。

劉昫、李崧和龍敏原是舊識，抵達晉陽後，有龍敏幫忙打點，幾人很快便安頓下來，就在劉昫和李崧準備拿著馮道的推薦信入特進府，張承業就病倒了，沒有大掌櫃處理政務和軍需，龍敏的事情一下子多了起來，兩人也就以掾屬身分協助處理一些文書，但至今還未得到正式的官職。

馮道這次回來得知張承業於病危時仍念念不忘復興大唐，心想幾個好友之中，劉昫不只人品好、講義氣，人又長得俊美，最有當年李曄的風采，若是戴上面具，在光影朦朧中，張承業神智不清，應該無法分辨，便大膽找了劉昫假冒李曄來安慰張承業，好解開其心結。

劉昫對「青史如鏡」一無所知，只知道這是個機關秘室，他事先隨馮道進入「大唐境」，在假山後方等候，直到馮道帶了張承業來，他才依計劃現身，見馮道始終沒有談及「青史如鏡」之事，他也謹守分寸，並沒有相問。

劉昫幫馮道扶好張承業的身子，兩人相偕走出「青史如鏡」，一路出了天龍寺，又坐上馬車返回晉陽，只見歲暮天寒，風雪淒淒，晉陽城巍巍高聳穿入濛濛雲空裡，滿城染了一層蒼涼雪霧，彷彿在哀悼大唐最後一位忠臣凋逝，從此世間再無大唐臣民。

德勝南城裡，李存勖獨自待在書房內批閱文書，不知為何，院落的寒鴉聲聲啼哭，吵得人心神不寧，他原本已是強忍愁緒，頓時心煩氣躁，大筆一擲，罵道：「馮道那傢伙一去多日，竟把這麼多文書工作丟給本王！瞧他回來，我不好好治他怠忽職守之罪！」卻聽到門外一聲通報：「大王，馮書記回來了！」

李存勖滿腔怒氣瞬間消失，連忙讓馮道進來，喜道：「你終於回來了……」一句未說完，卻見馮道一身素服，神情哀慽，一見面便垂首行禮道：「大王，特進去世了。」

這段時間，馮道待在晉陽，除了處理張承業的喪事，也協助軍餉安排事宜，軍餉一事牽涉極廣、金錢龐大，從前張承業憑著位高權重及靈活手腕，才有辦法壓著眾臣不敢亂來，調度無誤，他一旦去世，各方勢力便有了別樣心思，有人想拖延，有人想中飽私囊，這一切都不是龍敏……等幾位才子可以應付，即使馮道拿著大王的命令行事，也只能籌到幾個月的軍餉，勉強支應，一旦他離開，無法緊盯，只怕這事又要漸漸鬆垮了，偏偏軍情緊急，他又不能不回來李存勖身邊。

李存勖一直與張承業嘔氣，想不到他忽然去世了，剎那間，他只覺得全身氣血像被抽空了般，腦中一片茫然，幾乎無法思考，許久許久，才勉強吐出一句：「我……竟沒有見到他最後一面……」

馮道溫言安慰：「軍事繁重，特進能體諒你無法回去……」

這段時間，李存勖已承受太多生離死別，心中的傷痛層層疊加，一層重過一層，卻無法發洩，再聽到張承業去世的消息，瞬間壓垮他鋼鐵般的意志，忍不住崩潰咆哮：「他怎會體諒我？他從來不體諒我！你知道嚒？為了稱帝這事，他與本王冷戰許久，他再也不理我、再也不理我了……」說到後來，心中深深的遺憾像狂潮巨浪般徹底淹沒了他，令他再也支持不住，頹坐在椅上痛哭失聲。

馮道扶著他輕聲安慰道：「大王身子尚未恢復，莫要太過悲傷了。」

李存勖忽然抬首，用力抓了馮道的手，激動道：「當年七哥帶我去蒙山開化寺見無名老者，我曾許誓說會興復唐室，如有違背，便遭眾叛親離、亂箭穿心！七哥知道我要稱帝，非但罵我是不肖子孫，還說我會大失人心，招天下仇恨，長者五年，短則數月，必有大禍將至……你說，是不是因為我要稱帝，就連折幾名大將，禍患將至？」

當年他為解開潞州危局匆匆許下毒誓，事後稱帝的野心讓他刻意把那毒誓拋諸腦後，置之不理，可張承業的去世就像一枚巨石重重投入他的心湖，瞬間激起千層浪，令他不只想到失去後勤支援的嚴重性，更將深埋於心的毒誓給震蕩出來：「我背叛了七哥，背叛了李唐，上天才用誓咒懲罰我……」這樣的念頭令他萬分不安，否則為何他剛剛想稱帝，就爆發鎮州之亂、王處直叛變，連折幾名大將，戰事一再失利，還失去最值得信賴的後勤官？他心中一直覺得無名老者其實是馮道所扮，忍不住便抓住馮道想逼他收回誓言的懲罰。

馮道從未見過李存勖如此恐慌，心中一嘆，溫言問道：「倘若大王真的擔憂毒誓，願意放棄稱帝麼？」

李存勖一愣，恨聲道：「你也想阻止我麼？稱帝之事已是箭在弦上，不得不為！」

馮道說道：「既然大王已做了決定，又何必擔憂什麼毒誓？更何況，大王不是已經聽從蘇公的建議以『唐』為國號來延續前朝嚒？蒼天有好生之德，只要大王做個好皇帝，善待天下百姓，相信上天也會改變心意，讓王朝長治久安的。」這段話是在提醒李存勖當年的誓言於「興復李唐」之後，其實還有更重要的一句「善待天下百姓」。

李存勖明白了他的用意，終於稍稍平靜下來，喃喃道：「我一定會是個好皇帝！我不只要做給七哥看，讓他知道他錯了！也會做給天下人看，給老天爺看！誰都不能說沙陀李亞子不夠資格做中原皇帝！」忍不住又嘆道：「只可惜，他看不到了……」

馮道見李存勖神情有些恍惚，是勉強自己支撐著意志，又安慰道：「這段日子軍糧有些缺失，並不是因為特進生你的氣，實在是因為他病重了，不想大王擔心，才沒有與你聯絡。太妃常去安慰他，後來也代替大王與特進的子侄們一起服喪。」

李存勖喃喃道：「原來七哥一直生病……我卻沒有探望他……」忍不住又問：「他臨終前說了什麼？是不是還怪我利用他？」

馮道溫言道：「特進享壽七十七，安然而逝，乃是福報。臨終前已放下心中罣礙，並沒有責怪大王。」

李存勖經過幾回大起大落、大悲大慟，但覺身心俱疲，全身都沒有力氣，便揮揮手道：「你先出去吧，我想自個兒靜一靜。」

馮道只好行禮退出，未料李存勖從此將自己鎖在書房中，整個心思都沉溺在深深的遺憾悲傷之中，無法自拔，只躺在床上不想起身，甚至食不下嚥，即使劉玉娘和李繼岌都不得其門而入，眾人十分擔憂，卻無法可想。

過了幾日，鎮州傳回來好消息，馮道帶著眾人的期盼前去稟報李存勖：「大王，九太保傳回好消息，鎮州勝了！」

李存勖聞言，不由得流下喜極而泣的淚水，心道：「二哥、五哥，我終於為你們報仇了！」想到蒼天還是眷顧自己，並沒有施下重罰，安心不少，這才坐起身，喚馮道入內詳述情況。

馮道端著豐富美味的粥食來到李存勖的床邊，好言道：「大王多日未進米食，不宜吃太葷油的東西，我讓膳房做了一點粥食，慢慢吃，先暖暖胃。」

李存勖終於有了一點胃口，便聽從馮道的叮嚀，拿起碗筷緩緩進食，道：「你把事情說給我聽。」

馮道稟報道：「九太保圍城不久，鎮州城已兵盡糧竭，再支撐不下去，城中將領李再豐便暗中投誠，命心腹士兵從城頭悄悄縋繩而下，將咱們的軍隊都提上城頭，到了清晨，我軍大殺入城中，將張處瑾家族、部將一網打盡，梁將戴思遠原本駐紮在城外，與城內鎮兵互相應援，見情況不妙，就領兵退去。」

「九哥的百戰稱號果然名不虛傳！」李存勖欣慰一嘆，又問：「九哥已經殺了他們？」

馮道說道：「九太保知道大王痛恨張氏一族，只折斷他們的腿腳以防逃跑，打算送回魏州交由您親手處置，誰知鎮州百姓竟聯合起來到大街上跪地嚎哭，阻擋了九太保的路……」

他忽然住了口，不再往下說。

李存勖微微一愣，抬起頭來瞪著馮道，怒道：「他們想做什麼？竟敢阻攔我大軍！難道是想替張氏求情？」

馮道想起從前孫鶴的慘狀，怎麼也說不出口，便道：「他們不是要求情，而是希望九太保就地處死戰犯，九太保不敢作主，便寫了一封奏書回來，請大王定奪。大王已經許久沒吃東西了，還是先消消氣，等吃飽休息夠了，精神來了，再觀閱奏書，這事並不著急。」

李存勖見他分明有吞吐之意，再加上被鎮州一事折磨許久，哪裡耐得住？便放下碗筷，道：「拿來！」

馮道黯然一嘆，只能將奏書上交，李存勖打開一看，這才明白原來鎮州百姓更痛恨張氏一族，竟請求對他們施以醢刑！

「拿筆來！」李存勖但覺胸中鬱氣大大抒解，整個人精神為之一振，冷笑道：「張氏一族在鎮州是如何作惡，才會弄到讓百姓攔路求處醢刑！本王今日不只要為兄弟報仇，更要替天行道！」

馮道只能到桌案上拿了畫日筆，先沾滿了墨水，忍不住又勸道：「張氏兄弟固然可惡，但妻女幼兒卻是無辜，臣知道那些將領罪惡滔天，已經禍及家族，無人得以倖免，只求大王仁德，不要凌遲幼弱之人，給他們痛快一刀。」

「你真是婆媽！」李存勖直接從馮道手中拿過「畫日筆」，大筆一揮，應了百姓的求懇，又道：「做大事者不能如此心軟！本王恩仇必報，絕不姑息養奸！」又在信中加了幾句指示，不只將張處瑾一族剁成肉醬，就連去世的張文禮也必須刨棺挖屍，處以磔刑，放到街市上車裂示眾，以儆效尤，並且吩咐李存審要找到王鎔的遺骸，為其祭祀厚葬。

李存審得到指示，便依令行事，之後率軍返回魏州，人人額手稱慶，李存勖歡喜得親自出城迎接，並授他檢校太傅兼侍中，李存審一時風光無兩。

鎮州雖是李存審攻下，但李存勖信守承諾，欲讓符習擔任成德節度使，趙人卻仰慕李存勖的英勇，聯合起來請求他親領成德節度使。李存勖無法拒絕，思來想去，決定將自己手中的相、衛二州交給符習，但符習極有志氣，推辭道：「末將不敢領受大王的藩鎮，希望能親手為大王攻取黃河以南的領地，屆時再請大王賞賜。」

李存勖心中更加看重他的義勇，便賜他天平節度使、東南面招討使。李嗣源也因為擋住戴思遠大軍，保住魏州和德勝，得以晉升為蕃漢內外馬步副總管、同平章事。

但另一方面，梁將戴思遠退離鎮州之後，立刻調轉兵馬與段凝、張朗會合，一起夜渡黃河，攻取北方「淇門」、「共城」、「新鄉」等幾個州鎮，甚至拿下衛州。

那衛州刺史李存儒原本是伶人出身，因為受到李存勖喜愛而擔任刺史，既不通軍務，又貪愛錢財，甚至讓衛兵只要交錢就不用守城，一遇大梁正規軍，自是兵敗如山倒。

耗時一年多的鎮州之戰終於落幕，李存勖雖贏得了鎮、冀、深、趙四州，真正將黃河以北的領地全納入囊中，也抵住了契丹的入侵，代價卻是折損四名大將，八太保李存璋也病死於雲州任上，而澶州以西、相州以南卻重歸大梁懷抱，李存勖不只失去這一大片豐庶之地，也失去存放在這些城池的軍兵和糧草。

鎮州之戰不過拖延一點時間，就失去眾多兄弟和一連串領地，梁軍竟又重新振作起來，甚至有壯大之勢，李存勖但覺幾十年的奔波勞苦成了一場空，心中沮喪到了極點，甚至開始感到疲憊與茫然：「當年無名老者說得不錯，大梁佔盡豐庶之地，還有四通八達的運河之利，只要有一絲喘息機會，就會恢復力氣，捲土重來，好似朱賊的不老神功一樣，是個打不死的敵人！即使我連取幾場大勝，都不能鬆懈，但要每一場戰爭都勝出，讓梁軍來不及補充後勤資源，簡直就是癡人做夢！以前軍糧政務有七哥負責，他為人忠勤可靠，處事謹慎有度，我才無後顧之憂，可將來又有誰能像他一樣為我盡忠？」想到這是一場漫漫無止盡，極其艱困的戰爭，他驀然發覺自己竟是走在一條看不見光的黑暗長道，不知前方還有多遠？有沒有死亡陷阱？卻再也無法回頭了！

他甚至連喘息的時間也沒有，幽州便又傳來壞消息，契丹雖不敢直接進犯中原，卻屢屢劫掠幽州百姓。

河東大將紛紛隕落，李存勖放眼帳下，竟無人能擔此大任，長駐邊關去抵擋強悍的契丹兵馬，他只得找來管理軍務的郭崇韜商議：「卿以為該派誰前去，才能一舉成功？」

郭崇韜心想自己從前被十三太保、孟知祥、馬紹宏等一班老將壓著，苦熬許多年，好不容易才晉升至中門使的位子，正是一展鴻圖的大好機會，絕不能讓任何人再壓到頭上，如今周德威身亡、孟知祥退避、馬紹宏被調去幽州，十三太保盡數凋零，其他老將也是病的病、逝的逝，軍中聲望還高於自己的，只剩大太保和九太保。

他暗暗思量：「大太保自從胡柳陂一役犯下大錯，就被大王冷落，雖然今次因擊退戴思遠而晉升，兩人的關係也沒有回到從前，不足為慮；反倒是九太保攻克鎮州，完成大王的心願，風頭之健，無人可比，大王就快稱帝了，只要有九太保在，將來樞密使的位子便輪不到我！我須設法調走他，絕不能讓他留在大王身邊！」便道：「九太保原本就是幽州盧龍節度使，只不過因為梁軍來攻，他才暫時離開，現在仗打完了，本就該回歸幽州，更何況九太保素有『百戰將軍』之稱，意思是百戰百勝，鎮州這麼難打，他也打下來了，防堵契丹大軍，臣以為其他年輕將領經驗都不夠，只能寄望這位百戰老將。」

李存勖心中也覺得只有李存審適合，便道：「就這麼辦吧！」❷

這王令傳到太傅府，李存審卻萬分無奈，因為鎮州之戰勝利後，他擔憂的心情放鬆下來，一回到家中，原想好好享受天倫之樂，豈料在戰場上勉強壓抑的傷病竟整個爆發出來，不過短短時間，就臥病難起，不得已他只好讓兒子代寫奏書回稟李存勖：「臣本該盡心盡力為大王效勞，不能有半點推諉，但臣已老邁，舊疾纏身，如今臥病在床，實不堪擔此重任，唯恐耽誤大王事業，還請君另擇賢才。」

李存勖見到奏書，心中一沉：「九哥竟然病了！前些時候，他從鎮州回來時還十分硬朗，怎麼轉眼就病了？等處理好幽州之事，我得去探望探望他。」心中既感嘆歲月不饒人，想到自己又少了一名大將，更覺得萬分頭疼，只得再次找來郭崇韜商議：「不知九太保的病有多嚴重？還有什麼人選可派赴幽州？」

郭崇韜心中認定李存審是想留在京城爭功奪位、獨攬大權，才編造出重病的藉口，便假裝愕然道：「臣前日才去探望過九太保，他還與我有說有笑，怎麼忽然生病了？倘若真有什麼不適，大約也是感染了風寒。」

李存勖不解道：「果真如此？那他為什麼不肯赴任幽州？」

郭崇韜道：「臣猜想大王快要登基，他是想留在京城與君王同慶，就像胡柳陂一戰，大王讓他待在後方照顧糧草文官，他仍是堅持要待在大王身邊照顧您。」

郭崇韜的話又勾起李存勖心中的怨怒：「胡柳陂一戰，九哥就不甘心待在後方，非要參戰搶功，才導致陣勢大亂，否則我早就滅了大梁！如今見我即將稱帝，他又想留下來，不肯遠赴幽州！難道我給他的封賞還不夠嚒？」怒道：「本王勇冠天下，何需誰照顧？」

郭崇韜道：「大王登基在即，倘若無人鎮守邊關，讓契丹趁機入侵，後果將不堪設想，也會掃了大王的君威。九太保戰陣經驗豐富，善於謀劃，只要口頭點撥幽州兵將，相信就能抵擋住契丹那群虎狼，就像八太保顧守雲州一樣，並不需要真的率兵打仗。八太保能為大王遠赴雲州，老死異鄉，沒有一句怨言；周總管從前也願意駐守幽州，甚至為大王力戰而死；相信九太保就算微有病恙，也能明識大體，為大王的基業著想。」

李存勖被郭崇韜這麼一挑撥，頓覺得李存審若抗命不遵，便是不為自己和大局著想，一口氣沖了上來，怒道：「本王要誰前去，就非去不可，不過攻下小小鎮州，就想倚功抗命嚒？就算病了，抬也給我抬去！」

郭崇韜得到李存勖的示意，連忙安排車駕來到太傅府，打算將病重的李存審抬往幽州赴任。

李存審的妻子出來，哭著斥責郭崇韜：「九太保一生為國盡忠，沒有一絲懈怠，與你又是舊識，如今他已生重病，你在大王身邊說得上話，怎麼忍心讓他流落邊荒北境，不得回歸故土，你真是太無情了！」

郭崇韜眼底微有愧色，面上卻十分冷肅，沉聲道：「夫人莫要冤枉郭某，九太保位高權重，只有大王能調動他，與郭某何干？君意如此，為臣者豈敢不遵？」他最後一句話乃是雙關，既說自己必須依照王令將李存審送去邊關，也暗示李存審怎敢不遵君王之意？

李存審在臥室中得到家僕來通報消息，忽想起李建及在建立德勝水戰的軍功後，就被調往代州，以至鬱鬱而逝，不禁萬分感慨：「我們這幫義兒軍，原本就是為了護衛義父而存在，義父不在了，我們自然也無用了！血戰三十年下來，不是戰死沙場就是老病而亡，能夠百戰不死還建立軍功者，又怎會不遭人嫉妒呢？看來鎮州這一仗，我實在犯了忌諱卻不自知！只不知下一個又是誰？或許大哥忠誠樸厚，能躲過這一劫吧！」想到李存勖的無情，心中不勝唏噓。

他知道自己此去會客死異鄉，再沒有機會回歸故土與親族相聚，便把兒子都叫進來。

李存審本姓符，有九個兒子，因家教嚴謹，個個都具將才，見父親病重，還被大王召去駐守邊關，都跪倒在他床邊泣不成聲。

李存審勉強坐起，背對著眾兒子將上衣卸下，露出滿是傷痕的後背，道：「你們知道這上面有多少傷疤嚒？」眾兒都哭著搖頭，李存審長嘆道：「我出身貧寒，從小就攜劍闖蕩天涯，歷經四十年的血戰，好不容易才能位極人臣，這中間上刀山下火海，不知凡幾？每每都是萬死而無一生！我光是從身上取出來的箭頭就超過一百多個，今日讓你們瞧這傷痕，是要你們牢記成家立業不易，我符家好不容易有一點光榮，你們務要保守自身，切莫貪奢枉法、驕橫放縱，也要勤練武藝，保家衛國，這是阿爺最後的一點心願。」

眾兒子聽到他說最後的心願，都哭道：「孩兒謹遵阿爺教誨，絕不敢忘。」

李存審見眾兒都才德兼備，心中甚是欣慰，不禁又想起李存勖，更是感慨：「我對自己的孩兒總是殷殷教誨，方使他們成為國家棟樑，大王與他們同等年紀，我有時不免多叮嚀幾句，可我的孩子能受教，亞子卻聽不入耳，所以要把我調去遠方，張公、總管故去，我再一走，他從此海闊天空、無人拘束，但願不要誤入歧途才好……」

大梁龍德三年，即大唐天祐二十年，李存勖接受十三藩鎮、五十州聯合勸進，三月於魏州鄴城南方築壇即位，四月升壇祭天，終於登基稱帝，沿用「唐」為國號，改天祐二十年為同光元年。

由於多位老將亡故，河東大掌櫃張承業的辭世更直接影響了後勤兵糧的供應，再加上大梁重振軍威，契丹不斷寇邊，李存勖顧及局勢緊張和世人觀感，登基典禮十分簡樸，並沒有封賞百官，只把魏州更名為「東京興唐府」，大赦天下，簡單地追贈父祖三代為帝，與唐高祖、太宗、懿宗、昭宗並列七廟，以昭示自己是大唐正統，尊親母曹太妃為皇太后，另李克用的正妻仍為劉太妃，也追贈了張承業為左武衛上將軍，賜謚「貞憲」。

武將之中，李存勖除了追贈陣亡的將領之外，特意重賞因為鎮守幽州而不能回來參典的李存審，賜他忠烈扶天啟運功臣勳號，加授開府儀同三司、檢校太師、中書令，食邑一千戶，以安撫其心。

文臣之中，有三個最出乎意料的提拔，其中兩個是同中書門下平章事，即宰相之位，李存勖原本屬意盧汝弼或盧質，但盧汝弼病逝，盧質堅持推拒，最後居然應了周玄豹的預言，這宰相之位落到盧程和豆盧革這兩位庸才身上，李存勖如此安排自然是顧及世家大族的面子，但眾人仍是驚掉了下巴，盧程、豆盧革得此高位，自是走路有風，不可一世。

但只有明眼人如盧質才看得出其中玄機——馮道被提拔為省郎、翰林學士，賜紫衣，是不一般的！

「省郎」是皇帝的隨身侍從，「翰林學士」則是皇帝的心腹，不只是起草文書，擔任參謀，若是處事幹練，往往能晉升宰相。而馮道此時不過六品官員，理應穿綠色官袍，李存勖卻破例賞賜他三品以上才能穿的紫衣，這就意謂著皇帝心中真正的宰相人選是馮道！只不過礙於馮道在河東的資歷太淺又晉升太快，才讓盧程和豆盧革先過個場，免得河東老臣、世家大族不服氣，待盧程、豆盧革無法承擔宰相重擔時，便是馮道晉升之日！

正當李存勖還沉醉在宿願得償的歡喜中，河東、河北也普天同慶，處處洋溢著歡樂氣氛時，一道毫無預警的晴天霹靂猛然落下，再次狠狠打擊了這位新唐皇！

「陛下！潞州安義軍將領裴約傳來急報！」郭崇韜拿著羽檄快步走入內殿。

潞州位居梁、唐交界，乃是重中之重，當年雙方為了爭奪潞州，都付出極大的代價，李克用甚至因此耗盡心力而死，臨終前還念念不忘被困潞州城內的李嗣昭。李存勖於父親去世後，率奇兵攻進潞州夾寨，一戰成名天下知，此後潞州一直由二太保李嗣昭鎮守，向來十分穩定，可李嗣昭一死，便出現動蕩。

首先是李存勖曾派親弟弟李存渥前往鎮州，準備將李嗣昭的靈柩運回晉陽，李存勖的初心是感念二哥，不只是把李嗣昭當家人般想要團聚一起，他甚至想過將來要仿效太宗，也起一座凌煙閣紀念開國功臣，李嗣昭自會入列，並配享太廟。

萬萬想不到李嗣昭的兒子竟不能體會李存勖的好意，完全不顧李存渥的解釋，竟帶兵追殺他，強行把李嗣昭的靈柩運回潞州。

李存渥狼狽逃回魏州報告此事，李存勖已感震怒，想不到接下來李嗣昭的次子李繼韜為爭奪權位，不顧長幼之序，強行囚禁長子李繼儔，並上表李存勖說自己要繼承父親的封賞與兵權。李存勖顧及強敵環伺、外患不止，不得已只能答應任命李繼韜為潞州留後。

原以為這事該平息了，想不到今日變故再起，幾名將領正與李存勖討論軍事，見郭崇韜臉色凝重，便知道大事不妙，李存勖蹙眉問道：「潞州那幾個混蛋又吵什麼？」

郭崇韜沉聲道：「裴約傳來消息說李繼韜倒向大梁！」

「什麼？」倘若大梁佔據了潞州，便可輕易搬移大軍至此，再一路北上直插太原腹心，李存勖震驚到無可忍受，氣得拍案站起，怒罵道：「我二哥一生忠烈，卻如此不幸，竟生下這群禽獸！」

郭崇韜嘆道：「裴約說他跟從二太保二十多年，知道二太保最大的心願就是消滅梁賊，想不到一旦去世，靈柩無人安葬，兒子只忙著勾結父親的仇敵，李繼韜將兩個兒子獻給梁帝作人質，請求歸附，梁帝歡喜之餘，已派大將董璋率兵攻打澤州。裴約率安義軍堅守澤州，陷入苦戰，寧死也不肯屈從，請求大王派兵援助。」

李存勖氣得對眾將領大聲道：「那李繼韜予取予求，朕看在二哥的面子上，不忍誅殺這幫逆賊，都答應他了，朕有虧待他嚒?他為什麼還要背叛朕？」想起裴約的困境，又感慨道：「想不到這世間最瞭解二哥的，竟不是他的親兒子，而是他的部屬！朕沒有厚待裴約，他卻十分忠義，懂得辨忠奸、明順逆，不會輕易依附叛黨，可見一個人願不願意持守正直，與你贈予他多少恩惠根本毫無關係！」眾將領也十分氣憤，但看皇帝破口大罵，都噤聲不語。

李存勖發了一頓脾氣，放眼望去，見殿中竟無可用的大將，更是憋了一肚子火，想了想，道：「讓趙行實過來！」

趙行實原本是幽燕降將，曾經跟著李存審在蓚縣一戰抵擋朱全忠二十多萬大軍，因害怕而屢屢苦勸李存審先退入「土門」躲避，但李存審不聽，最終驚退梁軍。趙行實因此役獲勝，也算有功將領，雖未立什麼軍望，在河東也漸漸站穩了腳步，如今「唐中無大將」，李存勖也只好「行實做先鋒」了。

趙行實聽到皇帝召喚，立刻趕了過來，恭恭敬敬地向李存勖行禮。

李存勖道：「梁將董璋率大軍攻打澤州，朕命你率軍前去救援。」

趙行實未料皇帝會命自己獨當一面，又歡喜又害怕，想問有多少兵馬，話還未出口，李存勖已道：「朕給你五千人，澤州那彈丸之地，能搶佔是最好，不能搶就算了，於朕的大業並無妨害！但有一件事比攻城更重要，你務必把裴約給朕帶回來，此人比澤州更重要，聽明白了嚒？」

趙行實心中「咯噔」一聲，暗啐：「敢情讓我率大隊兵馬前去，只為搶救裴約大兵？這人究竟是什麼東西，竟能贏得陛下如此看重？」雖心生嫉妒，卻也不敢違令，只能趕緊率兵前往。

儘管李存勖已極力搶救，裴約仍堅持不到援軍前來，就被梁軍攻破，李存勖聽到裴約英勇殉義的消息，心中十分痛惜，也更擔憂潞、澤之失會危及太原的安全。

（註❶：「聞道長安似弈棋……故國平居有所思。」出自杜甫的《秋興八首》。）

（註❷：藩鎮割據的時代，文人宰相往往只是政務官，真正有權力的是樞密使，類似武將擔任宰相之職，總攬軍政大權之意，是皇帝以下，最有權力之人。）

九二三・二

遙夜一美人・羅衣沾秋霜

淑妃王氏，邠州餅家子也，有美色，號「花見羞」。少賣梁故將劉鄩為侍兒，鄩卒，王氏無所歸。是時，明宗夏夫人已卒，方求別室，有言王氏於安重誨者，重誨以告明宗而納之。《新五代史・卷十五》

魏州郊外，雪霧瀰漫，昏黃的小酒館內，只剩一名客人坐在窗邊，他身形奇偉，身穿灰衣淡袍，髮上微染了風霜，卻沒有半點蒼老之態。他獨自拿碗喝酒，偶爾抬起頭來望著窗外飛雪，似乎在等候什麼人，又似沉浸在自己的思緒裡。

店掌櫃瞧出這大漢並非尋常人，又深夜前來，肯定不想被打擾，因此準備好酒菜後，見夜色已深，再沒有其他客人，便窩在櫃臺後方偷懶打盹，他並不知這位衣著樸素、神色有些惆悵的客人竟是戰功彪炳、軍威隆重的大太保。

李嗣源獨自喝著悶酒，心中想著近來發生的事，諸將隕逝、潞州頓失、張承業撒手人寰，剛建立的王朝還不穩定就陷入困境：「亞子肯定又苦惱又傷心，可他為什麼不來找我商量？無論是收回潞州，還是突破梁軍，我這個大哥總還能出點力……」

自從胡柳陂之戰後，兩人之間總像隔著一道薄薄冰牆，他想安慰李存勖，自知口舌笨拙，說不了什麼奉承的話；想請纓前往潞州平叛，一來他必須兼顧魏博、幽、邢、洺數州的安穩，二來，李存勖未有任何表示，或許他更希望派郭崇韜或元行欽前去潞州，倘若自己太過主動，難免又惹惱了新皇帝。

李嗣源大大喝了一口酒，心中生出無限惆悵，什麼時候開始，兩兄弟竟走到了這個地步，連說句話都得小心翼翼？他原以為是胡柳陂之故，但又有一種感覺，或許是更早、更早之前，他拒絕給出石敬瑭和高行周，兩人之間似乎就出現一道細微的裂縫，當時他並不在意，以為李存勖只是愛跟年輕將領玩樂在一起，自己只要負責為他開疆拓土，分擔他的重擔就好，但不知不覺間，這條裂縫似乎慢慢擴成一道冰河。

他極力想挽回兄弟情誼，因而聽從劉玉娘的指示，召集眾藩推舉李存勖稱帝，事後自己確實得到檢校太傅、侍中的位置，又因為李存審病重，兼領了幽州橫海軍節度使，李存勖並未虧待自己，但不知為何，他總有一種感覺，兩人其實並未真正破冰。

已經很長一段時間，李存勖不與他商量對策，一想到李存審重病，卻被留在幽州，不得返家，李嗣源心中更加惆悵，雖然李存勖對外宣稱只有李存審坐鎮幽州，契丹才不敢入侵，但一個氣息奄奄的病人要如何指揮作戰？李嗣源雖不是心思靈巧之人，卻也嗅到一股不尋常的味道，他感到自己已猜不透李存勖的心思，更不知該如何說服這位身登大寶的帝王讓兄弟回鄉安養？

這一日，李嗣源忙完軍務已至深夜，心頭仍凝結著一股迷惑與鬱悶，便獨自來到小酒館理理愁緒，只是這麼寧靜美麗的雪夜，他思索大局之餘，忍不住思緒飄飛向遠方，憶起了那道比翩翩雪花還美麗的倩影，不知她現在如何了？經歷了夫君身亡這樣深刻痛苦的磨難，一切是否還安好？這一刻，他心中充滿了溫柔愛憐，百鍊剛強的意志瞬間化為繞指柔，這樣的改變，就連他自己都感到不可思議，甚至是感到驚心動魄。

「大哥！」安靜的小酒館門口，忽然出現另一條身穿盔甲、壯碩魁梧的凜凜大漢。

李嗣源被打斷了思緒，店掌櫃也被這雄厚的聲音驚醒，連忙從櫃臺後方站起，見來人劍眉深目，精光深邃威嚴，渾身散發著逼人的殺氣，從軍衣樣飾可看出是慣戰沙場的大將軍，不由得嚇了一跳，慌慌張張地從櫃臺後方走出，想要招呼貴客。

李嗣源見店掌櫃神色惶恐不安，朝他揮了揮手，道：「這酒菜夠了，你去歇息吧。」語氣雖和藹，卻自有一股威嚴。

那店掌櫃心想：「那位將軍殺氣騰騰，這漢子和和氣氣，想不到凶惡的反而是和氣的下屬，我方才如此怠慢貴客，幸好他不與我計較……」連忙又縮回櫃臺後方，這會兒卻不敢再打盹了，只繃緊神經等候傳喚，免得惹怒貴客。

「大哥，發生什麼事了？」形貌凶惡的大將軍正是橫沖都副將安重誨，兩人從年少時就一起並肩作戰，至今已數十載，他對李嗣源的一切習性可謂瞭如指掌，既然李嗣源微服出來，又約在郊外隱密的小酒館，便是以兄弟身分私下聚會，因此他也不拘禮節，大方坐下自行倒酒喝。

「這件事……」李嗣源拿出懷中的一紙信柬，道：「你瞧瞧該怎麼辦才好？」

安重誨行事果斷幹練，不只在軍務上是李嗣源的得力助手，在戰場上甚至為他挨過幾次刀子，兩人是真正的生死兄弟、莫逆之交，那長久深刻的情誼、交心的默契，絕非石敬瑭、高行周這些年輕小將可比，因此李嗣源一遇重要事情，首先便是找安重誨商量。

唯獨有一件事，他深藏在心裡許久，從不曾告訴過安重誨，甚至逼著自己不可去碰觸，直到今夜，他收到一封請帖，卻已經不得不去面對了。

「你以為我該去赴約麼？」李嗣源不大認識漢字，但這封邀請函的內容十分簡單，有好幾個字是認得的，因此他大約能猜知請帖的意思。

安重誨喝酒喝到一半，忽然見到信封上寫著「第一美人富貴宴」，一口酒水差點噴吐出來，心中嘀咕：「這是什麼煙花酒樓的招待會？大哥向來不好此道，幾時對那些庸脂俗粉感興趣了……」見李嗣源神情凝重，不似開玩笑，連忙把口中酒水嚥入肚裡，放下酒杯，拿過請帖打開來看，只見宴會時間、地點乃是「同光元年二月十六酉時三刻、魏州鄴城銅雀臺」，東道主則是「金匱盟」。

安重誨一開始只把注意力放到了「第一美人」這四個字，才誤以為是哪間煙花酒樓要選花魁，待看到「金匱盟」三個大字，瞬間警覺過來，沉吟道：「這難道是……」

「正是！」李嗣源沉沉地點了頭。

安重誨再往下瞧去，只見這次請帖上寫得很清楚，參加宴會者，舊客不必繳錢，但新人必須繳交一張五百兩黃金的憑帖才可入席。席間第一美人將出三道試題，無論新客或舊客都必須繳交五百兩黃金才有資格答題，最後拔得頭籌者，便可得到天下第一美人！

安重誨不由得冷笑一聲：「這金匱盟主好大的口氣！隨手弄來個女人就敢號稱天下第一美人？難道那女子真能比得過魏國夫人和侯美人？」

李存勖一登基就遇上各樣難題，還沒有心思冊立皇后，因此安重誨仍以魏國夫人稱呼劉玉娘，那侯美人則是侯冰月，雙姝堪稱北方最美的女子，一玲瓏如玉、一清靈似月，可謂各有風情，不分軒輊，只不過劉玉娘的手段厲害，才逼得侯冰月落入冷宮。

安重誨續道：「我聽說金匱盟主十分貪財，他們訂下這規矩，應該是想利用美色吸引巨賈奉獻錢財，大哥莫要上當！」

李嗣源卻不這麼想，他知道金匱盟主絕非尋常人，這世上也真有女子擔得起「天下第一美人」之稱，他只盼能藉這個機會再見她一面，哪怕只是一眼也好。

安重誨拿起酒罈喝了一大口酒，又笑道：「那傢伙既貪財又貪色，還想用美色斂財……」話說到一半，見李嗣源無意談笑，神色甚至有些尷尬，忽然警覺到自己說錯話了，連忙斂了笑意，問道：「難道大哥真想赴約？一千兩黃金，這簡直是天價……」

李嗣源不想吐露出自己的秘密，定了定心神，肅容道：「不只是第一美人，你仔細瞧瞧，還有最後一句。」

安重誨又往下瞧去，不由得吃了一驚，沉吟道：「這意思是我們與大梁最後的決戰，關鍵的契機就在第一美人手中？所以，在這場富貴宴裡拔得頭籌者，是既得天下又得美人？」

李嗣源沉重地點點頭，想了想，又搖搖頭，鄭重糾正道：「你這話說得對、也不對！倘若我有幸拔得頭籌，便能助聖上奪得天下，倒不是我自己得天下。」

安重誨微然蹙眉，道：「千兩黃金可不是小數目，大哥，你真的相信麼？那金匱盟主可不只一次訛詐了魏國夫人的首飾！這樣貪財之人靠得住麼？」

李嗣源道：「此人十分神祕，萬萬不可小覷！據說他只在重要的改朝換代，才會現身出示天機。鳳曆元年，他在開封鄢陵召開第一次富貴宴，當場便指明朱友貞即將取代朱友珪，那時朱友貞未成氣候，參宴者都不相信，可事實證明他是對的。」

安重誨問道：「大哥參加了第一次富貴宴？否則如何知道這些事？」

李嗣源搖搖頭道：「我並沒有收到邀請，更沒有資格入會，是因為莘縣之戰時，聖上中了劉鄩的毒計，金盟主親自帶阿寶姑娘前來解毒，接著阿寶姑娘又來訛詐魏國夫人的首飾，我心中實在好奇，便請特進幫忙調查金匱盟，特進這才告訴我，他曾受邀參加第一次富貴宴和其中詳情，他早已調查金匱盟許久，只知道他們常幫助難民，倒也不是壞人，至於那位盟主的來歷卻一無所獲，十分神祕。」

安重誨道：「可謝彥章施鑿冰計時，聖上要金匱盟疏散難民，還有德勝水戰那一次，他們來販賣猛火油，馮道不是都聯絡上了麼？金匱盟非但出手相助，與我們也有幾次來往，如何說得上神祕？」他心中並不承認馮道是三弟，便直接以姓名稱呼。

「不然！」李嗣源搖搖頭道：「三弟只是聯絡上金匱盟的僕人，卻不是見到金盟主本人。這期間有許多權貴想見他求問天下大勢，都尋不著人，盼了許久也等不到富貴宴，就在大家幾乎快忘了這事時，時隔十年，居然又出現第二場富貴宴！」

安重誨以指尖點著帖子，道：「就是這場『第一美人富貴宴』？」

李嗣源點點頭，又道：「蜀帝王衍直接懸賞千兩黃金，求一張富貴帖，卻遲遲不見有人願意轉讓。」

大唐滅亡後，蜀王王建不願臣服朱全忠，據川蜀自立為帝，國號「大蜀」，定都「成都」，在位十二年後病逝，傳位給幼子王衍，也就是現任的蜀國皇帝。

李嗣源又道：「這次我好不容易收到富貴帖，為了得到決戰的契機，我自然想去，也想當面會一會這位金匱盟主，只不過……」

他心中也感到迷茫，不知這天下第一美人是否真是心中想望的那個人，又或者只是個騙局？為何梁唐之戰的秘密會藏在她身上？他擔心自己貿然行事，會為岌岌可危的王朝再帶來危險，也擔心李存勖會不高興，最困難的是，據說參宴者都是天下巨賈，自己雖位高權重，但得到的錢財大多分給了士兵，莫說千兩黃金，連五百兩也拿不出來，為何金匱盟要發帖子給自己？

安重誨知道李嗣源十分在意李存勖，沉吟道：「既然這富貴帖可轉讓，大哥何不將帖子轉給聖上，讓國庫出錢，一樣能得到決戰的契機。」

安重誨只是就事論事地提出一個好辦法，李嗣源卻感到錯愕：「我怎能……」隨即住了口，因為他發現自己什麼都可以讓給李存勖，唯獨這一次，他捨不得！

他只有親自去一趟，得到天機相助李存勖打敗大梁，才可能挽回兄弟情誼，他也想見一見傳說中的神人金盟主，當然還有會見心上人，這三者合成一個巨大的誘惑，令平素節儉、視錢財如浮雲的他動了凡心，不惜巨資也想把握這次機會，他只好找上安重誨商量，但其中原由，他卻無法對安重誨說明。

安重誨看出李嗣源的猶豫，心中微感驚訝：「大哥向來把聖上看得比自己的性命還重，為何不肯轉讓出去？」忍不住問道：「大哥想去參宴，卻不打算稟報聖上？」

李嗣源道：「如今戰情緊張，軍餉嚴重缺乏，我還不知道這宴會是什麼情況，萬一真是個騙局，卻動用了國庫，結果一事無成，豈不是讓聖上更加生氣？」

安重誨沉吟道：「不知聖上有沒有收到帖子？倘若收到了，他一定會感興趣，大哥這麼前去，會不會和聖上起了競爭？」

李嗣源道：「沒人知道富貴帖如何發送。聖上若收到帖子，也不會告訴我們。」

安重誨心想：「大哥說得對，任誰收到帖子都不會透出風聲，免得招來麻煩。這個宴會對他很重要，一旦得到天機，幫助聖上統一天下，不只能贏回兄弟情，將來他就是一人之下、萬人之上，我自然也會跟著高升。大哥是個重情義的人，我今日助他，來日他定不會虧待我，如此看來，此事於我大有好處！」遂決定下一場豪賭，拍了胸脯道：「大哥放心，這事交給我！這些年，大哥體恤軍士，錢財盡賞給兵卒，以至手頭不寬裕，做弟弟的我全然明白，我也因為跟著大哥作戰得到不少賞賜，不只成家立業，還攢下一筆錢財，這一次就算砸鍋賣鐵、傾家蕩產，我也要助大哥完成心願，我定會在二月十五將千金憑帖交到大哥手上！」

「二弟，多謝你了！」李嗣源萬分感激，又叮囑道：「對了，事情未成之前，務要守密。」

安重誨卻道：「我以為無論事情成或不成，都要守密，千萬別讓第三者知道了，尤其是聖上，免得他生出疑心。」

李嗣源原本只是擔心事情不成，鬧成笑話，才想守密，聽安重誨這般提醒，但覺他所言甚是，苦笑道：「我思慮不如你周全，幸好有你在我身邊隨時提醒。」

安重誨笑道：「大哥心思全放在對付梁軍上了，自然不會注意這些瑣事。」

兩兄弟說說笑笑，又喝了一會兒酒，直到清晨，才相偕離開小酒館，回到軍營。

同光元年二月十六，月光微暈、天雪紛然，李嗣源身懷巨款，心情忐忑地來到請帖上的地點，他仰首望去，只見前方有一大片廣闊的石臺，已高達十丈，臺上還有三座高樓，巍然併立，樓中有近百間殿宇錯落分布，個個雕樑畫棟，窗臺都以金銅籠罩。今夜剛過十五，月光依舊明亮，灑照之下，整座樓臺金光迤邐，流轉不絕，但最特別的是樓頂有一隻巨大的金銅鳳雀昂首舉翼，睥睨人間，雙翅舒展若飛，彷彿隨時會沖入霄漢，破空而去。

石臺底處，有兩位頭戴金色花彩面具、身穿秋香色大氅的迎賓僕人恭謹站立，旁邊豎立一支大大的紅色酒招，豪氣地寫著「第一美人富貴宴」，在暮色薄暈中，能讓遠道而來的貴客一眼就望見。

「就是這裡了！」李嗣源剛起身下馬，兩位僕人已快步來到他面前，其中一人行禮道：「大太保光駕，真使敝盟蓬華生輝，歡迎！歡迎！」

另一僕人向李嗣源也行了一禮，道：「小人會好生安置你的寶馬，請不用擔心，待宴會結束後，我會過來接迎大太保去領回您的馬兒。」

李嗣源將手中韁繩交給對方，第一個僕人恭敬道：「宴會設在高樓上，還請大太保隨小人前往。」

李嗣源道：「多謝小兄弟領路。」便隨之而去。

一如既往，那僕人先帶領李嗣源到換衣的小房室，請他戴上五彩大頭面具，披穿上絳紫色大氅以遮掩形貌，接著道：「大太保是新客，還請繳交五百兩黃金的入宴憑帖。」

李嗣源從懷中拿出一張開元櫃坊五百兩黃金的憑帖，心中想道：「我和二弟變賣了所有能賣之物，才湊到千兩黃金，我不過籌了三百兩，二弟卻分擔了七百兩，倘若我不能勝出，這筆錢就等於打水漂了……」這麼一想，頓覺得今日只能贏、不能輸，無論美人出什麼難題，自己都要拼盡全力爭取第一，才不辜負安重誨相助之情。

那僕人收了五百兩黃金，帶著李嗣源出了小房室，沿著階梯一步步登高，來到宴會地點「春深閣」。

李嗣源懷著忐忑的心情跨過門檻，只見裡面是一片十分寬敞的大堂，四周有幾扇精美小窗，憑窗眺望，可俯瞰下方一大片森森綠蔭，這「春深閣」一詞，既是取「綠意春深」之景，也是取「銅雀春深鎖二喬」詩句裡的「春深」之意。

金匱盟在屋內裝飾了許多金珠、金花，又在四周點了紅燭火，將整間廳殿弄得金碧輝煌，頗為喜氣，中間則擺放了縱四、橫四共十六個座位。此刻已有十四位賓客抵達，個個都穿戴著五彩面具和大氅，彼此不知身分，座位相隔二丈遠，也不易交談。另有四位戴金色面具穿大氅的僕人站在廳堂兩側，隨時準備為貴客服務。

所有賓客的抵達時間都是錯開，座位都是對號入座，李嗣源來得晚，座位被安排在最後一列，桌上有一盞孔雀花色的「仙居皤灘花燈」，作為裝飾照明用，一壺上好的「從台酒」，再配上「透花糍」、「玉露團」、「酪櫻桃」、「靈沙臛」、「清風飯」等幾碟精緻點心和一套筆墨紙硯。

李嗣源無心思品嚐美食，因為他的注意力全在那副筆墨紙硯上：「來者非富即貴，這樣的人大多學問淵博、才華出眾，我要如何勝過他們？」

倘若論兵比武，他當然無所畏懼，但美人出題，又怎會考較兵武？桌上放了筆墨紙硯，肯定要比試詩詞文藝，自己大字不識幾個，豈不是當場在美人面前出醜？這麼一想，驚覺自己其實是最沒勝算的一個，卻一股腦地賭上兩人全副身家，實在是太衝動了！

他抬頭望了望參賽者有十多人，卻只有一個機會，心中更覺氣餒，又想：「我衝鋒陷陣，總是天不怕、地不怕，不過參加個宴會，我竟如此不安，這是怎麼了？」想到自己被一個陌生女子牽扯得魂不守舍，就不禁暗暗嘆了口氣，見左手邊還剩下最後一個空位，又想：「這人是誰？難道比我還沒有勝算，才被安排在最後一個座位？」

阿金來到銅雀臺底下等待最後一位客人，心中暗暗數算：「這次富貴宴有十二位新客，人都已到齊；老客人原本有六位，但褚姑娘如今已是咱們的三笑幫主，自然是不會來的；張承業已然去世，也不會來了；劉玉娘、張宗奭、李振已然入場，如今只剩最後一位貴客徐知誥……」

四年前，他曾隨金無諱前往淮南會見徐知誥，吃了對方一大盤碎金飯和邵伯綠菱，那清香美味彷彿還留存在舌尖，又想：「這次徐公子前來，阿金要好好招待，多送兩盤小菜回請他，說不定下次他又請我去吃綠菱了……」

他心中想得美滋滋，見遠方有人策馬奔近，卻不是溫雅俊美的徐知誥，而是五官深刻、樣貌粗獷的年輕男子，心中不禁一跳：「怎有陌生人來了？」

此人騎術絕佳，前一刻還策馬疾馳，才眨個眼，就已經到了阿金面前，急剎而止，俐落地翻身下馬，人未靠近，阿金已感受到對方的強大氣勢，那人拿出富貴帖大步逼近，朗聲道：「我是來參加富貴宴的！」抬眼望了一下銅雀臺，問道：「就是這裡麼？」一雙銅鈴大眼打量著阿金的金紋面具，似乎在思索要不要伸手摘下那張面具，好看看底下究竟藏了什麼人？

「是……是這裡……」阿金被對方的氣勢給震懾住，不禁微微退了一步，瞪眼仔細瞧去，這才發覺對方約莫二十歲，心中不禁暗罵自己：「我竟然怕一個小傢伙？」

那人雖然比阿金小了七、八歲，個頭卻比阿金高壯許多，渾身上下都充滿了令人畏懼的剽悍殺氣，實在不能稱之為「小傢伙」。

阿金心想自己代表著金匱盟，可不能怕了一個小傢伙，連忙挺了挺胸，大聲道：「這裡確實是富貴宴！請問閣下是哪位？這帖子從何而來？」

「聽好了！」那人雖年輕，卻精光銳利，一眼便洞悉阿金的色厲內荏，冷冷一笑，道：「我乃契丹天下兵馬大元帥——耶律德光是也！」

「你……你說……」阿金瞪大了雙眼，指著眼前年輕小伙子，顫聲道：「你是契丹……天下兵馬大元帥？」

耶律德光雖看不見阿金的神情，但從聲音聽得出他十分吃驚，甚是得意，哈哈一笑道：「不錯！我剛剛引兵攻下薊北，就快馬趕了過來，為的就是目睹你們中原第一美人！我想瞧瞧她與我們契丹第一美人相比又如何？」他對美人自然是好奇的，但在他心中，這世上恐怕沒有任何女子比得上自己的未婚妻，也就是青梅竹馬的小外甥女蕭溫，所以這一趟前來，他希望一睹中原最神祕的富貴宴，並且得到梁唐決戰的契機，只不過這樣的目的他並不會宣之於口。

阿金的故鄉在北方武州，時常遭受契丹劫掠，因此他心中對契丹人沒有好感，而金匱盟的請帖向來只發給中原人士，從未送至契丹，這一突發狀況讓他有些措手不及，連忙回頭向後方另一個僕人微然點頭，意思是讓他快去稟報盟主，又回過身來問耶律德光：「請教閣下，你手中的請帖究竟從何而來？」

耶律德光微笑道：「你們的富貴帖不是可以轉賣嚒？誰應該來卻沒來，我自是從那人手中高價取得！」

四年前，徐知誥得到金無諱「昇羊換鹿」的契機，一舉高升，與徐溫形成分庭抗禮的局面，此時雙方表面父慈子孝，實則暗潮洶湧、拉鋸厲害，他只怕一離開廣陵，形勢就會生變，再加上他對第一美人並不感興趣，至於梁唐最後的決戰，無論哪一方獲勝，對南吳都是威脅，此刻最該做的就是壯大南吳軍力，並且讓契丹去攪亂北方，偏偏契丹於上一場戰爭元氣大傷，耶律阿保機已立誓今生不再踏進中原。

適逢金匱盟再次召開富貴宴，徐知誥思來想去，既然自己不能前往，不如就把富貴帖以五百兩黃金轉賣給野心勃勃，想替父親完成志願的耶律德光，讓他前往參宴，或許他真能得到梁唐決戰的契機，使北方再度陷入混亂，好為南吳爭取多幾年休養生息的時間。

阿金對耶律德光鄭重道：「無論你是什麼大元帥、小元帥，都必須先繳交五百兩黃金憑帖，才可入宴……」

一句話未說完，耶律德光已哈哈大笑：「本帥看得懂漢字！這帖上的字又不難。」說話間從懷中拿出一張千兩黃金的憑帖，道：「給你吧！我不只要參宴，還會贏得美人歸！你等著看吧！」他自幼受漢禮薰陶，非但懂得漢字，還能吟詩作賦、擅寫書法，又具武學天分，使得一手好刀法，如此文武雙全、年輕多金又位高權重，當世真找不出第二人，因此他對自己深具信心定能挫敗群雄，贏得美人歸。

阿金對他的豪爽大氣也感到吃驚，此刻收錢也不是，推拒也不是，只好道：「此事我不敢作主，須等主人回覆，還請稍候。」

耶律德光冷笑道：「有錢也不敢收？」便將憑帖暫時收回懷裡，抬眼望了望上方，心想裡面不知都坐了什麼對手：「他們都是中原最富貴、最有權勢之人，我定要打敗他們，不只贏得美人歸，也要替父皇討回一口氣，在中原耀武揚威！」隨口問道：「這銅雀臺是什麼來歷？」

阿金心裡雖不喜歡耶律德光，但早就背好稿子要應付賓客的問題，便很盡職地解釋：「三國豪雄曹操打了幾場勝戰，高興之餘，便大興土木，修建了銅雀臺，在臺上大宴文武百官。曹操站在樓臺上俯瞰天下，慷慨陳述抱負，又命武將比武、文官題詩助興，當時許多才子都在銅雀臺上吟詩作賦，史稱『建安文學』，他的兩個兒子曹丕、曹植也參與其中，各自寫了一篇《登臺賦》，曹植文采斐然，更勝過大哥曹丕，曹操很高興，想把王位傳給他，雖然最後並沒有成功，但曹植的《登臺賦》卻流傳下來，世人只記得他的文章，卻不記得曹丕也寫過《登臺賦》。」

這番話觸動了耶律德光的心：「弟弟勝過哥哥，還得到父親的喜愛，想把王位傳給他……漢人都可以如此，父皇為什麼要堅持傳位給大哥？其實傳給我也可以……」又笑問：「那你家主人為什麼要在這裡舉辦富貴宴？」

這一下可問倒阿金了，他從來不懷疑主人的決定，也沒問過這個問題，搔了搔頭，囁嚅道：「大約是……我家主人喜歡黃金，上回舉辦了滿園子黃澄澄的臘梅花宴，主人說那一朵朵黃臘梅都是小金珠，這回就乾脆來一隻大金雀！」

耶律德光聞言，不由得哈哈大笑，感到自己有點喜歡那位神祕的金匱盟主和眼前這個小僕人了，阿金被他笑得有些手足無措，不知如何對應，耶律德光道：「你說的建安文學，我不知道，我只聽過『東風不與周郎便，銅雀春深鎖二喬』這首杜牧的《赤壁》詩，第一句的意思是英雄能夠建立功業，往往都有某種不尋常的契機發生，赤壁之戰的契機是東風，倘若長生天不吹東風，周瑜就未必能打敗曹操，不只絕世美人要被鎖在銅雀臺裡，三國局面要被改寫，甚至連整個中原歷史都不相同了！

第二句的意思則是指銅雀臺總是牽扯著絕世美人之爭，不只曹操覬覦大、小喬，曹丕、曹植兩兄弟表面上在銅雀臺競展文采，暗地裡也常較勁爭取甄宓的芳心，所以你家主人故意在銅雀臺設了第一美人富貴宴，乃是以古喻今，有兩層意思，既暗示美人往往牽動了英雄之爭，也隱喻梁唐決戰的契機就掌握在他手裡！」

如果說阿金方才只是畏懼耶律德光的殺氣，那麼此刻便是被對方的才智震撼到說不出話來，心裡只想：「他明明是個契丹人，怎能說出這一套漢人道理？阿金跟了主人那麼久，都不明白主人的心思，他一個契丹人，又怎麼知道主人的心思？」他呆望著眼前人，就像看見另一位橫空出世的少年王者般驚奇，至於前一位少年王者，自然是當年剛滿二十歲就繼承王位，橫掃天下的小晉王，也就是今日的唐帝了！

在驚嘆之後，阿金隨即意識到大事不妙：「這人文武雙全，無論美人出什麼題目，今日貴客恐怕沒有一個是他的對手，萬一被契丹得到梁唐之戰的契機，中原豈不是慘了？我武州鄉親又要第一個遭難，我……我絕不能讓他進去！」這麼一想，他立刻大展雙臂，擋住前路，毅然道：「你不能進去。」

耶律德光一愣，不解道：「我有請帖、有黃金憑帖，為什麼不能進去？」見阿金不肯讓路，便從腰間取出鐵鷂戰刀狠狠晃了兩下，故意嚇唬他，冷笑道：「我若真要上去，你是攔不住我的。」

阿金連刀光都沒看清，心知自己武功確實差了十萬八千里，卻也不肯退開，幸好先前那僕人已飛奔回來，見兩人似要動手，急呼道：「別打！別打！主人說有富貴帖，就是貴客，萬萬不可怠慢。」

阿金只好收了架勢，暗暗嘀咕：「可他是契丹人，咱們又沒發帖子給他。」

那僕人奔近阿金，氣喘吁吁道：「主人說要好生招待，一體公平，不可區別。」

耶律德光笑道：「你主人很有器度，你要多學習他才是。」

阿金只好道：「要進入宴會都必須換穿衣衫，請隨我來。」

耶律德光在阿金帶領下，換上五彩大頭面具，穿上寬厚大氅，來到李嗣源鄰座，兩人雖已相隔二丈且無法辨識身分，但當耶律德光坐下的剎那，彼此都感應到對方身上隱隱帶著高手的氣息，這讓耶律德光覺得事情越來越有趣了，他感到自己最大的勁敵就在鄰座。

李嗣源的心反而沉定下來，忘了自己不識字的困窘，因為他全副心神都被隔壁這位高手所吸引：「這人究竟是誰？他身上的氣息不同一般，卻如此熟悉……」

待所有人都入座後，宴會便即開始，悅耳的絲竹聲輕輕響起，阿寶和阿貴照例戴著金雕花紋大頭面具走上前方高臺，阿寶一如既往地說些歡迎的客套話，也說了亂世裡，金匱盟主的預言就是指路明燈，可以幫助大家趨吉避凶。

劉玉娘、張宗奭、李振三位舊客早已聽過這套說辭，另外十二位新客，再加上代替徐知誥的耶律德光共十三位，第一次來到富貴宴，見人人都戴面具、穿大氅，又聽到這番說辭，但覺一切既新鮮又神祕。

這十三位新客中，其中一位是大梁最位高權重的大臣趙岩，自從朱友貞登基後，他賣官鬻爵、公然受賄，表面上已取代魏王張宗奭成為大梁最富有之人，當他見到富貴帖上「第一美人」四字時，自是心動無已，毫不猶豫地前來，他態度向來囂張，見阿寶囉哩囉嗦，忍不住大聲道：「這些廢話就不必說了！咱們來這裡是要見美人、聽天機，妳快讓美人出來！」

阿寶道：「請帖上已經說明美人將出三道試題，在此之前，諸位必須先繳上五百兩黃金的憑帖，才有資格答題。」

趙岩道：「這有什麼難？咱既然來了，就非見到美人不可，否則先前付的五百兩黃金豈不打水漂了？」說罷豪氣地取出一張五百兩黃金的憑帖「啪！」一聲，重重拍在桌上：「快來取吧。」

阿寶道：「既然如此，敝盟便先向各位收取憑帖了。」

劉玉娘收到請帖後，猜想所謂的第一美人應該就是煙雨樓最美麗的花雨堂堂主花見羞，自從劉郙去世後，花見羞就消失了，如今忽然出現，想不到竟勾結金匱盟弄出一場「第一美人富貴宴」，劉玉娘對花見羞的舉動既好奇又不安，惜財如命的她，不得不再花千兩黃金進入富貴宴一探究竟。

得到第一美人對她毫無益處，她的目標自然是取得梁唐之戰的契機，見阿貴就要來收錢，忍不住壓低嗓子，裝成男聲問道：「千兩黃金可不是小數目，沒有拔得頭籌的人難道一無所獲？」

阿寶道：「諸位放心，就算未能得到美人青睞，這價金也不會白付，離去前，盟主會贈予一道天機，使大家在風暴中轉危為安。」

與會的賓客個個非富即貴，肯花巨資進入富貴宴，除了美人之外，最希望的還是在亂世中保全身家，聽到金匱盟主允諾會賜下天機，這才放下心來。當阿貴拿著托盤走到座位間收取第二張黃金憑帖時，眾人都沒有異議，很大方地繳交。

待阿貴收齊了十六張憑帖，回座之後，阿寶便命人垂放四幅水墨畫，每一幅圖畫中各有一隻動物，第一張是雙眼圓睜，機靈可愛的小猴子，第二張是五彩繽紛的美麗雀鳥，第三張是優雅高貴的雪鹿，第四張則是一隻雄壯威武的老虎。

趙岩雖出身武將，卻是書畫高手，一幅「八達春遊圖」名揚天下，見到這四幅丹青很是興奮，暗想：「美人定是要考較書畫才藝，這可是我最拿手的！」深信自己定能奪魁，一時洋洋得意，眉歡眼笑。

劉玉娘與花見羞師出同門，琴棋書畫樣樣精通，對自己也深具信心：「無論她考較什麼，都難不倒我。」

其他人多少都通文墨、懂書畫，也猜想美人是要考較書畫才藝，個個都摩拳擦掌、提筆蘸墨，準備大肆揮毫，只有李嗣源感到十分沮喪：「難道我連第一關都過不了？」

豈料阿寶說道：「貴客之中，有人文才斐然，卻不會半點武功；有人武藝高強，卻不通文墨，無論如何比試，都不公平，因此美人親手繪了四幅丹青，請諸位將圖上四隻動物依自己的喜好順序寫在紙上，卷末寫上座號，答案符合美人心意者，即通過第一道試題，能與美人一敘。」

眾人萬萬想不到這試題如此簡單，劉玉娘、趙岩、李振等人但覺自己的才華無法發揮，甚是可惜，耶律德光也對自己不能以武藝挫敗群雄，大展威風，十分失望，只有李嗣源暗暗鬆了一口氣，連忙提筆寫上順序，他心想所有動物中，戰馬是最重要的，而猴子可幫助馬兒安定情緒、激動活力，進而消除疾病，因此他們的馬廄裡總放養幾隻猴子來照顧馬匹，士兵們閒來無事常會逗弄猴子玩耍，十分有趣，他心中便認定猴子應排在第一，見圖中猴子眼睛大大，十分靈動可愛，又想起長子李從審小時候的模樣：「從審幼時就像野猴子般調皮，想不到才一晃眼，他就長大了，還變得十分沉穩，如今已擔任金槍都統帥，成為能保衛聖上和國家的大將軍了！」一想到十三太保中除了李存勖原本就年輕，其餘年長的太保只剩自己、九太保和十太保還活著，李存審重病在床，不知能支撐多久，李存賢也逾花甲之年，只有自己還當健壯，他心中不勝唏噓，忽覺得韶光易逝，自己退隱之日也不遠矣：「待我退隱之後，便將一切都傳給從審，幸好他書讀得多，不像我大字不識幾個，相信他一定能做得比我好。」一想到長子十分成器，能繼承自己的衣缽，心中甚是欣慰，便將猴子排在第一位。

他向來喜歡蒼鷹大鵰，但圖中沒有蒼鷹，他第二個便選了雀鳥，心中不由得想道：「倘若我是蒼鷹，那麼『她』該是美麗的雀鳥了……」接著，他想起義父的外號飛虎子，自己又曾為義父逐鹿，因此將老虎排在第三，最後則是鹿。

耶律德光心想自己的外號是鐵鷂子，自然該把雀鳥排在第一位，那老虎威猛的氣勢讓他心生嚮往，排在第二，逐鹿中原是心中志願，應排第三，至於野猴子並沒什麼用處，自是排在最後。

趙岩出身將門，發達之後，便學著世家子弟享受風雅樂趣，自然是將高貴的鹿排在首位，美麗的雀鳥排在次位，至於凶悍的老虎和野猴子則被排在最後。

富甲一方的魏王張宗奭心思很實際，高貴的鹿自該排第一，猴子可採果，排第二，凶猛的老虎和美麗雀鳥，他倒是覺得這兩者沒什麼用處，便排在後面了。

李振自從參加第一次富貴宴，與金匱盟主打賭輸掉王珣的《伯遠帖》，心中便對這位神人感到既畏懼又佩服，他來參加第二次富貴宴，自然是希望得知梁唐決戰的結果，好為將來做準備。他向來喜歡古玩珍品，自是把高貴的鹿排第一，他見老虎氣勢雄偉、斑紋美麗，便排了第二，美麗的雀鳥排第三，猴子則沒什麼用處，落居末位。

貪愛錢財的劉玉娘自是喜歡高貴的鹿、價值不菲的虎皮，至於雀鳥，沒什麼用處，野猴子更是討厭，因此這兩者自然要排在最後了。

待眾人都寫好了，阿貴便拿了托盤去將他們的紙條都收回來，趙岩忍不住問道：「美人出這題目好奇怪，究竟是什麼意思？」

阿寶解釋道：「這四種動物分別代表你內心渴望的順序，老虎代表權勢，雪鹿代表財祿，雀鳥代表美人，猴子代表孩子，只有把雀鳥和猴子排在前兩位的人，才有資格與美人相敘，回答第二道試題。」

「孩子？」眾人一片嘩然：「咱們是來求取天下第一美人，還有求金盟主賜下天機，跟孩子扯上什麼關係？」

阿寶一邊將每張紙條打開，一邊道：「這是美人出的題目，我也不明白，但想贏得她的芳心，自該遵照她的要求。」瞄了幾眼紙條上的答案，道：「請三、八、十五、十六座號的貴客隨我們去見美人，其餘人請先在這裡品茗歇息，半個時辰後，盟主便會現身賜予天機。」

入選的四人分別是趙岩、張宗奭、李嗣源、耶律德光，他們想不到自己能中選，都十分高興，李嗣源更覺得自己太過幸運：「想不到我糊裡糊塗就過了第一關。」

趙岩得意洋洋地站起，大搖大擺走出座位，心想：「我向來有好運，果然一猜便中！」想到就快要目睹美人芳顏，更是歡喜無已。

阿金帶著四人出去，下了銅雀臺，經過一段山路，走向荒涼的郊野，前方漸漸傳來悲傷的歌聲：「天無涯兮地無邊，我心愁兮亦復然。人生倏忽兮如白駒之過隙，然不得歡樂兮當我之盛年。怨兮欲問天，天蒼蒼兮上無緣，舉頭仰望兮空雲煙。九拍懷情兮誰與傳……城頭烽火不曾滅，疆場征戰何時歇。殺氣朝朝沖塞門，胡風夜夜吹邊月。故鄉隔兮音塵絕，哭無聲兮氣將咽，一生辛苦緣離別。十拍悲深兮淚成血……」

那歌聲雖優美，其情卻哀淒，令人聞之鼻酸，趙岩看著四周一片荒涼，但覺有些毛骨悚然，忍不住道：「喂！我們要見美人，你帶我們來荒地做什麼？」又嘀咕道：「這歌聲也太瘆人了！」

阿金道：「貴客少安毋躁，美人就在前方。」

眾人又走了一小段路，只見前方有座墓塚，以一大塊黑巾披蓋住墓碑，不知是何人之墓，漫天冥紙飄飛，顯然有人才剛祭祀完亡者。

墓塚後方坐著一位全身縞素、外披白色大氅、臉上蒙巾的女子，應該就是祭祀之人，她的前方放置一張桌案，案上有一臺琴，女子在荒郊野地的墓旁彈唱著《胡笳十八拍》，據說這是東漢才女蔡文姬在銅雀臺表演的曲子，哀訴她悲慘的一生，女子選這曲子彈唱，其中深意十分耐人尋味。

歌聲淒涼、琴音悽愴，眾人想不到天下第一美人的會面竟是這樣的情景，心中甚是不喜，趙岩更覺得觸霉頭，對美人的興致便消減許多。

阿金讓他們停步，相距美人還有五丈之遠，因此眾人只能隱約看見她披著氅衣的寬大外形，卻看不清面貌，李嗣源卻還是一眼就認定：「是她！」心口不由得怦怦狂跳起來。

花見羞停下琴，望了望前方四人，道：「你們就是入選者？」

趙岩原本對這美人在墓地裡穿素衣、唱哀曲，有些反感，但聽她聲如銀鈴，柔美悅耳，瞬間又燃起了興趣，他毫不在意掩飾身分，甚至是故意炫耀，搶先道：「在下趙岩，出身將門之後，如今身在大梁，乃是一人之下、萬人之上，趙某給美人請安了。」他自認天下無人不識「趙岩」的名號，美人自然也會知道他是如何位高權重。

張宗奭微然蹙眉，心想：「想不到他也來了！」

李嗣源也激起心中意氣：「我絕不能讓『她』落入趙岩這小人手中……」

花見羞心知劉鄩是被趙岩這幫小人的讒言所害，一聽到眼前人就是趙岩，瞬間美眸湛射一道恨光，粉拳緊握，幾乎就要出手殺人，卻只能硬生生忍住，粉拳握得指節都發白，指尖深深掐入掌心裡。

阿金想不到趙岩如此直白，連忙對其他人道：「你們毋須報上姓名，美人不以身分做選擇。」其他三人只微微點頭，並不出聲。

趙岩不知花見羞心中懷恨，神情囂張地問道：「第一題，妳在四幅圖畫中弄了猴子是什麼意思？為何要代表孩子？難道妳已經有孩子了？」在他心裡，帶著孩子的美人難免要打些折扣，就不那麼金貴了。

花見羞想不到他問話如此直接，一時怔怔出神，哀傷想道：「我服侍將軍三年，他為了國家大業，始終克制自己，以至我並無所出，就連最後一夜，他終於肯接受我了，我也未能如願為他留下子嗣，倘若……倘若我能有個孩子，心中便有寄託，也不會像現在一樣飄零無依……」

阿金見趙岩無禮，花見羞沒有答話，便插口道：「這裡只有美人可以提問，你們不可提問。」

花見羞回過神來，冷聲道：「第二道問題是，你們要如何打動我？」

趙岩搶先道：「才子配佳人，我不只富可敵國，還懂得書畫才藝，天天與妳吟詩作畫，風花雪月，做一對神仙眷侶。」

張宗奭家有悍妻，對美人倒沒有那麼在意，他在意的是如何於亂世中保住洛陽的安寧，誠懇道：「我不知姑娘有什麼傷心事，以至要在靜夜裡彈唱《胡笳十八拍》，在下身為王侯公卿，姑娘若肯委身，日後錦衣玉食，無憂無慮，定可忘卻從前種種，重新開始一個美好的人生。」

耶律德光聽他們一個富可敵國，一個位列公卿，自己似乎不完全有勝算，心想：「我要如何勝過他們？」他思來想去，又瞄了對手幾眼，忽然發覺他們雖戴著面具遮掩了形貌，但髮鬢都有幾縷灰白，靈機一動，便道：「在下乃是一國皇子，文武雙全，既可與姑娘吟詩作畫，又能帶姑娘騎馬打獵，四處遊玩，我武功高強，能保護姑娘不再受傷害，至於錦衣玉食，更是理所當然，最重要的一點是，我與姑娘年紀相仿，肯定能志趣相投，白首偕老，妳若選擇與老頭子在一起，既無趣，將來難免早早做了寡婦！」他聽女子說話聲音十分年輕，便判斷對方與自己年紀相近。

李嗣源原本就不懂如何討女子歡心，聽耶律德光這麼說，不由得更加氣餒，望著前方朝思暮想的佳人許久、許久，才緩緩道：「我既無萬金，也無才學，更已經不年輕了，我長年征戰沙場，總是直來直往，並不會甜言蜜語，我或許是眾人之中最沒有資格求娶姑娘的，但我願讓姑娘守喪三年，之後獨居一院，任妳自由來去，我會以誠相待、以情相感，直到妳心裡真正容得下我，倘若妳真有孩子，我也會視如己出。」於他來說，收了母親，自當一起收養孩子，此事已有李從珂母子為先例，並不彆扭。

自從劉鄩死後，花見羞就感到自己失了魂魄，整個人成了一片蒼白，做什麼都沒有意味，直到聽見李嗣源這一番話，早已枯死的心境忽然有一股暖流徐徐滋生，化為許久未有的感動，她不禁怔怔望著李嗣源，心想：「他是誰？為何如此明白我的心情？」

趙岩低聲嘲笑李嗣源：「絕世美人就要捧在手心裡呵護，你讓她守喪三年，之後又獨居別院，還要等她心甘情願，豈不是等到花兒都枯萎了？到那時，她年華老去，也沒什麼可貴了！」

李嗣源卻道：「縱然她年華老去，我也一樣愛護她、憐惜她。」他也曾懷疑自己只是迷戀對方美色，一時的頭昏腦熱，然而這一刻，當他脫口說出這句話時，竟是那麼自然而然，沒有半分遲疑，彷彿這是他心裡早已鐫刻好的答案，就好像他對義父的忠孝也是刻入骨子裡的。

趙岩冷哼一聲，心想：「這人既無錢財也無才華，還不會哄姑娘，根本不是對手，不必與他多費唇舌。倒是另外那兩人，一個是皇子、一個王侯公卿，可不好辦……」連忙問道：「姑娘做好決定了嚒？」

阿金插口道：「貴客莫急，姑娘還有第三道試題，才能做決定。」

花見羞收回凝望李嗣源的眼神，定了定心神，對四人冷冷說道：「第三道試題，我有一個仇人，要藉諸君之手報仇……」

「報仇？」四人都是一愣，只聽花見羞又道：「你們依序走近那墓塚，掀開蓋布，幕碑底下放著一封信，信中寫著仇人的名字，你們抽出來看完之後，願為我報仇者，便請留下，若不願者，便將信柬重新放好，離去即可。」

趙岩猶豫了一下，仍搶先走近墓塚，心中不免嘀咕：「這美人真是怪僻，也不知是不是真的美？連個影兒都沒瞧見……」他隨手掀開蓋布，驚見墓碑上寫著大大的「劉鄩」二字，嚇得倒退一大步：「這……」抬眼望了一下坐在墓塚後方的美人，但覺蒙布上方的一雙美眸似厲厲地瞪視著自己，又想：「她究竟是誰？她以自己為餌，召開富貴宴，其實是想召集各路英雄為劉鄩報仇，那仇人又是誰？難道是……我？」

當他看見「劉鄩」二字時，對這美人已興趣全失，但擔心美人會召集各方人馬來對付自己，仍是拿起墓碑下的信柬拆開來看，待見到仇人名字時，不由得鬆了一口氣：「幸好她要對付的不是我。」便將信紙放回信柬內，又放在墓碑底下，呸道：「這事我勸姑娘別想了！還是好好做個富貴夫人，享享清福便是！報什麼仇呢？別不自量力了！」

阿金對趙岩道：「請郎君先返回春深閣，等候盟主出示天機。」趙岩也悻悻離去。

另外三人見趙岩從一開始最熱烈追求，到最後竟氣憤離開，都對那仇人的身分感到十分好奇。

張宗奭第二個走上前去，當他掀開黑色蓋布，也被「劉鄩」二字嚇了一跳，驟然想起是自己捧了毒酒給劉鄩喝下：「她說的仇人難道是……我？」仔細瞧去，才看清眼前並非真的墓塚，而是臨時搭建的衣冠塚，他忐忑地拿起信封，抽出裡面的信紙，看見那仇人的名字，更是大吃一驚：「想不到她要殺的人竟然是……」心中長長一嘆：「這女子實在是太過絕烈，難怪趙岩會調頭就走。」不禁搖頭苦嘆，將信紙放回墓碑底下，便黯然離開，自行返回春深閣。

耶律德光見兩名對手都悵然離去，心想：「究竟是什麼仇人，竟讓大梁寵臣和王侯公卿都沒有辦法？」他實在好奇，便搶先走上前去，大力掀開黑色布蓋，他不認識劉鄩，只隱約知道此人是大梁名將，因此心中沒有任何想法。他拿起信柬，見信紙內寫著「朱友貞」三個大字，不由得一愣：「這不是梁帝麼？一個弱女子竟想殺梁帝……」

他抬眼望向墓塚後方的美人，此時正好一陣冷風吹過，微微掀起女子臉上蒙巾的一角，露出下頷，只這麼一眼，耶律德光就覺得自己彷彿受到天光眷顧般，整個人被震撼得定住不動了，他曾讀過中原詠嘆美人的文章《洛神賦》，但覺眼前女子實在不可稱之為「美人」，而是如文章所形容的翩翩「仙子」，尤其她一身素衣，裙袂飄飛如煙，獨立於塵世外，就像一株晶瑩剔透的冰蓮悄悄綻放於雪山之巔，是那麼孤高、脆弱，惹人憐愛！

那延頸秀項、凝露玉肌、星燦晶眸，圓潤的下頷、葇荑似的指尖……等微微顯露出來的部分，都完美得毫無瑕疵，而「千呼萬喚始出來，猶抱琵琶半遮面」的神祕感，更令他內心湧上一股極大的衝動，想要不顧一切地答應替她報仇，好一窺美人全貌，甚至是將她佔為己有。

然而下一刻，耶律德光就想起一旦朱友貞身死，大梁滅亡，就沒有人可牽制李存勖了，契丹南下中原的宏願勢必受阻！他心中打著如意算盤，只要先聯合大梁滅了李存勖，再殺朱友貞，江山、美人就可兼得，便問：「姑娘報仇之事可有期限？」

花見羞道：「皇子若一年能為小女子報仇，我便一年後委身，若十年才能報仇，我便十年後才委身。」

江山、美人的抉擇向來是英雄的兩難，耶律德光感到她真是自己夢寐以求的女子，但殺了朱友貞又會影響大局，心中萬分掙扎，深深望著花見羞許久，卻始終下不了決定。

從上一題的答案，花見羞不由得對李嗣源抱著些許期待，便對耶律德光道：「倘若皇子還不能做決定，不妨暫退一旁，先讓另一位貴客回答。」

耶律德光只好退到旁邊，他也想瞧瞧這位勁敵會怎麼回答。

李嗣源心想：「無論她的仇人是誰，有多麼困難，我都要替她辦到，不能讓她如此傷心苦惱。」便大步走近墳墓，掀開蓋布，見到「劉鄩」二字，心中生出無限感慨，又打開信柬，見那仇人竟是朱友貞，不由得大是驚喜，他感到自己的運氣竟如此之好，或許冥冥之中，兩人真是有很深的緣分，便誠懇道：「姑娘放心，這個仇人原本就是我的目標，我定會為姑娘辦到！」

耶律德光心中懊惱：「他肯定是唐國將領，才會毫不猶豫地答應條件，但他究竟是誰？」想到即將失去美人，實在萬般不甘心，幾度衝口想說自己也願意刺殺梁帝，但話到口邊，為了契丹大業，還是硬生生忍下。

花見羞對耶律德光道：「既然有勇士願為小女子報仇，那麼皇子可以離開了。」

耶律德光心中悵然不已，又望了花見羞一眼，不禁激起全身熱血，暗暗對自己立誓，將來有一天，定要踏足中原，奪回心中所愛，這才恨恨離去，返回春深閣。

花見羞對李嗣源柔聲道：「請郎君上前一步。」

李嗣源依言往前走，他從未如此靠近過花見羞，望著她美麗的星眸，聞著她身上幽微的馨香，想到朝思暮盼的佳人就在眼前，甚至將來會屬於自己，他感到一切夢幻得不像真實，又擔心美夢會輕易破滅，不由得緊張起來：「我曾追殺她和劉鄩，她若知道是我，還會接受嘜？」

花見羞柔聲問道：「郎君曾說願讓我為劉郎守喪三年，此話可作數？」

李嗣源緊握雙拳，努力平抑自己激動的心緒，卻連聲音都微微發顫：「承蒙姑娘不棄，選擇了在下，我過去、現在甚至是將來，對妳說的每句話都作數。」

花見羞微微頷首，道：「多謝郎君寬容。」又從袖中拿出一張紙箋道：「這裡面所寫，即是金匱盟主出示的梁唐之戰的契機。」

李嗣源接過紙箋，見裡面只寫了「鄆州」兩字，暗想：「這是要我攻取鄆州嘜？」

花見羞柔聲道：「三年之後，守喪期滿，請郎君至密州安丘城青龍湖畔的劉將軍墓前，我會在那裡等你。」

李嗣源道：「仇人之事，我定會給姑娘一個交代，三年之約，在下謹記，青龍湖畔，不見不散。」

阿金走過來，對李嗣源道：「姑娘要休息了，請貴客隨我回春深閣。」

李嗣源心中有千言萬語，卻不知該撿哪一句來說，又深深望了花見羞一眼，才依依不捨地離開，與阿金一起返回春深閣。

春深閣內，眾人已回到自己的座位，傳說中的神人金匱盟主緩緩現身，臉上依舊戴著一張精雕金色蠟梅花紋面具，身穿繡著鳳雀花紋的秋香色錦衫，在宮燈照耀下，整個人閃閃爍爍，十分耀眼。幾位舊客早已見過他的模樣，新客卻感到新鮮有趣：「他一身黃金爍爍，真不負金匱盟主之名。」

金無諱高舉手中酒杯向眾人朗聲道：「今日是敝盟第二次舉辦富貴宴，感謝舊雨新知不吝捧場。」他一口乾盡，眾人也舉酒回禮。

金無諱又道：「本座知道各位花重金前來，便是希望知道未來時局，好在亂世中能渡過風暴，免受災難，甚至還能財源滾滾、步步高升，今日敝盟準備了十六只錦囊，都是美人親手製作，囊中有天機讖言，開示之事將在一年之內發生，諸位離去之後，可拆開來仔細參詳，未來是否能趨吉避凶，就憑各人感悟、各自造化了！」

阿貴端著托盤依序走在座位間，將盤中錦囊逐一發給賓客，有金累絲鑲寶石葫蘆形香囊，也有象牙雕染臘梅香囊、象牙鏤雕海棠香囊、花鳥金絲雕紋香囊……等，十六個錦囊不只花樣、香味各異，每個錦囊表面都鑲嵌不同的寶石、珠玉，而且做工精緻，絕非凡品。

眾人收到錦囊，都被它的美麗精巧吸引，十分喜愛，且看得出這東西雖小，卻價值不菲，尤其是美人親手製作，意義更加不同，囊中還有金盟主的天機，都覺得這千金花得並不冤枉。

金無諱又道：「今年的富貴宴就到此為止，本座恭祝各位順勢行運、飛黃騰達，待會兒下了銅雀臺後，會有專人專車送諸位離開，本座就不起身相送了！」

眾人心滿意足地起身告辭，阿金便帶著一群僕人分別安排貴客離去。

一眾賓客離開銅雀臺，坐入自己的馬車後，都迫不及待地打開錦囊，想一睹囊中讖言，只見裡面有一張精緻的假蘇箋，箋上寫著：「一后二主盡升遐，四海茫茫總一家，不但我生還殺我，回頭還有李兒花。」下方還有一幅圖畫，乃是大水流向南方，旁邊附了「坎下坎上」的卦象。

這首讖語、卦象、圖畫乃是取自大唐第一術師袁天罡與李淳風聯手著作的《推背圖》「第十象」，其書乃是絕秘，當世只有極少數的人知道。

劉玉娘、李振、張宗奭、趙岩都是才學之士，雖不知這讖語出自《推背圖》，卻讀過周易，能從這幾句話推斷出一個大概。

李振心想：「這圖畫是大水流向南方，坎是大水之意，南方則是大梁，卦象又是『坎下坎上』，意謂著大梁上下都是過不去的坎，進也是險、退也是險，危機重重，盡是凶象！」又想：「朱友貞這朝堂小兒果然撐不起大局，我需為自己謀好出路才是，既然大梁無望了，我也不必再費什麼心思，到時唐軍攻來，我率先投降便是。」

劉玉娘看見「回頭還有李兒花」這句，便認定唐是勝出的一方，心中甚是歡喜：「看來我押對寶了，皇后之位指日可待！但不知花妹妹最後選了哪一位夫君？」既然唐能勝出，她其實也不在意花見羞有什麼圖謀了。

張宗奭看了讖言，心想：「金匱盟主說此事會在一年之內發生，意謂著大梁一年之內就會滅亡，看來我得好好準備，設法保住洛陽的根基才是。」

賓客之中，有梁人也有唐人，得到這樣的答案，自是幾家歡樂幾家愁，有許多梁人並不相信，趙岩更是嗤之以鼻：「前些時候，契丹大軍南下、鎮州叛亂，我軍因此得到充分休息，無論是兵員還是糧草都明顯增加，尤其在段凝和戴思遠的聯兵之下，連奪幾個州鎮，衛州、潞州也已經倒戈，李存勖如今是四面楚歌，連半年的軍糧都沒有，我大梁卻十分豐庶，怎麼可能滅亡？說李存勖滅亡還差不多！這金匱盟主就是個騙子，盡危言聳聽！」但覺自己這一趟前來，既得不到美人，又得到壞答案，平白損失千兩黃金，真是倒霉透頂。

至於耶律德光，他並不瞭解讖言之意，心想：「待我回契丹後，再拿給匣列參詳。」匣列即是契丹國左僕射韓延徽。

金無諱走到銅雀臺邊，俯望下方滔滔江水和眾人離去的身影，嘆道：「梁晉相爭三十年，是時候該結束了！」

阿寶聽見戰亂要結束了，連忙走過去問道：「主人，上一場富貴宴設在開封鄢陵，代表著開封會出新主朱友貞，今日富貴宴設在魏州銅雀臺，是不是意謂著李存勖會戰勝大梁，成為最終的王者？」

金無諱道：「得道者多助，寡道者少助，倘若梁帝願心存仁善，善待子民，或許蒼天也會生出憐憫，讓大梁渡過此劫。」

阿寶聞言，知道李存勖確實會勝出，歡喜道：「許多人都說唐帝文武雙全、英明睿智，好像太宗一樣，他是不是真能開創一個盛世王朝，讓天下太平，百姓從此過上好日子？」

金無諱沒有回答，只幽幽一嘆：「倘若他稱帝之後，懂得克己守心，天下百姓或許真能少受一些折磨，只可惜『龍蛇相鬥三十年，一日同光直上天，上得天堂好遊戲，東兵百萬入秦川』……」❶

（註❶：「龍蛇相鬥三十年……東兵百萬入秦川。」出自《推背圖‧十一象》。）

九二三・一　明斷自天啟・大略駕群才

未幾，汴將康延孝來奔，崇韜延於臥內，訊其軍機。延孝曰：「汴人將四道齊舉，以困我軍。」莊宗憂之，召諸將謀進取之策。宣徽使馬紹宏請棄鄆州，與汴人盟，以河為界，無相侵寇。莊宗不悅，獨臥帳中，召崇韜謂曰：「計將安出？」對曰：「臣不知書，不能征比前古，請以時事言之。自陛下十五年起義圖霸，為雪家讎國恥，甲冑生蟣虱，黎人困輸挽。今纂崇大號，河朔士庶，日望蕩平，才得汶陽尺寸之地，不敢保守，況盡有中原乎！將來歲賦不充，物議諮怨，設若劃河為界，誰為陛下守之？臣自延孝言事以來，晝夜籌度，料我兵力，算賊事機，不出今年，雌雄不並決。聞汴人決河，自滑至鄆，非舟檝不能濟。又聞精兵盡在段凝麾下，王彥章日寇鄆境，彼既以大軍臨我南鄙，又憑恃決河，謂我不能南渡，志在收復汶陽，此汴人之謀也。臣謂段凝保據河壖，苟欲持我，臣但請留兵守鄆，保固楊劉，陛下親御六軍，長驅倍道，直指大梁，汴城無兵，望風自潰。若使偽主授首，賊將自然倒戈，半月之間，天下必定。如不決此計，傍採浮談，臣恐不能濟也。今歲秋稼不登，軍糧纔支數月，決則成敗未知，不決則坐見不濟。臣聞作舍道邊，三年不成，帝王應運，必有天命，成敗天也，在陛下獨斷。」莊宗蹶然而興曰：「正合吾意。丈夫得則為王，失則為擄，行計決矣！」

《舊五代史・卷五十七》

李嗣源拿了金匱盟主的「鄆州」二字，便在心裡不斷琢磨，眼下各方軍力吃緊，如果他忽然提出要去攻打鄆州，萬一李存勖問其原因，該如何解釋？他思來想去，決定先派人去鄆州探聽情況，再作打算。

正當李嗣源還在等候消息時，忽然收到李存勖召他密會的通知，李嗣源心中有些忐忑，也有些驚喜：「聖上終於召見我了！他要私下與我相商，定是有極重要且機密的軍情。」他連忙趕去魏州的皇宮內殿。

李存勖輕袍緩帶，穿得很隨意，斜倚在坐榻上，且命人一早就備好酒水等候，一見到李嗣源前來，十分歡喜，連聲說不必用君臣之禮覲見，只當做兄弟相敘，一起喝個小酒。

李嗣源見殿中果然沒有其他人，連馮道都不在，心想：「聖上定有重要事情交辦，我可不能輕忽。」他仍是行了謝禮，才敢上榻與李存勖一起喝酒。

兩人幾杯黃湯下肚後，漸漸放開了胸懷，李存勖興奮道：「大哥，昨日大梁鄆州將領盧順密前來投靠，說鄆州守軍不過千人，守將劉遂嚴和燕顒都不得民心，輕易可取，我以為拿下鄆州，既可在黃河南岸多增一個據點，也可切斷梁軍右翼，是一件天大的好事！」

李嗣源心中十分驚訝，李存勖的計劃竟與金匱盟主的喻示一模一樣，只聽李存勖又道：「但中門使和幾位臣子都反對，他們說潞州叛變，軍力已十分吃緊，暫時不宜再分兵出去，而且鄆州位於黃河東南岸，與我們的主力相距甚遠，消息難通，誰去攻打鄆州都是孤軍遠征，得不到任何支援，就算成功佔領鄆州，也是深入敵心，十分危險！再者，開封距離鄆州甚近，梁軍隨時可派大軍把鄆州搶回去，行這事只是徒費力氣，白白喪失數千士兵的性命！但我覺得正是因為失去潞州，才更應該奪下鄆州作為替補，大哥以為如何？」這意思是非旦要搶下鄆州，還要能守得住，倘若遇到危險，不會有任何援軍。

李嗣源恍然明白李存勖早就與郭崇韜等幾位心腹將領討論過了，想不到眾人都反對，也無人願意前往，他才私下找上自己，儘管如此，李嗣源仍是二話不說，立刻起身下跪，道：「臣願為陛下孤軍深入虎穴，奇襲鄆州，請陛下降旨賜予臣這個機會。」

李存勖見李嗣源一口答應，毫無猶豫，心中大喜，笑道：「好！朕就等你的好消息！」

李嗣源退出殿門後，才轉過一個迴廊，就見到馮道站在角落邊等候自己，他許久未與馮道相敘了，連忙大步走近，笑喚道：「三弟！」

馮道微笑道：「恭喜大哥受到聖上重用，委以重任。」

李嗣源一愣，心想：「這不是密旨嚒？三弟如何會知曉？」隨即想起：「三弟向來是聖上的心腹，自然是會知道的。」又想：「三弟向來有見識、有智謀，他特意等候我，必有用意。」便問：「孤軍深入鄆州，眾人都反對，你以為如何？」為李存勖深入虎穴，他自己義無反顧，但想起眾臣都說這是白白喪失數千士兵的性命，要帶著子弟兵去送死，他內心仍不免有一絲忐忑。

馮道微笑道：「以大哥的本領，定會馬到功成，此事不必擔心。我待在這裡是有另一件事想請求你。」

李嗣源聽馮道也看好自己能成功奪下鄆州，安心不少，又想馮道幾乎沒有請求過自己，微笑道：「大哥從沒為你做過什麼事，你有什麼希望，就直接說吧，我一定盡力幫你辦到。」

馮道說道：「鄆州判官趙鳳是個才學之士，也是我的好朋友，請大哥攻入鄆城時，手下留情，將他及願意投降的大梁文臣一併送到聖上面前，以充翰林。」

李嗣源想不到他的請求竟是如此，隨即明白了馮道的用意，感激道：「三弟真是面面俱到！不只公私兼顧，也為大哥著想了！放心吧，我定會做到。」

馮道向他行了一禮，微笑道：「那我就先謝過大哥，也替趙鳳多謝了！祝大哥旗開得勝！」

李嗣源對鄆州一戰原本還有些擔心，在得到馮道的祝福和提醒後，滿懷鬥志地率領五千精銳出發，首先渡船到黃河南岸的楊劉渡口，接著製定作戰計劃，決定兵分兩路，一路由李從珂和高行周領軍，從正城門攻入，另一路由李嗣源率領石敬瑭等五十名精悍士兵從東城門突襲。

此時夕陽西下，夜色昏沉，又不斷下著綿綿細雨，四周一片漆黑，李從珂這一路的士兵想到自己是孤軍深入，不禁有些害怕，紛紛表示想等天亮再攻城。

李從珂打仗勇猛，卻言語木訥，不知如何激勵士兵，只心中乾著急，幸好高行周出來鼓舞大家：「眼下一片漆黑，鄆州軍絕對想不到有人敢來攻城，咱們若忽然突襲，敵人定會嚇得手忙腳亂，這是蒼天賜予咱們的大好機會，大家應該更奮勇前進才是，莫要錯過時機了！」

眾兵聽他說得有理，紛紛振作起精神奮勇前進，果然如高行周所言，鄆州軍全無防備，李從珂十分豪勇，輕易搶上城門，殺死看守城門的士兵，接著打開城門，讓橫沖都全數衝進去直攻牙城。

東城門這邊，李嗣源帶著石敬瑭和五十名精悍士兵潛入城內，此時鄆州軍已發現有敵人來襲，立刻全軍奮起反抗，雙方一陣激戰，石敬瑭眼看有數名敵兵高舉長刀要砍向李嗣源的後背，而李嗣源正忙著應付前方的敵人，無暇後顧，他連忙飛身過去，以燕雲飛槊大力一個揮掃，將幾名凶悍的敵軍掃飛出去，他自己卻被長刀刺中，也不管鮮血長流，仍拼命揮耍著長槊，堅定不移地圍護在李嗣源身周，直到與李從珂的大部隊接應上，終於合力奪下鄆城。

李嗣源一佔據城池，立刻下令嚴禁士兵在城內燒殺搶掠，極力安撫百姓，並善待投降的大梁文官，派人將他們安全送回魏州，這其中包括馮道的好友、鄆州判官趙鳳。

李存勖得到勝戰的消息，又添了一批文官人才，龍心大悅，忍不住對馮道稱讚道：「大哥真是奇才！無論朕交辦什麼事情，他總能做到，如今黃河南岸多添一個據點，距離開封又近，朕的大業有望了！」對李嗣源的隔閡頓時消失無形，歡喜道：「你立刻寫個敕旨，朕要加封大太保為天平軍節度使！」

「是！」馮道見李存勖終於化解了對李嗣源的怒氣，也十分高興，但最高興的莫過於與趙鳳重逢。

馮道、劉昫、龍敏、李崧，再加上趙鳳，幾個幽燕才子在三笑齋偶遇，歷經大安山的生死患難，當時還不覺得這友誼如何，此刻歷經十多年的戰火波折、生死茫茫，竟能重聚，眾人見面之時，真覺得滄海桑田，有恍如隔世之感，才體會到這緣分彌足珍貴，心中都是萬般感慨、萬分慶幸。

梁將劉遂嚴、燕顒匆匆逃亡，奔回梁京稟報情況，鄆州比起楊劉、德勝，距離開封又更近了，消息一下子傳遍了朝野，上至君臣、下至庶民，個個驚慌失措、憂心忡忡，卻無人想得出辦法。

大梁首席謀士敬翔因不受重用，隱居已久，忽然聽見鄆州丟失的消息，知道王朝岌岌可危，再按捺不住拿著一條繩索走出家門，毅然踏入許久未進的朝堂，激動地請求皇帝讓王彥章擔任主帥，統領大軍對唐作戰，否則便要以繩索當庭自縊。

敬翔雖被冷落，在大梁仍受朝野敬仰，德高望重，朱友貞不敢真的讓他自縊，再加上聽到李存勖以「唐」立朝，號召十三藩、五十州來歸，對後續情勢實在憂心，再顧不得朝中黨派鬥爭，決定答應敬翔的請求，啟用王彥章為統帥。

王彥章等了許久，終於等到這個機會，當場誇下海口說自己三天便能攻破敵軍，段凝、趙岩、張漢傑一黨都大聲鬨笑，王彥章一怒之下，立下軍令狀說：「倘若三天不能取回德勝南城，任憑皇帝處置！」

朱友貞見他說得如此自信，又見戴思遠屢屢戰敗，遂將戴思遠降為宣化留後，改任王彥章為北面招討使，仍任用段凝為副招討使。

王彥章得到統帥大權，一走出朝廷，逢人便說：「待消滅敵賊，回朝之後，第一件事就要把朝中奸臣都殺盡！」

趙岩、段凝、張漢傑、張漢倫兄弟聽到風聲後，對王彥章更加憂懼，從此懷恨在心。

王彥章果然不負敬翔的厚意，一路勢如破竹，非但三天就攻破德勝南城，又轉攻「潘張」、「麻家口」、「景店」等幾個唐軍營寨，即使李存勖親赴「潘張」救援，遇到王彥章，那王鐵槍法原本就是烏影寒鴉槍的剋星，再加上契丹一戰，李存勖受述律平襲擊，功力受損，始終未能恢復到從前鼎盛的時候，之後張承業和幾位大將隕落，令他消沉了好一段時間，登基為帝後，自覺身分尊貴，不想再拿命去拼，便決定退避，轉往澶州全力守護糧倉。

梁軍聽到李存勖竟怕了王鐵槍，一時聲勢大振，跟隨王彥章奮勇向前，沿著黃河一路奪回當初被晉軍搶去的幾個渡口，甚至有北上直搗魏博之勢。

此時，楊劉渡口正遭到梁軍猛攻，守將李周實在支撐不住了，請求李存勖緊急救援，李存勖原本還沉溺在初登大寶的歡愉中，且認定梁軍不過一時得勢，並未在意，心想自己已經是皇帝了，哪能再像從前一樣到處奔波救援？因此雖整軍前往，卻一路遊玩打獵，只派原本在德勝南城打敗仗的將領朱守殷為先鋒，前往楊劉協助李周守城。

待李存勖抵達楊劉，才發現王彥章、段凝率領十萬大軍在楊劉城南駐紮，不只修了重重營壘，使寨寨相連，還把九艘大船連在一起，橫在黃河渡口，嚴密防守唐軍從水路進入救援。

唐先鋒朱守殷無路可進入楊劉，只能率軍攻上梁船，雙方打了上百次水仗，唐軍傷亡過半，楊劉城幾度差點被梁軍攻陷，全靠李周拼命支撐才堅守住。

李存勖見了這情狀，恍然驚覺自己安逸玩樂太長時間了，當初好不容易等到黃河結冰才打下的幾個渡口，竟一一失去！如今只剩下楊劉和李嗣源駐守的鄆州。

李存勖終於振作起來，心知絕不能失去楊劉，便親自領兵作戰，卻始終無法突破對方的水上堡壘，雙方一時僵持不下。

正當李存勖萬分頭疼，苦思破敵之策時，梁將康延孝忽然帶著百名鐵騎夜奔而至，說自己要投降唐帝，獻上梁軍重大機密。

這康延孝是栗特人，原本就是李克用麾下士兵，年輕時因為犯罪才投奔到大梁，曾在河中節度使朱友謙麾下當騎將，朱友謙一早便投靠了李存勖，康延孝後來就被歸於段凝手下，如今當到了梁軍右先鋒指揮使，既是先鋒首領，自能比別人更早一步知道許多重大軍機。

李存勖得知是大梁的先鋒指揮使來投誠，高興得合不攏嘴，連忙親自接見，還當場脫下錦袍、玉帶賞賜，授康延孝為南面招討都指揮使、博州刺史，以示器重，接著讓康延孝進入內堂，屏退左右，私下詢問：「你所謂的重大軍機是什麼？」

康延孝恭敬道：「臣稟奏陛下，自從王彥章當了梁軍大元帥後，段凝、張漢傑兄弟便用各種手段吵鬧不休，要朱友貞罷了王彥章的統帥大權。那朱友貞昏聵無智，專寵小人，趙岩、張漢傑兄弟沒有半點本事，只知道納賄賣官，段凝更是毫無智慧，也無將才，只會奉承權貴，偏偏朱友貞聽了幾句讒言，就決定調回王彥章，改由段凝擔任大統帥。」

李存勖聽到梁廷內鬥嚴重，最忌憚的王彥章又要被調走，心中大喜，卻聽康延孝續道：「如此一來，敬翔和李振這幫老臣自是不答應，朱友貞為擺平雙方爭執，決定四路並進，讓各人都有機會表現軍功！」

李存勖連忙問道：「什麼四路並進？」

康延孝說出了這四路計劃分別如何，又道：「數日之內，梁軍必從這四路展開進攻！」

李存勖原以為得到軍機就可以輕鬆解決大梁，可當他聽到康延孝的話，只覺得像被晴天霹靂轟炸了般，全身震撼到毛骨悚然，腦中一片混沌，甚至有天旋地轉的感覺：「難道真如七哥所言，我一旦登基，就會面臨四面楚歌的景況，會把自己逼進死路？」

他腦中轉過千般思想，心底湧上萬分不安，卻必須極力壓抑，不能流露一絲一毫，因為康延孝會投誠，是認定朱友貞暗懦無能，大梁內部腐敗至極，他以為戰功彪炳的李存勖是個新希望，可他卻不知道河東內部問題有多嚴重，而這些問題只有李存勖自己知道！

康延孝又興沖沖道：「從梁軍出發到四路計劃完成，還有足足半個月的時間，臣以為咱們可以好好反擊！」接著又提了反擊的建議。

李存勖表面極力維持微笑：「你帶來的這消息很好，確實立下大功！朕知道怎麼對付大梁了，你先下去歇息吧。」待康延孝離開後，他卻感到如墜惡夢般，怎麼也不相信這個事實，喃喃自語：「十五日！竟然只剩十五日……我剛建立的王朝就要滅了？難道我真要死無葬身之地……」又在心裡一陣吶喊：「我以『唐』為國號，又是唐帝認同的宗室親王，難道不算興復李唐嗎？為何蒼天要這樣待我？既允許我稱帝，為何又要讓梁軍再起？」

他勉強自己鎮定下來，心想哪怕只有一點點希望，都要立刻採取行動，盡力而為，方有化解危機的可能，絕不能輕易認輸，遂召集幾個心腹文臣武將前來討論這緊急狀況：「胡柳陂和鎮州之戰，我們已失去好幾位大將，如今梁軍四路齊發，大舉進攻，一來，我們沒有那麼多兵力、糧草可分散，二來也沒有那麼多大將可分別領軍，你們說該如何是好？」

眾臣得知情況都十分震驚，豆盧革搶先道：「如今梁軍漫天湧來，不打只有死路一條，如果要打，我兵力財力原本有限，張公去世後，更形困難，為了支應龐大的軍需，不得不在魏博強徵重稅，已引發民怨，再這麼下去，只怕各地皆要造反……」

李存勖聽得好生不耐，怒道：「朝廷有多困難，朕不知道嗎？需要你們來提醒？朕要的是解方！」

此時幽州權知州事馬紹宏剛巧回來，除了稟報邊境情況，也準備替李存審傳達病重欲回京休養的請求，聽李存勖這麼說，只好把話嚥了下去，道：「臣以為大太保的橫沖都十分勇猛，卻孤軍駐守在遙遠的鄆州，實在是浪費，應該放棄鄆州，把他們調回來一起守衛疆土，再把衛州、相州、黎陽和許多財寶一起贈予大梁，換取雙方休兵，從此以黃河為界，互不侵犯。」

李存勖聽這割地賠款之計，但覺羞辱至極，幾乎就要勃然大怒，想不到眾臣紛紛附和：「眼下形勢，馬知州的方法最為穩妥，還請陛下定奪。」

李存勖心知一旦退卻，大梁只會得寸進尺，絕不會放手，臣子們可以降，而自己身為皇帝就只有死路一條，忽然覺得當初張承業說的沒錯：「那些人短視近利，勸你稱帝，不過是為了自己的前途牟利，幾時真正考慮過你的處境？」心中不由得一沉：「這些人只想苟且偷安，全然不顧我的死活！倘若十三太保還在，絕對會主張奮力一戰！」

但他天性從不退縮，哪怕是一場豪賭，也想拼一把，精光掃了下方臣子一遍，想看看有誰是真正對自己忠心，沉聲問道：「卿都以為如此嚒？」

「臣不贊同馬知州所言！」與李存勖一樣雄心勃勃的郭崇韜站了出來，大聲道：「自從陛下繼承先王遺志，至今已逾十五年，常常日夜奔波、櫛風沐雨，有時累到蓬頭垢面，甚至連盔甲都生了虱子也無暇梳洗，只為洗雪家國之恥。今日陛下好不容易登基，乃是萬民仰望，河朔百姓無不盼望您早日跨過黃河解救他們，怎可輕易割地退後？」

李存勖心下一陣感動：「滿堂文武，只有郭崇韜才真正明白我一路走來的艱辛！」

其他大臣看了李存勖的臉色，都想郭崇韜在聖上心中更加不同了，不由得暗暗嫉恨：「他這是在指責我們膽小怕事，不能為主分憂！」

其中以馬紹宏最是憤恨，因為郭崇韜原本是他的下屬，若不是他被調去幽州協助李存審，郭崇韜如何有機會擔任中門使？如今兩人成了競爭樞密使的對手，郭崇韜又三番兩次暗中阻擋李存審回京，馬紹宏看在眼裡，也為九太保打抱不平，見他又在大王面前反駁自己，心中暗罵：「這人總愛爭功，九太保就是被他逼走邊疆，以至病重還不能回歸故里，可主上卻看不清楚！」

李存勖問郭崇韜：「卿有何見解，可破梁軍的四路進攻？」

郭崇韜心知周遭射來許多恨意目光，卻毫不在乎，大聲道：「在戰場上，一旦遭遇敵軍漫天湧來，強弱懸殊之下，最好的法子就是斬殺主帥，使敵軍群龍無首。今日這場對決也是一樣，既然我們沒有那麼多兵力可分散，不如就集中一路，直搗梁京，斬首梁帝！」

「直搗梁京，斬首梁帝……」這八個字就像暮鼓晨鐘般震醒了李存勖，在他心中嗡嗡迴蕩，他興奮地緊握雙拳，大聲道：「此言正合我意！如今大梁士兵盡出，就表示京城空虛，可以單兵突入！大丈夫勝者為王，敗了，最多是充為俘虜，若不轟轟烈烈決殺一場，豈不枉費這一遭？」

馬紹宏急道：「臣以為萬萬不可，陛下乃是萬金之軀，怎能輕易涉險？」

「有何不可？」郭崇韜忿然道：「你們才得到一個小小鄆州，聽到敵軍大舉前來，就不敢堅守，個個都想放棄退回北方，將來怎麼守住偌大的中原？萬一梁軍不守信用，強行渡過黃河界線，又有誰會挺身而出，為陛下守護江山？」

眾臣臉色一陣青一陣白，郭崇韜卻不顧得罪人，繼續慷慨陳辭：「陛下請聽臣一言，從康延孝帶來的軍機可知大梁五萬精銳都歸在段凝麾下，將來會陳兵在濮陽，既牽制我主力大軍，又可派兵決開黃河堤岸，讓洪水從滑州漫延至鄆州，不只隔絕我主力軍南下，更可助王彥章趁機攻取鄆州，形勢看似危險，但臣反而覺得這是可趁之機！」

李存勖道：「何以見得？」

郭崇韜道：「梁軍以為我軍不能渡過洪水，就不會嚴加防備。他們傾巢而出，開封城必無人防守。臣請命率軍留守魏州，牽制段凝大軍，保住楊劉渡口，陛下可親率精兵長驅直入梁京，城中那一點守軍若是聽到陛下親臨，定會嚇得望風而逃，只要陛下能斬殺朱小兒，梁將群龍無首，定會崩潰倒戈，如此半個月之內便可平定天下。」

一番話說得李存勖慷慨激昂，龍心大悅，正想拍案決定，馬紹宏卻大聲問道：「郭使君想親自抵擋段凝大軍，好讓陛下可以直入梁京？」

「不錯！」郭崇韜也自信滿滿地大聲回答，彷彿這場仗役只有他和李存勖併肩作戰，其他人都是膽小鼠輩。

馬紹宏冷笑一聲，道：「我軍力原本就稀少，請問你打算讓多少兵馬隨陛下深入虎穴？自己又留多少兵馬抵擋五萬敵軍？如何分配才最妥當？萬一你沒有擋住段凝，梁軍從後方包圍過來，將陛下的孤軍夾殺在開封城裡，又該如何是好？」

這意思是郭崇韜若留下大部分兵馬去抵擋段凝，只讓李存勖帶少許兵馬突入梁京，無疑十分危險；若李存勖帶走較多的兵馬，郭崇韜手中的兵馬不夠多，恐怕擋不住段凝的五萬大軍，一旦段凝打敗郭崇韜，便會帶兵返回開封，將李存勖夾殺在梁京裡。

郭崇韜冷笑道：「段凝根本就不是將才，只是憑著拍馬奉迎才坐上元帥之位，於戰場上他並不懂得臨機應變，郭某豈會擋不住這等庸人？」

馬紹宏忿然道：「即便段凝是庸才，但他手中兵力充足，哪怕只有萬分之一的危險，仍是置陛下於危地！陛下是萬民仰望，絕不能有一點閃失！」

李存勖生平喜愛冒險，原本已認定郭崇韜的計策，但在遭逢潞州叛變，黃河沿岸據點盡失的情況下，也不免失去往日的信心，變得猶豫不決，他心知這一仗，大梁是傾舉國之力而來，自己只要有一步踏錯，就會滿盤皆輸，落得國破家亡、身死覆滅的下場，因此一絲一毫都不能犯錯，而馬紹宏提出的疑問正是他心中不解之處，暗嘆：「看來是我誤會馬紹宏了！他正是顧慮我的安危，才想出退後緩兵之計。」

郭崇韜見李存勖心意動搖，又道：「今年秋收欠佳，五穀不登，軍糧只能支撐數月，臣請陛下當機立斷，勇往直前，雖沒有把握一定能勝出，但猶豫後退，就只能坐以待斃！臣以為雙方決戰便在今年，倘若此刻不敢決斷，只空談國事，大業如何成功？後勢如何發展，只怕很難預料了！」

馬紹宏不悅道：「郭使君這是以軍糧缺失逼迫陛下涉險嚒？」

郭崇韜忿然道：「我一心為陛下著想，只是陳述事實，你又來胡說什麼？」

馬紹宏不再與他爭吵，只冷笑問道：「我就想請問郭使君，敵軍四路齊發，必是漫山遍野，陛下要如何突破千萬敵軍進入梁京？究竟哪一路才是真正的突破口，可以確保十五日之內斬首大梁？」

郭崇韜道：「如今陛下待在楊劉，自然該從楊劉進入開封是最快的！」又對李存勖道：「陛下先從楊劉進入鄆州，接著就讓大太保擔任先鋒，為您開道進入梁京。」

李存勖正為了自己貴為皇帝，卻要孤軍深入虎穴感到有些苦惱，聞言大喜，暗想：「不錯！大哥確實是先鋒的最好人選，有他開路，我緊跟其後，萬一遭遇什麼埋伏，我便有退身的餘地……」

馬紹宏卻道：「戰場上瞬息萬變，鄆州與楊劉之間山道險阻、戰亂頻生，很難隨時保持聯絡，大太保如果聽到梁軍散播的謠言，又得不到我們的消息，很容易會生變。就算他一直堅守在鄆州，別忘了，段凝已經準備前往濮陽決開黃河，讓洪水從滑州漫延至鄆州，不只能隔絕我魏博援軍南下，更會淹沒在鄆州的橫沖軍！大太保和橫沖軍要想避開洪災，就必須離開鄆州，咱家卻要問郭使君，陛下一旦去了鄆州，要與誰聯兵？」

郭崇韜一時答不出來，馬紹宏又道：「屆時，不只大水阻隔了楊劉和鄆州之間的聯絡，千萬難民到處流亡逃竄，不只謠言四起，更有流匪趁機打家劫舍，情況將會一發不可收拾，王彥章見大太保退離，肯定會帶兵趁機攻佔鄆州，你卻讓陛下前往如此危險的地方，究竟是何居心？」

郭崇韜氣得滿臉通紅：「我公忠體國，一心為陛下解圍，能有什麼居心？」

馬紹宏道：「陛下請聽臣一言，萬萬不可去鄆州，這事只要稍有差池，都是陷陛下於險境！」

李存勖雖不懷疑李嗣源的忠心，但胡柳陂一戰，李嗣源曾貿然渡河回去魏州，以至犯下大錯，就是因為誤聽謠言，若雙方要合兵進攻梁京，就必須確保軍令通暢無阻，可一旦梁軍決開黃河，只剩他孤軍進入梁京，就真的太危險了！沉聲道：「馬知州說得不錯！朕不能只圖個戰略，必須要有萬無一失的作戰計劃，你可設想好了？」

郭崇韜雖具戰略眼光，但匆促之間，怎可能把細節想好？不得不承認：「這確實是個難題，臣還需要一些時間研究。」

李存勖見郭崇韜只有戰略，卻提不出實際的法子，方才的熱情被狠狠潑了一桶冷水，怒道：「只有十五日！」

馬紹宏轉對李存勖道：「臣以為只有割地求和，雙方以黃河為界，互不侵犯，才是最穩妥的辦法，至少可保住我大唐仍雄據河北，日後再徐圖復興。」文臣武將都覺得馬紹宏言之有理，紛紛表示贊同。

郭崇韜對馬紹宏的反駁十分不悅，沉聲道：「如今大梁勝券在握，我們想議和，他們絕對不會同意，與其任人宰割，還不如奮力一搏，一開始就掌握主動出擊的機會！」

馬紹宏冷哼道：「郭使君別忘了，只有十五日時間，大梁便攻來了！」

郭崇韜肅容道：「十五日期限確實緊迫，臣也沒有把握這斬首大梁的計策真能一戰成功，但臣聽說帝王行事，必有天命，既然形勢至此，陛下當順應天命，果斷行事，上天既允陛下登基，必有一條活路留給我大唐！」

李存勖原本感到萬分沮喪，聽到郭崇韜說的「順應天命」，忽然想起了前些日子，金匱盟主在銅雀臺舉行了「第一美人富貴宴」，傳說此人通天曉地，無所不知，但又不像周玄豹那樣喜歡敲鑼打鼓地大肆排場，只有極少數接到帖子的貴賓，才能進入神祕的富貴宴請示天機。

當時他嗤之以鼻，並不在意，今日卻想：「我與金匱盟幾次來往，從未真正面對過金盟主，但從大哥、玉娘和馮道的口中，都說此人真有那麼一點本事，或許他能為我解開迷惑也說不定……」便對眾人道：「朕自有定奪，你們都退下吧。」

「陛下，此事沒有時間猶豫了……」郭崇韜心有不甘，還要再勸，李存勖只丟下一句：「你先召集兵馬！」便起身離去。

散會之後，郭崇韜不與眾人同行，獨自走出殿門，一邊喃喃自語，恨聲道：「都是閹宦誤國！幸好陛下明智，不聽從那群蠢才的建言，待大業底定，我當上樞密使後，定要奏請陛下將閹宦全殺盡，免得他們再來貽害國家！」他卻不知這些話已傳入一名路過的小宦官耳裡，過不久，便像野火燎原般迅速燒遍了整個宦官群。

李存勖疲累地回到書房中，見窗外遠山已染了秋色，但覺胸中有一股氣要發出，很想不顧一切帶兵殺入梁京，一決生死，但想到馬紹宏的提醒，又覺得自己怎能冒如此大的風險？心中委實猶豫難決，不由得一嘆：「這場仗打得太久、太久了！以至於我胸中的鬥志都快要磨盡了……」

「陛下。」馮道聽見皇帝傳召，連忙趕了過來，一聲輕喚打斷了李存勖的思緒：「臣已聽到消息了……」

李存勖回過身來，問道：「你以為這事如何？朕該進該退？」

馮道說道：「進，萬分冒險；退，陷入絕境。」

李存勖心中一涼，喃喃道：「連你也這麼說，難道我真要死無葬身之地？」

馮道說道：「陛下心中已有主見，想搏那萬分之一的機會，只不過仍不敢做下決定，臣該如何為陛下分憂呢？」

李存勖一雙精眸瞪望著他，沉聲道：「朕要見金匱盟主！」

馮道想了想，道：「臣許久未與金匱盟聯絡了，但聽說數月前他們曾在銅雀臺悄悄舉辦了富貴宴，臣循此線索找找看，或許能找到……」

李存勖冷聲道：「不是『或許』，而是『一定』！朕一定要找到他，而且只給你十二個時辰找人！若找不到人，你便提頭來見！」

馮道微微一愕，暗啐：「陛下今天是吃了猛火油嚒？火氣這麼大！」連忙恭敬稱「是」，便趕緊退下。

過了酉時，夜色已深，李存勖等得焦急不耐，負手在書房裡踱來踱去，始終無法安歇：「究竟是找不到人，還是他不願見我……」

「陛下！」馮道快步走近，以袖子微微抹了額上汗珠，道：「卑職快馬來回，又走訪了銅雀臺附近的大街小巷，終於找到了！」

李存勖歡喜道：「找到了？」又責備道：「你怎不直接帶他過來？」

馮道嘆道：「卑職哪有本事將人綁來？我只是輾轉找到阿寶姑娘，讓她傳了話，金盟主答覆說請陛下單獨赴會……」

李存勖一愣：「他想單獨見面？這意思是朕身邊不能有侍衛？」冷笑道：「這人真是好大的架子！朕乃天下之主，一國之君，別人想見面都求之不得，他竟敢提條件！」

馮道說道：「金盟主的意思是陛下想與他會面，必有重大事情相商，怎能讓閒雜人聽見？自然要單獨會面。」

李存勖想了想，道：「這也有理！那就讓他過來，朕可以單獨宴請他。」

「他的意思是……」馮道微微垂首，不敢與李存勖相望，支吾道：「請陛下於戌時抵達『南樓』，只要晚到半刻，他便取消約會，而且相見一次，要價不菲……」

「他居然擺這麼大的架子？」李存勖幾乎要發怒了，但想到是自己有事求教，也只能忍下這口氣，又問：「你說的南樓可是位於西北方的『倉王寺』？」

馮道說道：「正是。」

李存勖見會面時間剩不到半個時辰，幸好那南樓就距離楊劉府城不過三十里路程，若是快馬趕去，應來得及，道：「罷了！既然距離不遠，朕就去一趟吧！他要求什麼價金？」

馮道頭更低了：「卑職不知道，大約還是魏國夫人的首飾……」

李存勖暗罵：「這傢伙怎麼老是貪戀女子首飾？難道他真是女子所扮？又或是時常流連花叢？玉娘肯定又要氣沖沖了……唉！」

馮道又道：「他說陛下是熟客了，很有信用，可以通融一次，待見面之後，陛下認為他說的有理，再付價金即可。」

李存勖冷笑道：「他就不怕朕賴帳麼？」

馮道微笑道：「他說：『陛下身分尊貴，向來大方，如今已坐擁天下江山，豈會捨不得一點錢財？』」

李存勖道：「看來他已經知道朕要問什麼，也有了答案！朕非得好好會一會這無所不知的金盟主不可，備馬！」

「是。」馮道恭敬地退下。

月黑風高的夜裡，李存勖換上便衣，一人單騎，悄悄出了府城，頂著薄薄飛雪，快馬奔馳在長道上，身邊沒有半個侍衛保護，若不是軍情十萬火急、事態非常嚴重，已關係到王朝的生死存亡，貴為唐帝的他又何必如此憋屈，竟要孤身前往南樓赴約？

這南樓原名「倉王寺」，前方是一座三間併立、兩層樓高的磚瓦寺宇，乃是紀念為世人造字的倉頡，寺宇後方即是倉頡墓塚，東南兩側分別有黃河和清澈的小河縈繞。

李存勖心中焦急，無暇懷念倉頡，仰首望去，見樓上果然有燈火，也懶得拾級而上，索性施展輕功，足尖輕點，直接縱躍上二樓。

金無諱戴著金色花紋面具，身披白狐皮裘，站在欄杆邊，負手而立，遠眺下方滔滔黃河，身邊阿金、阿寶兩位隨從恭敬地立在一旁。

「咱們終於見面了！」李存勖走近前來。

金無諱並沒有回過身來，只道：「李皇抵達楊劉之後，可曾登上南樓俯瞰這如畫江山？」

李存勖心想：「他不准我帶護衛，自己卻備了隨從，分明想壓住我的氣勢！」上前一步，昂然並立，冷聲道：「朕忙於國事，沒有閣下這麼好興致！」

金無諱嘆道：「那太可惜了！這些可都是李皇辛辛苦苦打下的江山，倒教我一閒人先品賞了！」

李存勖聞言，心想：「這話說得不錯！我年復一年地打仗，幾時有心思享受大好江山？」便靜下心來，仔細觀賞樓臺下方景致，只見黃河環繞於下，對岸群山連綿，似碧龍横臥，山下村落星羅棋佈，在這靜謐夜色裡，透出點點燈火餘光，每一盞燈火都是一戶人家的溫暖希望。

金無諱悵然道：「有人不顧生靈塗炭，妄想利用江水破壞這一切美好，殊不知『君者，舟也；庶人者，水也；水則載舟，水則覆舟。』」❶

李存勖聞言，更加確定對方已知道大梁「四路並進、水淹三州」的計劃，單刀直入地問道：「先生對當今形勢有何見解？」

金無諱轉過身，走到了樓臺中間，李存勖也跟了過來，只見這裡擺放了一張極大的長方桌，上面覆蓋了一大塊錦布，金無諱找了位子坐下，擺手示意李存勖坐到對面：「請坐。」又吩咐阿金：「備酒！」

阿金早已將酒注子放在炭爐上燒烤，待李存勖入座後，他熟練地為兩人各擺放一只八楞雕花金樽，再取出已暖熱的酒壺分別為兩人斟酒，一道清香酒氣散放出來，金無諱舉杯向李存勖致意，微笑道：「李皇愛喝烈酒，但中秋宜喝桂花酒養生，李皇不妨試試這清雅的味道。」

李存勖心中焦急如焚，對金無諱大擺架子、言不及義，十分不耐，又對寡淡無味的桂花酒沒啥興趣，乾脆開門見山地說道：「朕今日前來，乃是大梁即將發動四路進攻，我朝中有主戰、主和兩派，主戰者想孤軍深入梁京，主和者想放棄鄆州，並且割讓相、衛兩州求和，不知先生有何高見，倘若今日能解我朝危局，來日必有重酬！」

金無諱道：「咱們先酒後兵，先品酒，再下一盤兵推棋，如何？」將酒水一口喝盡：「我先乾為敬。」

李存勖一愣：「什麼兵推棋？」

金無諱向阿金使個眼色，阿金立刻將桌上那一層錦布掀開來，只見下方是一座用泥土捏塑的黃河沿岸的立體地形圖，包含許多決戰地點，由東往西分別是楊劉、鄆州、德勝、濮陽、滑州。滑州往南便是開封，往北則是衛州、潞州、太原，整個地形圖正是雙方決戰的範圍。

李存勖不由得暗暗驚訝：「此人當真是神人，早已知道我要問什麼，連戰場都設置好了……」又見兩人的桌角各自放了一只棋碗，碗中放了幾顆木頭雕刻的棋子，棋上寫著人名，恍然明白所謂的「兵推棋」乃是雙方各執棋子進行一場戰役推演，頓時大感興趣，暗笑：「我號稱戰神，打遍天下無敵手，你一介文人跟我談行軍打仗，那是自找苦吃！」便一口喝盡手中酒水，笑道：「先生想怎麼紙上談兵，朕都奉陪。」

金無諱道：「你手中任何一隻棋子兒走一格，便代表過了一天時間，不同的將領可同時移動，代表他們在這一天同時行動。梁軍十五日便能完成計劃，所以這盤棋最多只可走十五步，不想走或不能走的棋子兒，便停留在原地。現在是酉時，這棋局……」推算了一下，道：「大約天明時分就可以結束了！」

李存勖瞄了一眼棋碗，見碗中只有四顆棋子，笑道：「只有四顆棋子，且只能走十五步，哪裡需要下這麼久？朕以為不到半個時辰便可結束！」

金無諱微笑提醒：「這雖是紙上談兵，但棋棋重要、步步驚險，只要走錯一步，便是滿盤皆輸，如何排兵佈陣，還請多加思考，切莫下得太匆促。」

李存勖見自己碗中那四顆棋子上分別刻著大梁四路進攻的主帥名字，心想：「他坐錯邊了！」正想說兩人應該交換位子，金無諱似看穿他的疑惑，道：「李皇代表梁軍，本座則代表唐軍！」

李存勖驚訝地望著眼前這個神祕人物，暗想：「這傢伙想代替我號令唐軍，他真能像我一樣厲害麼？莫要把我的大軍弄得一塌糊塗了！」正想提出交換棋子兒，金無諱又看穿他不信任自己帶領唐軍，微笑道：「李皇代表梁軍，才能真正明瞭敵人有多少能為？」

李存勖忽然明白其中深意：「他讓我帶領梁軍，是想透過這一場兵推，讓我對敵軍洞悉透徹。」如此一來，好勝心極強的他忽然陷入了掙扎：「我究竟該贏還是該輸？」

金無諱再度看穿他的心思，道：「這一戰，無論梁、唐哪一方，都是生死存亡之戰，贏了就一局定江山，輸了就徹底身死國滅，再沒有任何轉寰餘地，李皇既代表大梁，就該傾盡全力，當然本座也會盡一己之能，全力突破梁軍的圍堵，就請李皇拭目以待。」

李存勖見金無諱胸有成竹，不焦不躁的樣子，忍不住道：「金盟主恐怕不瞭解我朝的困境，我以為有必要提醒你，免得到最後朕贏了棋局，你卻不服氣，說我勝之不武。」

金無諱微微一笑，道：「既然我代表唐軍，不妨由我來說說，看李皇覺得對不對？」

李存勖點點頭，道：「也好！你說吧！」

金無諱道：「原本唐王朝掌握了幽燕、鎮定、潞州、河東、河中、魏博幾大藩鎮，但幽燕有契丹時時威脅；鎮、定兩州才剛剛發生過叛亂，局勢未穩；一直最穩定、最忠心的潞州卻因為二太保身亡，其子倒戈大梁，以至太原失去東南屏障；至於河中，哪怕李皇三番兩次親自率軍救援，朱友謙都可能是個牆頭草！一旦他見勢不妙，重投大梁懷抱，那將會是一把直插河東太原的大刀！至於魏博，是李皇親自坐鎮之地，當初費盡九牛二虎之力收了六州，眨眼之間，竟丟失近半，澶、衛、相三州落入敵手，段凝還率領大軍在黃河沿岸虎視眈眈，就連最後的楊劉渡口，唐軍都堅守得十分吃力。也就是說李皇手中沒有一塊安穩之地！」他喝了口酒，又道：「但這些都不是最可怕的……」

李存勖臉色有些難堪地問道：「還有什麼比四面楚歌更可怕？」

「缺糧！」金無諱道：「連年興戰，河東、河北原本就不如關中富庶，唐軍手中幾個糧倉：幽州時常被契丹劫掠；魏博只剩三州，靠孔目吏孔謙橫徵暴斂以供軍需，百姓不堪壓榨，紛紛逃亡，使得稅收更加短缺；以往還能依賴張公調度糧草以應戰局，可張公已然去世，再加上今年秋收不佳，如今唐軍手中存糧不到半年，一旦戰事稍有拖延，只怕就連河東都會民心動搖。

在如此混亂的局勢下，唐王朝其實不像表面上那麼風光，相反地，已是四面楚歌、搖搖欲墜，這也是為什麼朱友貞會傾全國之力發動四路進攻的原因，因為一旦這戰局開啟，將會是摧枯拉朽之勢！所以，你只有短短的十五天時間可力挽狂瀾，必須用非常之法，這一擊若不成，便只有身死國滅一途！」

這番話赤裸裸地揭開了李存勖極力掩飾的弱點與擔憂，他不由得緊握雙拳，目光微微一沉，冷聲道：「你這番話不過是危言聳聽！朕征戰二十年來，每一次都是在萬般艱險中以少擊寡，反敗為勝！這一次也不會例外！上蒼既允我登基，必有天命保祐！」

金無諱道：「倘若李皇代表的梁軍勝了，今日會面，本座分文不取；若我有本事突破梁軍圍攻，勝了棋局，李皇須答應我一個條件。」

李存勖心想：「倘若他贏了，就代表他真有妙計能突破大梁的危局，我自該重金酬謝；若是我贏了，就代表他回天乏術，毫無幫助，自當分文不取。」慨然應允道：「一言為定！倘若朕輸了，便允你一條件！」

金無諱微笑道：「梁軍如今已決定四路進攻，我們不妨從這一點開始著手，李皇先行落子吧！請！」

李存勖閉上雙眼，想像自己是梁軍大統帥，滿懷雄心壯志要擊垮宿世強敵：「朕是當世戰神，倘若擁有大梁的軍力，發起四路進攻，天下有誰能擋得住我？」

他依照康延孝的消息從棋碗中拿起第一顆刻有「董璋」的棋子，說道：「這四路計劃——第一路，摧敵根本！我讓董璋從虢州出發，一路往東北直上，集合虢、陝、澤、潞四軍，經石會關，直搗太原，斷其糧草供應，傷其家人親屬，動搖軍心！」他定好戰略後，便將「董璋」的棋子放到地圖上標示「虢州」的位置，準備出發。

「第二路，斬斷羽翼！」李存勖拿起另一顆刻著「霍彥威」的棋子，道：「鎮、定這兩藩常與唐軍相互應援，我命霍彥威集結關西軍與洛陽軍，從洛陽出發，往東集結汝州軍，接著一路往北直上，集合衛州、相州兩軍，目標是取下河北的鎮、定兩州。」便將手中棋子放到地形圖上標示「洛陽」的位置。

「第三路，主力對決！」李存勖回想著康延孝的說辭，又道：「如今段凝和王彥章率十萬大軍攻打楊劉渡口，此地的唐軍守將是李周，但……」他想著該怎麼形容自己，笑了笑道：「唐皇帝也就是當世第一戰神已率援軍抵達，所以段凝沒有任何成功的希望，只能放棄楊劉，分出五萬軍兵渡河北上，駐紮在濮陽。這濮陽位於開封和魏州之間，五萬大軍退可守梁京，進可攻取魏州鄴城，直搗唐皇帝的巢穴！」遂拿起刻著「段凝」的棋子暫時先放在楊劉，目標是濮陽。

「最後一路，斬草除根！不能讓敵人有死灰復燃的機會！」李存勖拿起刻著「王彥章」的棋子，道：「鄆州的大太保也是一大威脅，所以我準備派出最能剋制烏影寒鴉槍的王彥章與段凝一起，率十萬大軍先攻克楊劉渡口，再趕往兗州，準備奪回鄆州！」說罷將「王彥章」的棋子放到了楊劉，表示鐵槍王如今還在楊劉渡口奮戰，最終目標是鄆州。

李存勖是傑出的軍事家，望著地形棋盤中四支棋子即將展開一場史無前例的戰役，就好像藝術家欣賞著一幅驚豔世人的畫作般，由衷升起一股欣然激動，道：「朕以為這是非常完美的戰略，是以徹底滅唐為目標，一勞永逸的傾國決戰！」說罷不禁慨然一嘆，這聲嘆息意謂著「只可惜並不是我方發動的戰略，一旦不能突破，自己欣賞這場傑出戰役的代價就是死亡」！

他狠狠喝了一口酒，以發洩心中憾恨，接著才擺手微笑道：「金盟主，就看你如何破解這天下第一戰局了？請！」

金無諱拿起第一顆刻有「李嗣源」的棋子落在鄆州，道：「如今大太保已駐守在鄆州。」又分別拿起刻有「李存勖」、「郭崇韜」、「夏魯奇」的棋子，道：「此時李皇與郭使君正在楊劉與梁軍激烈對抗，而夏魯奇跟隨在李皇身邊。」便把三顆棋子一起放在楊劉的位置上。

李存勖冷笑道：「你也只用四顆棋子？」

金無諱反問：「難道唐軍還有什麼可用的大將？」

李存勖聽他又一針見血地點出己方的弱點，「嘿」地笑了一聲，暗罵：「這傢伙總是說話帶針，扎死人不償命！」忍不住又道：「可是你把所有棋子都壓在東邊戰場上，其中三顆還在同一個位置上，難道不管西邊嚒？」

金無諱道：「西邊董璋這一路，行程甚遠，待他集結好軍隊，抵達潞州，至少需半個月，萬一中途耽擱或發生意外，就更遲了。霍彥威這一路更加遙遠，且必須經過大戰爆發的黃河沿岸，抵達鎮州時，早已超過半個月，最大的可能是在黃河沿岸就被迫停下來，直接加入段凝，參與大戰，因此西邊兩路都不需考慮。」

李存勖心中實在好奇：「他言下之意，這場戰爭一定會在半個月內結束，我倒要好好瞧他如何贏我，且突破這天下第一戰局！」便依照原定路線快速移動四顆棋子，走了第二步，此時董璋剛從虢州抵達陝州；霍彥威則從洛陽抵達汝州；段凝和王彥章則停留在楊劉激戰。

金無諱的棋路很簡單，駐守鄆州的李嗣源全然不動，堅守楊劉的李存勖和夏魯奇也不動，正對抗段凝和王彥章，只拿起郭崇韜的棋子往西南移了一步，放在黃河南岸的「馬家口」，道：「第二天，我派郭崇韜率一萬大軍前往馬家口南岸建立新城，大軍務要在一日之內抵達。」這馬家口隸屬博州，位於楊劉和鄆州之間，是一個跨越黃河兩岸的簡單渡口，既不是堅固的城池，也沒有任何防禦工事。

李存勖不解道：「唐軍在楊劉對抗王彥章的十萬大軍，已十分艱難，盟主還要抽走一萬人去馬家口建城池？豈不是軍力更稀少了？」

金無諱道：「如今唐軍只剩楊劉、鄆州兩個渡口，楊劉正受到梁軍大肆攻擊，倘若唐軍採取正面對決，實在沒有優勢，戰事定會拖延許久，只有讓郭崇韜率軍前往馬家口修築一座新城池作為渡口，引誘梁軍分兵來攻，才可能解開楊劉之圍！」

他指著「李存勖」的棋子道：「李皇必須全力抵擋梁軍，助郭崇韜建好新城池，若能成功，不只多一個渡口，也能打通楊劉與鄆州聯絡的通道，使兩軍互相應援，最終合而為一。

重點是，郭崇韜只有六日時間建城，多一天都會功虧一簣，所以必須調動足夠的兵力去築城，至少得一萬名！」

李存勖冷笑道：「也就是說郭崇韜六日不能移動？」

金無諱點點頭，道：「一日移軍、六日築城，總共七日。」

李存勖但覺實在太浪費了，想道：「兵力已經緊缺，還調走一員大將、一萬士兵去修築一座不知有沒有作用、能不能成功的新城壘？人人都說我李亞子是出了名的冒險瘋子，只怕他比我還瘋！」

金無諱拿起「李存勖」的棋子在楊劉的位置敲了兩下，道：「難道我調走一萬軍力，『他』就守不住楊劉城嚒？」

李存勖被金無諱激起鬥志，大聲道：「他可是當世戰神，豈會守不住楊劉？」

金無諱拿著「李存勖」的棋子再敲兩下，道：「王彥章如果發現唐軍在修築新城，肯定會去破壞，你說『他』能不能牽制住王彥章？」

李存勖冷笑一聲：「既然金盟主決定孤注一擲，朕就奉陪到底！」

第三步，李存勖依照原定計劃，移動了「董璋」和「霍彥威」的棋子，繼續往北前進，雙雙接近黃河，又道：「唐軍兵力少了一萬，那麼楊劉這裡留下王彥章也就夠了，段凝開始整頓五萬兵馬準備前往濮陽。」將「段凝」和「王彥章」的棋子仍留在楊劉，暫時不動。

金無諱道：「第三天，郭崇韜開始修築新城，李存勖和夏魯奇必須對抗王彥章，確保楊劉和新城的安全，李嗣源仍駐守在鄆州，因此我的棋子全都不能移動，請李皇繼續。」

既然金無諱打算讓郭崇韜停在馬家口，所有棋子都動彈不得，李存勖也不客氣地一口氣推進了四步，也就是從第四天到第七天的行程，此時「董璋」已渡過黃河，剛抵達澤州；「霍彥威」則渡過黃河，抵達衛州；「段凝」從第四天開始移軍，花了三天時間，抵達濮陽時剛好是第七天晚上。

接下來是第八步，金無諱微笑道：「這第八天，郭崇韜直到深夜才修好新城！」他的棋子仍按兵不動。

李存勖除了讓「董璋」和「霍彥威」繼續北上外，指著「段凝」的棋子，道：「這第八天，段凝命令大軍開始決堤，好使洪水向南方漫延，一舉淹向曹、濮、鄆三州，既可覆滅鄆州的橫沖軍，還可阻擋唐軍從東邊的楊劉攻入開封！」他指了金無諱手中「李存勖」的棋子，苦笑道：「一旦李皇妄想率軍從楊劉至鄆州與李嗣源會合，很容易就會遇上大洪水，到那時，唐軍主力盡滅，」又指了在濮陽「段凝」的棋子，道：「段凝便可率大軍北上，攻入魏州鄴城！」

金無諱沉聲道：「這一招太過狠毒！當初謝彥章為了勝戰，曾施出『鑿冰計』水淹兩岸，已弄得民不聊生，如今梁帝竟想再來一次，且災禍更大！他為了勝出，當真是無所不用其極！」

李存勖問道：「你有何解？」

金無諱搖搖頭，沉嘆道：「無解！我雖已派人盡力去通知，但大梁百姓不相信國家會這麼對待他們，堅持不肯離開家園，這一次水淹千里，三州有那麼多百姓，時間又短，實在疏散不了，只有推翻這個視蒼生如草芥的暴虐王朝，才不會再有下一次！」

李存勖第一次見到這個嗜錢如命、不急不躁的金盟主竟也會發出嘆息，問道：「朕聽說你向來不喜參與戰事，這一次你會答應助我，是因為知道梁軍又要水淹百姓？」

金無諱微然點頭，道：「只盼李皇勝出之後，能善待百姓，好自為之。」

李存勖點點頭，不以為意地笑道：「那是自然！」隨手又將「董璋」和「霍彥威」兩顆棋子往北推進兩步，接著指了「段凝」和「王彥章」的棋子，道：「第九天、第十天，段凝正在濮陽努力決開河堤，至少需六天時間；王彥章仍在楊劉激戰，都不必移動……」

「不！」金無諱沉沉地望了李存勖一眼，指著「王彥章」的棋子，微笑道：「你這棋子該退了！」

李存勖一愣，不解道：「退？」

金無諱道：「第八天，郭崇韜的新城已建好，第九天，他自會與戰神李存勖前後夾擊梁軍，王彥章在雙方夾擊下，最多堅持一日，第十天非退不可！」

李存勖怔怔望著地形圖上的楊劉和新城，「王彥章」、「郭崇韜」和「李存勖」三顆棋子，眼前彷彿浮現戰火紛飛，雙方激鬥不休的景象，內心同時經歷著極大的衝突與掙扎，最後，不得不承認「王彥章」是該退了！

「想不到花了六日時間、一萬人力建造的新城，看似徒然浪費，竟幫助楊劉在短短兩日勝出，甚至是影響到後續戰線……」他彷彿可以預見戰局已經受到全面顛覆，以至於梁軍未必能照著原本那完美的戰略進行了！他內心感到無比震撼，拿起「王彥章」的棋子停在半空中，遲遲落不下去，暗暗苦嘆：「鐵槍王竟然只能支撐一日，他又該退到哪裡呢？」

金無諱提醒道：「王彥章和李皇都是百戰將軍，你二人的戰略思考理應十分接近，所以李皇只要依照自己的本心去落子就可以了。」

李存勖感到自己太入戲了，竟為了王彥章的撤退感到悵惘，未免太可笑了，連忙定下心神：「只有一天的距離，王彥章應不會撤退太遠，但哪一點於梁軍是最有利的？」想了想，決定將「王彥章」的棋子移到「鄒家口」。

金無諱微微一笑，彷彿李存勖的落子完全符合心中的期待，道：「鄒家口確實是個好地點，距離鄆州更近！」

李存勖從前雖然與金匱盟打過幾次交道，卻不曾與金盟主直接對應，第一次兩人坐的如此之近，亦友亦敵地正面較量，他從小便在戰場上出生入死，從不知什麼是恐懼，登基之後更有一股君臨天下、傲視群雄的霸氣，明明眼前人是來助他渡過死劫的，可不知為何，當他把「王彥章」那顆棋子往後退一步時，內心卻生出一種極微妙的恐懼感：「此人比我所想的還厲害，倘若不能為我所用，就是最可怕的威脅……」又想曾經也有一個人讓他覺得非得到不可，如今那個傢伙已經很安分地待在自己身邊當個六品小省郎了：「待滅了大梁之後，我定要拿下金匱盟！」

「第十一天——」金無諱終於拿起「李存勖」和「夏魯奇」的棋子往西南方走了一步：「楊劉和鄆州之間打通了，梁軍也退了，李皇率軍火速趕往鄆州，準備與大太保會合。」

李存勖竟不知該如何阻止對方聯兵，只能先移動「董璋」和「霍彥威」的棋子繼續往北一步，但此刻他已經看出主戰場其實在東邊的楊劉、鄆州，西邊兩路顯得無足輕重，道：「王彥章敗退鄒家口，讓大軍休整半日，便轉往鄆州，準備偷襲大太保，另一方面派人火速傳訊至濮陽，讓段凝加快決堤行動！」

金無諱微笑道：「果然是行動力旺盛的王彥章啊！」

「第十一天，」李存勖微微一笑，將「王彥章」的棋子移到了鄆州，道：「王彥章從鄒家口趕往鄆州，比起唐軍從楊劉趕去，更快一步！」

「確實不錯！」金無諱不疾不徐地問了一句：「所以到了第十二天，大太保必須面臨王彥章的挑戰，李皇以為誰會贏？」

這一下，李存勖倒是答不出來了，李嗣源從沒有讓他失望過，但王鐵槍是烏影寒鴉槍的剋星！

「其實這無關緊要，」金無諱笑了笑，拿起「李嗣源」的棋子在鄆州的位置敲了敲，道：「大太保能勝過王彥章是最好，倘若無法一下子勝出，只要他能支撐超過一天……」接著將「李存勖」和「夏魯奇」的棋子移往鄆州：「第十三天，李皇趕到鄆州，與大太保前後夾殺王彥章！鐵槍王還不落荒而逃？」

「妙啊！」李存勖一時忘情，歡喜得拍手哈哈大笑，隨即想起自己是被逼退的一方，有些尷尬地停了下來，目光重新落回棋盤上：「看似浪費時間建造的新城，竟讓唐軍真的後來居上了……」明知這是必然的結果，內心還是感到無比驚訝，望著自己一步步輸了，卻無力反轉，一時間，他不知該惆悵還是該歡喜，只能拿起「王彥章」的棋子往後退至東北方的「中都」，再看看西邊的「董璋」和「霍彥威」，甚至還沒走到潞州和相州，似乎應驗了金無諱的預言，東邊才是主戰場，西邊戰線太長，未等他們走到目的地，戰爭便已結束了，於此之際，還是只能聊勝於無地將兩顆棋子再往前推進一步。

但他不甘心就此服輸，拿起「段凝」的棋子在濮陽的位子點了點，道：「別忘了，段凝正在決堤，或許他能提前一天完成；王彥章雖然撤退，卻會立刻派人去通知段凝，讓他回頭守護梁京！」

「你說的不錯！」金無諱微微一笑，將「李嗣源」、「李存勖」的棋子往開封的方向推進一步，接著把「夏魯奇」的棋子移往位於中都的「王彥章」，道：「李皇將夏魯奇這顆暗棋訓練了這麼久，是時候讓他發揮作用去對付王彥章了！」

李存勖一愣：「連我暗中訓練夏魯奇，他都知道？」拿起「段凝」的棋子，準備移回開封救駕。

金無諱卻道：「王彥章歷經兩次夾殺，手中兵馬所剩無幾，當他遇見夏魯奇，只會陷入纏鬥，無力回京救援。至於濮陽方面，段凝只差最後一步，就可全面決開河堤，你說是王彥章的探子能快一步通知段凝，說服他放棄決堤，帶兵趕回開封護衛梁帝？還是他會下一場豪賭，將決堤貫徹到底，使洪水將唐軍隔絕在梁京之外？」

李存勖望著棋盤上每顆棋子所在的位置，恍然明白段凝此刻是絕不會帶兵回京的，因為就算他放棄決堤趕回開封救駕，以梁軍的整軍、行軍的速度，至少需要三天的時間，決開河堤卻只要一天，洪水一旦泛濫，便有機會阻擋唐軍前進。

「所以，只要李皇能在六天內建立一座新城，打通楊劉和鄆州要道，並且搶在洪水泛濫之前進入開封，這當中不能有一點差池，那麼……」金無諱將「李嗣源」、「李存勖」棋子緩緩往前推移了一步，進到開封的位置，道：「洪水反而會將梁軍阻隔在外，使他們無法入城救援，梁京裡剩下少數禁軍，又怎是驍勇的李皇和大太保的對手？這就是唯一的勝機！」

這一場「南樓兵推」，金無諱只用四顆棋子，從頭到尾只走一條路線，僅僅用十五步，在李存勖的眼中，卻像看見一場傾國豪賭，整個戰局波瀾壯闊，每一步都是驚心動魄，以至於他全身心都被震撼得顫抖了起來，手中拿著「段凝」的棋子停在半空，最後這一子竟久久無法落下：「第十五天，最關鍵的一天！究竟是洪水會先阻擋唐軍，還是『李存勖』能搶先一步進入開封？」

（註❶：「君者……水則覆舟。」出自《荀子・哀公》。）

梁唐決戰 四路進攻示意圖 (公元923年)

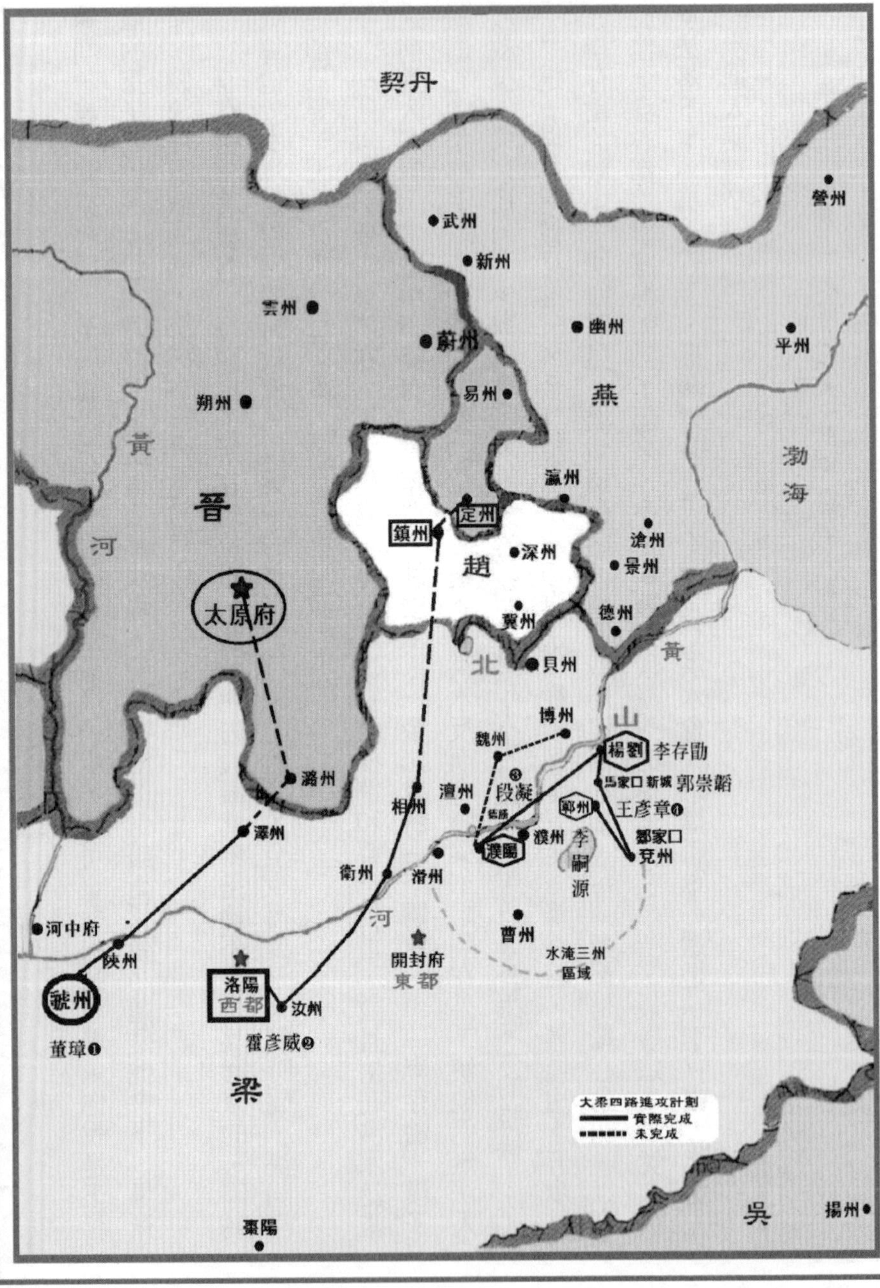

九二三・二　戰國何紛紛・兵戈亂浮雲

即日下令軍中，家口並還魏州。莊宗送劉皇后與興聖宮使繼岌至朝城西野亭泣別，曰：「事勢危蹙，今須一決，事苟不濟，無復相見。」乃留李紹宏及租庸使張憲守魏州，大軍自楊劉濟河。是歲，擒王彥章，誅梁氏，降段凝，皆崇韜贊成其謀也。《舊五代史・卷五十七》

及王彥章敗于中都，晉人長驅而南，末帝急召翔，謂之曰：「朕居常忽卿所奏，果至今日。事急矣，勿以為懟，且使朕安歸？」翔泣奏曰：「臣受國恩，僅將三紀，從微至著，皆先朝所遇，雖名宰相，實朱氏老奴耳。事陛下如郎君，以臣愚誠，敢有所隱！陛下初任段凝為將，臣已極言，小人朋附，致有今日。晉軍即至，段凝限水。欲請陛下出居避敵，陛下必不聽從；欲請陛下出奇應敵，陛下必不果決。縱良、平復生，難以轉禍為福，請先死，不忍見宗廟隕墜。」言訖，君臣相向慟哭。《舊五代史・卷十八》

俄報曰：「晉軍過曹州矣！」帝置傳國寶於臥內，俄失其所在，已為左右所竊迎唐帝矣。帝召控鶴都將皇甫麟，謂之曰：「吾與晉人世仇，不可俟彼刀鋸，卿可盡我命，無令落仇人之手。」麟不忍，帝曰：「卿不忍，將賣我耶！」麟舉刀將自剄，帝持之，因相對大慟。戊寅夕，麟進刃於建國樓之廊下，帝崩。《舊五代史・卷十》

李存勖離開南樓後，立刻趕回楊劉，一方面在圖紙上詳細描繪出「南樓兵推」的計劃，派人帶去鄆州交給李嗣源，命他務必要堅守城池，防備王彥章率軍偷襲；另方面，與郭崇韜商量如何於六日之內建立一座聯通楊劉和鄆州的新城壘，以利突入梁京之計。

郭崇韜見皇帝終於採納自己的意見，十分興奮，便自請去建立這座新城：「萬一王彥章偵察到我們的行動，定會前來破壞，說不定還會提早攻打鄆州，請陛下徵召勇士去牽制他，如此臣保證可以在六日內建好新城，若不能達成任務，願領軍罰！」

李存勖見郭崇韜極具信心，也很興奮：「朕會親自領兵牽制王彥章，你只要專心建城便可，咱們君臣就好好打這一場仗給天下人看！」

「是！」郭崇韜率領萬人連夜出發，一日之內渡過黃河，在馬家口南岸不眠不休地修築城壘，李存勖則親自領軍在楊劉渡口與梁軍晝夜苦戰。

期間王彥章得到消息，果然派數萬大軍奔襲新城壘，郭崇韜一邊指揮士兵對抗，一邊又要在期限內趕修新城，實是異常艱苦、萬分危險，幾度差點被梁軍踏破城壘，幸好李存勖及時來救，新城軍兵見到聖駕親臨，士氣大振，內外夾攻，狠狠打擊了梁軍，王彥章不得不撤退，就如「南樓兵推」中李存勖所預測的，王彥章果然帶著梁軍撤退至鄒家口，至此，楊劉解危，與新城、鄆州連成一條通往開封的捷徑！

「南樓兵推」時，李存勖預估王彥章撤退至鄒家口，至少要休整半日才會轉往鄆州，以梁軍的行動力來說，這幾乎是不可能的速度，因此金匱盟主才會笑說：「果然是行動力旺盛的王彥章啊！」意思是李存勖在下棋時，並沒有把自己完全抽離，仍把行軍快速的習慣加到「王彥章」這顆棋子身上。

豈料真實的情況是王彥章比兩人所想的更快速，他幾乎沒讓梁軍休息就轉去攻打鄆州。這一來，時間變得更加緊迫了，李存勖倍感壓力，他負手站在新城的主帥營帳外，昂首仰望夜空，心中思量：「這幾日士兵們不眠不休地修城作戰，幾乎累壞了，實在應該讓他們休息一下，可若不立刻趕去支援大哥，萬一事情生變，甚至是失去鄆州，就功虧一簣了……」

即使金匱盟主已告知他該如何行事，突變的狀況仍然考驗著他的決心：「萬一我趕去鄆州時，王彥章已經勝了，或是要與他纏鬥許久，以至洪水爆發了，那我豈不是自投羅網？這每一步都不能錯、不能遲，偏偏王彥章快了半日！」

孟冬時節，江水河畔，北風帶著濕氣冷嗖嗖地刮起，彷彿就快要飄雪了，李存勖不由得心底發寒：「進，萬分冒險；退，陷入絕境……」他思索許久，始終下不了決心，眼看江邊夜色一分分亮了起來，又想：「沒有時間猶豫了！與其做史上最短命的懦弱君王，還不如做一個轟轟烈烈的英雄！」

劉玉娘哄著李繼岌在主帥營帳中睡下，見李存勖一夜未歇息，便起身走出帳外，來到他身邊，為他披上外袍，握了他的手，柔聲道：「這幾日軍情緊急，陛下拼命打仗，已經累壞了，好不容易解除楊劉之危，可以稍微喘口氣，你怎麼還徹夜不睡？天快亮了，陛下還是去歇會兒吧，否則就算是鐵打的身子也熬不住……」

李存勖忽然一把攬抱住她的腰，熱烈地擁吻起來，彷彿要將一輩子的不捨一次傾盡，劉玉娘雖熱情地回應著，內心卻著實嚇了一跳：「他怎麼了？」多年夫妻，她直覺有些不對勁，待兩人熱吻一陣後，她輕輕推開李存勖，伸指去輕點他鼻尖，取笑道：「今天打勝仗，你太歡喜了，想來點樂趣……」一句話未說完，卻驚見李存勖雙眼浮淚，深情地凝望自己，卻始終一聲不吭，劉玉娘被他瞧得心驚膽顫，柔聲問道：「怎麼啦？」

李存勖又緊緊抱住了她，哽咽道：「天一亮，我就要出發前往鄆州，直搗開封，倘若能成事，天下就可定了，但或許……或許……我再也回不來了！我捨不得妳跟和哥……」

這段日子劉玉娘雖知道軍情緊急，卻以為像從前一樣，李存勖總能在意氣風發中化險為夷，直到這一刻，她才知道兩人竟面臨著生離死別，不由得大吃一驚，急道：「這是為何？你貴為天子，難道不能派人去嚒？為什麼非要親自赴險？我不依！我不依！我不准你去……」說到後來，已激動得哭鬧了起來。

李存勖緊緊抱住她，不讓她掙扎，哭道：「妳聽我說！我會派人護送妳們母子回魏州，也會命人保護皇宮，可若不幸，我們真的失敗了，梁賊與我父子仇深似海，絕不會放過我任何一位親族！為免受賊敵凌辱，生不如死，到那時……到那時……李氏皇族唯有齊聚內宮……自焚而死，以示志節！」

「我不……」劉玉娘感到無比驚恐，這一路行來，她排除萬難，好不容易才助李存勗登上帝位，她的皇后夢才剛開始，怎能以自焚結束？她絕不！她一定要活下來，就算以身伺敵，也在所不惜！憑什麼男人之間的野心仇恨要她來承擔？她相信以自己的美貌與智慧，就算身入敵營也能混得風生水起，她絕不為任何人殉葬！就算是她的夫君或孩子都不行！

幼時她與父親走散，以至流落煙雨樓成為棋子，好不容易熬成晉王愛妾，想不到父親又找上門來，當時她都可以六親不認，教侍衛將父親打得半死，驅逐出城，如今為什麼要為一個失敗者陪上性命？她很快冷靜下來，停止了哭泣，仰首望著李存勗，眼前這個哭得像淚人兒的男子，感受著他深濃熱烈的情感是真的深深愛著她們母子，但那樣的情感對她來說毫無價值，反而顯得有些懦弱！

只有天下第一的強者才配得上自己，她喜歡李存勗，就因為他一直是強者，倘若他失敗了，還有什麼魅力可言？她毫不掩飾自己的失望和無情，一字一句認真道：「我絕不自焚！我等著你回來，你若不回來，我便帶著孩子投入大梁，做敵賊的侍妾，讓你蒙羞千年！」

李存勗萬萬想不到在這濃情蜜意、生離死別的時刻，她竟說出這樣狠心絕情的話來，不由得一愣，怔然好半晌，忽然間，破涕笑了：「妳真是好一招激將法啊！」

他以為多年恩愛，劉玉娘絕不可能真的無情，認定這是激將法，但敢在豪雄皇帝面前說出這番話，也需要不怕死的勇氣，他愛極了劉玉娘永遠都是那麼嬌蠻自信，與眾不同，永遠有辦法激勵自己上進，倘若小和哥認賊作父，他這天下第一的英雄豈不成了天下第一狗熊？

他絕不容許這件事情發生！

劉玉娘見他眼中不再是淚水迷濛，而是閃耀著激動與光采，微笑地投入他懷裡，柔聲道：「你一定能打敗大梁，你永遠是我心中天下第一的英雄！」

剎那間，李存勖感到自己再度充滿了鬥志，可以奮勇前進，就算深入龍潭虎穴也無畏無懼了！

「阿爺、阿娘！」一聲稚嫩的呼喚打斷了兩人的擁抱。

李繼岌忽然醒轉，不見父母，心中有些害怕，便下床走出營帳，一邊揉著惺忪睡眼，一邊見他們就在帳外，歡喜地高舉雙手朝李存勖奔了過去，示意要他擁抱。

李存勖心中愛憐橫溢，將兒子高高舉起，緊緊抱入懷中又親又吻，忽想起從前父親出外征戰，與自己分別時，也是這般椎心刺骨的心情，又想：「我定要打敗大梁，從此再也不要嚐這骨肉分離之痛！」

李繼岌不知父親這一去生死未卜，見李存勖眼中含淚，伸出小手去拭他的淚水，安慰道：「阿爺不哭，和哥長大了，可以跟你一起去打壞人。」

李存勖心中一陣感動，哽咽道：「不打了！不打了！阿爺這次回來，就不打了！」

李繼岌歡呼道：「太好了！阿爺打完這一次，就不打了！可以陪和哥玩耍了！」

李存勖看著他歡喜的神情，忽然發覺李繼岌從小生活在宮中，過慣了養尊處優的生活，並不像自己那麼勇猛愛打仗，心中頓生了柔軟：「我當了中原皇帝之後，我沙陀族民從此可長住富庶之地，再不用顛沛流離，也不必為了求生存，從小就當傭兵替人打仗，飽嚐生離死別的痛苦，以後每個孩子都可以像和哥一樣，快快樂樂地長大……」他伸起手臂遙指南方，道：「和哥，你看那裡！」

李繼岌抬起頭，目光隨著父親所指遠遠望去，李存勖又道：「你要好好照顧阿娘，等阿爺回來，我們一家就可以快快樂樂地在一起，住在那豐庶美好的地方。」

李繼岌用力點點頭，道：「和哥一定會好好照顧阿娘，乖乖等你回來。」

旭日破曉，第一道曙光灑照在三人相擁訣別的身影上，李存勖告訴自己：「我一定會回來！」

李存勖決定身入虎穴、拼死一戰，遂留下一部分兵馬給李周，讓他繼續守衛楊劉和新城，接著又派一小隊士兵保護劉玉娘母子、豆盧革、馬紹宏、張憲等文臣一起返回魏州，並吩咐豆盧革等人要好好守住皇城。眾臣行禮辭別，便即啟程。

李存勖目送所愛之人離去，不由得又浮了淚水，直到他們已遠成黑點，再也看不見，才振作起精神。他知道時間緊迫，不能再拖延了，立刻召集軍兵，大聲道：「今日我們要殺入梁京，大業成敗，在此一舉！」

眾兵將都齊聲歡呼：「我們跟隨陛下殺入梁京，一統天下！」

李存勖以最快的速度行軍，直奔鄆州，豈料才到中途，就傳來一道令人意外的消息：王彥章因為在楊劉兵敗撤退，被監軍張漢傑告了一狀，段凝趁機向朱友貞上奏表示只有水淹三州，才是阻隔唐軍一勞永逸的辦法，如果想加快決堤速度，就必須增加人手。朱友貞於是下旨將王彥章手中大部分的軍兵都調去濮陽開挖河堤。段凝和張漢傑聯手來這一招，終於拔了王彥章的軍權，將大梁主力都納入囊中。

此時王彥章在梁軍中威望最高，乃是公認的頭號猛將、烏影寒鴉槍的剋星，朱友貞再怎麼聽信小人讒言，也不會全然廢去王彥章，他思來想去，決定把京城新召募的五百禁軍交給王彥章，並期許他能憑此奪下鄆州。

王彥章望著聖旨，苦嘆奈何，為不辜負先帝之恩，仍是咬緊牙關渡過「汶水」，試圖奪取鄆州，卻因為兵少，在「遞坊鎮」被李嗣源打得大敗，不得不趕緊撤退至兗州的「中都」，又命人串連起數艘軍艦，形成水上堡壘，防止橫沖軍渡河追擊。

李嗣源滿心等著李存勖到來，一起攻入梁京，根本不打算追擊王彥章那少得可憐的部隊，為怕他起疑，便在河邊搖旗吶喊，做做樣子。

唐軍得到大太保打敗王彥章的消息，軍心大振，李存勖更覺得自己果然是秉承天命的君王，興奮地對郭崇韜說：「鄆州大捷，足以壯大我軍士氣，此戰必勝，待朕攻進梁京，你便是首功！」遂一路率軍奔進鄆州。

待兩軍會合之後，李存勖聽了李嗣源的報告，知道王彥章就在不遠處，實是心癢難搔：「大哥能打敗王彥章，我一定也可以！上回在蘆葦蕩，我是中了暗算才會輸給他，這次我要堂堂正正打敗他，洗刷恥辱……」轉念又想：「如今段凝人手大增，決堤速度就更快了，我也必須更快一步搶入梁京，否則會前功盡棄……」他既想直攻梁京，又不想錯過與王彥章較量的機會，心中實在猶豫不決。

元行欽知道主上好強，便提議道：「末將以為應趁王彥章勢弱，一舉擒下，並趁機攻佔青、齊、徐、兗四州，擴大領地，一來可免除後顧之憂，二來，王彥章乃是大梁的頭號猛將，一旦他折於陛下手中，大梁軍心勢必瞬間崩潰，到時陛下在萬軍拱擁之下，直入梁都，必然前路無阻，後顧也無憂，還愁不能斬首朱小兒？」眾將領都覺得要一口氣攻入梁都，實在太過冒險，元行欽所言進退有據，甚是合理，紛紛表示贊同。

當初李存勖將「南樓兵推」的圖紙傳給李嗣源時，並未說明出於何人手筆，而李嗣源看到計劃時，十分吃驚，因為他對朝中兵將的能為瞭如指掌，他感到這絕不是己方陣營所能想出的思路，不禁回憶起在富貴宴中，花見羞先給了「鄆州」契機，使他搶先一步佔據鄆州要地，之後才能適時地配合「南樓兵推」實行十五日斬首大梁的計劃，倘若將兩者串連起來，那麼「攻佔鄆州」一事，恐怕就是棋局中最早佈下的一顆棋子，而下棋之人無疑是神祕的金匱盟主！

一想到滅梁的宿願終於有機會實現，可告慰義父在天之靈，當時他拿著兵推圖紙的手都不禁顫抖了起來，他滿心火熱地等候李存勖到來，甚至拼命打退王彥章，就為了能為李存勖作先鋒，一路攻入梁京！

他雖是軍中威望最高的大將，平時卻極少出聲，即使發言，也多是為了支持李存勖，尤其胡柳陂一戰後，他失去李存勖的信任，行事更是謹小慎微，他倒不是怕事，只是心中總想著如何挽回兄弟情誼，因此有時不免過得憋屈。

可今日幾位老將凋零，已無人站出來規勸，李存勖又好大喜功，聽著幾名年輕將領你一言、我一語地慫恿，幾乎就要推翻原定戰略，李嗣源心想金匱盟主十分慎重地佈下「南樓兵推」全盤計劃，必然關係重大，後續的每一步都不宜輕意更動，否則定會功虧一簣！

他又想到自己答應花見羞要斬首朱友貞，再不顧一切挺身而出，力排眾議，道：「段凝已加派人手決堤，時間迫在眉睫，臣以為必須立刻進入開封，陛下萬萬不可因小失大，為了一個王彥章和幾個州鎮，失去斬首大梁的機會！倘若陛下不嫌臣年老無用，臣願像從前一樣為陛下開道作先鋒，以確保陛下進入梁京的安全。」

夏魯奇聞言，也站了出來，向李存勖叩首道：「臣蒙陛下栽培多年，心中唯有一願，就是擒殺王彥章以報陛下大恩，如今機會就在眼前，懇請陛下讓臣前往對付，臣必不辱命。」

李存勖聽了兩人的勸諫，終於壓下好勝心，悵然道：「兵分兩路也好！」對夏魯奇道：「你就前往中都與王彥章一決勝負，但記得，朕要活的，不要殺他！」

夏魯奇道：「是，臣一定活捉他獻給陛下。」

李存勖又對眾人朗聲道：「朕命大太保擔任先鋒，率先進入梁京，斬殺朱小兒的腦袋！朕親率大軍隨後，你們都要為朕奮勇作戰，將來裂土封侯、金銀財寶，盡皆有賞！」

有大太保作先鋒和皇帝親口允諾的封賞，唐軍都拼命奮戰，果然勢如破竹，不只夏魯奇活捉王彥章、張漢傑等人，此時的梁京根本無人把守，李嗣源也所向披靡，一路突破濮州、曹州，準備攻入開封。

大梁東京皇城內，朱友貞與幾名心腹臣子正在「垂拱殿」商議軍情，敬翔神色悲慽，以一身老骨頭硬是闖過了禁軍的攔阻，顫巍巍地走了進來。朱友貞見他擅自入殿，心中微感不悅，但見他兩眼浮血，蒼老得不成人形，暗暗驚訝：「不過數日未見，他怎麼變成這樣？」一時不忍責備，正想開口詢問發生何事，敬翔已哽咽道：「陛下，大事不好了！」

此時軍情緊張，已到了生死關頭，眾人最害怕聽見壞消息，趙岩冷哼道：「如今段將軍正在濮陽決堤，再過幾天洪水泛濫，唐軍就完了，敬公卻在這裡危言聳聽，威嚇陛下……」

「不知死活的東西！」敬翔平素溫文爾雅，從未出言不遜，此刻國家已搖搖欲墜，趙岩竟還在諂言欺主，忍不住出聲喝斥，又轉對朱友貞哽咽道：「臣得到消息，唐軍已經攻破中都，張監軍、趙廷隱、劉嗣彬、李知節、唐文通、王山興等將領當場被俘殺……」

張監軍即是張漢傑，朱友貞派他去監督王彥章的軍隊，想不到張漢傑竟然死了，朱友貞心中一震，隨即勃然大怒，氣得破口大罵：「王彥章呢？他在做什麼？為何沒有保護張監軍？他是故意挾私報復？也沒有設法反攻，就這麼坐以待斃，任憑敵軍猖狂？」

趙岩正好落井下石，冷笑道：「陛下就不該信任他！這老賊明明有王鐵槍法，怎會敵不過烏影寒鴉槍？他肯定是故意打輸仗，準備獻上兗州投靠到李小兒那裡求大官了！」

「你住口！」敬翔見趙岩至今仍在蠱惑皇帝，誣陷忠臣，氣得全身都顫抖了起來，恨聲道：「國家危亡，你趙岩能有好日子過麼？王將軍手中只有五百名新召的禁軍，如何對付強悍的五千唐軍？可他並沒有逃走，仍拼死奮戰，最後被夏魯奇俘虜了！李小兒很禮遇他，甚至派人送藥材給他療傷，好言勸降，他卻寧死不屈！還說：『王某原本不過一介匹夫，蒙國家大恩，才能位及上將軍，與唐帝交戰十多年，如今力窮兵敗，死於戰場，乃是死得其所，縱然唐帝惜才，願意放我一條生路，但我若怕死投降，哪有臉面苟活於世，立於天下間？哪有人早上還是梁帥，晚上就投到唐營裡去做大將軍，反手攻殺自己的子弟兵？此事王某不屑為之！』李小兒見王將軍鐵骨錚錚，收服不了，只好賜其一死。如今大太保率領先鋒軍正攻打曹州，李小兒的主力尾隨其後，眼看曹州是守不住了！」語氣中流露從未有過的絕望。

雖然大梁軍權大多集中在段凝手裡，但朱友貞和趙岩等人其實心知肚明，王彥章才是大梁的頭號戰將，也是梁軍的精神支柱，正因為如此，朱友貞才會害怕王彥章握有太多兵權，而聽從趙岩、張漢傑兄弟的建言，將主力盡撥到段凝手下。

王彥章的死訊就像洪水般一下子傳遍了梁營，沖垮了整個梁軍士氣，就連朱友貞也感到一陣晴天霹靂，被震撼得茫然失措，無法思考，只不斷地喃喃自語：「王彥章不是強悍得像根硬鐵桿，怎麼會輕易就死了？他死了，敵人攻破曹州了，我大梁該怎麼辦？」

敬翔勸道：「趁現在還有時間，陛下應盡快退往洛陽……」

趙岩插口道：「陛下，這是危言聳聽，萬萬不可輕信，段指揮手中還有六萬兵馬！只要他立刻撥三萬人回京，對付五千唐軍仍是綽綽有餘！另外的三萬人繼續掘開河堤，一旦洪水漫延，阻隔了敵方援軍，那李小兒孤身潛入，豈不正好？咱們便可將他夾殺在京城裡！」

朱友貞感到惡劣的軍情出現一道曙光，欣喜道：「不錯！你說得甚是！」立刻指派張漢傑的弟弟張漢倫：「朕命你快馬前往濮陽，通知段凝派三萬兵馬回京救駕。」又命開封府尹王瓚：「你立刻徵召開封百姓與京城四千禁軍一起前往濮陽南岸拒敵，順道接應段凝的大軍回來。」兩人分別銜命而去。

敬翔見皇帝仍相信趙岩所言，居然要發動一向慣於安樂的京城權貴、富家子弟去對付最驍勇善戰的橫沖軍，心知大勢已難挽回，便不再說話，只黯然地向皇帝告辭，腳步蹣跚地離開了宮城。

翌日正午，明明艷陽普照，凜冽的軍情卻像寒風般不斷吹進大梁皇宮。

朱友貞站在宮城深處的文德殿二樓高臺上，望著北方不斷沖升起一道道黑色的戰火濃煙，漸漸往南移近，心知唐軍的先鋒正拼命衝破封鎖，而開封府尹王瓚的軍隊則節節敗退，他內心憂急如焚，卻仍懷抱著一絲希望：「只要三天！濮陽離京城不過短短三天路程，只要能支撐到段凝大軍回來，便能將李小兒夾殺在京城裡……」

「陛下不好了！」張漢倫臉色青白，一跛一跛地奔了回來，結結巴巴道：「黃河泛濫成災，臣根本過不去濮陽，還因此摔馬傷了腿，實在無法召來勤王之師……」

「怎麼會這樣？」這消息徹底粉碎了朱友貞的癡心妄想，他臉色唰地變得慘白，整個人一陣天旋地轉幾乎站立不住，身邊的控鶴都將領皇甫麟連忙扶住他，道：「陛下小心。」

朔風悲寒，朱友貞抬眼望向遠方，彷彿能看見波瀾壯闊的洪水正大肆漫延，向東南方滾滾而流，無情地吞沒一切，人畜皆葬生其中，就好像這場傾國之戰明明是要吞沒敵軍，不知道為什麼，此刻的他竟有一種感覺，彷彿自己連同大梁的一切才要被這驚滔駭浪給吞沒了！

他緊緊抓住身邊趙岩，顫聲問道：「姐夫，那洪水把敵軍包圍入京城，卻把咱們的援軍阻隔在外，城中空虛，只餘四千禁軍，怎麼對付唐軍？你說該怎麼辦？」想了想又道：「敬公曾說要退往洛陽，你以為如何？」

趙岩安慰道：「如今王瓚正在戚城與李嗣源拼死作戰，倘若陛下此刻忽然逃了，定會動搖軍心，咱們雖被洪水圍住，援軍無法進來，但同樣的，敵人的援軍也進不來，咱們四千對五千，未必沒有機會，更何況京城還有千千萬萬百姓會為了保護家園而拼死作戰。只要陛下登高一呼，登上建國樓親自指揮，必能振奮軍心，將敵人一舉殲滅在京城裡！」頓了一頓又道：「倘若陛下退出宮城，人心難測，大家一看陛下自己都放棄了，說不定會群起圍攻，抓陛下去向敵寇領賞！」

朱友貞但覺趙岩說得甚是有理：「我不只有四千禁軍，還有千千萬萬開封百姓，如何會爭不過唐軍？」便道：「朕現在就上建國門，親自領兵抗戰！」忽然想起，又問：「袁象先呢？軍情緊急，今日怎麼一直未見他的人影？他去哪裡晃悠了？」

趙岩連忙道：「陛下息怒，臣趕緊去找人。」

朱友貞蹙眉道：「找到人後，讓他盡快回來協助守城。」想了想，又道：「讓王瓚也回來，我們集中兵力堅守最後一道防線，倘若能支撐到大水退去，段凝的軍隊回來救駕，便有機會一舉殲滅敵人了。」

「是！」趙岩行禮後便趕緊退出文德殿，一路出了皇宮。

「陛下，王瓚退入『封丘門』，李嗣源徹夜猛攻，已經守不住了！」滿身傷血的士兵奔上建國城樓哭著向皇帝稟報。

朱友貞也是徹夜未睡，緊守在城樓上，聽見這惡劣消息，就像被晴天霹靂擊打得沒了三魂七魄，只剩一副幾乎癱軟的傀儡空殼：「我大梁完了……」

站在身邊張漢倫連忙扶住他，道：「陛下，保重。」

朱友貞在張漢倫的支撐下，勉強站到了高臺上，望著近在咫尺的喧囂戰火，只覺得所有對抗敵人的勇氣都被那場浩大的洪水給淹沒了，自己正在嚴酷的洪流中載浮載沉，冷得幾乎快要窒息，只能拼命抓住任何一根可能救命的稻草，對張漢倫道：「快！快去請敬公來！」

「是！」張漢倫正要離去，朱友貞忽然想起，又問：「趙岩去哪裡了？還沒找到袁象先嚒？你順便去召他倆回來！朕要撤退至洛陽重整旗鼓，你傳朕的口諭教他們前來護駕準備衝出京城，還有，你回去內殿通知後宮，她們走不走得成倒也罷了，最重要的是帶上玉璽！」

「是。」張漢倫聽皇帝準備離京，心知傳國玉璽尤其重要，便趕緊差人去通知敬翔，又差人去尋找失蹤的趙岩和袁象先，自己則奔回內殿通知後宮，並收拾皇帝隨身重要物品包括玉璽。

敬翔聽見皇帝召喚，明知大勢已去，但想少主需要自己，仍拖著老病的身子登上馬車，義無反顧地一路奔往宮城，沿途上他掀開馬車窗簾，只見達官顯貴、官宦子弟等有辦法離開的人，個個競相奔走，攜家帶眷地逃往南方，只有他朝著逃亡人流相反的方向奔馳，心中不禁喟嘆：「陛下以為京城百姓會奮勇作戰，保衛家園，殊不知大難來時各紛飛，平時他們享盡天朝的榮華，個個養得家業碩大，在各地俱有田產，一旦戰爭爆發時，便想著逃至別處安居，又有誰會留下來與陛下共患難？」

正感慨間，忽見一道熟悉身影鬼鬼祟祟地夾在逃難的人群中，雖然那人刻意改了裝扮，敬翔仍一眼就認出正是常與自己作對的趙岩，一時氣血沖腦：「陛下何等恩待他，這小人竟想私自潛逃……」他氣得幾乎要教車夫趕馬過去，把人給揪回來，轉念又想：「天理循環，報應不爽，這小人禍害我大梁，弄至山河傾覆，將來自有惡果，我又何必費力把他抓回來？陛下需要我，我還是快快進宮，莫讓他等太久了。」

敬翔猜測得不錯，趙岩慫恿朱友貞登上城樓作戰，心中早已打定主意要逃到南方許州，尋求匡國節度使溫韜庇護，他以為兩人素來交好，卻不知那溫韜原本就是個惡霸，專挖大唐皇陵的財寶來供養軍隊，從前只不過是看在趙岩是梁帝眼前第一紅人，才特意交往，眼看大梁將垮，趙岩自投羅網，早已磨刀霍霍等著他，不只劫掠他的隨身財寶，還正好割下他的頭顱當做給新皇帝的獻禮！

敬翔用盡全身力氣以最快的速度登上建國城樓，一見到朱友貞便伏跪於地，叩首激動道：「陛下，老臣來了！」淚水已不由自主地一滴滴落下。

朱友貞見趙岩和袁象先一直沒有回來，心中已然有數，眼看身邊人死的死、逃的逃，只有這個自己一向排斥的老臣願意同生共死，壓抑許久的悲痛再也忍不住爆發出來，蹲下身子扶住敬翔，哭道：「敬公是我大梁棟材，朕從前卻一直輕忽你，都是朕的錯，才讓事情演變成這樣！朕想聽你的建言回洛陽重整旗鼓，敬公可願放下從前的怨怒，幫助朕渡過難關？」

敬翔卻伏跪於地，不敢起身，只哭得老淚縱橫：「一切都是老臣的錯！臣深受國恩近三十年，從卑微到顯貴，都是先帝和陛下給我的恩寵，臣名為宰相，其實就是朱家的一名老奴才而已！少主有難，臣縱然愚鈍，仍是赤膽忠心，願盡一切力量相扶持，絕不敢有任何怨怒。只是，當初陛下命段凝為主帥，臣已勸說他們就是一丘之貉，不足以擔當大任；臣見敵軍將至，曾自薦上戰場以奇計退敵，也曾請陛下移往洛陽，可陛下都不願決斷，如今敵軍已逼近門前，縱使張良、陳平再生，也難扭轉乾坤了！」

殘酷的現實宛如一盆冰水當頭潑下，令朱友貞感到通體寒涼，瞬間心中不滿全爆發出來，哭喊道：「朕自從當上皇帝，面對內憂外患，一直都戰戰兢兢，沒有一刻敢真正歇息，權臣跋扈，武將總是打敗仗，我都忍了！我到底哪一點做錯了？為什麼會這樣？」

敬翔羞慚地叩首在地，泣不成聲：「是臣有愧！沒有盡力勸諫君王，以至弄到今天這個地步……臣愧負先帝之恩……實不忍見國家宗廟隕墜，還請陛下賜臣先死！」

朱友貞聽敬翔此番前來，竟不是來為自己解危，而是來求死，一時間感動、悲痛、懊悔萬般思緒沖湧上心頭，不由得癱坐在地，抱著這個忠心老臣痛哭失聲：「朕錯了……是朕錯了！竟沒有聽你的勸言……」

君臣相對痛哭一陣，朱友貞發洩了情緒，漸漸收了淚水，扶敬翔站起道：「敬卿一生公忠體國，為我大梁貢獻良多，朕怎忍心賜你一死？你年紀也大了，先回去歇息吧，若遭遇強敵，朕實在無法派兵保護你，你便設法躲一躲……」

敬翔愕然道：「陛下不要臣陪伴左右了？」

朱友貞道：「你既無退兵之計，便回去吧，否則朕還得照顧你。」

敬翔前來時，聽報訊的人說皇上想退回洛陽，心想：「陛下此去一路艱險，嫌我年老無用，不希望我留在他身邊當累贅，我便走了吧，莫要拖累陛下了！」忍不住又道：「倘若陛下還需要臣，哪怕是替陛下擋刀子，臣也用這副老骨去擋，若陛下嫌臣累贅，臣便走了。」

朱友貞點點頭，道：「朕自有打算，你去吧。」

敬翔心中感傷：「陛下終究是嫌棄我的……」又重新伏在地上行了三次叩首禮，道：「此去一別，恐再無見日，臣拜別陛下。」這才起身退去。

朱友貞淒然地目送敬翔離去，嘆道：「這是我大梁最後的忠臣，我怎忍心賜他一死？」此時張漢倫剛好帶著一眾妃嬪過來，張漢倫已顧不上禮儀，奔走在最前頭，臉色慘白，三步併兩步地奔了過來，驚聲呼道：「陛下，傳國玉璽不見了！」

「連玉璽也不見了……」朱友貞悲涼地望了眾妃嬪，見她們早已嚇得面無血色，心中一嘆：「我若活著，只是徒然受辱而已，但她們要何去何從？」雙目一閉，忍不住又流下淚來，對張漢倫道：「趁還有時間，你帶她們出宮殿，各自逃命去吧！」

張漢倫原本還要再說什麼，見朱友貞心意已決，眾妃嬪又嚇得六神無主，只能向皇帝叩首拜別，帶著幾個弱女子離去。

皇甫麟見皇帝遣走所有人，就是自己沒有要離開的意思，急道：「臣求您先離開吧！」

朱友貞卻沒有回答，在這一刻，他忽然想起了從前，母親神機妙算，始終不願他繼承皇位，只要他安於經學之中，因此他養尊處優，從來不必煩心國家大事，成天與一群富貴子弟混在一起，只懂風花雪月，直到大哥身亡，他被趙匡凝挾持，遭到恥笑，才恍然醒悟過來，他立志雪恥，因此聽從身邊人的慫恿，開始暗中與兄弟爭奪皇儲之位，他一路艱辛地走過來，不只遭遇了父子兄弟相殘的事件，還被楊師厚壓迫多年：「倘若我一直做個風流才子，現在不知會是怎樣的景況？或許此刻就能逃走了吧？或許阿娘早就看出我不是當皇帝的料，不是李小兒的對手，所以才不准我繼位，她不要我承受如此大的重擔，不要我承受國破家亡的罪責和痛苦，可是……我怎能眼睜睜看著弒父逆子竊據江山？從前人人都說我懦弱，可我知道自己不是懦弱，只是隱忍！我費盡心力才奪回父皇的江山，不讓它流落在孽子手中，可是……怎麼轉個眼，我又把父皇的江山弄丟了？我究竟是怎麼弄丟的啊？」

眼看敵人如螞蟻雄兵般，開始攀爬皇城外牆，不斷衝撞城門，寥寥無幾的禁軍和沒有作戰經驗的百姓拼死抵抗，皇甫麟心中著急，見朱友貞神情恍惚，顧不得失禮，道：「陛下，唐軍就快攻來了，臣護著你先離開吧。」

朱友貞想到再過不久，這大片錦鏽山河就不屬於朱氏了，不禁流下淚來，心想：「我丟失祖先基業，乃是不肖子孫，還有什麼臉面活著？我死後，又有什麼面目見父皇母后？」又想：「我打不過李小兒，是我無能，可我若還逃走，就是無恥了！我不只丟盡父王的臉面，更會讓天下人嘲笑，史書將永遠記載大梁有我這麼一個懦弱皇帝……我絕不再做懦夫！」

當他決定送走敬翔的那一刻，便已經做了自殺的決定，見皇甫麟苦苦相勸，雙眼一閉，嘆道：「朕一旦下了城樓，人人都知道我要逃亡，還有誰會忠心護駕？只怕個個都想拿我的人頭去向新帝領賞！」

朱友貞還是皇子時，皇甫麟就一直是他的貼身侍衛，後來朱友貞登基為帝，皇甫麟自然就當上了控鶴都統帥，也是皇城禁軍的大統領，他緊握腰間佩刀，毅然道：「末將一定會拼死護你出去！」

朱友貞悵然道：「梁、晉向來是世仇，李小兒絕不會放過我，朕寧可死於忠臣刀下，也不要落入仇敵手中受凌辱，朕命你……現在就殺了我！」

皇甫麟大吃一驚，不禁紅了眼眶，目中含淚，激動害怕得全身都顫抖起來：「臣不敢！也不忍心，陛下待我恩重，我怎能恩將仇報？此刻敵人還未攻破城門，臣護你衝出去……」

亡國的壓力令朱友貞再也把持不住，激動咆哮道：「你不肯殺我，是想把我出賣給李小兒嚒？你們人人都想拿朕的腦袋去換高官厚祿嚒？」

皇甫麟雙膝一跪，痛哭道：「陛下，臣絕沒有此意，願一死表明心跡！」說罷拔起腰間佩刀就要往頸上抹去，朱友貞連忙抓住他的手臂，也蹲坐下來，兩人不禁相對慟哭。

「動手吧！」朱友貞哭了一陣，漸漸平靜下來，雙目沉閉，再度引頸就戮。

「陛下，臣隨後就到。」皇甫麟心知他死意堅決，不再勸說，只雙手緊握刀柄，沉心靜氣，令自己沒有半點顫抖，為的是使出生平最俐落的一刀，好結束他平生最敬愛之人的生命，所以他的刀必須很快、很俐落，不能讓對方感到一絲痛苦難受，他做到了！在刀光閃落的剎那，朱友貞甚至連唉哼都來不及，就了卻懦弱又倔強的一生。

而下一道俐落之刀，皇甫麟賞給自己，在朱友貞身子還未完全倒下之際，他的刀鋒就抹上自己的頸子，同樣乾淨俐落，沒有半點遲疑，曾經雄霸中原的大梁王朝便在兩道刀光閃動間，驟然結束了！

敬翔被朱友貞排拒，心情沉重地一路向外走去，遠遠見到李振站在橋頭等候。

兩人許久未見了，敬翔心中苦悶，只剩這個老朋友可以訴苦，心想李振向來鬼點子多，或許他有奇計可解這危局，又或者兩人可像從前一樣聯手想出好對策，便快步走了過去。

李振一見到他悽慘的模樣，取笑道：「那傻小子根本不聽你勸，你又何必自找苦吃？」

敬翔想不到他一開口就是來看笑話，急得跺腳道：「你怎可這樣批評聖上？」

李振冷笑道：「他向來不肯聽咱們的意見，才會弄到國破家亡的地步，可至今仍不清醒，那還不是傻小子？或許再過一日，他就不是聖上了，我又有什麼好怕的？」

敬翔萬萬想不到他會當著自己的面說出這番大逆不道的話來，痛心道：「你忘了先帝的提拔之恩嚒？」

李振道：「先帝一走，咱倆就什麼也不是，連放屁都沒人聞了，你又何必去自找晦氣？」悵然一嘆，又道：「從前我滿腹詩書卻屢屢落第，我因此痛恨大唐科舉不公，轉而投向大梁；今日我才華依舊，只不過換人上臺，便又遭冷落了，所以啊，我也算看透了，滿身才華有什麼用？忠心扶持君王又有什麼用？以前是大唐，現在是大梁，接下來就是李小兒的王朝了，這朝代啊就像洪水滾滾東流一樣，淘盡多少帝王將相，沒被洪水沖走，能留下的，才算真本事！所以啊，咱們做臣子的也要學會見風轉舵、順水漂流，千萬不要去跟大潮流對抗才是！」

敬翔越聽越刺耳，冷聲道：「你若想為聖上出力，那便好好設法，若只想說風涼話，恕老夫不奉陪了！」說罷轉身就要走了。

李振道：「子振啊，咱倆也算相交大半輩子了，聽我勸一句，還是好好想想自己的退路吧！」

敬翔但覺他話中有話，停了腳步，冷聲道：「你究竟是什麼意思？」

李振微笑道：「那李小兒確實是個人物！都還沒進京城，就迫不及待地招才納賢了，據說他已經準備好詔令要赦免大梁臣子！現在只是大太保的先鋒軍來攻打外城，王瓚就投降了，接著李小兒的王軍就快到了，又有誰能抵擋？皇甫麟嚒？」笑了笑，又道：「李小兒說只要他王軍抵達的那一天，大梁臣子願意開城投降，跪拜新君，都可得到赦免，若是能立功者，不只能官居原職，還可能加官晉爵。」

敬翔心中一涼，急道：「這是想從內部瓦解大梁的團結！這樣下去，肯定會有很多人背叛聖上……」

李振若有深意地一笑，問道：「你說這立功是什麼意思呢？」

敬翔忍不住全身都顫慄起來，李振又笑道：「很多人都去城門排隊了，你萬萬想不到搶排第一位者居然是袁象先，他可是下了血本，準備將這幾年搜刮的民脂民膏都拿去獻給新皇，以求保命，說不定真能加官晉爵呢！據說他搶先一步拿走了玉璽，也不知是真是假？」

敬翔只感到全身寒涼，彷彿全身的氣血都隨著大梁的傾倒而失去了，他抬眼望著李振，顫聲問道：「興緒你……該不會也想投靠過去吧？」

李振悵然一笑，道：「有何不可？反正聖上早已不把咱倆視做臣子了！」

敬翔急得再次問道：「你真想過去？」

李振理所當然地點頭：「我今日就是來告訴你這個好消息，免得說我有活路，卻不通知你一聲！咱倆這麼有才能，就結伴過去，相信唐帝會需要咱們安撫管治大梁降臣的！」

敬翔心中激動萬分，顫聲道：「朱、李兩家仇深似海，咱倆一向為朱家出策，卻使少主走到國破家亡的地步，倘若你的新皇帝問起咱倆從前怎麼設計李克用、殘殺河東軍，你身為臣子，要如何回答？」

李振冷笑道：「船到橋頭自然直，到時見招拆招便是！」又道：「我猜新皇入城不過這兩天的事，我可得回去好好準備了，你也不要太過固執了！」便轉身離去。

敬翔目送他的背影，心中不勝唏噓：「李振忘記先帝恩典，竟想投靠敵賊，真枉為大丈夫！少主若身死，即使新朝能赦免我們的罪過，我又有何面目迎接新君？」他慢慢走近馬車，登上車駕，讓車夫慢慢行駛，沿著京城到處走走，路上只見逃亡的人越來越多，甚至傳來消息：「皇上自殺了！死在建國樓上！」「許多人都去排隊拜見新君了，連崇政李太保也去了！」這李太保便是李振。

敬翔感到頭痛欲裂，身子虛弱得快要軟倒，然而心中卻做下了無比剛強的決定，他回到家中，並沒有去見他嬌媚蠻橫的妻子劉氏，只一個人默默走進車坊裡，尋了一條繩索甩上橫樑，又在尾端打了一個極為牢固的死結，就像他的死意那般堅固，隨即緩緩踏上一個木凳，輕輕一嘆：「先帝、陛下，無能臣子敬翔來追隨你們了……」曾經他以一身才華、滿腹心血在亂世中為霸主建立一個強大王朝，末了，卻只用一根繩索輕易結束自己奇才的一生。

龍德三年十月，朱友貞自殺於建國門，時年三十六歲，魏王張宗奭為其收屍安葬，大梁徹底結束，史稱「後梁」，並稱朱友貞為「梁末帝」。

梁帝死訊傳出，群將不知為誰而戰，一時茫然無措，紛紛棄械投降，王瓚開城門迎新帝，李存勖風風光光帶著軍隊從「大梁門」進入宮城。

段凝得到消息，連忙帶大隊兵馬至「封丘門」下跪投降，得到李存勖的歡心；袁象先因貢獻巨大財產，也能在新朝安身立命，張漢倫、李振則被處死，敬翔一家也被誅殺。

李存勖得知朱友貞搶在破城前自盡，不禁心生感慨，對馮道嘆道：「古人說：『上一代的恩怨不該延及子孫』，我與朱友貞其實並無仇怨，只因他父親倒行逆施，才迫使我倆生死對戰近十年，只可惜我未能在他生時見上一面！」

李存勖雖感嘆命運弄人，仍命部屬割下朱友貞的頭顱祭於太社，並刨開朱全忠的墳墓，要進行鞭屍，張宗奭得到消息，連忙趕了過來，獻上自己無數財寶，藉此規勸李存勖說逝者已矣，莫要對朱氏父子做得太過份了，以免引起大梁臣民的反感，李存勖這才作罷，只拆毀大梁宗廟，追廢朱全忠、朱友貞為庶人。

九二三・三 揮劍決浮雲・諸侯盡西來

戶部尚書、侍郎，掌天下土地人民錢穀之政，貢賦之差。《唐書百官志》

「自古聖帝明王，創業垂統，九州共貫，五運相承，未有不始於憂勤，終於逸樂。故苗人不作，不能成舜伐之功；葛伯不生，無以立湯征之事。理亂有常數，文質為大綱，秦不道而漢室興，隋無德而皇朝王。連二十葉，垂三百年。自釁起河南，災纏海內。朕自提戎律，切為國仇，每親統夫師徒，欲早寧乎寰宇。近者諸方侯伯，疊貢箋章，勸即位以皆堅，讓體元而不獲。爰新鳳曆，尋揭雞竿，顯造丕圖，倍慚涼德。蓋自文班武列，抱義懷忠，共傾忻戴之心，遂應紹開之運，以正君臣之位，以安宗社之基。未偃武以修文，倍宵衣而旰食，不以萬乘自尊為樂，惟以八紘未靜為憂。更賴上下一心，內外同力，誡嚴朕軍旅，撫恤朕黎務禪讚以為常，期清平而可待，注屬緊倚，不舍斯須。」❶

李存勖滅梁之前，登基儀式倉促簡陋，如今北方已定，再無強敵，他心情全然放鬆，便決定好好舉辦一場盛典，以彰顯君威。

張宗奭提及朱友貞曾至洛陽南郊祭天，卻因事中斷，所準備的祭祀用品一應俱全，他都妥善保管，建議李存勖謁拜太廟後，可遷都洛陽，前往南郊祭天，向上蒼稟明自己已成為中原天子。

李存勖對祭天一事極有興趣，也知道要準備祭天儀式不只耗費巨大，籌備時間也長，既有現成之物，自是欣然接受，便讓馮道代擬這一篇《幸洛京詔》來昭告天下，並廣邀各藩前來祝賀。

馮道有吞鳳之才，要寫一篇沉博絕麗的文章為皇帝歌功頌德絕非難事，但他更願以懇切之心、樸實之筆，在文章中夾入自己對新帝的期許，希望李存勖有所感悟又不會生氣。他思索許久，寫下：「未有不始於憂勤，終於逸樂……未偃武以修文，倍宵衣而旰食，不以萬乘自尊為樂，惟以八紘未靜為憂。」便是隱藏其中的苦口良言。

只可惜李存勖激賞他的文采，當下將此篇援為己用，興沖沖地大肆公告，卻不曾細細體會其苦心，更不曾真正的反躬自省。

李存勖為昭告自己是大唐正統，這一場祭天大典所有的郊壇設置、儀仗鹵簿、郊祀諸使、樂舞祭器、車輅法物等禮器儀式完全依照大唐儀規。他先在洛陽紫微城的「明堂殿」致齋，接著在「太微宮」朝饗，祭祀太廟，再前往南郊，在圜丘上舉行祭天大典，上稟「昊天上帝」，享受百官稱賀，上尊號「昭文睿武至德光孝皇帝」，然後返回「五鳳樓」宣佈大赦天下，並議定祖宗配享、親王充亞獻及終獻。

另外，李存勖把從前被大梁改過的名稱全部恢復大唐時期的稱呼，例如把開封改回汴州宣武軍、宋州改為歸德軍、耀州改回順義軍、延州改回彰武軍……等，又把已更名為興唐府的魏州設為東京，由張憲擔任東京副留守；太原府設為西京，由李存勖的姐夫、太原馬步都虞候孟知祥任太原尹、西京副留守；鎮州升為真定府，設北京，任命皇子李繼岌為北京留守、興聖宮使、判六軍諸衛事、同平章事，並任命原潞州觀察判官任圜為真定尹，充北京副留守來協助愛子。

接著便是眾人最興奮的封賞百官，在滅梁戰役中，李存勖心中的頭功莫過於李嗣源和郭崇韜，李嗣源因此加封天平節度使兼中書令，賜免死鐵券。

郭崇韜如願當上了樞密使，還兼侍中、成德節度使，等於內外軍政權力一把抓，且同樣賜免死鐵券。

這樞密使原本有兩個員額，宦官馬紹宏是熱門人選之一，但在滅梁戰役中，他因為持保守意見而失去李存勖的歡心，郭崇韜便抓住機會向李存勖推薦另一位宦官張居翰擔任樞密使，排擠了馬紹宏。

張居翰原本是盧龍監軍，因為潞州之戰，被劉仁恭送往河東，從此被李克用留下任用，一直陪在二太保李嗣昭身邊當參謀，為人低調謹慎，不喜歡捲入鬥爭，平時常幫助百姓農務，與張承業一樣是宦官中的清流，李存勖因此欣然同意，從此樞密使名義上有兩位，實際上卻是郭崇韜一人執掌大權。

郭崇韜認為新朝建立，務要革除舊有弊端，遂強力干涉各部，就連宰相豆盧革任用人選，也須由他指派，如此積極擴展權力，絲毫不隱瞞野心，自是引來馬紹宏等宦官更加嫉恨。

至於一直陪在李存勖身邊出生入死的元行欽，封賞了武甯軍節度使；擒獲王彥章的夏魯奇則封賞鄭州防禦使。

大梁降將方面，張宗奭最是風光，因奉獻大筆錢財，得到李存勖的歡心，不只恢復本名張全義，授太尉、中書令、河南尹，改封齊王，兼領河陽三城節度使，賜「保忠歸正安國功臣」號，劉玉娘更是見錢眼開，當場便認他作義父。

袁象先也因為奉獻大筆錢財，得到宣武節度使之位；從大梁帶來機密消息的康延孝，封賞保義軍節軍使；段凝帶兵投降，再憑著拍馬奉迎的本事，得到滑州留後之位。

反倒是為河東立下無數汗馬功勞的李存審，因遠放幽州，得知滅梁成功，自己卻無緣參與，病情更加嚴重了，屢屢要求返家休養，李存勖卻沒有答應，只封賞了十太保李存賢為特進、檢校太保，並指定他前往幽州擔任盧龍節度使，分攤李存審的重擔。

文官之中，河東老臣以盧質最得李存勖器重，理所當然地擔任翰林學士中地位最高的承旨學士，他雖秉性疏狂，不願任高官，仍是從河東節度判官被提升為兵部尚書。李存勖的堂姐夫任圜除了擔任北京副留守、真定尹之外，也兼任工部尚書。

另一清廉能幹的大臣張憲除了任東京副留守，也任工部侍郎、租庸使。

這租庸使乃是掌管稅賦的中央財政官，是個大肥缺，而李存勖、郭崇韜都認為學有素養、秉性正直的張憲是不二人選，只不過原本擔任魏州孔目吏的孔謙早就盯上這個肥缺，他在梁晉之戰中，為了滿足李存勖的軍需，對魏博百姓橫徵暴斂，引發民怨，卻因此深得李存勖信任，得到租庸副使的位置，但他並不滿足，仍費盡心機想要趕走張憲，好奪取租庸使之位，幾番周折之後，終於如願以償。

幽燕的幾位才子中，自是馮道最受器重，除了擔任翰林學士，也從六品省郎提升為四品戶部侍郎、中書舍人，雖未能直升宰相之位，但戶部掌「天下土地、人民、錢穀之政、貢賦之差。」等於掌控了全國錢糧，也是許多人羨慕的大肥缺。

亂世之中，新朝初建，財政向來是重中之重，李存勖會將這個眾官爭破頭的肥缺賞給馮道，除了相信他生性素淡、清廉正直，絕不會貪墨，也是向眾人表明對馮道的器重。

劉昫得到七品太常博士一職，在太常寺掌管祭祀禮儀，教授弟子，也入翰林學士之列。龍敏一開始授司門員外郎，後因居住在魏州鄴城的父親、祖父年紀大了，需有人照顧，便請求回鄴城，李存勖於是授他興唐尹，好就近事奉親長。

李崧因其貌不揚，一開始沒有得到重用，只在鎮州謀得參軍一職，後來因盧質和馮道讚揚其文采斐然，被提升為興聖宮巡官，負責為皇子李繼岌起草文書。

趙鳳的才名，李存勖早有耳聞，當李嗣源將人從鄆州帶回時，李存勖十分欣喜，立刻讓他擔任護鑾學士，滅梁之後，便授予中書舍人、禮部員外郎。

先前一直在大安山幫助難民的劇可久，也到了可以任官的年紀，時值徐州司法缺乏人才，趙鳳便向朝廷舉薦，因劇可久才能卓越，不過一年多，便升了大理正。

除了趙鳳之外，其他大梁降臣同樣得到李存勖的寬赦與提拔，例如出身世家大族京兆韋氏、與當朝宰相豆盧革交好的韋說成為禮部侍郎；同樣出身世家大族趙郡李氏、在大唐已登進士第的才子、在大梁擔任崇政院直學士的李愚入選翰林學士，授中書舍人；同為大唐進士，曾任大梁宰相、太子少保的大才子李琪，授吏部尚書；原大唐進士、尚書左丞，後擔任大梁禮部尚書的薛廷珪，仍被授為禮部尚書。

另外還有一批原本是大唐朝臣，後來在大梁位居高官，李存勖雖饒了他們性命，卻將其貶至地方，算是小懲，例如大梁中書侍郎同平章事鄭珏被貶為萊州司戶、翰林學士劉岳被貶為均州司馬，與任圜有遠親關係的任贊則為房州司馬……等。

原本的河東藩鎮極缺文官人才，接收幾個幽燕才子並不覺得如何，而且幽燕才子大多任勞任怨，與河東文臣大致能和平相處，但經滅梁一役後，新建立的大唐國卻忽然接收了大批梁臣，這幫梁臣個個大有來頭，不是出身世家大族，便是早已在唐、梁位居高官，都是享譽天下的大才子，如此一來，朝廷文官自然而然形成三足分立的新局面：一是河東老臣，二是較早投效的幽燕才子，三是大梁降臣。

這幫大梁降臣尚不敢輕視河東舊臣，卻瞧不起幽燕才子，認為他們出身貧寒、未登進士，且人勢單薄，可以欺之。

幽燕才子中，以馮道的官位最高、趙鳳次之，在大梁降臣眼中，趙鳳曾在大梁為官，算半個自己人，也就罷了，那馮道卻是個十足十的鄉巴佬，不過是一時抱對大腿、押對邊，何德何能位居四品高官，還享有戶部的大肥缺？尤其「河東第一文膽」的稱號更讓這些前朝進士、世家子弟笑掉了大牙，都說：「河東沒才子，才會讓一個鄉巴佬替皇帝執筆，如今我們這些大才子來了，定要讓那鄉巴佬好好見識一下什麼是真正的文采，莫讓村野匹夫玷污了才子之名！」

因此馮道便成為他們針對的目標，其中以李愚、任贊、鄭珏、劉岳幾人最輕視馮道，只不過他們初入新朝，尚不敢公開作對，只是私下取笑為樂，並且想方設法地排擠幽燕才子，希望成為新朝的中央棟樑。

李存勖手下忽然多了一群世家大族的才子，漸漸地，也影響到他任人的標準，開始看重門第，馮道的宰相之路也因此添了變數。

新王朝原本有兩位宰相，由豆盧革和盧程兩位世族子弟一起擔任同平章事，卻因為一樁荒唐事，使得宰相之位又起了波瀾。雖然李存勖早就知道盧程的相位坐不了多久，卻想不到這位蠢材比他想得還糟糕，甚至等不到馮道熬夠資歷取而代之，就出事了！

盧程自從擔任宰相後，便作威作福，竟因為私事鞭打興唐府的官吏，任圜為此與盧程起了爭執，盧程竟斥罵他是吃軟飯的下賤老白臉，全是倚靠李存勖堂姐的裙帶關係，才能得到官位。任圜氣得連夜快馬奔去向李存勖告狀，李存勖得知盧程竟敢污辱九卿與堂姐，震怒非常，下令盧程自殺，幸賴盧質拼命相救，李存勖才將盧程貶為右庶子，盧程卻因此受到驚嚇，惶惶不可終日，沒多久就因精神恍惚，騎馬摔死了。

如此一來，這宰相之位便空了出來，各方人馬自是搶破了頭，首先郭崇韜想兼任宰相，便有大梁降臣放出風聲說他不懂朝廷的典章制度，應該啟用前朝名家來擔任文臣宰相，如此方能與武將出身的樞密使相輔相成，大才子李琪便是最好的人選，又或是熟悉禮樂制度的禮部尚書薛廷珪，他們都是有文才的當代大儒，足堪宰相之位。

郭崇韜豈甘示弱？向李存勖上奏說李琪為人狡猾，無士大夫風骨；薛廷珪華而不實，文才雖好，卻沒有主持國政的能力。

河東、大梁兩幫相爭的結果，誰也沒勝出，最後豆盧革向李存勖大力推薦世族出身的禮部侍郎韋說，誇他行事謹慎莊重，在大梁頗有功績，世族子弟不會反對；大梁降臣認為韋說是自己人；郭崇韜看出韋說個性膽小，容易掌握，也不再反對，最終這宰相之位在平衡各方勢力的情況下，落到韋說身上，從而開啟了豆盧革與韋說結黨營私之路。

同光元年十一月，文臣武將大勢底定，新朝初具氣象，接下來便是眾藩來朝的大喜事。洛陽紫微城乾元殿上，四名身穿錦袍的宦官手捧白玉香爐，分別站在金鑾座的兩旁，那爐頂煙霧裊裊，散發著芳香之氣，薰得眾人身心舒暢。

朝堂上，大臣整齊排列兩旁，中間則是楚、岐、河中、吳越、南吳、南平……等各藩鎮派來的使節，為了知道如何應付接下來的新局面，他們早在數日前就已經來到洛陽，且暗中查訪唐國的各項消息，包括唐帝的動靜、權力分配，並打點權臣、宦官、伶人等各方人馬。

當初有近千名宦官被大梁逼得四處逃亡，流落在各藩鎮，李存勖登基後，立刻將他們召集回來，不只讓他們服侍於內廷，更打算派其中能力強者前往各藩鎮擔任監軍，監視各地節度使。

眾藩聽到宦官死灰復燃的消息，已是擔憂，如今又見到他們趾高氣揚的模樣，更是慄慄自危，心中暗罵：「當初大唐帝國會敗亡，宦官實是一大禍害，朱全忠因此特別痛恨宦官，大梁王朝極少任用宦官行事，多以文臣取代，想不到李存勖不只恢復了大唐種種名號，連宦官這陋習也一併恢復了！」

只有馮道心知李存勖嘴上不說，內心其實十分懷念張承業，再加上張居翰為人也勤懇正直，使得李存勖認定宦官並非禍害，相反地，只要任用得宜，便能成為帝王最忠誠的心腹，就像張承業對李曄的感情一直是李存勖羨慕的，所以他也期盼能找到一名對自己如此忠心的得力宦官。

其中一名宦官李從襲尖聲高喝：「大唐皇帝到，行禮！」

李存勖身穿金龍袍，威風凜凜地走了出來，坐上金鑾座，眾臣連同各藩鎮使節紛紛下拜行稽首禮，屏息安靜、不敢出聲，以示臣屬尊敬天子之意。

李存勖苦戰近二十年，美夢終於成真，望著曾經的強敵戰戰兢兢地伏跪於腳下，他忽然發覺自己從來沒有仔細思索過當皇帝是怎麼一回事？直到這一刻，才體會到皇帝寶座為何如此迷人？如果說與群雄角力是一場又一場有趣的爭勝遊戲，那麼當皇帝是另一件更有趣的事，在尊榮、驕傲、歡快、任性之外，他還有一種不切實際的夢幻感：「原來當皇帝是這樣子，我在臺上演，他們在臺下演，大家好似唱戲一般……」不過，他真喜歡這齣大戲，他要永永遠遠地唱下去。

「平身！」李存勖沉厚有力地朗聲大喊。

「今日是眾藩恭賀大唐中興的大喜之日，」宦官李從襲大聲道：「各使節獻禮！」

首先是佔據湖南一帶的楚王馬殷派了兒子馬希範前來朝貢，除了獻上大批財寶，最重要的是上繳大梁所授予的洪、鄂行營都統印符、將吏名冊，以示歸順之意。

李存勖見馬殷父子展現了十足誠意，一番嘉勉之後，當場封馬殷為楚國王，讓他繼續統管湖南一帶，馬希範終於放下心來，連聲叩謝皇恩。

接著是一早就投靠了李存勖的河中節度使朱友謙，他曾是朱全忠的義子，在朱友珪篡位時，倒向李存勖，朱友貞上位後，又回去與大梁眉來眼去，眾人都懷疑他是牆頭草，隨時會倒戈，但最後他卻堅定地站在李存勖這一邊，使得晉軍無後顧之憂，最後一戰才能一舉功成。

因此李存勖對朱友謙是由衷感激，把他當好兄弟，見他帶著大批財寶前來朝拜，歡喜地對眾人道：「河中節度使是朕的肱股良臣，朕不只要賜他財寶，還要賜他免死鐵券，授太師、尚書令，讓太子尊他如兄長。」不只把朱友謙奉上的財寶賜還給他，還加好幾倍的賞賜，兩個兒子封賞節度使，其下部將十多人被封為刺史，其榮寵之盛，無人可比。

大梁降臣曾經痛罵朱友謙忘恩負義，然而這一刻，心中卻充滿了嫉妒，朱友謙享受眾人目光仰視的這一刻，他深深覺得當初不惜背上罵名選擇李存勖，確實是押對邊了，李存勖是個能共患難，也可同富貴，值得他全心投靠的明主，可是他卻不知道亢龍有悔，盈不可久，當他攀到了眾人羨慕的高位時，也是他走向下坡，甚至是走進死局的開始。

第三位上前獻貢的是岐王李茂貞的兒子李繼曮，由於李茂貞的領地與大梁相互毗鄰，中間沒有任何山水作為屏障，再加上連年敗戰，此時只餘七州軍力，當他聽到李存勖滅梁入洛陽，心中很不安，連忙派兒子帶了親筆信和大批貢禮前來祝賀。

在此之前，李茂貞特意叮囑兒子到了洛陽後，要仔細觀察唐軍實力，李繼曮發覺唐軍確實比岐軍強盛不知多少倍，連忙飛鴿傳書回去，李茂貞心中更加害怕，便吩咐兒子一定要上表稱臣，讓唐帝信任自己。

李繼曮恭敬道：「自從大唐亡於逆賊之手，父王便成了遺老孤臣，卻始終不畏強權，憑著一腔赤膽忠心對抗朱賊，今日陛下消滅逆賊，興復大唐，實乃普天同慶的大喜事，父王心中老懷安慰，對陛下佩服得五體投地，為表恭順之意，特命我帶鳳翔西府三絕前來祝賀陛下。」

他召喚僕衛抬進數口大木箱，放在地上，打開第一個方形木箱，道：「這第一絕是『西鳳酒』，父王說陛下不只是馬上英雄，更是酒國英豪，因此想請陛下在太原汾酒之外，也嚐一嚐我鳳翔佳釀，倘若口味合宜，日後鳳翔將年年上貢百罈美酒。」

李存勖笑道：「好！這西鳳酒名聞天下，與我太原汾酒不相上下，朕便好好嚐一嚐，改日邀岐王一起共飲。」

李存勖從前常與王鎔、王處直一起喝酒，說「改日邀岐王一起共飲」乃是真心誠意，並沒有特別意思，李繼曮心中卻是一跳：「難道陛下想扣留父王在洛陽？」既不敢拒絕，也不敢答應，只好一句帶過：「臣代父王謝恩。」又打開第二個長方形木箱，道：「第二絕是『馬勺臉譜』，父王知道陛下鍾情戲曲，特地召來鳳翔最好的師傅，以上好桃木細細雕繪成十二色『馬勺臉譜』，忠奸善惡、喜怒哀樂各有形象，可讓陛下過足戲癮！」

李存勖見箱內整整齊齊擺放十二張勾劃精巧、色彩豐富，表情活靈活現的臉譜，比見到十二萬兩白銀還興奮，歡喜地撫掌大笑：「馬勺臉譜揚名天下，今日一見，果然名不虛傳，這個好！以後朕有這些面具相襯，唱起戲來更加厲害了，誰比得過我？」

伶人團之首景進也站在朝堂之上，立刻道：「臣恭喜陛下、賀喜陛下！只不過這可苦了臣！」

李存勖不解道：「這是為何？」

景進道：「陛下唱戲原本就驚才絕豔，傾倒世人，如今再得寶物，豈不是登峰造極、曠世無匹了？臣等如何搭配得上？」

李存勖哈哈一笑，道：「放心吧！朕允你們唱戲時都可以戴上馬勺臉譜，大家就一般威風了！」

景進歡喜道：「臣萬萬不敢與陛下相比，能與陛下同樂，已是臣最大的福氣，謝主隆恩！」

眾臣看在眼裡，心中忿恨難平，都暗罵：「不過一個伶人，憑著拍馬奉迎，陪皇帝唱戲，竟官至三品銀青光祿大夫，兼御史大夫，還上柱國，簡直不知所謂！」「這廝時時監視我們的言行，去向皇帝進讒言，如今連使節的貢禮都能同享，簡直不成體統！」「武將出生入死、文官苦讀詩書做什麼？還不如去唱戲！」

李繼曮又打開第三口箱子，道：「我鳳翔第三絕乃是上古青銅器！」他指著木箱裡一組九鼎八簋的青銅器，道：「天子才配用九鼎八簋，父王前日得到這組西周出土的禮器，不敢私藏，立刻命我帶來進獻。」這鼎與簋在商周既是禮器，也是食器，九鼎八簋只有在周天子宴饗諸侯時才會使用。

李存勖微笑頷首，道：「岐王有心了。」

李繼曮又打開第四口箱子，拿起一件形狀如大圓盤，盤腹和下方圈足分別雕飾著鳳鳥紋和捲曲紋的青銅器，道：「這是西周牆盤，鳳鳥紋在周朝是最吉祥富庶的象徵，而盤底鑄有一段銘文，前段歌頌西周文、武、成、康、昭、穆、共七代周王的文治武功，後段則記述微氏家族高祖、烈祖、乙祖、亞祖、文考和製牆盤者自己六代的事蹟。」

他將西周牆盤交予宦官李從襲，再轉呈李存勖，又道：「西周七王的功績記於牆盤，與陛下父祖三代、高祖、太宗、懿宗、昭宗並列七廟之事，實可互相媲美。我鳳翔李氏也願仿效西周微氏家族侍奉七代周王般，世世代代忠心侍奉陛下一族。」

李存勖聽到李茂貞獻禮的喻意，歡喜得哈哈大笑：「這牆盤好，朕喜歡！」

李繼曮又拿出另一件橢方形，雕飾蕉葉紋、蛇紋，圈足有巨目利爪的饕餮紋，四周有粗大的卷角像荷花葉般捲翹向外的青銅器，同樣交由李從襲轉呈李存勖，道：「這是西周酒器何尊，上面鐫刻的銘文記載了周成王在太室山舉行對武王的豐福祭典時，對宗族晚輩的訓誥，其中說到：『肆文王受茲大命。唯武王既克大邑商，則廷告於天，曰：余其宅茲中國，自茲義民。』正是父王對陛下的敬獻之意。」❷

那段話原意是：「文王受天命統治天下。後來周武王滅掉商紂後，就告祭上蒼說，我現在要入住到天下的中心洛邑，在這裡統治萬民。」李茂貞藉何尊酒器表達李存勖有如周文王一樣，受天命統治天下，又如周武王滅掉暴虐的商紂般滅掉了大梁，如今也同樣遷入天下中心洛陽統治萬民，將來定會像周朝一樣，國祚昌盛綿長。

李存勖接過何尊，見這酒器顏色古樸莊重，形狀卻華麗雄奇，已然十分喜愛，又聽到李繼曮的話，心中更加歡喜，笑道：「太祖與岐王同是大唐元老，兩人常併肩對抗梁賊，岐王便有如朕的叔父，朕當以子侄之禮相待。」太祖指的是李克用。

李繼曮心中害怕，也知道父親的心意，連忙下跪恭敬道：「臣還帶來師兌簋、子幅觶、秦公鎛、逨盉等數十件寶器，尤其這折觥，更有『躋彼公堂，稱彼兕觥，萬壽無疆』之意，只盼陛下萬壽無疆，仁厚寬諒我父子從前的失禮之處，父王乃是真心歸順，絕不敢僭越以叔父自居，請以藩臣之禮相待，我父子唯願盡忠報國，為陛下展草垂韁。」❸

李存勖見李繼曮態度誠惶誠恐，幾乎把鳳翔的文物寶器全送過來了，笑道：「你父子願忠誠報國，那是再好不過，為展現新氣象，朕便封賞他為秦王，加賜你中書令吧。」

「謝主隆恩。」李繼曮想不到自己也得了中書令，這才相信李存勖是真心善待他們，連忙叩謝聖恩。

「捩翠融青瑞色新，陶成先得貢吾君，巧剜明月染春水，輕旋薄冰盛綠雲。」吳越國使節沈瑫口中吟唸詩句，雙手捧著一組貴重的秘色越窯茶盞上前。❹

吳越國王海龍王錢鏐向來能屈能伸，知道如何在強國之下生存，因此毫不吝嗇地派沈瑫扛了數大箱珍寶財物前來洛陽，沈瑫事先已悄悄送了無數財寶給李存勖身邊掌握大權的伶人、宦官、重臣，今日正式朝見皇帝，立刻拿出最貴重的秘色越窯上貢。

李存勖不只能打仗，也是風雅之人，知道越窯秘色青瓷天下聞名，有「九秋風露越窯開，奪得千峰翠色來」之稱，深受世族、詩人喜愛，見沈瑫上貢之物胎質細膩、胎壁薄透，釉色腴潤光亮、晶瑩青翠，上覆山水花鳥圖樣，在一小杯茶盞中便能夠觀享整座森林之景，實是秘色瓷中的極品，心想玉娘肯定愛極了這些小玩意，歡喜笑道：「好！朕知道越窯已是難得，這是越窯中的極品，世所罕見，更是難得，吳越王也算有誠意。」❺

沈瑫恭敬道：「吳越王以最珍貴的秘色越窯上貢，乃是表達對陛下最尊崇的敬意，因此，想請求陛下頒賜金印、玉冊，仍然封我王為吳越國王，一切禮制照舊！」

此言一出，堂上一片嘩然，郭崇韜臉色一沉，向禮部尚書薛廷珪微微掃了一眼，薛廷珪連忙站了出來，道：「按禮法，唯天子可使用玉冊，王公只能用竹冊，而且只有海外夷族可封國王，吳越原本就是大唐藩鎮，怎能另封國王？」

沈瑫心想：「國王讓我來試探唐主心意，便可知道他對待藩鎮是何態度。」微笑道：「敝國立為吳越國已久，我吳越國王之名也早為世人所知，府署早已改為朝廷，且設置了丞相、侍郎等臣屬，一切禮制皆運行已久，倘若因為投效陛下就要改變所有規矩，只怕會衍生不必要的麻煩，還望陛下仁厚寬待，允准我們一切照舊，如此敝國上下皆感激陛下恩德。」說罷深深行了一禮。

李存勖心想：「這幾年海龍王在南方勢力龐大，新羅、渤海等南海諸國都受他冊封，尊他為君長，我還需要他牽制南吳，此刻暫不宜與他翻臉。」笑了笑道：「既然楚王照舊領湖南一帶，海龍王自也一切照舊，只要海龍王是真心順服，朕絕不會虧待臣屬子民。」他雖允了請求，卻也強調海龍王只是臣屬。

沈瑫心中暗笑：「唐軍看似強大，其實內部已經空虛，且各山頭林立，紛擾未定，否則唐主何必委屈答應玉冊、金印的要求？看來我們不必太過擔心，唐軍想要南下，時日還久得很！」連忙再行禮道：「臣代我王感謝陛下大恩。」

唐臣都心懷不平，覺得李存勖太軟弱了，竟任吳越小國予取予求，只有馮道瞭解李存勖答應這些要求，固然是想在王朝初立時安撫眾藩，免得引起激烈抗爭，更重要的原因卻是李存勖是真的心胸寬大，對降將十分寬容，他甚至有一種天真的情懷，覺得這些戰役就如同摔角一般，只要對方打輸求饒，他就會寬赦弱者，除非是像朱全忠、張處瑾那樣，有著殺父殺兄的血海深仇，否則他真的一律既往不咎。

他不像那些文人時時注意著繁文縟節背後的含意，也不在乎多一個玉冊、少一個玉冊有什麼關係？儘管他風流瀟灑，文采不凡，說到底，他骨子裡流淌的仍是沙陀武夫的快意恩仇，待人處世全憑自己的感情和直覺，身邊的人只要動之以情，他很容易感動、衝動，因此沈瑫一番尊敬之語，就讓他覺得不必計較一個玉冊了，倘若有一天，他真感受到吳越國的威脅，覺得海龍王不守信用，那麼他會直接揮兵南下，滅掉對方，也不願浪費力氣去計較一個玉冊能帶給海龍王多少尊榮。

接下來是南吳使者司農卿盧蘋上前獻禮，南吳向來是南方霸主，對北方統一心懷忌憚，對李存勖也不甘心臣服，因此直接拒絕李存勖召眾藩朝拜的詔書。

李存勖心中雖生氣，卻知道大局未穩，不能與南吳決裂，因此忍下心氣收回詔書，改用「大唐皇帝致書吳國主」這書信方式重新邀請。南吳幾個重臣商討之後，覺得唐帝既然退了一步，己方也不能太過強硬，因此以「大吳國主上大唐皇帝」方式回覆會派使者前來祝賀，這個「上大唐皇帝」的「上」字，便代表自己的位階低了一等。

盧蘋望著臺上的李存勖，心想：「唐帝果然威風凜凜、儀表不凡，那壯碩大器真不是我南方漢子可比！」又想：「但嚴公曾說李存勖一旦得到中原，定會志得意滿、驕傲非常，不出數年，唐國就會生出紛亂，我們只要卑辭厚禮，示敵以弱，好好守護國境，坐等他自行滅亡就可以了，根本不必太過擔心。」嚴公指的是南吳宰相嚴可求。

盧蘋打定主意後，便上前深深行了一禮，說了一番祝賀美言，言辭謙卑，執禮恭敬，接著便招呼隨從進入大堂獻禮，南吳二十位使者魚貫進入，每個人雙手恭敬地捧著一個長方形大銀盤，盤上平放著一匹匹錦緞。

盧蘋道：「我金陵雲錦瑰麗如雲霓，燦爛如霞光，被譽為『錦中之冠、天下第一』。這每一匹錦緞都是用一塊塊黃金經過三萬多次人力錘打，成為一片片輕如鴻毛的金箔，再裁切成千百道黃金絲線。另外，這錦緞裡的銀絲線、銅絲線也是用同樣的方式製作出來，再融合顏色華麗的孔雀羽絲、質地柔軟的冰蠶絲、絹絲，以拼股、染色、綳光……等數十道獨特的技藝編織而成。」

眾人聽了無不嘖嘖稱奇，盧蘋拿起第一匹錦緞向李存勖展示，道：「例如這一匹織金孔雀羽妝花紗龍袍，上面有十七條金龍，全是黃金絲線所織，如此才能真正展現出金碧輝煌、富麗瑰偉的風華，旁邊的如意雲、七巧雲皆以銀絲織成，下方百花盛開的圖樣，則是以各種雀鳥羽毛織成，其中的牡丹花更是以十八種色彩斑斕的孔雀羽絲搭配而成，層層綻放，孔雀羽絲在不同火光照耀下，會流轉不同光彩，以此呈現出帝王各種尊貴風範。至於冰蠶絲和絹絲，是用來使緞面的觸感柔滑，穿起來更加舒爽。」

他以指尖遙指第二到第十盤錦緞道：「除了織金孔雀羽妝花紗龍袍，還有妝花緞龍袍、十二團龍紋龍袍、墨綠地妝花龍袍……等十件龍袍樣式。」

接著他又指了第十一到十九盤上的布帛，道：「除了陛下的龍袍錦緞之外，我王也準備了九件后妃的錦衣，每一件錦衣都搭配了素紗禪衣，有黃地桂兔紋妝花紗、雲鶴紋妝花紗、花卉樗蒲紋妝花紗、蔥綠妝花紗裙、駝色纏枝蓮地鳳襴紗裙……等。這素紗禪衣乃是依據大漢宮廷的繅絲技藝，以冰蠶絲所織，每一件都薄似蟬翼、輕如雲煙，約只半兩重，后妃在豔麗的錦緞外面披上禪衣，便能在錦衣的華美之外，憑添幾許飄逸朦朧的柔美，宛如飄飄仙子。大詩人白居易對禪衣之美曾讚不絕口，說：『應似天台山上明月前，四十五尺瀑布泉，中有文章又奇絕，地鋪白煙花簇雪。』」❻

他又指了第二十件木盤上的事物，道：「除此之外，我王還特別請金陵絨花大師製作幾頂絨花冠，讓后妃搭配這錦衣素紗，絨花乃是用銅絲立架、蠶絲編織，再染上繽紛豔麗的色彩，華美非常，因象徵『榮華』，曾經深得武后喜愛，被列為唐皇室貢品。」武后是指武則天。

他深深行了一禮，道：「此乃我南吳上下一片誠意，恭請陛下笑納。」

李存勖心中得意：「南吳先前態度強硬，不肯接詔書，如今還不是乖乖來了，還送上這麼金貴的厚禮！徐溫那偽君子就是愛擺架子！」笑道：「你這龍袍極好，禪衣也很不錯，朕視臣民一律平等，既然吳越國一切禮制照舊，那吳國也如一吧！」

「臣叩謝陛下。」盧蘋見李存勖態度不冷不熱，大約也是想維持兩造和平，不願多生枝節，便不再多說，默默地自行退下。

最後是掌管南平政權的荊南節度使高季興，他原名高季昌，一收到李存勖滅梁稱帝，邀請入洛陽祝賀的消息，為表明自己的忠誠，立刻自動改名高季興，以迴避李存勖祖父李國昌的名諱，並且不顧眾臣屬反對，堅持親自帶著大批財寶前來，最早進入洛陽，在等候其他藩鎮到來的這段時間，李存勖見他如此殷勤，便時常拉著他去打獵遊玩，還在射取獵物時，故意笑問：「這次眾藩都會前來朝拜，唯獨蜀國沒有回音，另外，南吳雖然回了信，卻不像你對朕那麼忠誠，倘若朕要發兵攻打川蜀和南吳，你說應該先打哪個好？」

高季興吃了一驚，暗想：「當初梁震說唐主有併吞天下之志，絕不會就此罷手，果然不錯！」梁震是他的心腹謀臣，又想：「蜀國主王衍會如此傲慢，敢不接唐帝詔書，是因為仗著蜀道艱險，攻打不易，我最好讓唐軍去攻打蜀國，消耗掉戰力。」便回答道：「南吳只是貧瘠的南蠻之地，對陛下的大業沒什麼幫助，更何況它還有長江作為天塹，除非陛下已擁有壯盛的水軍，否則長江比黃河更不易結冰，騎兵跨越不易。倒是蜀國，我聽說它土地豐饒，蜀主荒淫，不得民心，相信很快就能攻下，待取下蜀國之後，再順流而下，奪取南吳就會易如反掌。」

李存勖哈哈大笑道：「你說得很不錯，與朕心中謀劃甚是相合，我下一仗便想取川蜀王衍！」精光一湛，又道：「人人都說蜀道難，偏偏朕最愛的就是冒險犯難！」

高季興雖成功讓李存勖將目標放在征戰困難的蜀國上，但他依然忐忑不安，擔心李存勖不肯放他回去，此刻在朝堂之上，見眾藩只派大臣最多是派兒子前來，心中更是後悔不已：「梁震曾勸我千萬不要親自深入虎穴涉險，萬一唐主不放我回去，豈不完了？」

為了能平安回去，他想破了頭，當場對著李存勖擠出一大串「大唐天子文成武德，撥亂反正，澤被天下」的奉承話，又說自己從前被逆賊蒙蔽，才會誤投梁賊，如今已痛改前非，一心事唐，說得聲淚俱下，李存勖聽得心花怒放，已然相信他的忠誠，朗聲道：「你們原本就是大唐子民，既然歸順，從前罪衍一律赦免，朕既做了大唐天子，便視各藩皆是子民，愛之如一，從此不分藩鎮，不分地域，天下一家！」

眾使節齊聲稱頌：「臣等謝主隆恩！敬祝大唐國泰民安，陛下萬歲、萬歲、萬萬歲！」

李存勖見眾藩恭敬順服，歡喜無已，朝堂上一片歡樂氣氛，便對宦官李從襲使個眼色，李從襲連忙高聲道：「諸君遠道前來朝賀，天子大悅，特設國宴招待。」

眾使節趕緊道：「臣謝陛下賜宴！」

李存勖歡歡喜喜地接受稱頌之後，便先行起身離去，眾使節相顧愕然，都想：「皇帝怎麼走了？莫非他想暗中觀察我們的行止，考驗我們的忠誠？」只聽李從襲又喊道：「聖上退朝，諸君請隨我等前往酒宴。」

眾人隨著李從襲的指引來到「洛城殿」，見大殿兩旁已擺好酒席，中間卻是一個空曠的表演場。

過不多久，數十位宦官魚貫而出，為每位嘉賓端上美酒佳餚，那甘露羹、羊駝蹄羹、金鈴炙烤、菊香蟹肥……每一道菜色都顏色鮮豔奇巧、作工精緻華麗，雖不至於像大唐燒尾宴那麼豐富，卻也盡量展現出當年大唐國宴繁榮富庶的情景。眾人看得垂涎欲滴，但皇帝還未出現，誰也不敢動口，只正襟危坐，李從襲又道：「諸君遠來辛苦，聖上請大家喝酒吃菜，欣賞戲曲。」

話才說完，鼓樂聲揚起，有數十名伶人分成兩列奔進中間戲臺，右邊十數人身穿梁軍服飾，領隊的將軍白鬚白髮，身形微胖，投降的梁臣一看便知是步兵首領賀瓌的形象；左邊十數人則穿晉軍服飾，領頭之人容貌奇俊、身形瑰偉，竟是李存勖親自下場扮演。

戲台中間搭了一座假坡，扮演梁軍的伶人一開始步步進逼，但李存勖站在坡頂揮舞大旗，激動唱著「秦王破陣曲」，扮演晉軍的伶人有的在地上打滾，有的揮舞長槍，表現出英勇奮戰、抵抗強敵的模樣，扮演梁軍的伶人便節節敗退。

台下觀眾欣賞一小段後，已然看出李存勖命人將「胡柳陂之戰」改成戲曲，帶著伶人親自表演，大梁降將都尷尬地面面相覷，心中忐忑：「陛下這是什麼意思？還想追究我們的過錯嚒？」只有段凝神色自如，絲毫不以為意，時而歡呼拍掌，時而痛快吃喝，大梁降將不禁暗罵：「若不是這姓段的無恥無能，咱們怎會淪落到這等地步？」儘管臺上鑼鼓喧天，熱鬧非常，臺下梁將都無心欣賞，倒是河東老將心中得意，暗暗好笑：「陛下從小就愛唱戲，這是藉戲曲敲打梁將，給他們下馬威！」

戲曲到了中段，演到梁軍衝散了晉軍的輜重，伶人周匝被梁軍抓走，另兩個伶人陳俊和儲德源一直追著周匝和梁兵，拉拉扯扯地一路退出場外，臺下觀眾看他們滑稽逗趣，可憐又可笑的丑角模樣，都哈哈大笑。

另一方面李存勖帶著晉軍反攻，將梁軍打得落花流水，落荒而逃。李存勖揮舞著大旗，帶領晉軍凱旋而歸，對著臺下觀眾伸出大掌，哈哈大笑道：「吾乃李天下！天下江山，我十指可得；天下之功，盡在我指掌間！」

此話一出，河東老將聽在耳裡，但覺自己幾年櫛風沐雨，幾度出生入死，在皇帝眼中竟都不算什麼，一切只屬於他一人的功績，心中頗不是滋味。

這時李存勖意氣風發地站在舞臺中央唱著激昂的曲子，其他扮演晉軍的伶人伏趴在地，示意對大王神勇的敬佩，周匝、陳俊和儲德源卻驚慌落魄地奔了回來，伏跪在李存勖腳下，周匝哭著唱曲：「臣得以生還，全賴陳俊、儲德源救助，願陛下賜州鎮回報他們。」

李存勖歡喜地哈哈大笑，扶他們站起，大旗一揮，喝道：「朕分賜你二人景州、憲州刺史之位！」

此話一出，三人伏跪於地，大呼叩謝皇恩，臺下觀眾卻無不變了臉色，尤以河東老將臉色最是難看。

全劇至此落幕，看倌很識相地立刻揚起一片歡呼喝采，李存勖但覺心滿意足地過了一把戲癮，不由得哈哈大笑：「朕能文能武，能騎馬打仗，也能詩詞歌賦。」

段凝立刻道：「聖上文成武德，仁義英明，中興大唐，澤被蒼生，千秋萬載，一統天

下。」眾人心中都佩服他奉承的手段，連忙群聲附和。❼

郭崇韜再也忍不住，站了起來，道：「臣請問陛下，方才賜予陳俊、儲德源刺史之位，應是戲言吧？」

李存勖抹了額上汗水，笑道：「君無戲言，就算是戲中之言，也是一言九鼎！」

郭崇韜勸諫道：「從前追隨陛下共取天下者，都是英勇豪傑。如今大業功成，還未封賞他們為刺史，反而先賞賜給表演的伶人，恐怕會失天下之心。」

郭崇韜當著眾人之面直諫，李存勖但覺下不來台，冷聲道：「郭卿所言雖有道理，然胡柳陂之戰時，朕就已經許諾要賞他們為刺史，卻一直未兌現，如今朕已貴為天子，倘若還繼續失信這幾位小人物，豈不更加慚愧？天下人要如何相信朕的信義？郭卿當為朕盡力周全。」皇帝如此發話，郭崇韜也無法再爭辯，只得恭領旨意。

河東老將雖知皇帝愛煞了戲曲，看重伶人，但隨口將二州刺史賞給伶人，心中仍是忿怒難平，都想：「我們跟隨皇帝出生入死不下百戰，連個刺史之位都得不到，只是個屁！」

眾藩卻是看傻了眼，荊南節度使高季興自從來到洛陽，李存勖雖待他極好，但伶人、宦官卻不斷暗中威脅，跟他索討厚禮，高季興原本十分忿恨，卻又不敢拒絕，但見了今日這一齣大戲，忽然整個人都放鬆地笑了起來，暗想：「我不親自來這一趟，就無法目睹這齣荒唐戲！這新皇帝歷經百戰，好不容易才跨過黃河，就誇口說憑他十根手指就可奪得天下，還賞賜伶人為刺史，如此輕視功臣，誰不灰心？這段時日，他還迷戀嬉戲、沉溺酒色，不思治國之道，我還有什麼好擔心的？回去之後，只要好好修繕城池，積蓄糧食，招納大梁流亡士兵，全力備戰就可以了。」

李存勖目光一掃，忽然發覺元行欽不在席上，又問：「元行欽呢？」

禮部尚書薛廷珪答道：「啟稟陛下，此番酒宴只有眾藩使節和四品以上的大官可入席，元行欽的官位不夠……」

一句話未說完，李存勖已斥道：「你不過一個大梁降臣，朕都恩准你同宴享樂，他一路跟隨朕出生入死，為何不夠資格入席？今日朕便當著所有人的面，封元行欽特進、檢校太傅，日後所有宴席都要有他的位置，看誰還敢說他不夠資格？」

薛廷珪見皇帝發怒，嚇得連忙從座位上起身，行禮求饒道：「臣蒙聖恩眷寵，才有今日之樂，絕不敢恃恩而驕，這就立刻派人去恭請元特進入席。」

李存勖揮揮手，道：「罷了！以後注意便好，莫要壞了今日歡樂的氣氛。」

「是！是！」薛廷珪立刻讓人去請元行欽入席，才平息了這場風波，李存勖也才下了戲台，放開胸懷與眾人喝酒同樂，又眉飛色舞、滔滔不絕地講述自己的戰績。

南吳使節盧蘋初見到李存勖時，真覺得他是蓋世無雙的大英雄，待看了這一場大戲，心中不由得好笑：「嚴公真是一語中的！唐帝沉湎嬉戲，拒納良言，御下無度，行事全憑個人喜好，新朝初立，就已經引發臣子不滿，這朝廷還能支撐多久呢？待回去後，我可以好好稟報給太師，讓他安心了。」太師指的是南吳第一人徐溫。

完成藩鎮朝拜的大事之後，李存勖終於有閒心思索下一步，除了與郭崇韜商量征蜀大計，另一件要事卻是著落在馮道身上。

此時馮道已不是隨侍在皇帝身邊的省郎，而是戶部侍郎，有著天下土地、人民錢糧……等諸多事宜要處理，尤其新朝初立，戶部、度支、金部、倉部等方方面面的規矩都必須重新檢視、制定，雖然他上頭有一個戶部尚書頂著，下面有巡官、主事……等十多個小吏可供使喚，但戶部眾官都知道他是皇帝跟前的紅人，戶部真正的主心骨，因此凡事都與他商量、向他請教。

馮道正忙得團團轉，忽然見到宦官李從襲前來傳召，不由得心中一跳：「許久沒覲見陛下了，他這般召見，定有要事……」連忙放下手中工作，隨李從襲前去，沿途不忘打聽消息：「李公，敢問聖上召見，有何事情？」

李從襲是李存勖最信任的大宦官，對上逢迎拍馬，挑撥是非，對下貪財弄權、飛揚跋扈，但知道馮道也得聖寵，為人又客氣，對他便也客氣幾分，白眉一挑，尖聲尖氣地道：「聖上什麼都跟咱家說，就你這事，他半點口風也不漏，恐怕不是什麼善事！你若是遇上什麼困難，或可告訴咱家，讓咱家在聖上面前為你美言幾句。」頓了一頓，又道：「當然啦，若事情太麻煩，便需要花點力氣打點，馮侍郎，你懂吧？」

馮道見他看中戶部這塊大肥肉，竟如此明目張膽地索要錢財，只能裝迷糊，微微一笑道：「多謝李公提點，為道如此費心，將來若有什麼麻煩事，道一定登門向李公請教。」接著便把話題轉到了別處。

兩人談笑間，馮道加快腳步來到御書房，李存勖吩咐只讓馮道一人進入，李從襲也只好止步，心想：「這馮侍郎竟得皇帝如此恩寵，連我都不得進入與聞機密，看來對戶部不能逼得太緊，還是先從別處求財吧！」

御書房內，李存勖正在玩擲壺，桌案上放著一張「南樓兵推」的棋局，聽見馮道走進的聲音，歡喜地回頭笑道：「馮卿，你來啦？」看起來心情正好。

「臣見過陛下。」馮道先行了禮，才問：「不知陛下有何吩咐？」

李存勖走回桌案後方，坐入高高的扶手椅裡，微笑道：「你過來瞧瞧。」馮道依言走近，李存勖又道：「你瞧這桌上的棋局如何？」

馮道仔細瞧了兩眼，沉吟道：「臣不是很懂軍事，這看起來很像是與偽梁最後一戰……」

「不錯！算你有點眼力！」李存勖得意道：「這麼高明的行軍戰略，是朕在南樓與金匱盟主相見時，設想出來的。」

馮道驚嘆道：「陛下果然是天縱英才的戰神，臣佩服得五體投地。」說罷深深行了一禮。

李存勖冷哼道：「當然那金匱盟主也貢獻了一點小小主意，但就和郭崇韜提出的差不多，沒什麼新意！」

馮道說道：「金匱盟主只是一介鄉野草人，能想出和郭樞密一樣的主意，就已經想破他的腦袋了，他又怎能與陛下相比？」

李存勖笑道：「即使金匱盟主沒什麼貢獻，但朕已經答應打勝仗後要賞賜他，便要做到，朕不可失信於民。」

馮道說道：「陛下真是禮賢下士、一言九鼎。」

李存勖道：「那日金盟主只說他會提出條件，卻沒說是什麼，朕都快一統天下了，他都還沒派人來商談，你說這事該如何是好？」

馮道愕然道：「愛錢的金匱盟主至今還沒提出酬金？這可不像他的作風！」

李存勖哼道：「可不是麼？」

馮道又道：「陛下的意思是希望臣去尋找他們，把酬金的事解決了？」

李存勖笑道：「和你說話就是省力氣！」精光一湛，道：「你去告訴他們，朕要設宴款待金匱盟主，好好酬謝他，有什麼條件，盡可當場提出。」

馮道支吾道：「天下初定，戶部有許多事要處理，其中普查百姓乃是首要之事，如此才能確保財稅穩定，也能安定民生，這件事浩大繁瑣，人手已經不夠，倘若臣還去幹別的事，只怕……」

李存勖不耐煩道：「戶部那麼多人，只吃飯不做事嚒？你把事情交辦下去，便去替朕查金匱盟的動向，此乃第一要務。」

「是！」馮道又道：「但金匱盟總是神出鬼沒，臣又許久未與他們聯絡了，只怕需要一點時間去查探線索。」

李存勖道：「朕給你七日時間，若找不到人，你這戶部侍郎也不用幹了！」

馮道心中嘀咕：「老是威脅說要拔我的官，真沒意思！」又想：「罷了！他現在不是小李子，而是李天下，一不順他的意，別說拔官了，連腦袋都拔得起，我還是乖順些，別惹怒他。」便恭恭敬敬道：「臣定以最快的速度找到金匱盟主，讓他跪到您面前好好領賞。」

李存勖哈哈一笑，道：「很好，快去吧！」

第七日午後，馮道終於回來了，他一邊擦拭額上汗水，一邊三步兩步地奔入內殿，向李存勖稟報：「陛下，臣總算趕得及七天之內回來了！」

李存勖笑道：「你的侍郎帽子保住了！」

馮道配合地扶了扶頂上幞帽，笑道：「是陛下仁厚，臣才能保住這頂小帽子。」

李存勖問道：「事情如何了？」

馮道說道：「臣奔走數日，好不容易找到金匱盟的門徒傳話，又等了兩天，才等到金盟主答覆，他說明日晚間戌時在白馬寺清涼臺會面，同樣地，只陛下和他兩人。」

李存勖微笑道：「又是單獨相會？有趣！」見馮道臉色微微蒼白，額上冒著大汗，顯然這幾日不眠不休地找人，奔波得厲害，便道：「你做得很好！見面之事，朕會自行安排，你先回去歇息吧。」

「臣叩謝陛下。」馮道恭身行禮後，便告辭退離，一路嘀咕：「我可要回去好好洗個澡、睡個覺，天打雷也不醒，這幾日著實太累了！」

李存勖聽著馮道的嘀咕聲漸漸遠去，笑著搖頭：「這傢伙都當到侍郎了，還是這副鄉巴佬的模樣，難怪那些士大夫瞧他不起。」目光移到了桌上「南樓兵推」的行軍棋譜，又回想起與金無諱會面的情景，不由得握緊了拳，暗道：「上一回我有求於你，才答應單獨相會，倘若這一次還任你擺佈，君威何在？我李天下還如何理天下？」

劉玉娘一身珠光寶氣，婀娜多姿地走了進來，以一雙迷魅的美眸深深凝望著李存勖，微笑問道：「找到人了？」李存勖點點頭，劉玉娘又問：「陛下打算如何處置這幫逆賊？」

李存勖精光一湛，沉聲道：「倘若他們肯歸順便罷，若有一絲違抗，朕絕不容許任何神祕勢力在王土上添亂！」

劉玉娘媚眼如絲地微笑道：「無論陛下打算如何處置，莫忘了人家的東西……」

李存勖一把拉了她坐入自己的腿上，笑道：「放心吧！朕定會為妳討回一口氣，將所有珍寶連本帶利地要回來！」兩人便嬉笑得玩鬧起來。

夜幕低垂，白天裡香火鼎盛、香客熱鬧的白馬寺，此時竟然安靜得沒有一點聲響，所有寺僧、閒雜遊客早已被屏除在外，整座寺宇只餘蕭蕭葉落，和夾在冷風裡的肅寒殺氣。

李存勖似獨自前來，又不是真的孤身一人，因為早在傍晚時分，他已密令金槍都統領李從審帶兵悄悄埋伏在寺外的山林裡，一旦金匱盟的人踏入白馬寺，便立刻將整座寺宇包圍起來，要讓對方插翅難飛。

李存勖負手大步走入白馬寺，一路經過山門、天王殿、大佛殿、大雄殿，每經過一座佛殿，他都會雙手合十禮拜一番，但即使面對莊嚴大佛，內心也無法真正平靜下來，因為今晚將有一場不同以往的戰役，對手號稱能預知天機，或許真會卜算出白馬寺已被天羅地網包圍住，他不禁好奇那位神人會怎樣應付這種場面？一想到此，他就感到既緊張又刺激。

李存勖順著山道石階一步步盤旋而上，心想這一仗真刀真槍不一定管用，甚至完全無法預知會是什麼狀況，但若不除去這威脅，永遠也不能安心。

李存勖連轉十八彎，最後來到清涼臺，這地方乃是一塊廣闊的大平岩，縱橫各長丈許，突出在三面臨空的危崖上，站在臺上遠眺下方波濤洶湧的黃海，令人一下子就胸懷大闊，台上有一座毗盧閣和涼亭，一眼可望見亭內已備好酒菜，卻不見任何人影。

李存勖心中不悅：「與朕相約，竟敢遲到，真是罪加一等！」他大步走入涼亭中，這才發現臺上不只有酒菜，還有一封信。

李存勖連忙拿起信柬拆開來看，只見信中寫道：「南樓兵推，助君大成，願君以三十萬兩賑濟此刻饑荒、澇旱災地作為酬賞，以彰顯君王仁德，金匱盟願從此消聲匿跡，永不復見於君前。桌上美酒佳餚，請君享用，敬君仁心善舉，聊表心意。」署名「金匱盟主」。

李存勖氣得破口大罵：「這傢伙竟然連出現也不敢！倘若我不付這三十萬兩賑銀，你能奈我何？」無論他如何生氣，那聲音就只是不斷迴蕩在山谷間，一點也傳不到對手耳裡，想到一番精心佈置，金匱盟卻連半個人影也未出現，無奈之餘，也只能怒氣沖沖地返回洛陽宮殿：「立刻給我傳馮道過來！」

「阿郎，大事不好了！」侍郎府中的僕人急匆匆地奔入書房。

馮道正埋首於堆積如山的案牘中，連眼也未抬，只緩緩說道：「慢點！慢點！別摔跤了，什麼事這麼著急？」

那僕人拿出一封信呈給馮道：「來人在門外等著。」

馮道拿過信柬打開來看，不由得心中一震，臉色發白，連拿紙的手都微微顫抖，怔然半晌，才吐出一句：「快收拾行李！」

「是！」那僕人才轉身出去，不一會兒又奔了回來：「阿郎，宮裡派人來了，是李從襲公公。」

馮道知道該來的躲不掉，嘆道：「好生請他進來。」

李從襲見皇帝大發雷霆，心中竊喜：「馮侍郎這下糟了！肯定要拿銀兩出來打點了……」他一邊盤算著該收取多少銀兩才合宜，一邊隨著僕人走進侍郎府，忽然注意到府內十分寒酸，除了必要的家具，並無長物，所有空地都拿來種菜，連半點花草裝飾也沒有，忍不住問僕人：「戶部明明掌握著天下糧倉，馮侍郎為何還要自己種菜？」

那僕人故意抱怨道：「阿郎十分節儉，都把俸祿拿去救濟貧民，害得我們這些下人跟著受苦，若不在府中種菜，只怕連飯都吃不飽。」

李從襲蹙眉想道：「想不到馮侍郎這麼窮酸，想從他身上榨出油水，只怕不易……」思索間已來到書房。

馮道慘然道：「李公親自前來，不知聖上有何指示？」

李從襲心想：「瞧這臉色，他是知道自己犯下大錯了！」便將皇帝生氣之事誇大轉述，又再三提醒：「你沒把事情辦好，陛下震怒，這次只怕你要掉了腦袋。」他等著馮道向自己求救，豈料馮道只兩眼血紅、臉色蒼白，全身顫抖，手中緊緊握著一封信紙，似乎沒有聽進他的話，好半晌，才吐出一句：「多謝李公提醒，道隨你進宮面聖吧！」便不再多說一句話，連走路都搖搖晃晃，不太穩定，有時甚至要伸手稍稍扶著李從襲才能穩住身子，似乎已被嚇傻了。

沿路上，李從襲又不斷提醒：「馮侍郎，這次的事誰也救不了你，咱家瞧在張公的面子上，願意冒險去陛下面前幫你求情，該怎麼辦，你可想清楚了！」這張公指的是張承業。

馮道無論如何，就是不肯鬆口行賄，只微然點頭，道：「李公好意，道感激不盡。」

李從襲碰了幾次軟釘子，心想：「人人都說馮侍郎很聰明，我怎麼瞧他是傻的？」又暗哼一聲：「無論他是真傻還是裝傻，聖上大怒可是真的，只要我在聖上耳邊吹吹風，說要砍他腦袋，到那時，我就不信他還能繼續裝傻？」

兩人各自思索間，已來到御書房，李存勖依然不准李從襲進入，一見馮道把門關上，便將金匱盟主的書信直接甩到他身上，破口大罵：「你辦的什麼好事？那賊寇根本沒出現！我手中有百萬雄兵，只要一道敕令，舉手間就能剿滅這幫凶徒，他居然敢戲耍我？」見馮道神情恍惚，眼中泫然欲泣，不吭一聲，像是受到莫大委屈，又怒道：「你以前不是最會狡辯嚒？今日怎麼啞口無言，一句話都不會說了？朕都還沒處罰你，你就擺這臉色給朕看？」不等馮道回答，又道：「總之，朕命你即刻查出金匱盟的巢穴，並且設法剿滅他們，倘若做不到，朕就摘了你的侍郎帽，讓你滾回鄉下去！」

「陛下，臣對不起你……」馮道忽然雙膝跪落，深深一拜，同時伸手拿起自己的頂上冠帽，放在地上，哭道：「不等陛下動手，臣自行解下官職，滾回鄉下去吧。」

自相識以來，無論發生什麼事，馮道總是笑咪咪的，此時李存勖才注意到他打從一進來就兩眼血紅、失魂落魄，但覺奇怪，原本滿腔要發的怒火消了一半，不耐煩道：「朕都還沒解你的職，也說讓你戴罪立功，你哭什麼？」

馮道用袖子拭淚，努力壓抑悲傷的情緒，道：「臣本該將功贖罪，盡力找出金匱盟那幫賊子，為聖上解憂，可……可……」說到這裡，又忍不住「哇」地一聲大哭出來，哭得李存勖心煩意亂，鬆軟了幾分，反而好言道：「你究竟怎麼了？」

馮道哭道：「臣的家鄉瀛州鬧大饑荒，家父因操勞過度，去世了……」說罷伏地痛哭。

「你父親去世了？」李存勖一愕，萬萬想不到是這樣的事情。

馮道哭道：「臣一直浪蕩在外，從未好好盡孝道，跟隨陛下打了十幾年的仗，這當中回去不過幾次，我……我未盡人子之孝啊……」

李存勖自己曾飽嘗失父之痛，知道那是何等椎心刺骨，不由得跟著馮道紅了眼眶，哽咽道：「朕明白了，你要節哀，你起來吧。」

馮道卻沒有起身，仍伏在地上，抽泣道：「臣家鄉原本貧瘠，今年又鬧旱災，農田乾涸無法耕種，鄉親幾乎已經淪落到吃土嚼葉的地步了，這些都是陛下的子民，聖恩浩蕩，望天子垂憐……」

李存勖心中浮現金匱盟主的條件：「三十萬兩賑濟此刻饑荒、澇旱災地作為酬賞，以彰顯君王仁德」，他原本想這次無論如何絕不照辦，他倒要瞧瞧金匱盟能拿他怎麼樣，可萬萬想不到那饑荒之地竟是馮道的故鄉，但覺自己又輸了一籌，不由得深深吸了口氣，努力壓下心中怒火，嘆道：「你放心吧！既是朕的子民，朕當然不會放任他們受苦，你回去後便好好核算，看需要多少物資銀兩，派人傳信過來。」

「臣代瀛州鄉親叩謝陛下大恩，」馮道深深叩首，又道：「但瀛州既是臣的故鄉，這事便不適合由臣打理，須交予戶部尚書或其他賢才，例如張憲張公來主持才好，他嚴明公正，必不會讓有心人士貪墨掉賑銀。」

李存勖聽他考慮周詳，便道：「好吧！此事朕會交給張憲處理。」

馮道眼中含淚，又叩首道：「臣一路行來，能伴隨陛下，是臣最大的福氣；一個鄉巴佬得以與當代大儒並立於朝堂之上，忝顏獻策，都是陛下的提拔與寬容，臣心中感念，卻無以為報，只能盡力輔佐陛下安邦定國，使陛下成為一代明君，傳揚千古。誰知天不遂人願，君臣再相契，總有緣盡之時，臣必須回鄉丁憂三年，無法再侍奉陛下了，臣心中願望未成，便要離開，實是萬分遺憾，只能祈求上蒼垂憐，陛下身邊有肱股良臣相輔，天下有賢君良臣安治。」他行的是九拜之中最隆重的稽首禮。

李存勖有些不解，此刻只兩人在書房中，馮道為何要行這麼隆重的禮節？卻也無暇細究，只想天下初定，自己正缺良才治國，馮道就要回鄉，這一分別便是三年之久，說長不長，說短也不短，大至天下局勢、小至朝堂角力都可能發生變化，他心中實是不願一個可信任之人就這麼離開，但回鄉丁憂乃是人倫大節，就算自己是帝王，也不能拒絕請求，不由得深深一嘆：「朕知道了，你好好回鄉去吧，朕允諾你將來回朝，定有機會貢獻長才。」

「謝主隆恩。」馮道說道：「但臣不以自己的前程為慮，只盼陛下一切珍重，以國事為重，以蒼生為念。」再一次叩首，方才起身。

李存勖看得出他歸心似箭，心中也不想再多添感傷，揮揮手道：「去吧！」

馮道退出御書房，望著闔上的房門，心道：「陛下，道今後有什麼前程發展，全是你今日提拔之故，我是由衷感謝你的提攜之恩，因此我多麼盼望你能如太宗一般，仁厚恭儉、勤政愛民，重建一個太平盛世，可上蒼不允許我陪在你身邊，為你分辨忠奸，進言規勸，你我君臣緣分已盡，乃是天註定，但願我離開後，你能勵精圖治、明辨真偽，切務輕信小人……」又對著關上的房門深深一拜，這才真的告辭離去。

馮道離開之後，帶著家僕連夜趕至李嗣源的府邸，向他辭行：「大哥，道自入河東以來，幸蒙你照顧，才得以一路平安順遂，官至侍郎，但家父去世，我必須回鄉丁憂。」

誰都看得出馮道仕途一片大好，當上宰相是遲早之事，想不到竟發生這樣的事，朝廷文官競爭激烈，一旦人不在朝堂達三年之久，等於仕途全然中斷，將來能不能回來都是未知數。李嗣源深深為他惋惜，道：「大哥一直未能助你什麼，你回鄉後，若有什麼需要，一定要捎信過來，我定會盡力為你周全。」

「多謝大哥。」馮道說道：「我今日來向你辭別，除了不捨兄弟即將分離，還想提醒大哥，如今朝堂已不像當初河東王府那般單純了，大哥武功厲害、軍功強盛，難免會遭人嫉妒，務要記得，大勇若怯、韜光養晦。」

李嗣源笑道：「三弟多慮了！我在陛下身邊已久，向來是他讓我做什麼，我便做什麼，一切行事都是遵照君王之命，既是王命，旁人又能多說什麼？就算說了什麼，陛下心裡也是清清楚楚的。」

馮道說道：「我知道大哥原本就不是爭名奪利之人，只不過君子無心、小人有意，凡事謹慎些、退避些，總是好的。」

李嗣源道：「好！你的話我收下了，我會不驕不躁，少露鋒芒。」想了想又道：「另外，你方便的時候，差人前往幽州探一探九太保。」

馮道說道：「大哥放心，我雖不能親自前去，定會差人去探望，一旦有什麼消息，會立刻傳訊給你。」見時間不早，便起身鄭重地行了一禮，道：「天下大事盡拜託大哥了！」

李嗣源感到他這一番託付有些奇怪，暗想：「我是武將，又不是文臣，只會治軍，又不會治國，三弟怎麼把天下交託給我？」又想：「或許他是讓我為陛下好好守護江山。」拍了拍馮道的肩，微笑道：「放心吧！無論形勢多複雜，只要我還有一口氣在，都會如往常一樣，站在前頭保護陛下！」

馮道微微一笑，不再多說，只道：「道言盡於此，不能多待，這就走了。」「保重。」李嗣源讓人準備了一袋銀兩給馮道，親自送他出門，直到見他坐上馬車遠遠去了，這才返回府中。

馮道歸心似箭，但馬車上裝載了全副家當，不能狂奔，他只能讓僕人一路疾行，心中想道：「我長年在外居住，每次回幽燕，都是匆匆來去，這一次總算能好好住下，為鄉親做一點事了，只是我竟來不及盡孝……」前兩天，他剛剛得到瀛州饑荒的消息，還想著如何處理？萬萬想不到父親會忽然身故，他心中甚是悲痛，只能拭去淚水，強迫自己將思緒轉向別處，免得一直沉溺在傷情裡：「當年幽燕在劉氏父子的苛政下，百姓受了不少苦，如今在十太保的治理下，不知變得如何了？」

他回憶起多年前自己曾眼睜睜看著孫鶴、羅嬌兒慘死，卻無能為力，不由得沉沉一嘆：「先生是捨身取義，羅嬌兒卻是為愛焚身……」忽然間，靈光一閃，他發現自己似乎忘了一件很重要的事：「當年徐知誥與羅嬌兒會面後，曾說煙雨樓有另一個細作潛伏在幽燕裡……那個人究竟是誰？」

這麼多年過去，那個細作似乎並沒有掀起什麼風浪，以至於他幾乎忘了：「或許幽燕滅亡時，那個細作已死於戰亂中，又或者不知流落何方？煙雨樓的姑娘都是苦命人，如果真有那麼一個細作，大約也是像羅嬌兒一樣悲苦，能在戰亂中逃走，也是好事，我又何必介意？」

馬車匆匆出了城門，他決定將這樁陳年舊案拋諸腦後，迎面卻有一位蒙面黑衣騎士以極快的速度策馬奔來，與他的馬車擦身而過！

馮道原本坐在車箱內專心思索事情，他極其靈敏的感應卻在對方經過的剎那，全身都情不自禁地起了雞皮疙瘩，心中直接冒出一句：「絕世高手！」

他感覺那人的氣息十分熟悉，可究竟是誰，這麼短促的時間裡，實在想不起來，他連忙掀開窗簾回首望去，那人卻已進入城中，消失在夜色裡，只留下一群錯愕的守城門衛兵，面面相覷地問道：「你們剛才有看見一道黑影入城嚒？」「好像有，又好像沒有……」

衛兵們心中害怕，互相道：「時間到了，還是快快關上城門吧！」

馮道原本想回頭去探個究竟，見城門已關，心中又實在掛念父親和故鄉，只好作罷，讓馬車繼續前行，待行了一段路，終於想起那是誰的氣息，卻已經離洛陽很遠了，他只好告訴自己：「天下變動，他總要來探探情況，或許是去詢問南吳使節，好搶先一步掌握局勢。」

那道黑影在城門口便棄了馬，以輕功入城，奔行在黑暗巷弄裡，一路左彎右拐，卻不是去找南吳使節，而是來到特進府邸！

但他並不從大門進去，而是施展輕功躍入府中，直接闖到特進的臥房門口，身形之快如入無人之境，還輕輕敲了「叩叩叩、叩叩！」三長兩短的記號。

臥室裡靜默許久，一直無人應門。黑衣人卻知道房裡有人，冷笑道：「盧龍一別，已許多年，你如今飛黃騰達了，就想抛開樓裡的規矩嚒？你該知道，你不可能躲得掉的！」

「呀——」房門終於緩緩開啟，元行欽臉色陰沉地道：「進來吧。」

黑衣人進入屋內，元行欽生怕被其他人發現，快速關上門，黑衣人看著他的舉動，眼神越發陰沉，緩緩揭下了臉上蒙布，露出一張微染滄桑卻斯文俊美的面容，竟是徐知誥！

元行欽冷聲道：「樓主今日光駕我這小府院，究竟有何指示？」

徐知誥冷聲道：「你幼時遭難，煙雨樓不只救了你，還教養你許久，可是自從你離開後，只一心奮鬥自己的前途，對樓裡從未有過任何貢獻，那也無妨，只要你辦成這件事，我便放你自由，從此你與煙雨樓再無瓜葛！」

元行欽不敢相信，衝口道：「此話當真？」隨即又明白這定然不是一件容易的任務。

徐知誥微微一笑，道：「我向來一諾千金。」

元行欽知道他如今武功絕頂、勢力龐大，在南吳聲望不下於徐溫，問道：「你究竟要我做什麼？」

「很簡單！」徐知誥淡淡地道：「只要你除掉李嗣源！」

元行欽蹙眉道：「李嗣源武功之高、勢力之大，誰也動不了他。」

徐知誥冷聲道：「有時殺人並不一定要用武力！你沒能力除掉他，便找個有能力的去執行！」

元行欽搖頭道：「普天之下，除了陛下……」話說到一半，忽然停住了，抬眼深深望著徐知誥。

徐知誥微笑道：「你已知道怎麼行事了，我就靜待好消息！」

元行欽心想這事倒是不違反意願，只要自己還想高升，李嗣源就是最大的障礙，除掉他，不僅於己有利，還可擺脫煙雨樓的控制，遂答應道：「一言為定！」

「一言為定！」徐知誥微微一笑，便飄然離去。

馮道離朝之後，李存勖又命宦官李從襲打探金匱盟的消息，卻連一個門徒都找不到，這偌大的組織竟一夜之間從人間蒸發，再沒有留下半點蛛絲馬跡，也像金無諱承諾的「從此消聲匿跡，永不復見於君前」，最後李存勖不得不放棄，將全副重心放到了征伐川蜀上，並將這一件大事交給郭崇韜主持。

（註❶：《幸洛京詔》在史書中多以李存勖為作者，但有歷史學者認為是馮道代筆，當時馮道是河東第一文膽，李存勖的掌書記，代筆極為可能。）

（註❷：西周牆盤上「肆文王受茲大命……余其宅茲中國，自茲義民」是史上有記載最早出現「中國」一詞的文物，「中國」指的是西周都城「成周」為中心，包括伊河、洛河流域地區。「成周」即「洛邑」、「洛陽」。）

（註❸：「躋彼公堂，稱彼兕觥，萬壽無疆」出自《詩經・豳風・七月》。）

（註❹：「捩翠融青瑞色新……輕旋薄冰盛綠雲。」出自晚唐律賦大家徐夤《貢余秘色茶盞》。）

（註❺：「九秋風露越窯開，奪得千峰翠色來」出自陸龜蒙《秘色越器》，形容越窯之美。）

（註❻：「應似天台山上明月前……地鋪白煙花簇雪」出自白居易《繚綾》。）

（註❼：「文成武德……千秋萬載，一統天下」改自金庸《笑傲江湖》，純屬博君一笑。）

九二三・四 了然絕世事・此地方悠哉

陽春三月，河北瀛州終於渡過漫長死寂的旱冬，幾聲蟄雷驚醒了蟲鳴鳥啼，杏花微雨濕潤了大地，翠芽初露，蔓延成一片青葱綠意，桃樹綻放著點點粉紅，為曾經的慘淡添了幾許喜氣，金絲棗樹垂掛著纍纍黃金小果，帶來了豐收希望，一群稚童高興得爬上爬下，一邊爭相採收，一邊嬉鬧玩耍，漫山遍野的綠田裡盡是農民辛勤插秧的歡聲笑語，交織成一幅安寧祥和的田園山水畫卷。

一年多前，馮道離開洛陽回到故鄉，遠近鄉親幾乎將馮家老宅圍得水洩不通，在他們心中，瀛州從來沒有出過這麼大的官，連幽燕也沒有，馮道不僅僅是瀛州的光榮，在饑荒時刻，更是他們生存下去的希望。

馮道沒有辜負鄉親的期待，他一方面為父親操辦喪事，一方面傾盡所有為家鄉賑災，支撐了一段時間，之後朝廷撥款下來，他又和妻子攜手合作，將賑銀妥善管理分配，讓人人得以溫飽，並趁機教導農民耕種知識，甚至捲起袖子走入田地，親自帶他們翻動泥土、辨視疾病蟲害、建立糧倉，並組成互助隊，讓村民彼此互助分享。若遇到鄉民有農田，卻因年紀老邁無法耕種，他甚至忍不住趁著半夜親自去幫老人家翻土犁田，就這樣經過了一年多的苦熬與奮鬥，瀛州終於迎來綠油油的生機，人人都歡喜勞作，滿心期待秋天的豐收。

馮道也終於有片刻安閒，可以坐在自家屋外，享受徐徐和風，遙望烟嵐雲霞下的家鄉美景，讀上幾卷最愛的經書。他打從心裡喜歡農村的淳樸與腳踩泥土的踏實，遠勝過周旋在群雄之間爭權奪利，可是他知道自己的使命，這三年的沉潛是為了下一次的出發，就好像上次他被劉守光下到大安山地牢，在那裡找到了《星象篇》，因而在《天龍寺》隱居了近三年，之後才到河東藩鎮重新開始。

「阿郎，有信來了！是南方歙州婺源考川來的。」僕人的呼喊聲打斷了馮道的思緒。

「婺源考川？」馮道一愣，心想：「胡三送信來了，不知小皇子現在如何？」連忙接過書信打開來看。

十八年前，大唐傾倒，馮道與金紫光祿大夫胡三、郭小燕、郭小雀、戚小順、王小序四個小宦官合力救出唐昭宗的幼兒，之後胡三便帶著四小宦官待在婺源考川一起扶養小皇子和幾個撿來的小孤兒。

歲月匆匆，小皇子連同幾個孤兒都長大了，期間胡三偶爾會寫信過來，告知近況：「昌翼天資聰穎非常，在歙州竟然漸漸有了才名，遠近皆知，我心中甚是寬慰……」

馮道微微一笑，心想：「昌翼乃是天子之後，自是天賦異稟、才華橫溢，但也是胡大哥傾囊相授，教導得好。」往下看去，只見胡三又寫：「唐主開辦科舉，昌翼前去應考，果然一舉登明經科進士，先前我擔心招來殺禍，始終不敢告之身分，見他中舉，我內心不安，便如實告之，他為避免紛擾，決定放棄仕途，隱居鄉野，開設書院，嘉惠鄉里，說前朝如雲煙，就讓它隨風而逝，我心中甚是遺憾，但覺愧對先帝。」

馮道不由得一嘆：「小皇子是真正明慧曠達之人，可惜生不逢時，否則定能有一番作為。」又想：「如此也好，至少他活得自由自在，不受權力爭鬥束縛，也是一種通透，是幸運！」

再往下看去，只見胡三寫到了另一個孤兒戚同文，馮道記得他父母雙亡，由宦官戚小順收養，後來找到親生祖父母，便回去一起生活：「同文十分好學，事親至孝，後來拜在名儒楊慤門下，他無意仕途，只想追隨楊慤廣收學生，教化天下。」

馮道心想：「同文淡泊名利、胸懷悲憫，將來能成為一代名儒，或許九經之事，可找他參與，讓私塾的孩子來學習抄寫。」

接著胡三寫到王小序收養的孤兒王樸：「此兒聰慧機敏、文采非凡，年紀輕輕，已有見識，對任何事都自有見解，只不過性格剛硬了些，凡事總要爭個對錯。」

馮道記得當年看見王樸便感到驚異，心想：「這孩子確實才華過人，可惜大器晚成，要等到年紀大了，才有成就。」又想：「性子過於剛硬之人難免要多經些磨難，才會有出頭日，一旦熬得過去，便是前途無量，可至宰輔，甚至是輔佐明君開創盛世，只不過……」微然苦笑：「他的鋒芒卻會妨礙了我！」

接著胡三提到被郭小雀收養的郭雀兒，馮道記得當年他被姨母帶回，恢復本名郭威，郭小雀還因此傷心了好一陣子，所幸郭威並沒有忘記郭小雀，仍常與之聯繫。

胡三寫道：「郭威生得魁梧壯碩，又武勇好鬥，亟想建功立業，便去加入李繼韜的潞州軍，李繼韜甚看重他，將其收為親兵……」

李繼韜是二太保李嗣昭的兒子，馮道不由得「啊」了一聲，心想：「二太保的幾個兒子性情狡詐，常與陛下作對，前途凶險，郭威怎會選擇投入潞州軍？」

果然胡三又寫：「我原想你在朝廷官居要職，或可照應郭威，豈料未及告知，李繼韜便被唐主攻滅，郭威又被收編入唐主的『從馬直』親軍。」

馮道回想當年看見幼小的郭威，便知他非池中之物，將來定會飛黃騰達，只是沒想到自己才剛離開朝廷，郭威就成了李存勖的親軍，兩人竟這麼擦身而過了！

胡三又寫到郭小燕收養的孤兒郭從謙：「從謙一年多前也投入軍伍，他性子靈巧，又講義氣，很快受到郭樞密的喜愛，沒多久又被睦王李存義收為養子，我原本最擔心他，誰知他竟是眾小郎中發展最好的，聽說唐主喜愛唱戲，從謙又會唱戲，相信他會受到更多提拔。我原本想讓郭威和從謙聯繫你，讓你教導他們為人處世的道理，誰知你已回鄉。」

馮道不由得微微蹙眉：「想不到從謙竟在郭崇韜手下……」他記得郭小燕愛唱戲，郭從謙耳濡目染，也能說會唱，又回想當日觀相：「在幾個孤兒中，從謙的樣貌最為奇異，雖受長輩喜愛，卻沒有遠大前程，雖無大前途，卻有極特別的命格，似乎能……隻手翻天！」這一剎那，他不禁聯想起李存勖也沉迷唱戲：「莫非從謙竟與陛下有關？」

一個平凡小將究竟要怎麼隻手翻天？馮道思索好一會兒，始終想不透，不禁輕輕一嘆：「天機之奧妙，仍有許多我參不透的地方。」

他抬眼望去，見金絲棗樹成片漫延在河岸邊，春風一來，累累黃金小果隨之搖曳，就好像流金沙浪滾過一波又一波，他不禁想起曾經看過類似的美景，是當他打開大安山地宮第三層的閘門時，從下方綻射出來的萬道金光，這個光瀑是因為地宮周圍佈滿了萬年燈，照耀裡面的事物所映射出來的。

當時他一邊緩緩睜開眼睛，一邊沿著石梯往下走到地底，眼前的情景令他震驚到整個人都呆了：「劉仁恭竟然藏了這麼多金銀財寶！比大安山宮殿多了不知幾倍，這裡才是劉仁恭最大的寶藏！大安山宮殿不過是九牛一毛，是用來惑人眼目……」

他微然思索，已明白這些都是劉仁恭從河北百姓身上搜刮來的民脂民膏，當然也有攻打別的州鎮所得：「劉仁恭得到這麼多寶藏，就變得特別怕死，一心想求長生仙術，因而修練了『玉煞轉仙訣』，害死許多少女。他又善挖地道，也擔心別人挖地道進入城中搶奪他的財寶，便在大安山底建一座誰也進不來的地洞寶窟，不只讓孫鶴在出口處設了石碑陣，甚至殺了所有工匠！」

初見到寶藏時，他感到震驚、憤怒，覺得河北百姓窮到人吃人，劉氏父子卻貪奢至此，他甚至有些不知所措，不知該怎麼處理這批巨大寶藏才好？但漸漸地，他也明白到如果將寶藏帶出去，直接分發給河北百姓，未必是件好事，人性貪婪，恐怕會引起意想不到的災禍，在未想清楚該怎麼處理之前，他不能貿然行動，因此他重新設置了機關，將密室封閉起來，只帶了一些銀兩和《星象篇》去《天龍寺》隱居，開始修行，在參悟《星象篇》的期間，他也漸漸理解到該怎麼運用這筆財富才是正途。

「小馮子，我有事出去一趟。」褚寒依穿著一身翠綠勁裝，從屋內走出來。

馮道望著妻子嬌美如昔，二十多年過去了，歲月竟不曾在她臉上留下半點痕跡，越看越歡喜，連忙站起身挨近前去，笑問道：「我的好妹妹，妳是去褚家還是孫家？想念咱們那三個小蘿蔔了？」

褚寒依搖頭嘆氣道：「無論是褚家還是孫家，兩對爺娘搶著哄三個小蘿蔔都來不及，哪裡有我插手的分？」

馮道笑咪咪道：「那咱們多生幾個，大夥兒都有小娃子玩，就不用搶了！」

褚寒依板了臉道：「別亂說話，咱們還在丁憂期間，怎可胡來？」

馮道說道：「我又沒說是現在，當然是等丁憂期滿先好好生幾個娃娃，再回去復職。」

褚寒依俏臉一下子紅了，橫了他一眼，啐道：「都當到四品侍郎了，還這麼不正經！」

馮道取笑道：「都當三個娃娃的阿娘了，還這麼害臊！」又道：「我的侍郎官已經辭了，現在就是一介村野匹夫，村夫村婦生養小娃乃是天生自然，不把握這個機會，將來皇帝來找我回去當差，肯定又要忙得天昏地暗，到那時，連生娃娃的時間都沒有了！」

褚寒依粉臉更紅了，急得跺足道：「我不跟你說了，總之我要出去一趟。」

馮道感到有些不對勁，連忙問道：「妳究竟要去哪裡？」

褚寒依支吾半晌，索性道：「好吧！告訴你也無妨，一年多前金大哥忽然傳令金匱盟所有弟兄，教大家務必在五日內消聲匿跡，我三笑幫也不例外。在此之前，金大哥就不只一次讓大家排練過，萬一有那麼一天金匱盟必須消失時，大家該怎麼隱藏身分。」頓了頓又道：「當時阿翁剛好過世，瀛州又鬧饑荒，我遣散三笑幫後，便趕緊回鄉守孝，並與你攜手救濟百姓。如今這饑荒也過去了，我瞧外邊也沒什麼風聲了，卻遲遲等不到金大哥召集我們回去，我擔心他出事，想出去探探消息。」

馮道連忙道：「使不得！使不得！」褚寒依不解道：「為何使不得？」

馮道想了想，道：「陛下視金匱盟如眼中釘，如果妳貿然去打聽，萬一被陛下知道了，豈不招來危險？我想那金盟主也是因為這樣，才匆匆解散大家。」

褚寒依道：「就是這樣，我才更擔心金大哥的安危！你放心吧，我會小心謹慎，暗中查訪，絕不會露出半點行藏。」

馮道說道：「妳真要去？」褚寒依用力點點頭，馮道又問：「非去不可？」

褚寒依更認真道：「非去不可！」

馮道喉間「咯噔」一聲，暗暗嘀咕：「這水性楊花的女人，竟當著我的面對別的男子關心情切，奮不顧身……」

褚寒依拉起他的耳朵，嗔道：「你嘀嘀咕咕什麼？」

「唉喲！」馮道求饒道：「我只是說我頭痛……」

「你頭痛？」褚寒依連忙放了他的耳朵，關心道：「你怎麼頭痛了？哪裡痛？」

馮道嘆道：「心痛、頭痛、全身都痛！」

褚寒依愕然道：「怎麼忽然生病了？」摸了摸他額頭，道：「並沒有發燒啊……」

馮道又嘆道：「娘子一心掛念別的男子，我怎麼不心痛？偏偏那個男子是金匱盟主，非但這輩子我都勝不過他，還殺不得、打不得，連醋也吃不得……豈不頭痛？」

褚寒依噗哧一聲笑了出來，安慰道：「我不過是關心朋友罷了！小馮公子幾時也會長他人志氣，滅自己威風了？」

馮道苦笑道：「我不是長他人志氣，滅自己威風，而是我知道真要較起勁來，我和他最多就是打成平手！」

褚寒依柔聲勸道：「你二人當好朋友便罷，何必想著較勁？」

馮道又問：「倘若妳一直找不到他呢？」褚寒依堅定道：「那就一直找下去。」

馮道知道她執拗起來，誰也攔不住，不禁嘆了口氣：「既然如此，我也不阻止妳，不過鬧騰這一會兒，我肚子可餓了，好老婆，妳先煮碗粥給我喝吧，找人也不差這一點時間。」

褚寒依微笑道：「好！你等會兒。」

馮道望著她的背影，不由得一嘆：「我命休矣！」便趁這空檔，快速起身溜進書房裡，他走到掛畫前方，拉了兩下垂繩，又走到另一處，轉動了一個石硯，牆面居然緩緩露出一個暗格，他從暗格中拿出一個小木盒，將盒中事物擺放到書桌上，又若無其事地回到屋外，安坐在木椅上等候褚寒依。

過了一會兒，褚寒依端著一大碗熱騰騰的湯粥出來，微笑道：「你嚐嚐味道。」

馮道笑咪咪道：「聞著都香，妹妹的手藝天下無雙，我真是太幸運了！」說罷便開始喝粥，喝得唏哩呼嚕，十分歡喜。

褚寒依瞧他吃得滿足，心中也歡喜，又道：「那我便走了。」

「慢著！」馮道連忙抬起頭，出聲阻止。

褚寒依道：「又怎麼了？」

馮道露出一抹賴皮笑意，道：「方才胡三寫信過來，我得回信給人家，麻煩妹妹幫我去書房準備筆墨紙硯，我喝完了粥便能回信。」

「好！」褚寒依二話不說就答應，心想：「你今天找了各種事阻止我出門，難道還能每天都阻止我？」便走進書房去。

當她來到書桌前，準備開始研墨，赫然看見一幕不可思議的景象——金匱盟主的金色蠟梅花紋面具和一張人皮面具整齊地並列在書桌上！

「他……」褚寒依恍然明白一切，不由得怒氣大發，隨手拿起長棍奔出書房，大喊：「馮道！你這個壞傢伙！竟然騙我那麼久！」

「救命啊……」馮道早已一溜煙地奔上山坡。

「你給我站住！」褚寒依施展輕功追了上去。

馮道忽然止住腳步，倏地回身，雙臂大展，將正往前衝的嬌妻抱個滿懷，哈哈一笑。

「你騙我！你騙我！你騙我騙得好慘！我恨死你了……」褚寒依掙脫不得，舉起粉拳如落雨般點點捶打，馮道右手一把抓了她的小手，笑咪咪道：「沒有愛，哪來的恨？」

褚寒依氣呼呼道：「你居然設計我！你說，天池河畔相遇，是不是你故意設計的？」

馮道笑道：「那不叫設計，叫追求！窈窕淑女，君子好逑！要追到好逑，自然得花費一番功夫。」褚寒依委屈道：「可是你……害我苦惱那麼久……」

馮道微笑道：「我也很苦惱啊！一開始我不能說，金匱盟要周旋在各大藩鎮之間，我怕給妳帶來危險，後來卻是不敢說了，我不知怎麼告訴妳，就怕妳生氣……」

褚寒依氣惱道：「總之，你就是戲弄我！你這個偽君子，就想看我出糗！」

馮道左手摟住她的腰微微施力，讓她貼向自己，深深地凝望著她，道：「人原本就有很多面，馮道是我，金無諱也是我，只不過那是我在觀閱天星棋局之後，成長出來的另一面，就像無論妳是褚寒依還是孫無憂，我對妳的心意從未改變。所以，無論妳挑選馮道，還是金無諱，我都可以保證妳絕不會挑錯老公！總之，這輩子咱倆就註定是夫妻！」說罷微然低首，輕輕吻上自己的嬌妻。

褚寒依從前只覺得馮道事事依著自己，從未見他如此強悍，但覺眼前人似乎真是那個呼風喚雨的金無諱，一時間，有些迷惘、有些癡然……

白雲飄，豔陽照，桃花比江山更多嬌，黃金小果一閃一閃在歡笑。

《十朝・奇道卷　完》

二〇二三・一・一二　後記

我年輕的時候不懂杜甫，最先喜歡上的是李煜的傷春悲秋，後來最喜歡蘇東坡的開闊曠達，也驚豔李白的瀟灑才氣，但直到開始寫《十朝》，原本要自己寫章回目錄，「國破山河在，城春草木深」的詩句卻忽然冒了出來，一直在腦海中徘徊不去，我才決定採用杜甫的詩句來當做《隱龍》回目。

大唐的衰敗由安史之亂開始，一路往下到五代十國的大亂，人民生活在水深火熱之中，杜甫有切身之痛，因此很多詩作都在反應安史的苦難。

當我一邊研究五代十國的動蕩，一邊挑選杜甫的詩句作為回目時，才漸漸體會出「詩聖」的偉大，那一千五百首詩作宛如史書般記錄著帝國由盛而衰，但最令人動容的是杜甫於苦難中，仍對生命充滿期待，寫出「會當凌絕頂，一覽眾山小」的慷慨豪氣，也對蒼生滿懷同情，因此有「安得廣廈千萬間，大庇天下寒士俱歡顏」、「朱門酒肉臭，路有凍死骨」的沉痛悲憫，這樣憂國憂民的情懷，令我聯想到杜甫與馮道的思想應是相通的，他們同樣體現了面對生命的苦難時，仍堅守著「稷思天下有飢者，由己飢之也。」的高尚情操。

寫《奇道》這幾年，我們剛好經歷了一場不亞於戰爭傷害的疫情，生命的苦難似乎在哪一個世代都可能出現，重要的是用什麼態度面對？如何堅守道德情操？在《奇道》裡，我希望展現一種面對逆境仍幽默泰然、寬惘正直的「馮道精神」，除了帶給讀者些許趣味，也能有一個正面的力量。

曾經我設定的寫作計劃是一邊先寫幾部中篇小說，一邊收集五代十國的資料，六十歲才開始創作《十朝》，花十年寫九本，當成封筆作，我覺得至少要這樣的時間，才能磨出一套縱貫亂世，我自己會滿意的大長篇。

但陰錯陽差之下，我不只提早創作，還拉長了篇幅，因此時間變得非常緊迫，而《奇道》又是迄今為止對我來說最難書寫的一套作品，梁晉十年那一場又一場的戰爭，就像前方有無數座險峻高峰，我必須費盡力氣才能攀爬過去，有好幾個橋段我差點寫不出來，真覺得何苦要選這個最難的朝代、最難的角色、用最難寫的編年史武俠來為難自己？

但上帝告訴我不要去想世俗潮流，只要跟隨本心，享受在創作的快樂裡，漸漸地，我發覺這幾年就是寫《十朝》最好的時機，因為疫情的苦難和世界的動蕩，與千百年前的局勢是遙相呼應的，使得我在寫作時有更深刻的感受，也擴大了創作的視野與思維，倘若等我年老時再書寫，世界未必能提供如此好的素材，我也未必有那樣的感受與衝勁能一路堅持下去了！

這讓我想起聖經上的一句話：「天下萬物都有定期，凡事都有定時。」實在是深有道理的，也讓我相信艱難總有一天會過去，但願每個人經此之後，都能淬煉出生命的深度與韌度，綻放出屬於自己的光彩！

國家圖書館出版品預行編目(CIP)資料

十朝. 二部曲；奇道(卷四–卷六) / 高容著, -- 初版, --
臺中市；白象文化事業有限公司, 2023.02
冊 ; 公分
ISBN 978-626-7253-51-9 (全套；平裝)
863.57　　　　　　　　　　112000296

作　　者：高容
作者 fb：www.facebook.com/kaojung.dass
策劃團隊：大斯文創
聯絡電子信箱：dassbook@hotmail.com
總 編 輯：奕峰
責任編輯：李秀琴
文字校對：李秀琴　鄭鉅翰　高容
封面設計：陳芳芳工作室
發 行 人：張輝潭
出版發行：白象文化事業有限公司
地　　址：412 台中市大里區科技路 1 號 8 樓之 2（台中軟體園區）
出版專線：（04）2496-5995　傳真：（04）2496-9901
經銷地址：401 台中市東區和平街 228 巷 44 號（經銷部）
購書專線：（04）2220-8589　傳真：（04）2220-8505
印　　刷：漢斯國際印刷有限公司
地　　址：新北市新莊區化成路 63 巷 6 號 4 樓之 3
電　　話：（02）2998-2117
ISBN：978-626-7253-51-9
訂　　價：卷四~卷六 1140元
2023 年 2 月　初版

DASS C&C.
www.facebook.com/kaojung.dass